図
3
5
4
8
9
7
6
1
14
2
10
11
12
13

The Land of Painted Caves

聖なる洞窟の地

ジーン・アウル 作　白石朗 訳

上

集英社

エイラ―地上の旅人　14

聖なる洞窟の地　上

ジーン・M・アウル作　白石朗訳

装丁◎坂川事務所
装画・挿画◎宇野亜喜良

最初に生まれ、最後に名前をあげられ、つねに愛されている
レイアンと、

その隣に寄り添って立つ
フランクと、

そしてすばらしき若者たち
アメリア、**ブレット**、**アレシア**、**エモリー**に

愛をこめて。

〔謝辞〕

この〈エイラ――地上の旅人〉シリーズの執筆にあたって助力をたまわった多くの人々に感謝している。なかでも長年にわたって格別の助力をたまわったフランス人考古学者、ジャン＝フィリップ・リゴー博士とジャン・クロット博士のおふたりには、ここでもあらためて謝意を表しておきたい。おふたりのお力ぞえがあったからこそ、わたしは本シリーズの背景を理解し、先史時代の風景を思い描くことができた。

リゴー博士によるかけがえのない助力の幕開けは、最初のフランスへの取材旅行のおりで、それから長年にわたってお世話になりつづけた。なかでもわたしが楽しんだのは、博士の手配でいまなお氷河時代の面影をそのままにたもっているゴルジュ・ドンフェールの岩屋を訪問したときのことだ――奥ゆきがあって雨風から守られるこの岩屋は正面に開口部があり、地面はほぼ平坦、天井は岩で、奥には湧き水の泉があった。どうすれば住みやすい場所にできるのか、たやすく想像できる場所だった。第五部『故郷の岩屋』が世界各国で刊行されたおりには、博士がレゼジー・ド・タヤックとその周辺にある先史時代の遺構の数々にまつわる多くの興味深くも重要な情報を、フランスの同地から多くの国々の取材記者やマスコミ関係者にこころよく説明してくださったことにも謝意を表したい。

わたしが夫のレイともどもフランス南部の驚嘆すべき洞窟壁画の数々を訪問するにあたって、その手配をしてくださったジャン・クロット博士にも最大級の感謝を捧げたい。とりわけ思い出深いのは、ヴォルプ峡谷にあるロベール・ベグーエン伯爵の領地――ランレーヌ、レ・トロワ・フレール、トュク・ドドゥベール――にある洞窟を訪ねたときのことで、ここの数々の壁画の写真が教科書や美術書を飾っていることも珍しくない。そういった驚くべき芸術のいくつかを、クロット博士とベグーエン伯爵に案内されて実際の遺跡のなかで目にできたのは貴重な体験であり、それゆえロベール・ベグーエン伯爵にも深く感謝しなくてはならない。この地域の洞窟群を最初に探索して、今日までつづいている保存活動をはじめたのは、伯爵の祖父とそのふたりの兄弟だった。ここの洞窟を訪問するにあたってはベグーエン伯爵の許可が必要であり、通常は伯爵の同伴が必要である。

クロット博士とはほかにも多くの洞窟を訪問したが、わたしのお気にいりのひとつがガルガの洞窟である。ここには子どものものを含む数多くの手形が残されている。また大人ひとりがやっとはいれるほどの大きさがある壁の窪みがあり、その内側の壁は一面、この地方で産出する赭土《あかつち》を原料とする赤い絵具で絵が描きこまれている。わたしはこのガルガが女の洞窟だと確信している。大地の子宮のように感じられるからだ。クロット博士になにをおいても感謝したいのは、卓越したショーヴェ洞窟を案内してくれたことだ。さらにはインフルエンザでわたしたちの見学に同行できないときには、クロット博士はこの洞窟の発見者であり、洞窟名の由来となった人物であるジャン゠マリー・ショーヴェと、ショーヴェ洞窟の学芸員をつとめるドミニク・バフィエのふたりに話をつけ、わたしたちにこのすばらしい遺跡を見学させてくれた。またこの遺跡で働いている若い男性が力を貸してくれ、通りぬけが困難な数カ所ではわたしを助けてくれもした。

これはわたしにとって一生忘れがたいひとときになった。明晰かつ鋭い説明をしてくださったショーヴェ氏とバフィエ博士に感謝したい。わたしたちは天井にあいている穴――ショーヴェ氏とその同僚たちが最初に洞窟にはいったときに比べると拡大されていた――から洞窟にはいり、岩壁にとりつけられている梯子《はしご》をつかって降りていった。当初の出入口が数千年以上も前の地滑りでふさがれてしまっていたためだ。おふたりは、最初の芸術家たちが壮麗な絵を描き残してから現在までの三万五千年のあいだの変化の一部を説明してくださった。

またわたしはここで、ニコラス・コナード氏にも感謝したい。氏はドイツ在住のアメリカ人で、チュービンゲン大学考古学部の責任者であり、ドイツの同地域のドナウ川流域にある数カ所の洞窟見学の機会をつくってくださった。さらに氏はわたしたちに、マンモスの牙を素材にして三万年以上昔に創られた彫像を見せてもくれた。マンモスの彫像や、ふたつに割れていたものを数年はさんで氏自身が発見したという、飛んでいる鳥の優美な彫像があったが、もっとも驚くべきは、半身ライオンで半身が人間をかたどった彫像だった。氏がいちばん最近発見した女性像は、フランスやスペイン、オーストリア、ドイツ、それにチェコ共和国内で発見された同時期のものと同様の様式をそなえていたが、出来ばえは群を抜くものだった。

またロレンス・ガイ・ストラウス博士にも感謝している。博士には遺構や洞窟の見学の手配をしていただき、数回にわたるわたしたちのヨーロッパ旅行にあたっては同行もしていただいた。そうした旅のハイライトといえる瞬間はいくたびもあったが、もっとも興味深かったのはポルトガルのアブリーゴ・ド・ラガー・ヴェーリョを訪問したときのことだろう。〝ラペド谷の子ども〟が発見された場所である。発見された子どもの骨格から、ネアンデルタール人と解剖学的に現世人類と変わらない人間が接触をもち、その結果として交雑があったことが立証された。氷河時代の人間をテーマにしたストラウス博士との会話は、情報量が豊富だっただけではなく、つねに魅力的なものだった。

それ以外にも多くの考古学者や古人類学者、多くの専門家の方にもお会いして、先史時代の特定の時期

——すなわち二種類の人類がヨーロッパに共存していた数千年間——について議論をかわし、質問をさせていただいてきた。質問に答え、彼らの生き方にまつわるいくつかの可能性について議論に応じてくださった諸氏の熱意には頭がさがるばかりだ。

また特別な感謝をフランス文化省に捧げたい。というのもここが、わたしにはきわめて有用なことがわかった書物、『洞窟壁画——旧石器時代のフランスにおける装飾壁画地図』*L'Art des Cavernes: Atlas des Grottes Ornées Paléolithiques Francaises*（フランス文化省刊、一九八四年）を刊行したからである。この一冊にはそれぞれの洞窟の完璧な詳述が収録されている——内部の配置図、写真、絵などのほか、一九八四年の時点で存在が判明していたフランス国内の壁画や彫刻のある洞窟の大半について、委曲をつくした説明文も収録されている。ただし、入口が地中海の海面下にあるコスケールの洞窟やショーヴェ洞窟については、一九九〇年以降に発見されたため、記述はない。

それまでにもわたしは多くの洞窟に足を運んでいたし、複数回にわたって訪問したところもあった。それゆえ洞窟内の空気や雰囲気、壁に描かれたすばらしい絵画を目にしたときの感情は思い起こせたが、最初の絵になにが描かれていたか、その絵がどこの岩壁にあり、それが洞窟の入口からどの程度の距離にあったのか、その岩壁がどの方角を向いていたのかということまでは正確に記憶していなかった。この本は、そのすべてに答えを与えてくれた。唯一の問題は——当然のことだが——この本がフランス語で書かれていることだった。長年のあいだにわたしも多少のフランス語を覚えはしたものの、充分に読みこなせる能力があるとはとてもいえない。

そういった事情もあり、オレゴン州名誉フランス人顧問にして、州立ポートランド大学のフランス文学科教授でありカナダ研究室の室長をもつとめる友人のクロディーン・フィッシャーには大いにお世話になっている。クロディーンはフランス生まれのフランス語ネイティブスピーカーで、わたしが必要としているすべての洞窟についての部分を翻訳してくれた。作業量は厖大《ぼうだい》だったが、クロディーンのこの助力なくしては本書を書きあげることはできなかっただろう。そのことでは、言葉では書きはじめることもできないほど深く感謝している。クロディーンはただかけがえのない友人であるだけでなく、上記以外にも多くの面で力を貸してくれた。

さらに、まだ充分に推敲されていない大部の原稿にこころよく目を通し、読者として意見をいってくれた友人たちにも感謝したい。カレン・アウル＝フォイヤ、ケンダル・アウル、キャシー・ハンブル、ディアナ・ステレット、ジン・デキャンプ、クロディーン・フィッシャー、それにレイ・アウル。

また現在ではチェコ共和国と呼ばれる旧チェコスロヴァキアの考古学者だった故ヤン・イェリネク博士の思い出にも謝意を表しておきたい。博士とは最初に手紙をかわし、レイとわたしでブルノ近郊の旧石器時代の遺跡の見学におもむいたほか、のちに博士本人とその奥さま（クヴェタ）がオレゴンに旅をしてきたが、そのあいだ多くの面でご助力をたまわった。はかりしれないほど貴重なご助力だった。いつも親切で、時間も知識もおしみなくふるまってくださった博士の死を悼む。

担当編集者としてベティ・プラシュカーを得たことは、わたしにとって幸運だった。ベティのコメントはつねに洞察に満ちている。またベティはわたしの最大限の努力を受けとめて、それをさらによいものにしてくれる。ありがとう。

また、そもそもの最初からそこにいてくれた方に、つねに変わらぬ感謝を捧げたい——わがすばらしき文芸エージェント、ジーン・ナガーに。本が出るごとに、ジーンへの感謝は深まるばかりだ。ジーン・V・ナガー著作権代理店でジーンのパートナーをつとめるジェニファー・ウェルツにも感謝を。彼らは本シリーズにおいて一貫して奇跡を実現させつづけ、その結果本シリーズは多くの言語に翻訳され、世界じゅうで読まれるようになっている。

過去十九年間にわたって、デロレス・ルーニー・パンダーはわたしの秘書であり、専属の助手をつとめてくれていた。不幸にしてデロレスは病気で引退したが、その長年の貢献に感謝を表したい。いなくなって初めて、どれほどその人物に頼っていたかに気づかされる――デロレスはそういった人物だった。いまも偲《しの》ばれるのはデロレスがわたしのためにしてくれた仕事のことよりも、ふたりでかわした会話や議論の数々だ。長年のあいだに、デロレスはわたしの親友となった（そのデロレスも二〇一〇年に癌で死去した）。

そして最高最大の感謝をわが夫であり、いつもそこにいてくれたレイに捧げたい。かぎりなき愛と感謝をこめて。

第五部までのあらすじ

時は今から三万年ほど前、氷河期の終わり。大地震で家族をなくし、孤児となったクロマニオンの少女エイラは、洞穴熊《ケーブ・ベア》をトーテムとするネアンデルタールの一族に拾われ、育てられる。しかし、エイラが成長し、身体的な特徴や個性が顕著になるにつれて、一族の中で反感や嫌悪が大きくなっていく。なかでも、族長のつれあいの息子ブラウドのエイラに対する差別と暴力は激しく、エイラの後ろだてとなっていたイーザとクレブも他界して、エイラは孤立する。心ならぬいきさつながら授かった最愛の息子ダルクに後ろ髪を引かれながらも、エイラは一族を離れ、自分と同じ種族を求めて旅に出る。

野生馬が群れる谷で、子馬のウィニーと洞穴《ケーブ》ライオンの子ベビーにめぐりあったエイラは、共に暮らしながら、彼らと心を通わせる術《すべ》を覚え、狩りのパートナーとして育てあげる。

その頃、生まれ故郷を遠く離れ、あてどない旅を続けるふたりの男たちがいた。クロマニオンの血をひくゼランドニーの一族の兄弟、ジョンダラーとソノーランだった。彼らは大鹿を深追いして、ケーブ・ライオンの怒りをかい、襲われてしまう。エイラが駆けつけたときはすでに遅く、弟は死に、兄は瀕死の重傷を負っていた。生まれて初めて目にする異人の姿に眼をみはりながらも、エイラは弟を葬り、兄を洞穴に連れ帰る。介抱するうちに、エイラは、その男、ジョンダラーの逞《たくま》しい美しさに心を奪われてしまう。

命を救われたジョンダラーもまた、エイラの神秘的な才能と美貌に魅了され、ふたりの間にたちまち恋が芽生える。

狩りの途中で保護した狼の子、ウルフ、やがて成長したウィニーの子、レーサーも、エイラを故郷に連れ帰ることを決意したジョンダラーの旅の一行に加わり、ゼランドニー族の地をめざす旅が始まる。

旅の途中、かつてジョンダラーが、弟ソノーランとともに身を寄せたシャラムドイの一族の住処《すみか》に立ち寄ったふたりは、そこで複雑な骨折による激痛に苦しむ女、ロシャリオを見過ごすことができず、独特の大手術を施して彼女を救う。

しばらくして、アッタロアという女頭目に率いられた、ス・アームナイ族の女戦士たちによってジョンダラーが拉致《らち》される事件が起きる。アッタロアは、男に受けた仕打ちにより心が捻《ね》じ曲がり、逆に男たちを恐怖におとしいれ、暴力で支配する制圧者として人々に君臨していた。囚われたジョンダラーは、服従を強いるアッタロアを反抗的な態度ではねつける。いらだったアッタロアがジョンダラーを処刑しようとしたとき、間一髪エイラが駆けつけて救い出す。窮地を脱し、先を急ぐふたりだったが、残虐な圧政に苦しむ一族を放っておけず、アッタロアを討って、人々を解放する。

温泉のそばに住むロサドゥナイ族の住処では、ならず者たちに蹂躙《じゅうりん》され身も心も深く傷ついた娘、マデニアに出会う。ふたりは力をあわせて、閉ざされた心を開く。ある日、そのならず者の集団に氏族の男女が襲われている現場に遭遇したジョンダラーとエイラは、ふたりを救う。

いよいよ最後の大氷河に差し掛かり、旅はさらに険しく、危難がつづく。協力して乗り越えるふたりに、エイラが身ごもっていることが判明する。ジョンダラーは、懐かしい人々との再会を目前にしていることに加えて、思いがけぬ朗報に歓喜する。一方、エイラは、ジョンダラーの一族に受け入れてもらえるだろうかと、一抹の不安を隠せずにいた。

たどり着いたジョンダラーの故郷、ゼランドニー族〈九の洞《ほら》〉は、大きくうねった川のそば、広く突き出た岩棚にあった。その規模と人々の数はエイラを圧倒するほどだった。五年ぶりとなる頼もしい男の帰還は、洞長《ほらおさ》で兄のジョハラン、母マルソナ、神に仕えし存在でかつての恋人でもある大ゼランドニをはじめ、洞の人々を大いに沸き立たせた。ジョンダラーは人々にエイラを紹介し、ソノーランの不幸を伝え、自らの見聞を話して人々と旧交を温める。二頭の馬と一匹の狼も、初めのうちこそ警戒されたものの、しだいに受け入れられていく。ここで、ふたりは縁結びの誓いを立てることを申し出る。

しかし、エイラが氏族に育てられたことが知れると、ふたりが結ばれるのをおもしろく思わない者が少なからずあらわれる。避けがたい偏見にさらされるエイラだが、もって生まれた知性と氏族のイーザに学んだ薬師《くすし》の技量、長い旅路でえた経験、なによりジョンダラーとの愛情の深さによって、人々を説得していく。そして、ゼランドニー族が一堂に会する大集会〈夏のつどい〉での儀式を経て、エイラとジョンダラーは正式なつれあいと認められる。

彼の地に訪れたきびしい冬のある日、越冬の支度に励んでいたふたりの間に女の子が生まれる。待ちに待った出来事に、エイラとジョンダラーは心からよろこび、ジョネイラと名付けたその子と三人、幸せに満ちた生活を始める。そうした中、初めて話をしたときからエイラの類まれなる素質に注目していた大ゼランドニが、自身を継ぐ者として、エイラにゼランドニアへの招聘《しょうへい》を進言する。深く思い悩むエイラだが、自らの裡《うち》に決心が芽生えていることも同時に悟っていた。

主な登場人物

エイラ　大地震で家族を亡くし、
氏族＝〈ケーブ・ベアの一族〉に育てられる。
自分と同じ種族を見つける旅の途中で
ジョンダラーと出会い、愛し合い、
子をなす。現在、大ゼランドニの
侍者として修練に励んでいる。

ジョンダラー　道具師。旅の途中でエイラと出会い、
愛し合うようになる。

ジョネイラ　エイラの娘。

ウィニー　エイラと行動を共にする馬。

レーサー　ウィニーの子ども。ジョンダラーの馬。

グレイ　ウィニーの子ども。ジョネイラの馬。

ウルフ　エイラと行動を共にする狼。

ゼランドニー族／九の洞《ほら》

大ゼランドニ　〈九の洞〉のゼランドニにして最高位の
ゼランドニ。ジョンダラーの昔の恋人。

ジョハラン　洞長《ほらおさ》。マルソナの息子。ジョンダラーの兄。

マルソナ　前洞長。ジョンダラーの母親。

ウィロマー　交易頭《こうえきがしら》。マルソナのつれあい。

フォラーラ　マルソナの娘。ジョンダラーの妹。

プロレヴァ　ジョハランのつれあい。

ラシェマー　ジョハランの側近。

ソラバン　ジョハランの側近。

ブルケヴァル　ジョンダラーのいとこ。

マローナ　ジョンダラーの元婚約者。

ララマー　バーマ作りの名人。のんだくれ

トレメダ　ララマーのつれあい。

ラノーガ　トレメダの娘。エイラの友人。

二の洞／長老の炉辺

キメラン　洞長。ジョンダラーの古い友人。

ベラドラ　キメランのつれあい。

ジョンデカム　ゼランドニの息子。キメランの甥。

レヴェラ　ジョンデカムのつれあい。
エイラの友人。

三の洞／二本川《にほんがわ》の巌《いわ》

マンヴェラー　洞長。

セフォーナ　見張り人の女。

七の洞／馬頭巌《ばとういわ》

老ゼランドニ　キメランの祖父

セルゲノール　洞長。

十一の洞／川の場

カレージャ　女洞長。

十四の洞／小の谷

ブラメヴァル　洞長。

〈十九の洞〉のゼランドニ（ジョノコル）
〈九の洞〉から移り住む。

アメラナ　南方ゼランドニー族
〈三の洞〉出身。

バルデラン　南方ゼランドニー族
出身の悪党。

ランザドニー族

ダラナー　洞長。

ジェリカ　ダラナーのつれあい。

ジョプラヤ　ジェリカの娘。

エコザー　ジョプラヤのつれあい。

ボコヴァン　ジョプラヤの息子。

マムトイ族〈ライオン族《むら》〉

ママムート　老呪法師《じゅほうし》。

タルート　簇長《むらおさ》。

ネジー　タルートのつれあい。

ライダグ　タルートの炉辺の子。

ダヌーグ　タルートの炉辺の子。
フリント細工師。

ス・アームナイ族

アルダノール　粘土細工師。

聖なる洞窟の地　上

第一部

1

旅人の一行は草《くさ》ノ川《かわ》のきらめく澄みきった水流と、黒い筋のはいった白い石灰岩の崖にはさまれた道——右の土手と平行になっている道——を進んでいた。白い岩が川近くまで迫《せ》りだしている川の屈曲部では、旅人は一列になって進んだ。前方では、ここよりも細い道が斜めに枝わかれしている——そちらの道は渡瀬に通じていた。渡瀬では川幅が大きく広がって水も浅くなり、川底から露出している岩のまわりで水がさかんに泡だっている。

道の分岐点にたどりつく前に、先頭近くにいた若い女がいきなり足をとめ、身じろぎもせずに立ちつくしたまま目を大きく見ひらき、前方をじっと見つめた。ついで女は——体を動かしたくなかったので——あごで前方を示しながら、「見て！　あっち！」と恐怖もあらわな引き攣《つ》った囁《ささや》き声でいった。「ライオンの群れ！」

洞長《ほらおさ》のジョハランは片腕をあげ、集団に〝とまれ〟の合図を送った。いまでは一行にも、道の分岐点のわずか先にあるくさむらのまわりを動きまわる、淡い黄褐色の洞穴《ケーブ》ライオンの群れが見えてきた。しかし、くさむらが巧みな目隠しになっているので、視力の鋭いセフォーナがいなかったら、一行がもっと近づいてからやっとライオンの存在に気づいたとしてもおかしくはなかった。セフォーナは〈三の洞《ほら》〉出身の若い女で、ずば抜けてすぐれた視力のもちぬしであり、まだまだ若かったが、はるか遠くまで明瞭に見てとる能力で名高かった。セフォーナにこうした先天的な能力があることは早い時期から見ぬかれ、まだ少女のうちから訓練を受けさせせられた。いまではセフォーナは、一族きっての見張り人になっていた。

列の最後尾近くで三頭の馬の前を歩いていたエイラとジョンダラーは、ともに前方に視線をむけ、どうして列がとまったのかを確かめようとした。

「なぜここでとまったんだろうな」そう話すジョンダラーのひたいには、すでに見なれた心配の皺が寄っていた。

エイラは洞長とそのまわりの人々を注意ぶかく観察し、胸に縛りつけている柔らかな皮の外出用おくるみに包まれた温かな赤ん坊を守ろうとして反射的に手をあてがっていた。ジョネイラにはついさっき乳をやったばかりで、いまは眠っていたが、母親に触れられてかすかに身じろぎした。エイラには人の身体言語から彼らの心中を読みとる超人的な能力がある。もともとは氏族と暮らしていた幼いころに身につけた力だ。それゆえいまエイラには、ジョハランが警戒し、セフォーナが恐怖を感じていることがわかった。

エイラもまた、尋常ではない鋭い目のもちぬしだった。そればかりか、人の耳にきこえる音の範囲よりも高い音や、その範囲を下まわる低音もききとれた。嗅覚と味覚も同様に鋭敏だったが、他人とくらべたことはなかったので、自分の知覚がどれほど鋭いかをエイラ本人は知らなかった。たった五歳で両親だけではなく、それまで見知っていたすべてをうしないながらも生きのびてこられたのは、生まれつき五感のすべてが優れていたからにちがいない。五感を鍛練したのは、おのれ自身だけだった。狩りを独習しながら動物たちを——それももっぱら肉食獣を——観察しつづけた何年ものあいだに、エイラは天賦の才をさらに発達させたのだった。

静けさのなかでエイラはライオンたちのかすかな、しかしききなれているうなり声をききとり、微風のなかにまぎれもないライオンの体臭を嗅ぎつけ、さらに列の前方の人々がじっと前を見つめていることにも気がついた。そちらに視線を投げたとたん、なにかが動く光景が見えてきた。くさむらに隠れて見えなかったライオンの群れが、いきなりはっきりと焦点を結んで見えてきた。若いケーブ・ライオンが二頭、そして成獣が三頭いることがわかった。前へ進みながら、エイラは片手を腰帯の道具用の輪に吊るした投《とう》槍器《そうき》に伸ばし、反対の手で背中に吊りさげた槍筒から一本の槍を抜きだした。

「どこへ行く?」ジョンダラーはたずねた。

エイラは足をとめ、「この先、道が分かれているところのすぐ先にライオンの群れがいるわ」と押し殺した声でいった。

ジョンダラーはそちらに顔をむけた。事情がわかったいま、ジョンダラーにもなにかが動いているのが見えたばかりか、それがライオンだともわかった。エイラと同じように、武器に手を伸ばす。「きみはここでジョネイラといっしょにいろ。おれが行く」

エイラはすやすやと眠っているわが子をちらりと見おろし、顔をあげてジョンダラーに目をむけた。

「たしかにあなたは投槍器の名手よ。でも子ライオンが二頭と、大人のライオンが三頭いる——いえ、もっといるかもしれない。ライオンたちが、子ライオンの身に危険が迫っていると判断して攻撃すると決めたら、あなたには助けやうしろから支える人物が必要になる。あなたは例外だけど、わたしがだれよりもいい腕をもっていることは、あなたも知っているでしょう?」

エイラを見つめ、口をつぐんだまま考えをめぐらせるジョンダラーのひたいに、また皺が刻まれた。ついで、うなずいて答える。「よし、わかった……ただし、おれのうしろを離れるなよ」目の隅になにかが動く気配があり、ジョンダラーはちらりと後方に目をむけた。「馬たちはどうする?」

「みんな、ライオンが近くにいるとわかってる。ほら、ようすを見て」

ジョンダラーは馬に目をむけた。まだ幼い雌馬をふくめて三頭すべてが、じっと前を見つめていた。彼らが前方にいる巨大な猫科の動物の存在を察していることは明らかだった。ジョンダラーはまたひたいに皺を寄せた。「こいつらは大丈夫かな? なかでも、小さなグレイのことが心配なんだが……?」

「馬はライオンをよける手だてを心得てるわ。でも、ウルフの姿が見えないわね」エイラはいった。「口笛で呼んだほうがいいかもしれない」

「その必要はないさ」ジョンダラーは、別の方角を指さしていった。「あいつも、なにかを感じてるにちがいないな。ほら、ウルフがこっちに来るぞ」

エイラがふりかえると、一頭の狼が走って近づいてくるところだった。ウルフはたいていの仲間よりも体の大きな狼だったが、ほかの狼たちと戦ったときの怪我で片方の耳が曲がっており、そのせいで小粋な風貌にも見えていた。エイラは、ウルフとふたりで狩りをするときの特別な手ぶりをつかった。ウルフにはそれが、〝そばを離れず、エイラから注意をそらすな〟という意味だとわかった。ふたりと一頭は騒ぎを起こさぬよう、できるだけ目だたないことを心がけつつ、人をよけながら早足で列の前へむかっていった。

「おまえたちが来てくれて安心したよ」ジョンダラーとエイラがそれぞれの投槍器を手にし、狼を引き連れて静かに近づいていくと、ジョハランが小声でいった。

「何頭いるかはわかった?」エイラはたずねた。

「思ったより多いわ」セフォーナは落ち着いている顔をよそおい、恐怖を面《おもて》に出さないように努めながら答えた。「最初に見つけたときには三頭か四頭だと思ったの。でも、あいつらはくさむらのなかを動きまわってて、それで十頭かそれ以上はいると思うようになった。大きな群れよ」

「しかも、あいつらは自信たっぷりだ」ジョハランはいった。

「どうしてそうわかるの?」セフォーナはたずねた。

「おれたちを無視してるからさ」

ジョンダラーは、つれあいのエイラがライオンという巨大な猫科動物に通じていることを知っていた。「ケーブ・ライオンのことなら、エイラがくわしいんだ。だから、エイラの考えもきいてみるべきだと思う」

ジョハランはエイラにうなずきかけ、目顔で問いかけた。

「ジョハランのいうとおりよ。群れはわたしたちがここにいることを知ってる。それぱかりか、自分たちが何頭でこっちが何人なのかも知ってるわ」エイラはそう話してから、さらにいい添えた。「もしかしたら、わたしたちのことを馬やオーロックスの群れとおなじだと思って、弱いものだけを孤立させることができると思ってるかもしれないわ。最近になってこのあたりに来た群れじゃないかしら」

「なぜそう思うんだい?」ジョハランはたずねた。四本足の狩人についてのエイラの豊富な知識にはいつも驚かされたが、なぜとは知らず、エイラの奇妙な訛《なま》りが強く意識されるのもこうしたおりと決まっていた。

「あんなふうに自信をもっているのも、わたしたちのことを知らないからよ」エイラはつづけた。「人間たちの近くに棲んだことがある群れなら、追いかけられたり狩られたりした経験があるはずだし、もしそうなら、あんなふうになにも心配していないはずはないもの」

「だったら、あいつらに多少は心配の種を与えてやるべきだな」ジョンダラーはいった。

ジョハランのひたいに、背丈では勝っているものの年齢では負けている弟ジョンダラーとそっくりの皺が寄り、エイラはそれを見て笑いを誘われた。しかし、ひたいの皺があらわれるのは、笑みがふさわしくない場合と決まっていた。

「ここは、あっさり避けて通ったほうがいいかもしれない」洞長をつとめる黒髪のジョハランはいった。

「わたしはそうは思わないわ」エイラは顔を伏せて地面に目を落としながらいった。人前で男に反対意見を口にするのは――相手が洞長であればなおさら――いまでもむずかしかった。ゼランドニー族のなかではなんの問題もなく許容されることだと知ってはいたが――この一族の洞長には女もいるし、かつてはほかならぬジョハランとジョンダラーの母親もそのひとりだった――エイラを育ててくれた氏族のあいだでは、女がそのような態度をとることは決して許されなかったからだ。

「なぜそう思う?」ジョハランはたずねた。ひたいの皺は、いまでは渋面にまで成長していた。

「あのライオンの群れは、〈三の洞〉の住まいのあまりにも近くで休憩してるわ」エイラは静かにいった。「ライオンはいつもいるものだけれど、ここが快適だとなれば、休みたければここへもどればいいと思いこみかねない。おまけに近づく人間たち――なかでも子どもや年寄りを――獲物だと思うようになるでしょうね。あの群れは〈二本川《にほんがわ》の巌《いわ》〉の人たちにはもちろん、〈九の洞〉を含む近隣の〈洞〉の人たちにとっても危険な存在になるわ」

ジョハランは深々と息を吸いこむと、金髪の弟に目をむけた。「おまえのつれあいのいうとおりだし、おまえのいうとおりでもあるな、ジョンダラー。そろそろあのライオンどもに、おれたちの住まいと目と鼻の先に落ち着くのは歓迎されないことだと思い知らせてやったほうがいいのかもしれん」

「となると、ここは離れた安全な距離から狩りができるようにつくった投槍器をつかうのがいいだろうな。ここにも、投槍器のつかい方を練習した狩人が何人かいることだし」ジョンダラーはいった。故郷にもどって、自分が工夫してつくりあげた武器をみんなに見せようと思ったのは、まさにこういった場合を想定してのことだった。「なに、殺すまでもないかもしれない――二、三頭を傷つけて近づかないほうが身のためだと教えてやるだけでもね」

「ジョンダラー」エイラは静かにいった。いまエイラはジョンダラーに異をとなえるつもりだった。いや、異論をとなえるというよりは、せめてジョンダラーが考えておくべき点を指摘する気がまえだった。エイラはいったん顔を伏せたが、すぐに目をあげてジョンダラーの目をまっすぐ見つめた。自分の考えをジョンダラーに話すことは怖くなかったが、あくまでも敬意をもって話したかった。「投槍器が武器としてすぐれているのはまちがいないわ。投槍器をつかえば、手で投げた場合よりもずっと遠くまで槍を飛ばせるし、ずっと安全に槍をはなてる。でも、それだけではとても安全とはいえない。傷ついたけものの行動は予測できないものだから。しかもケーブ・ライオンのように力が強くて動きも速い動物が傷ついて、痛みに荒れ狂ったとなったら、どんなことをしでかすか知れたものではないわ。投槍器をライオンの群れにつかうのなら、傷つけるためだけにつかうのでは駄目――殺すためにつかうべきよ」

「エイラのいうとおりだな」ジョハランがジョンダラーにいった。

ジョンダラーは兄にむかって顔をしかめたが、同時に恥じいった笑みも見せていた。「ああ、そのとおり。しかし、ライオンが危険な動物だということはさておき、おれは前から必要に迫られたとき以外にはケーブ・ライオンを殺すのに気がすすまなくてね。ライオンはとても美しく、身ごなしはしなやかで、とても優雅だ。ケーブ・ライオンには恐れるものがほとんどない。力をそなえているからこそ、自信に満ちてもいる」ジョンダラーは誇りと愛に光る目で、ちらりとエイラを見やった。「エイラのトーテムがケーブ・ライオンだというのが、じつにエイラらしいとかねがね思っていてね」胸に秘めたエイラを深く思う気持ちを言葉に出したのが恥ずかしかったのか、ジョンダラーの頬がわずかに朱に染まった。「しかし、この場が投槍器をつかうのにうってつけだという意見には賛成だ」

ジョハランは旅の一行の大半がまわりにあつまっていることに気がつき、「投槍器をつかえる者が、このなかに何人いる？」と弟ジョンダラーにたずねた。

「そうだな、まず兄さんとおれ、そしてもちろんエイラもだ」ジョンダラーはあつまっている面々を見わたしながらいった。「ラシェマーはずいぶん練習してきて、いまではかなりの腕前になっている。ソラバンは、おれたちの仲間がつかう道具の把手をマンモスの牙でつくるのに忙しくて、あまり練習できなかったが、それでも基礎は身についているな」

「わたしも、投槍器を何度かつかってみたわ、ジョハラン。自分の投槍器をもってないし、あまり上手でもない」セフォーナがいった。「でも、投槍器がなくたって手で槍を投げられるわ」

「ありがとう、セフォーナ、思い出させてくれて」ジョハランはいった。「女もふくめて、ほぼ全員が投槍器がなくても槍を投げることができる。その点を忘れてはならないな」ついでジョハランは集団の全員に指示をくだしはじめた。「おれたちはあのライオンの群れに、ここがあいつらにとって棲み心地のいい土地ではないと教えこんでやる必要がある。投槍器をつかっても手で投げてもいいが、槍であの群れを追いたててやりたいと思う者は、ここにあつまれ」

　エイラは外出用のおくるみをゆるめはじめた。「フォラーラ、わたしの代わりにしばらくジョネイラを見ていてくれる？」いいながら、ジョンダラーの妹に近づく。「もちろん、ここに残ってケーブ・ライオンを追いたてたいのなら、無理にとはいわないわ」

「獲物を追いたてたことは前にもあるけど、槍を上手に投げられたためしはないし、投槍器もたいして上達しなかったみたい」フォラーラはいった。「ええ、ジョネイラを預かるわ」

　赤ん坊はもうすっかり目を覚ましており、フォラーラが赤ん坊を受けとるために手を伸ばすと、自分から叔母に身をゆだねていった。

「わたしも手伝うわ」ジョハランのつれあいであるプロレヴァがエイラに話しかけた。プロレヴァも、女の赤ん坊をおさめた外出用のおくるみを体にくくりつけている――ジョネイラのわずか数日前に生まれた赤ん坊だった。そのうえプロレヴァは、生まれてから六年を数える活発な男の子にも目を光らせなくてはならない。「もしかしたら、子どもたちをみんなここから連れだして、さっきの突きでた岩のところまで引き返すべきなのかもしれないわ――あるいは、〈三の洞〉にまで」

「じつにいい考えだね」ジョハランはいった。「狩人たちはここに残れ。それ以外の者はみな引き返す――ただし、ゆっくりと歩けよ。急な動きは禁物だ。ケーブ・ライオンの群れには、おれたちがオーロックスの群れとおなじように、のんびりうろついているだけだと思わせておきたい。これからふた手にわかれるが、どちらも仲間同士で離れないように。ライオンはひとりでいる者を狙って追ってくるかもしれないからな」

　四本足の狩人たちにむきなおったエイラは、多くのライオンたちが強い警戒心をたたえて人間たちのほうに顔をむけている光景を目にした。動きまわるライオンたちを見ているうちに、はっきりとした特徴のあるライオンが何頭か目につき、頭数を確かめる役に立ってくれた。さらに見ていると、一頭の大きな雌ライオンがのんびりと体の向きを変えていた――いや、雄だ。人間たちに尻をむけたときに雄の器官が見えたのでわかった。エイラはうっかりして忘れていたが、この地の雄ライオンにはたてがみがない。ここから東のかつて住んでいた谷のまわりにいた雄のケーブ・ライオン――そのなかにはエイラ自身がよく知っているライオンもいたが――には、頭と首のまわりにたてがみがあったが、生え方はまばらだった。大きな群れだ――エイラは思った――両手の指をあわせた数以上のライオンがいる。子をふくめれば、さらに片手の指も足した数にもなるだろう。

エイラが見まもるうちにも、先ほどの大きなライオンが野原に数歩踏みだしてきたかと思うと、すぐくさむらに姿を消した。ほっそりとした丈の高い草が、あれほど大きな動物の体をあっさり見事に隠してしまうのが驚きだった。

ケーブ・ライオンの骨や牙は――彼らは洞穴にねぐらをかまえるのが好きであり、その洞穴が死後に残った骨を保存していたのだが――将来ずっと南の大陸をさまようことになる子孫たちの骨や牙と形状こそおなじだったが、後者の一・五倍以上は大きく、二倍の大きさをもつものもあった。冬季になるとケーブ・ライオンはぶあつい冬毛をまとった。冬毛は純白に近いほど色が淡く、年間を通じて狩りをするこの動物が雪のなかで身を隠すために役立った。一方、夏毛は――色は淡かったものの――茶褐色といえる色だ。群れのなかにはまだ換毛の途中にある個体もちらほらいて、彼らはぼろをまとっているか、斑模様《まだら》のように見えた。

エイラは、おおむね女と子どもで構成される一群の人々が狩人の群れから離れて、先ほど通りすぎてきた崖に引き返していくのを見おくった。いつでもつかえるように槍をかまえた数名の若い男女が付き添っていた――ジョハランから、警備のために付き添いを命じられた者たちだった。つづいてエイラは、馬たちがことのほか神経質になっていることにも気がつき、気分をなだめてやる必要があると思った。エイラはウルフについてくるよう合図しながら、馬たちのところへ歩いていった。

近づくエイラとウルフの姿を目にして、ウィニーは安心したようだった。ウルフは巨体の肉食獣だが、この雌馬はウルフを恐れてはいなかった。ふわふわした毛皮の小さな鞠《まり》のようだった幼いころから、ウルフがここまで成長するのをずっと見ていたし、育てるのを手伝いもしてきたからだ。しかし、エイラには不安があった。できれば馬たちには、女子どもといっしょに岩陰へ退却してほしかった。言葉や手ぶりで多くの命令をウィニーにくだすことはできる。しかし、どうすれば〝自分についてこないで、ほかの人々といっしょに行動しろ〟と告げられるのかわからなかった。

エイラが近づいていくと、レーサーが低くいなないた――三頭のうち、このレーサーがいちばん気を昂《たか》ぶらせているようだった。エイラはこの黒鹿毛《くろかげ》の雄馬に愛情のこもった挨拶をしてから、葦毛《あしげ》の雌の若馬グレイの体をたたき、掻いてやった。つづいて黄色がかった褐色の雌馬のたくましい首を抱きしめる。このウィニーは、氏族のもとを去って孤独のうちに過ごした最初の数年のあいだ、エイラの唯一の友だった。

ウィニーはエイラの肩に頭をあずけるようにして身を寄せ、慣れ親しんだ支えあう姿勢をとった。エイラは氏族の手ぶり言葉と話し言葉、それに動物の声の物真似の三つを組みあわせた言葉でウィニーに話しかけた――ウィニーがまだ子馬だったころ、そしてジョンダラーからゼランドニー語を教わる前に、エイラがひとりでつくりあげた特別な言語だった。エイラはウィニーに、フォラーラやプロレヴァといっしょに行くように話しかけた。はたしてウィニーが理解したのか、この場を離れたほうが自分と自分の子馬にとって安全だと判断しただけなのかはわからなかったが、エイラが崖のほうをむかせると、ウィニーがほかの母親たちとともにそちらへ引き返しはじめたので、さしあたりは安心だった。

しかしレーサーは神経質になって苛立ちを見せていたし、ウィニーが引き返しはじめるとさらに浮き足立ってきた。すでに成長してはいても、この若い雄馬には母親に従う習慣がある。エイラとジョンダラーがともに馬に乗っているときには、なおさらその傾向が強くなった。しかしいまは、ただちに母親に同行しようとはしなかった。うしろ足で跳ねまわり、頭をさかんにふりたて、いななきをあげているばかりだ。ジョンダラーがその声をききつけ、レーサーとエイラに視線をむけてから、近くにやってきた。近づくジョンダラーの姿を目にとめて、レーサーが静かにいなないた。自分の小さな〝群れ〟に二頭の雌がいることで、レーサーの雄馬としての保護本能が目覚めはじめているのだろうか、とジョンダラーは思った。それからジョンダラーはレーサーに話しかけ、お気にいりの場所を撫でたり掻いたりして気分を落ち着かせてやり、ウィニーといっしょに行くよう命じつつ、尻をぴしゃりと叩いた。レーサーが正しい方角に歩きはじめるには、それだけで充分だった。

エイラとジョンダラーは狩人たちのもとにもどった。ジョハランは、親友にして相談役であるソラバンとラシェマーのふたりといっしょに、残った面々のつくる輪の中心に立っていた。人数がずいぶん減ったようだった。

「いま、ライオンを狩るいちばんいい方法について話しあっていたんだ」ジョンダラーとエイラがもどると、ジョハランがいった。「どういう作戦がいいのか決められなくてね。群れをとりかこむべきなのか？　どこかの方向に追いたてるのがいいのか？　いっておけば、肉が目あての狩りなら心得はあるよ――鹿やバイソン、オーロックスはもちろんマンモスでもね。また宿営地に近づきすぎたライオンを一、二頭ばかり、ほかの狩人の助けを借りて殺した経験もある。しかし、ふだんはライオン狩りをしていない。ひとつの群れ丸々となるとなおさらだ」

「ライオンのことならエイラがくわしいわ」セフォーナがいった。「だから、エイラの意見をききましょう」

全員がエイラに顔をむけた。そのほとんどが、かつてエイラが傷ついたライオンの子を連れ帰って、一人前になるまで育てあげた話を知っていた。また狼とおなじように、ライオンもエイラの指示に従った話をジョンダラーが披露したときには、だれもがその話を信じた。

「きみはどう思うんだ、エイラ?」ジョハランはたずねた。

「ライオンがわたしたちを見ているのがわかる? わたしたちがライオンの群れを見ているのとおなじよ。彼らは自分たちを狩人だと考えてる。一転して自分たちが獲物になったとわかれば、ライオンたちはあわてふためくかもしれないわ」エイラはそう話したあとで間を置いた。

「みんなで寄りあつまったまま――叫んだり大声でおしゃべりしたりしてもいいかもしれない――群れのほうに歩いていって、それでライオンたちが後退するかどうかを確かめるのがいいと思う。でも、こっちが追いかけると決める前に、一、二頭のライオンが襲ってきた場合にそなえて、槍をいつでも投げられるようにしておきながら」

「まっすぐ群れに近づくというのか?」ラシェマーが眉を寄せながらたずねた。

「うまくいくかもしれないぞ」ソラバンがいった。「それに寄りあつまったまま進めば、周囲に目を光らせあうこともできるし」

「いい計画に思えるな」ジョンダラーはジョハランにいった。

「どんな計画にも負けないいい計画だと思うし、ひとところに寄りあつまって、おたがいの安全に目を光らせあうというのも気にいった」洞長はいった。

「おれが先頭を歩こう」ジョンダラーはいった——早くも槍を手にし、いつでも発射できるように投槍器の準備もととのえていた。「こいつがあれば、槍をすばやくはなてる」

「それは知ってる。しかし槍をはなつのは群れにもっと近づいてから、みんなが標的をやすやすと仕留められるようになるまで我慢しようじゃないか」ジョハランはいった。

「もちろんだとも」ジョンダラーはいった。「それに想定外のことが起こった場合にそなえて、エイラがおれの交替要員をつとめることになってる」

「名案だね」ジョハランはいった。「おれたち全員にそれぞれ相棒が必要だ——最初に槍をはなつ者の交替要員だよ。万が一狙いを外して、ライオンたちが逃げるどころか、こっちに襲いかかってきたときのための用心だ。どちらが先に槍をはなつかは相棒同士で話しあって決めればいいが、槍を投げるのは合図を待ってからにしたほうが混乱をおさえられそうだ」

「どんな合図にする?」ラシェマーがたずねた。

ジョハランはいっとき黙ってからこういった。「ジョンダラーに注目していろ。こいつが投げるまで待つんだ。それなら、おれたちの合図になるぞ」

「おれがあんたの相棒になるよ、ジョハラン」ラシェマーが志願した。

洞長はうなずいた。

「おれにも交替要員が必要だな」モリザンがいった。この男がマンヴェラーのつれあいの息子であることをエイラは思い出した。「自分の腕がどの程度かはわからないが、それでも練習はしてきたからね」

「わたしなら相棒になれるわ。わたしも投槍器のつかい方を練習してきたし」

女の声の方向にふりかえったエイラは、いまの発言がフォラーラの赤毛の友人、ガレヤによるものだとわかった。

ジョンダラーもガレヤに顔をむけていた。あれも洞長のつれあいの息子に近づくための方法だな——そう思いながら、ジョンダラーはちらりとエイラに目を走らせた。ガレヤの言葉の裏の意味に、エイラも気づいただろうか？

「もしセフォーナがかまわないなら、おれはセフォーナと組みたいな」ソラバンがいった。「ほら、おれもセフォーナとおなじで、投槍器をつかわずに手で槍を投げるからね」

年若いセフォーナはにっこりと微笑んだ。自分よりも経験が豊かな熟練の狩人が身近についてくれるとわかって安心したのだ。

「おれは投槍器を練習してきたぞ」パリダーがいった。この男はティヴォーナン——交易頭《こうえきがしら》のウィロマーの弟子——の友人だ。

「おれたちなら相棒になれるな」ティヴォーナンがいった。「といっても、おれは手でしか槍を投げられないが」

「いや、おれだって投槍器をみっちり練習したってわけじゃない」パリダーがいった。

エイラは若い男たちを笑顔で見まもっていた。ティヴォーナンはいまウィロマーの見習いとして交易を学んでおり、〈九の洞〉の次代の交易頭になることはまちがいない。その友人のパリダーは、ティヴォーナンが短期の交易の旅でパリダーの〈洞〉を訪れたおり、〈九の洞〉に帰るティヴォーナンとともにやってきた。さらにパリダーは、ウルフがほかの狼との恐るべき死闘に巻きこまれた場所を見つけて、エイラをそこへ連れていってくれた男でもある。エイラにとってはよき友人だった。

「投槍器をつかったことはあんまりないけど、槍のあつかいならまかせて」

あれはメジェラ、〈三の洞〉のゼランドニの侍者ね——エイラはひとり思った。ジョンダラーの弟ソノーランの活命《エラン》をさがし、活命が霊界に通じている道を見つけだすのを助けるためにエイラが初めて〈泉《いずみ》ヶ巖《がいわ》の深窟《ふかあな》〉にはいっていったさい、このメジェラが同行してくれたことが思い出された。

「これでみんなが相棒を選んだわけで、残されたのはおれたちだけだ。おれは投槍器をつかったことはおろか、投槍器がつかわれてるところを目にしたことだってほとんどないんだよ」そういったのはジャロダンだった。モリザンのいとこで、マンヴェラーの妹の息子、〈三の洞〉を訪ねていた男だった。ジャロダンは彼らとともに〈夏のつどい〉の場へと旅をして、そこで自分の〈洞〉の面々との再会を計画していた。

これで話は決まった。総勢十二人の男女が、ほぼ同数のライオンの群れを狩ることになる——動きの速さでも力強さでも、さらには獰猛《どうもう》さでも人間が足もとにも及ばない動物、もっと弱い獲物を狩ることで生きている動物の群れを。エイラの心中に不安がきざし、恐怖の震えがぞくりと体を駆けぬけていった。腕をさすると、鳥肌が立っていることがわかった。十二人のかよわい人間がライオンの群れを攻撃しようなどと、考えるだけでもおこがましいことではないか。そんなことを思っていたエイラの目に、またちがう肉食獣——エイラも知っている肉食獣——の姿が飛びこんできた。エイラはその動物に手ぶりで、そばを離れないようにと命じながら思った——十二人の人間とウルフだ、と。

「よし、出発だ」ジョハランはいった。「くれぐれも離れるな」

ゼランドニー族の〈三の洞〉と〈九の洞〉の合計十二人の狩人たちはひとかたまりになったまま、まっすぐ巨大な猫科動物の群れにむかって歩きはじめた。彼らの武器は、打ち欠《か》いて尖らせたフリントや、丸くなめらかになるまで砂で磨きぬき、さらに先端を鋭くさせた骨やマンモスの牙を先端に装着した槍だ。投槍器をもっている者もいた——これがあれば手で投げた場合よりもずっと遠くまで投げられるし、勢いと速度を増すこともできる。とはいえ、手投げの槍だけでライオンを討ちとった前例もあった。今回のライオン狩りはジョンダラーの投槍器を実地に試す機会になりそうだったが、それ以上に狩人たちの勇気を試す機会になりそうだった。

「立ち去れ！」一同が歩きはじめるなり、エイラは大声をあげた。「おまえたちには、ここにいてほしくない！」

エイラがくりかえすと、数名の者が声をあわせ、言葉に変化をつけてライオンに立ち去るよう大声で叫びかけながら、一同は群れに近づいていった。

最初のうちライオンは——老いも若きも——ただ彼らを見つめているだけだった。やがて数頭が動きだし、彼らの姿を巧みに隠してくれるくさむらにはいっていったかと思うと、また外に出てきた。どう対処したものかを決めかねているように見えた。子ライオンを引き連れていったん引きさがったライオンたちが、子を連れずにまた姿を見せた。

「あいつら、わたしたちをどうすればいいのかがわからないみたい」セフォーナが、前に進みつつある狩人の群れの中央あたりから声をあげた。出発したときよりも心づよい気分だったが、巨体の雄ライオンがいきなりうなり声をあげたときには、だれもが驚きにぎくりとして跳びあがり、その場に棒立ちになった。

「いまは足をとめてはまずいぞ」ジョハランがそういって、前進をうながした。

一同はふたたび前に進みはじめた。出発したときにくらべれば、隊伍《たいご》がいささか乱れてはいたが、一同は歩きながらふたたび身を寄せはじめた。ライオンが残らず動きはじめた。体の向きを変えて、丈の高い草のなかにはいっていくものもいた。しかし先ほどの巨大な雄はふたたびうなり声をあげ、一歩もその場を引かないまま、咆哮《ほうこう》のはじまりとも思える低いごろごろという声をあげはじめた。その背後には、数頭の体の大きなライオンが整然とならんでいた。エイラの鼻は人間の狩人たちの体から、恐怖のにおいを嗅ぎとっていた。ライオンたちも恐怖を感じているのはまちがいない。エイラ自身も恐怖を感じていたが、人々は恐怖を克服できる。

「そろそろ備えをしたほうがいいな」ジョンダラーはいった。「あの雄はご機嫌ななめのようだし、応援のライオンたちを引き連れてもいるからな」

「ここからあの雄を仕留められない？」エイラはたずねた。立てつづけのうなり声がきこえた――この声はふつう、ライオンがあげる大きな咆哮の先ぶれである。

「仕留められるかもしれない」ジョンダラーは答えた。「でも、できればもう少し近づきたい。そのほうが狙いを正確につけられる」

「それにおれも、この距離ではどれだけ正確に狙いをつけられるか自信がないな。だから、もっと近づく必要がある」ジョハランがさらに前へと足を進めながらいった。

人間たちは寄りあつまったまま、さらに前進していった。一同はいまも叫び声をあげてはいたが、群れに近づくにつれて、その声がためらいがちになっているようにエイラには思えた。ケーブ・ライオンたちはじっと動かなくなり、獲物のようなふるまいを見せない奇妙な群れが近づいてくるのを見まもりながら、しだいに緊張を強めているかに見うけられた。

つぎの瞬間、いきなりあらゆることが同時に起こった。

巨大な雄ライオンが咆哮した。その声が大地を揺るがし、耳を聾《ろう》せんばかりに響きわたった。近距離だったのでなおさらである。同時に雄ライオンは狩人たちめがけて一気に走りはじめた。ライオンが距離を詰め、跳躍のために身がまえると同時にジョンダラーが槍をはなった。

エイラは、その雄の右にいた雌ライオンを注視していた。ジョンダラーが槍を投げたのと、雌ライオンが前に躍りでて走りだし、飛びかかる体勢をとったのはほぼ同時だった。

エイラは腕をうしろに引いて狙いをつけた。エイラが槍をはなつと、槍を載せていた投槍器のうしろの部分がエイラ本人もほとんど意識せずに跳ねあがってきたのが感じられた。エイラにとってはごく自然な動作であり、意識して体を動かしたのではなかった。ジョンダラーとともにゼランドニー族の故郷を目指した一年におよぶ旅のあいだ、ずっとこの武器をつかっていたこともあり、いまでは投槍器で槍を投げることが第二の本能といえるほどの腕前になっていた。

雌ライオンは高々と跳びあがった。しかしエイラの槍は、見事に目的を達していた。槍は雌ライオンの巨体に下から命中、のどにしっかりと突き刺さって、命とりになる刺し傷を一瞬で負わせていたのだ。雌ライオンは傷から鮮血を噴きだしながら、地面にくずおれた。

エイラはすかさず槍筒から次の槍を抜きだし、叩きつけるようにして投槍器につがえながら、周囲に目を走らせて、まわりでなにが起こっているのかを見さだめた。ジョンダラーの槍が飛んでいくのが見え、さらに心臓の鼓動ひとつぶんの時間を置いて、べつの槍が飛んでいった。ラシェマーが槍を投げたばかりの姿勢をとっていることにも気がついた。またもや巨体の雌ライオンが倒された。その体がまだ地面に着かないうちに、二本めの槍が突き刺さった。それでも、まだむかってくる雌ライオンが一頭いた。エイラは槍をはなった――その寸前、自分以外の者が槍をはなったのがちらりと見えた。

エイラは次の槍を手にとると、槍を正しく投槍器につがえたことを確かめた。先細りの短い柄――槍の本体からとりはずせるつくりになっている――にとりつけられた穂先が所定の位置にしっかりと嵌《は》まりこみ、槍の長い本体部分の端にある穴に投槍器の終端部分の鉤《かぎ》がかかった状態になっていた。ついでエイラは、ふたたび周囲を見まわした。巨体の雄が倒れてはいたが、完全には死んでおらず、まだ血を流しながら体を動かしていた。エイラが仕留めた雌は血を流していたが、すでに死んでいた。

残ったライオンたちは精いっぱいすばやく、くさむらに姿を消していった。少なくともそのうち一頭が血の跡を点々と残していた。人間の狩人たちはひとつところにあつまり、周囲を見まわしながら、おたがいに笑顔を見せあいはじめた。

「うまくいったようだな」パリダーが会心の笑みをのぞかせながらいった。

しかしその言葉がおわるかおわらないかのうちに、ウルフの脅しつけるようなうなり声がエイラの耳をとらえた。ウルフは一気に跳躍して人間の群れから離れた。エイラもそのすぐあとを追った。大量に出血している雄ライオンが立ちあがり、ふたたび人間たちにむかってきていた。雄ライオンは咆《ほ》えたけりながら、一同に飛びかかってきた。エイラには雄ライオンの怒りが手にとるようにわかったし、無理からぬことだとも思った。

ウルフがライオンのもとにたどりつき――ライオンとエイラのあいだに自分をはさむようにしながら――跳びあがって攻撃を開始するなり、エイラもまた渾身の力で槍を投げつけていた。おなじ瞬間にもう一本の槍がはなたれたのが見えた。二本の槍は、それぞれ〝どすっ〟〝どすっ〟という音をたてて、ほぼ同時にライオンの体に突き刺さった。ライオンと狼は、ともに地面に倒れて動かなくなった。両者が血まみれになって倒れこんだのを目にして、エイラは小さな悲鳴を洩らした。ウルフが傷ついたのではないかと気が気でなかった。

2

ライオンのずっしりした前足が動いているのが見えるなり、エイラは息を飲んだ。あれだけの槍を体に受けながら、巨大なライオンがまだ生きていることがありうるだろうか？　しかし次の瞬間、ライオンの大きな前足の下からウルフが血まみれの頭を出そうとしていることがわかり、エイラは急いで駆けよっていった。ウルフが傷ついているかどうかは、まだわからなかった。体をくねらせて大きな前足の下からなんとか抜けだしたウルフがライオンの前足に牙を突き立て、元気よく顔を左右にふりはじめたのが見えて、エイラにもウルフの体を濡らしている血がライオンのものであり、ウルフ自身の血ではないことがわかった。次の瞬間には、ジョンダラーがエイラの隣にやってきた。ふたりはウルフの悪戯《いたずら》に笑みを誘われながら、ライオンの死体に近づいていった。

「ウルフを川に連れていって、体を洗ってやらなくちゃ」エイラはいった。「あれはみんなライオンの血ね」

「この雄を殺さなくてはならなかったなんて胸が痛むな」ジョンダラーが静かにいった。「実に堂々としたライオンだったし、自分たちの身を守ろうとしていただけなんだ」

「わたしも胸が痛むわ。このライオンを見ていると、ベビーのことが思い出されてくるから。でも、わたしたちだって自分たちの身を守らなくてはならなかった。群れの一頭に一族の子どもを殺されてたら、わたしたちがどんな気持ちになるかを考えてみて」エイラは巨大な肉食獣を見おろしながらいった。

ややあってジョンダラーがいった。「この雄については、おれたちふたりの獲物だと主張できるな。刺さったのはおれたちの槍だけだ。それに隣に立っていたこの雌を殺したのは、きみの槍だけだぞ」

「雌をもう一頭仕留めたような気もする。でも、そっちの雌はどの部分も自分のものだと主張する気はないわ」エイラはいった。「あなたはこの雄の好きな部分を自分のものにすればいい。わたしはこっちの雌の毛皮と尾をもらって、鉤爪と牙を今回の狩りの記念の品にするわ」

ふたりはしばらく無言のまま、その場にたたずんでいた。やがてジョンダラーが口をひらいた。「今回の狩りが成功におわって、だれも怪我をしなかったことがありがたく思えるよ」

「どうにかして、このライオンたちの栄誉をたたえてあげたいわ、ジョンダラー。わたしが洞穴《ケーブ》ライオンの霊に敬意をいだいており、わがトーテムに感謝していることを示すためにもね」

「おれもそうするべきだと思う。殺生をしたら霊に感謝し、食べ物をとることを許してくれた母なる大地の女神に感謝を伝えてくれと霊に頼むことが習わしなんだ。おれたちもケーブ・ライオンの霊に感謝し、おれたちが家族や〈洞《ほら》〉を守るためにこのライオンたちを殺すことを許してくれた母なる大地の女神への感謝を伝えてくれるよう、霊に頼んでもいいだろうな」ジョンダラーはいったん言葉を切った。「このライオンに水をひと口飲ませてもいいな——霊が、のどの渇きを感じたまま来世にたどりつくことがないようにね。心臓を地中に埋めて、女神のもとに返す人もいる。群れを守るためにみずからの命を捧げたこの偉大なライオンには、その両方をするべきだと思うな」

「その雄ライオンとならんで立って隣で戦ったのだから、こっちの雌ライオンにもおなじことをしてあげるわ」エイラはいった。「わたしのケーブ・ライオンのトーテムが、わたしを守ってくれたのだと思うし、ほかのみんなのことも守ってくれたのかもしれない。ライオンの群れの大きな損失を埋めるためなら、女神はケーブ・ライオンの霊がわたしたちのだれかの命をとりあげることをお許しになったかもしれない。女神がそうしなかったことが、わたしにはありがたく思えるわ」

「エイラ！　きみのいうとおりだったな！」

声をかけられたエイラはさっとふりむき、うしろから近づいてくる〈九の洞〉の洞長《ほらおさ》に笑みをむけた。

「きみは『傷ついたけものの行動は予測できないものだから。しかもケーブ・ライオンのように力が強くて動きも速い動物が傷ついて、痛みに荒れ狂ったとなったら、どんなことをしでかすか知れたものではないわ』と話していた。ライオンが倒れて血を流しているからといって、もう攻撃をしてこないだろうと勝手に思いこむのは禁物だったな」ジョハランは、自分たちが仕留めたライオンを見るために近づいてきた残りの狩人たちにいった。「おれたちはこの雄が死んでいることを、きっちり確かめるべきだったんだ」

「あの狼には驚かされたよ」パリダーはそういいながら、ウルフに目をむけた。いまウルフは、まだ血まみれの体のままのんびりとエイラの足もとにすわり、口の端からだらんと舌を垂らしていた。「狼はおれたちに警告してくれた。しかし、狼がライオンに襲いかかっていくなんて――ライオンが傷ついていようといまいと関係なく――想像したことさえなかった」

ジョンダラーは微笑んだ。「ウルフはエイラを守るんだよ。相手がだれだろうと、なんだろうと関係なく、エイラの身が脅かされれば、ウルフはその相手を攻撃するよ」

「あんたが相手でもかい、ジョンダラー?」パリダーはたずねた。

「ああ、おれでもだ」

落ち着かない沈黙が流れた。ついでジョハランがいった。「仕留めたライオンは全部で何頭だ?」

あたりの地面には何頭ものライオンが倒れていた。なかには、複数の槍を体に受けたライオンもいた。

「全部で五頭ね」エイラはいった。

「ふたり以上の槍が刺さっているライオンは、槍のもちぬしのあいだで分配するように」ジョハランはいった。「ライオンをどのようにするかは、狩人同士で決めていい」

「この雄とこの雌に刺さっている槍は、エイラとおれのものだけだ。だから、この二頭はおれたちのものだと主張できるな」ジョンダラーはいった。「おれたちは必要に迫られたわけだが、このライオンたちは家族を守ろうとしたのだから、彼らの霊の栄誉をたたえたい。あいにくここにはゼランドニがひとりもいないが、彼らを霊界に送りだす前に水をひと口飲ませてやることはできるし、それぞれの心臓を地中に埋めて母なる大地の女神のもとに返すこともできる」

ほかの狩人がいっせいにうなずいて賛意を示した。

エイラは自分が仕留めた雌ライオンに歩みより、水袋をとりだした。袋は細心の注意で洗った鹿の胃袋の幽門を縛ったものだった。噴門には突起部を削りとった鹿の椎骨《ついこつ》をはめこみ、そのまわりに胃の皮をぎゅっと寄せて、上から腱《けん》できつく縛りあげてあった。椎骨に最初からある中空部分は、すこぶる便利な水の注ぎ口になった。水栓は細い皮紐のおなじ箇所に結び目を数回つくったもので、椎骨の穴に押しこんであった。エイラは結び目をつくった皮紐を引き抜き、水を口にふくんだ。ついで地面に膝をついて雌ライオンの顔の上にかがみこみ、頭の向きを変えて口をあけ、自分の口からライオンの口に水を注いだ。

「わたしたちは感謝しています、万物の母たる女神《ドニ》。ケーブ・ライオンの霊にも感謝します」エイラは声に出していった。ついで、氏族の格式ある言語である声をつかわない手ぶり言葉で——霊界に語りかけるときに氏族がもちいる言語で——話しはじめたが、手の動きで語っている言葉の意味を同時に小声で口に出してもいた。「この女は、みずからのトーテムである偉大なるケーブ・ライオンの霊に感謝を捧げます。ケーブ・ライオンの霊が、その生けるケーブ・ライオンの数頭を人間の槍で倒すことをわたしたちに許してくださったからです。この女はまた、生けるケーブ・ライオンが命を落としたことへの悼みをケーブ・ライオンの霊に捧げます。母なる女神とケーブ・ライオンの霊は、ともにこれが人間たちの安全にとってやむをえないことをご存じでしたが、それでもこの女は感謝を表したいと思います」

エイラは、自分を見つめている狩人たちの群れにむきなおった。彼らが慣れ親しんだ儀式とは流儀がちがっていたが、それでも彼らは夢中になってエイラを見ていたし、自分たちの領地を自分たちばかりかほかの人々のためにも、より安全な場所にするべく、それぞれの恐怖に立ちむかっていった彼ら狩人たちには、エイラの儀式がまったくもって場にふさわしく感じられた。さらにこのひと幕で彼らは、自分たちの大ゼランドニが、この異郷生まれの女を侍者にした理由を理解していた。

「わたしの槍が刺さったかもしれないほかのライオンまで、わたしのものだと主張するつもりはないわ。でも、槍は返してほしい」エイラはいった。「そしてこのライオンに刺さっているのはわたしの槍だけ、だからこのライオンはわたしのものだと主張するわ。このライオンの皮と尾、および鉤爪と牙はわたしのものにする」

「肉はどうするんだ?」パリダーがたずねた。「少しは食べるつもりかい?」

「いいえ。わたしにいわせてもらえば、ハイエナが食べてもかまわないわ」エイラはいった。「肉を食べるけものの肉が口にあわないの——とくにケーブ・ライオンの肉は」

「おれはライオンを食べたことがないな」

「ああ、おれも食べたことがない」そういったのは、ガレヤと組んでいた〈三の洞〉のモリザンだった。

「あなたたちの槍はライオンに一本も刺さらなかったの?」エイラはたずねた。エイラの前でふたりの男たちは、悲しげにかぶりをふっていた。「欲しいのなら、このライオンの肉は——わたしが心臓を地中に埋めたあとで——あなたたちにあげる。でも、わたしだったら肝臓は食べないでおくわ」

「どうして?」ティヴォーナンがたずねた。

「わたしが幼い時分にいっしょにいた人たちは、肉食獣の肝臓は毒とおなじで、食べれば命を落とすと信じていたの」エイラは答えた。「彼らのあいだには、これについての話がいくつも語り継がれてたわ。なかでも有名だったのは、ある身勝手な女が猫——大山猫だったと思うけど——の肝臓を食べて死んでしまう話。だから、肝臓も心臓といっしょに埋めるべきなのかもしれないわ」

「肉を食べる動物の肝臓は、どれも人の体によくないの?」ガレヤがエイラにたずねた。

「熊は大丈夫だと思う。熊は肉を食べるけど、そのほかなんでも食べるから。洞穴熊《ケーブ・ベア》は肉をまったく食べないし、その肉はおいしいわ。ケーブ・ベアの肝臓を食べても死ななかった人も何人か知ってるわよ」エイラは答えた。

「そういえば、ケーブ・ベアをもう何年も目にしていないな」ソラバンがいった。近くに立って話をきいていたのだ。「このあたりには、もうあまりいないんだ。本当にケーブ・ベアの肉を食べたことがあるのかい?」

「ええ」エイラは答えた。さらにエイラは、ケーブ・ベアの肉は氏族にとって神聖なものであり、食べるのはある種の儀式の宴の場合にかぎられると説明しようと思ったが、考えなおしてやめにした——そんな話をしても、答えるのに時間がかかりすぎる質問の呼び水になるだけだ。

エイラは雌ライオンに目をむけて、深々と息を吸いこんだ。かなりの巨体なので、皮剝《は》ぎには時間がかかりそうだった。手伝いをつかってもいいかもしれない。そう思ってエイラは、質問を口にしていた四人の若者を観察した。四人とも投槍器《とうそうき》をつかってはいなかったが、これももう変わるかもしれない。たしかにだれもライオンに槍を突き刺すことはできなかったが、それでも彼らはこの狩りの一員にみずから志願し、みずからの身を危険にさらしたのだ。

エイラは若者たちに微笑みかけて、「この雌ライオンの皮剝ぎを手伝ってくれたら、鉤爪をひとつずつあげるわ」といった。若者たちが笑みを返した。

「喜んで手伝うよ」パリダーとティヴォーナンが異口同音にいった。

「おれもだ」モリザンがいった。

「よかった。手伝いが欲しかったから」それからエイラはモリザンにいった。「たしか、まだ正式な自己紹介をしていなかったわね」

エイラはこの若い男にむきなおると、手のひらを空にむけて両手を前に突きだした——隠しだてをしていないことと友愛とを示す礼式にかなったしぐさだ。「わたしはゼランドニー族〈九の洞〉のエイラ、母なる大地の女神に仕える者の最高位にある大ゼランドニの侍者、ゼランドニー族〈九の洞〉の洞長ジョハランの弟にしてフリント細工の匠《たくみ》であるジョンダラーのつれあい。以前はマムトイ族ライオン簇《むら》、〈マンモスの炉辺〉の娘だった者、ケーブ・ライオンの霊に選ばれし者にしてケーブ・ベアの霊に守られし者、馬のウィニーとレーサーとグレイ、そして四本足の狩人であるウルフの友人よ」

相手の表情から察するに、正式な紹介の口上としては充分だったようだ。名前と絆を述べ立てた口上の前半に、モリザンは多少圧倒されてしまったのかもしれない――エイラがゼランドニー族全体でももっとも高位に属する者たちとつながりをもっているからだ。そして後半は、なんのことだか見当もつかなかったのではあるまいか。

モリザンは手を伸ばしてエイラの手をとり、名前と絆を述べはじめた。「おれはゼランドニー族〈三の洞〉のモリザン」神経質な口調でそうはじめたはよかったが、すぐ次になにをいえばいいのかを考えこんでしまったらしい。「おれは〈三の洞〉の洞長マンヴェラーのつれあいの息子、いとこにあたるは……」

エイラは、モリザンがまだ若く、そのため初対面の人に自己紹介の口上を述べることにまだ慣れていないのだろうと察した。エイラはモリザンの肩の荷を降ろしてやることにして、正式な紹介の儀をおわらせた。「女神《ドニ》の名において、あなたを歓迎します、ゼランドニー族〈三の洞〉のモリザン」エイラはさらにいい添えた。「あなたの手伝いも歓迎します」

「わたしも手伝わせてちょうだい」ガレヤがいった。「きょうの狩りのようすがに鉤爪が欲しいの。ライオンに一本の槍も刺せなかったけれど、狩りはすごく楽しかった。ちょっと怖かったけれど、でもとっても楽しかったわ」

エイラは、その気持ちはわかるとうなずいた。「では、はじめましょう。でも、これだけはいっておくわ――鉤爪や牙を抜くときには、くれぐれも注意して肌を引っかかないようにしてね。ちゃんと火を通さないうちは、取り扱いにはくれぐれも注意すること。引っかいたりすると、厄介な傷になるかもしれないの。腫れあがって、いやなにおいの膿《うみ》が出てくるような傷に」

ふと顔をあげたエイラは、遠くの突きでている岩の陰から何人かの人々がこちらに近づいてくることに気がついた。そのうち何人かは、〈三の洞〉の人々のうち、エイラたちの集団にくわわった最初の集団にはいなかった者たちだとわかった。彼らのなかには、力強く活気にあふれた年かさの男であり、洞長をつとめているマンヴェラーの姿もあった。

「マンヴェラーと何人かの人がここにやってくるわ」セフォーナがいった。どうやらエイラと同様に彼らの姿を目にして、それがだれかもわかったらしい。

狩人のもとにたどりつくと、マンヴェラーがジョハランに歩みより、「ゼランドニー族〈九の洞〉の洞長ジョハラン、きみを母なる大地の女神ドニの名において歓迎しよう」といい、手のひらを上にむけて両手をさしだした。

ジョハランはその手をとると、もうひとりの洞長を歓迎するために礼式にのっとった短い挨拶を返した。「母なる大地の女神ドニの名において、きみを歓迎しよう、ゼランドニー族〈三の洞〉の洞長であるマンヴェラーよ」

これは、洞長同士が挨拶をかわす場合の習慣になっている作法だった。

「きみが後方に送りかえした人たちがやってきて、なにが起こっているかを話してくれたのでね」マンヴェラーはいった。「われわれも、ここ数日にわたってこのあたりでライオンを見かけていたので、加勢にやってきたのだよ。ライオンの群れは一定の間を置いてやってきているようで、どうしたものかと考えていたんだ。しかし、きみたちがこの問題を解決してくれたようだな。見たところ四頭……いや、五頭のライオンが倒れているし、そのうち一頭は雄だ。となると、残った雌ライオンたちは新しい雄を見つけないとならないね——群れが分かれて、二頭以上の雄を見つけることになるかもしれん。群れの仕組みそのものが変わるだろうな。となると、ほどなくもどってきて、われわれを煩わせるようなこともあるまい。きみたちにはぜひとも感謝させてくれ」

「おれたちとしても、ここを安全に通れるとは思えなかったし、ライオンの群れが近場の〈洞〉の安全を脅かすのも歓迎できなかったので、あいつらを追いはらうことに決めたんだ。なんといっても、投槍器をつかえる者が何人かいたしね。投槍器があってよかったよ。あの大きな雄は深傷《ふかで》を負い、こちらがてっきりもう死んだと思ったあとも、ふたたび襲いかかってきたしね」ジョハランは答えた。

「ケーブ・ライオン狩りはじつに危険だよ。倒したライオンはどうする?」

「たしか、皮と牙と鉤爪はおのがものにしたいと主張する声があがった。また、肉を食べてみたいという者もちらほらいるようだ」

「それは大仕事だな」マンヴェラーは鼻の頭に皺を寄せていった。「われわれも皮剝ぎを手伝おう。それでも時間のかかる仕事だ。それゆえ、今夜はわれわれのもとで過ごすのがいいだろう。こちらから早走りの使者を〈七の洞〉に送りだして、きみたちが遅れることと理由を説明しておいてもいい」

「ありがたい。では、寄らせてもらおう。恩に着るよ、マンヴェラー」ジョハランはいった。


〈三の洞〉では、翌朝〈九の洞〉の面々が出発する前に食事をふるまってくれた。ジョハランとプロレヴァ、プロレヴァの息子のジャラダル、新しく生まれた女の赤ん坊のセソーナといった面々は、ジョンダラーとエイラ、エイラの娘のジョネイラともども日当たりのいい岩屋の入口前に腰をすえ、食べ物を楽しむと同時に、景色で目を楽しませてもいた。

「どうやらモリザンは、フォラーラの友だちのガレヤに興味があるみたいね」プロレヴァがいった。いま一同は、まだつれあいをとっていない若者たちの集団を、家族のある年かさの縁者ならではの鷹揚《おうよう》な目でながめていた。

「そうだな」ジョンダラーはにやりと笑っていった。「きのうのライオン狩りのときには、ガレヤがモリザンの交替要員をつとめていたよ。あんなふうにともに狩りをして、おたがい頼りにしあう経験をすると、たちまち特別な絆が生まれてくるものだ――たとえ、ふたりのどちらも一本の槍もライオンに命中させられず、ライオンを自分のものだと主張できなくてもね。しかしエイラが雌ライオンの皮剝ぎを彼らに手伝わせ、それぞれに鉤爪をあげていた。そっちの仕事が手早くすんだあとは、おれのところにも来て手伝ってくれた。だからおれからも、連中ひとりひとりに小さな鉤爪をあげた。だから、みんなが狩りの思い出の品を手に入れられたわけさ」

「ゆうべ、あの子たちが煮炊きの籠《かご》を囲みながら見せびらかしていたのはそれだったのね」プロレヴァがいった。

「ぼくも思い出の品に鉤爪をもらえない？」ジャラダルがエイラにたずねた。大人たちの話を一心にきいていたらしい。

「ジャラダル、あれは狩りの思い出の品よ」母親がいった。「大きくなって狩りにいけるようになったら、そのときにはおまえが自分で思い出の品を手にいれるの」

「いいじゃないか、プロレヴァ。おれからこの子にひとつやろう」ジョハランはつれあいの息子にやさしい笑みをむけながらいった。「おれもライオンを仕留めたんだぞ」

「ほんとに！」六歳の男の子は昂奮もあらわにいった。「ぼくにも鉤爪をくれる？　早くロベナンに見せてやりたいよ！」

「この子にわたす前に、まず鉤爪を茹《ゆ》でておかなくてはだめよ」エイラはいった。

「ガレヤやほかの連中がゆうべ茹でていたのは鉤爪だったよ」ジョンダラーがいった。「鉤爪や牙を手で扱う前に、まずちゃんと茹でろとエイラが強くいったんだ。茹でていないライオンの鉤爪で引っかき傷をつくると厄介なことになるといってね」

「茹でることでなにが変わるの？」プロレヴァがたずねた。

「まだ小さなころ、それも氏族に見つけてもらう前、ケーブ・ライオンに引っかかれたことがあるの」エイラは答えた。「いまも足に残っている傷痕がそのときのものよ。引っかかれたときのことはほとんど覚えていないけど、傷が治るまでにどれだけ痛い思いをしたかはいまでも忘れられないわ。氏族も動物の牙や鉤爪をとっておくのが好きだったのね。そしてイーザがわたしに薬師《くすし》になるための教えを授けだしたとき、まっさきに教えてくれたのが、動物の牙や鉤爪は手で扱う前にきちんと茹でなくてはいけない、ということだった。イーザは、牙や鉤爪には邪《よこし》まな霊がいっぱいいいて、熱い湯で茹でることで悪を追いだすことができると話してたわ」

「あの手の動物たちが鉤爪でなにをするかを思うなら、そこに邪まな霊がいっぱい宿っていても当然ね」プロレヴァはいった。「ジャラダルの鉤爪も、まっさきにちゃんと茹でるようにしなくちゃ」

「きのうのライオン狩りは、おまえの武器が役に立つことの証《あかし》になったな」ジョハランはジョンダラーにいった。「槍しか手もとになかった者たちも、もしライオンがもっと近づいていれば、われわれが身を守る役目を果たしてくれたとは思う。しかし、ライオンを仕留めたのは投槍器をつかった槍だけだった。これで、投槍器を練習しようという気になる者が増えてくるだろうな」

一同はマンヴェラーが近づいてくるのを目にして、こころよくこの洞長を迎えた。

「ライオンの皮はここに置いていき、帰りに寄って受けとるといい」マンヴェラーはいった。「皮はこの下の岩屋の奥にしまっておく。あそこは涼しいから、数日くらいしまっておいても心配ない――あとの処理は〈洞〉に帰ってからすればいい」

狩りの直前に一行が通りすぎたそそりたつ石灰岩の崖は、〈二本川《にほんがわ》の巖《いわ》〉と呼ばれていた。草《くさ》ノ川《かわ》がここで大川《おおかわ》に合流しているからだ。ここには奥が深くなっている岩棚が三層あり、それぞれが積み重なっているため、迫《せ》りだした岩棚がひとつ下の空間を守る屋根の役目を果たしていた。〈三の洞〉はその三つのすべてをつかっていたが、住んでいたのは、おもに二本の川や崖のまわりの絶景をぞんぶんに楽しめる、広大な中央の岩屋だった。残る上下の岩屋は、おもに倉庫として活用されていた。

「それは助かるな」ジョハランがいった。「それでなくても荷物があり、赤ん坊や子どもたちがいて、おまけに予定よりも遅れているのでね。〈馬頭巖《ばとういわ》〉と〈七の洞〉までのこの旅も前々から計画をつくっていたからよかったようなものの、そうでなかったらぜったいに間にあわなくなるところだ。なんといっても〈夏のつどい〉ではみんなと会うわけで、出発前にやらなくちゃいけないことが多すぎた。しかし、〈七の洞〉ではエイラに心から来てほしがっているし、大ゼランドニはエイラに〈馬頭巖〉を見せたがってる。それに〈七の洞〉からも近いという理由で、みんな〈長老の炉辺〉に行って〈二の洞〉を訪ねて、下の岩屋の壁に彫りこまれた祖先の姿を見たがってもいるしね」

「母なる女神に仕える者の最高位にある者は、いまどこにいる?」マンヴェラーがたずねた。

「もう向こうに到着しているよ。四、五日前にね」ジョハランが答えた。「ゼランドニアの人たち数人といろいろと相談しているところだ。〈夏のつどい〉がらみのことをね」

「話のついでだが、きみたちはいつごろ出発する予定だ?」マンヴェラーがいった。「なんなら、おれたちもいっしょに旅ができるかもしれん」

「おれは前々から、いくらか早めに出発するのが好きでね。うちのような大所帯の〈洞〉ともなると、すんなり落ち着ける場所を見つけるのもひと苦労だ。そのうえ、同行させる動物たちのことも考えてやらなくちゃならない。〈二十六の洞〉には前に行ったこともあるが、あのあたりのことはあまりよく知らないし」

「西ノ川ぞいに大きくひらけた平坦な野原があるな」マンヴェラーがいった。「夏の寓舎《すまい》をたくさんつくるにはうってつけの場所だよ。ただし、馬には理想的な場所とはいえないと思う」

「去年見つけた場所はよかったな。さまざまな活動の中心から遠く離れていてもね。しかし、今年はどんな場所を見つけられるのかはわからない。最初はひと足先に偵察に行くことも考えていたが、例の春の大雨に見舞われてしまってね。大変な思いをしてぬかるみを進むような真似はしたくなかった」ジョハランはいった。

「多少離れていてもかまわないというのなら、〈二十六の洞〉の岩屋である〈日の見台〉に近いところに行けば、まわりから隠れているようなひっそりした場所があるぞ。いまでは川の流れから離れて奥まった場所になっている、昔の川床の土手近くの崖にあるんだ」

「そこを下見してもいいかもしれん」ジョハランはいった。「いつ出発するかを決めたら、早走りの者を先遣に出そう。〈三の洞〉もおなじときに出発したいとなれば、いっしょに行ける。向こうに血縁の者がいたのではなかったか？　旅の道筋に心あたりは？　西ノ川がおおざっぱに大川とおなじ方向へ流れているのは知ってるので、見つけるのはむずかしくないと思う。だから南にくだって大川に行きあたったら、西ノ川に行きあたるまでは西に、そのあと北に進路をとればいい。とはいえ、そちらがもっと近道を知っているのなら、いくらか早く着けるだろうな」

「よくぞきいてくれたな」マンヴェラーがいった。「知ってのとおり、おれのつれあいは〈二十六の洞〉の出《で》だし、子どもたちがまだ幼いころには、よく向こうの〈洞〉を訪ねたものだよ。つれあいが死んでからは足を運んでないので、今度の〈夏のつどい〉でしばらく会っていなかった人たちと顔をあわせるのが、いまから楽しみでたまらないね。モリザンとそのきょうだいは、あっちにいとこたちがいるし」

「帰りにライオンの皮をとりに寄ったら、そのときもっと話をしよう。〈三の洞〉の人たちにいろいろ世話になって助かったよ、マンヴェラー」ジョハランはそういうと、出発のために体の向きを変えた。「さあ、出発するぞ。〈二の洞〉の連中がおれたちを待っているし、最高位の大ゼランドニはエイラに驚くような洞窟を見せたがってるんだ」


霜が消えたばかりの焦茶色の冷たい大地に春の新芽がめぶいて、エメラルド色の水彩絵具をにじませたような彩りを添えた。短い春が進むにつれて植物は茎を伸ばし、鞘《さや》に包まれていたほっそりとした葉は完全に成長して、川ぞいの寒々とした色あいの氾濫原が青々とした草原に姿を変えた。初夏のもっと暖かな風に波打つ成長の早い緑の植物も、やがて色褪せて成熟をあらわす黄金色に変わり、この草原がわきを流れていく川の名前の由来になった。

〈九の洞〉と〈三の洞〉の者をとりまぜた旅人たちの集団は、草ノ川に沿って前日も歩いた経路をいまふたたび進んでいた。岩が突きだしている箇所では、草ノ川の清流と断崖にはさまれている細道を一列になって進んでいく。そこを通りぬけると、前に進みでてふたり、あるいは三人でならんで歩く者も出はじめた。

一行は、渡瀬にむかうわき道に進路をとった——ここは早くも〈ライオン狩りの地〉と呼ばれるようになっていた。川のなかに岩が自然のままに散らばっているところをわたるのは、そう簡単ではなかった。身軽な若い男であれば、岩から次の滑りやすい岩までやすやすと跳躍できる。しかし身ごもっている女や赤ん坊をかかえた女、食糧や衣類や道具類を運んでいる者や年老いた男女にとっては、そう簡単なことではなかった。そこで水位が下がると姿を見せる滑りやすい石同士のあいだの隙間を埋めるべく、人の手でさらに岩が配されていた。全員が支流をわたりきって、また道幅が広がると、ふたりか三人が横ならびになって歩くようになった。

モリザンは、ジョンダラーとエイラを待っていた。ふたりは列の最後尾で馬たちの前を歩いていた。モリザンがふたりのあいだにはいってきた。気やすい挨拶をすませると、モリザンがいった。「あんたの投槍器があんなにすごい武器だなんて、これまではまったく気づかなかったよ、ジョンダラー。前にも練習したことはあったけど、あんたとエイラがつかいこなしているのを見て、あらためてすごいものだって思ったんだ」

「投槍器に慣れておこうというのは賢明な判断だと思うぞ、モリザン。効果的な武器だからな。マンヴェラーにいわれたのか？　それとも自分で考えて決めたことかな？」ジョンダラーはたずねた。

「自分で考えて決めた。でもいったんはじめると、マンヴェラーも励ましてくれたよ。おれが練習することで、いい手本になるっていってね」モリザンはいった。「でも、本音をいえばそんなことはどうだってよかった。ただ、つかい方を身につけたい武器だと思っただけでさ」

ジョンダラーは、この若者ににやりと笑いかけた。この新しい武器を最初に試してみようと思ってくれるのは、どちらかといえば年の若い者だろう——ジョンダラーはそう予測していたし、このモリザンの反応こそ、ジョンダラーが心中ひそかに望んでいたことだった。

「それはよかった。練習すれば、それだけ腕もあがるぞ。エイラとおれはずいぶん長いこと投槍器の練習をつづけてきた――丸一年がかりの故郷への旅のあいだはもちろん、その前にも一年以上練習してきたんだ。おまえも見てわかっただろうが、投槍器なら女でもじつに巧みにあつかえるんだよ」

草ノ川ぞいに上流を目指してかなり進んだところで、一行は小草ノ川という名前の、本流よりも小さい支流に行きあたった。こちらの川幅の狭い支流に沿ってさらに上流方面にむかううちに、エイラはあたりの空気が変化したことを感じとっていた。ひんやりした湿気をはらんだ爽やかな空気に、濃厚な香りが満ちていた。草すら濃い緑色に変わってきたし、地面はところどころで柔らかくなっていた。緑豊かな峡谷を抜けて石灰岩の断崖に近づいていくあいだ、道は丈の高い葦《あし》や蒲《がま》の生えている沼地をよけて伸びていた。

数人が外で一行を待っていた。そのなかに、ふたりの若い女の姿があった。ふたりの姿を目にとめると、エイラの口もとがほころんだ。昨年の〈夏のつどい〉でひらかれた〈縁結びの儀〉でつれあいをとった仲間であり、エイラはこのふたりにことのほか親近感をいだいていた。

「レヴェラ！　ジャニダ！　あなたたちと会うのを本当に楽しみにしてたのよ」エイラはそういいながら、ふたりに近づいていった。「ふたりとも〈二の洞〉に引っ越す決心をしたという話はきいていたし」

「エイラ！」レヴェラがいった。「〈馬頭巌〉にようこそ。わたしたち、キメランといっしょにここに来ようと決めたの。そうすれば、あなたが〈二の洞〉に到着する前に会えるから。会えてうれしいわ」

「ほんとに」ジャニダが同意した。レヴェラやエイラよりはかなり年下で内気なところがあったが、顔には人なつっこい笑みがのぞいていた。「わたしもあなたに会えてうれしいわ、エイラ」

三人の女たちは抱擁をかわしたが、身ごなしにはそれぞれ注意を払っていた。エイラとジャニダはどちらも赤ん坊を抱いていたし、レヴェラは身ごもっていたからだ。

「男の子が生まれたんですってね」エイラはジャニダにいった。

「ええ、ジェリダンと名づけたわ」ジャニダはいいながら自分の赤ん坊を見せた。

「わたしは女の子を産んだの。名前はジョネイラ」エイラはいった。ジョネイラは人の話し声ですでに目を覚ましていた。エイラは話しながら娘を外出用のおくるみから抱えあげ、ジャニダの息子に目をむけた。「まあ、こんなかわいい子は見たこともないわ。抱っこしてもいい?」

「ええ、もちろん。わたしにも、お嬢ちゃんを抱っこさせて」ジャニダはいった。

「わたしに赤ちゃんを預ければいいわ、エイラ」レヴェラがいった。「そうすれば、あなたはジェリダンを抱っこできるでしょう? そのあとわたしは……ええと、ジョネイラだっけ?」エイラがうなずいたのを見て、レヴェラはつづけた。「ジョネイラをジャニダにわたすわ」

女たちは赤ん坊を取り替えてあやしながら、とっくりとながめ、わが子と比較した。

「レヴェラが身ごもっているのは知ってるでしょう?」ジャニダはエイラにたずねた。

「ええ、わかるわ」エイラは答えた。「赤ちゃんがいつごろ生まれるのかはわかるの、レヴェラ? そのときにはこっちに来て、あなたのもとにいるつもりよ。それにプロレヴァも来ると思うわ」

「はっきりとはわからない。月が何回かめぐったころね。あなたにはぜひ来てほしいし、プロレヴァ姉さんにはぜったいそばにいてほしいわ」レヴェラはいった。「でも、ここに来る必要はないかも。だって、全員が〈夏のつどい〉で顔をあわせるかもしれないし」

「そのとおりね」エイラはいった。「みんながまわりにいれば、あなたもなんの心配もないわ。大ゼランドニその人もいるし。お産の手伝いにかけては、すばらしい腕のもちぬしよ」

「人が多くなりそうね」ジャニダはいった。「みんなレヴェラのことが大好きだもの。でも、その全員が立ちあえるはずはないわ。そんなことになったら足の踏み場もなくなっちゃう。わたしはいないほうがいいかも。あまり経験もないし。でも、やっぱりそのときはあなたのそばにいたいの。あなたがわたしのお産のとき、そばにいてくれたみたいにね、レヴェラ。でももちろん、もっと前からの知りあいについていてほしいというのなら、その気持ちもわかるし」

「あなたにはそばにいてほしいに決まってるじゃないの、ジャニダ。それにエイラもよ。なんといっても、わたしたちはおなじ〈縁結びの儀〉でつれあいをとった仲、これは特別な絆よ」

エイラには、いましがたジャニダが明かした胸の裡《うち》が痛いほどよくわかった。自身もまた、レヴェラはお産の場にもっと昔からの友人に立ちあってほしいといいだすのではないか、と思っていたからだ。エイラは年下のレヴェラへの愛情が一気にこみあげてくるのを感じた。また、すすんで自分を受け入れようとしているレヴェラの気持ちにふれて、いつしかあふれそうになった涙をこらえている自分に気がついて驚かされもした。子ども時代のエイラにはあまり友人がいなかった。氏族の少女はまだ幼いうちにつれあいをとらされる。親しかったといえなくもないオガはブラウドのつれあいになった。ブラウドは異人の少女エイラを憎むようになっていたし、オガがエイラと親しくつきあうのを許すはずはなかった。イーザの娘のウバのことは、氏族の妹だと思って愛していたが、年下すぎて友人というよりは娘のようにさえ思えていた。氏族のほかの女たちもやがてはエイラを受け入れ、気づかいさえ見せてくれたが、エイラを本当に理解することはなかった。同年代の女の友だちをもつことの楽しさをエイラが知ったのは、マムトイ族とともに暮らしてディーギーに出会ってからのことだ。

「〈縁結びの儀〉やつれあいの話が出たから思い出したけど、ジョンデカムとペリダルはどこにいるの?」エイラはいった。「ジョンダラーも、あのふたりには特別な絆を感じてるはず。あの人はふたりと会うのをとても楽しみにしているの」

「ふたりもジョンダラーと会うのを楽しみにしてるわ」レヴェラがいった。「あなたたちが来るとわかってからというもの、ジョンデカムもペリダルも口をひらけば、ジョンダラーのことや、ジョンダラーがつくった槍を投げる武器のことしか話さなくなっちゃって」

「ティショーナとマーシェヴァルが、いまは〈九の洞〉に住んでいるのは知ってる?」エイラは、やはりおなじときにつれあい同士になったふたりの名前を話に出した。「最初は〈十四の洞〉に住もうとしていたのだけれど、マーシェヴァルがしじゅう〈九の洞〉に来ていたのね——というか、〈川《かわ》の下《しも》〉でマンモスの牙の細工を教わって、よく〈九の洞〉で夜を明かしていたの。それで、ふたりで引っ越すことにしたわけ」

ゼランドニアに属する三人は離れたところに立ったまま、おしゃべりに興じている若い女たちを見つめていた。大ゼランドニはエイラがやすやすとふたりとの会話に溶けこんでいき、赤ん坊を交換しあい、つれあいと子どものいる若い女——およびまもなく子どもを授かる女——の関心事のあれこれについて昂奮した口調で話すさまを目にとめていた。すでにエイラには一人前のゼランドニになるための基礎のいくつかを教えたし、エイラはまちがいなく興味をいだき、すばやく吸収していた。しかし大ゼランドニはまた、エイラがいかにたやすく気を逸《そら》されてしまうかにも気がついていた。これまでは自分を抑え、エイラに母親として、つれあいのある女としての暮らしを好きに楽しませてきた。そろそろエイラへの圧力を多少増やしてもいいかもしれない——エイラを深くかかわらせ、学ぶべきことを学ぶための時間を、エイラがみずから増やすよう仕向けるために。

「そろそろ行かなくてはならないわ、エイラ」大ゼランドニはいった。「わたしたちが料理や人を訪ねたり会ったりする用事に深く巻きこまれてしまう前に、ぜひともあなたに洞窟を見てほしいの」

「わかりました」エイラはいった。「三頭の馬とウルフはジョンダラーのもとに残してきましたし、動物たちの居場所をつくってやらなくてはいけません。ジョンダラーにも会いたい人がいるはずですし」

一同は急峻な石灰岩の崖に近づいていった。沈みゆく太陽の光が崖を正面から照らしており、その近くで焚かれている小さな焚火もまばゆい夕陽のなかではほとんど見えなかった。黒々とした穴が見えたが、それほどはっきりと見えていたわけではなかった。岩壁にいくつかの松明《たいまつ》が立てかけてあり、ゼランドニアに属する者たちがひとりずつ、それぞれの松明に火をつけていった。ほかの面々について暗い穴に足を踏みいれたエイラは、闇にすっぽりと身を包まれると同時にぞくりと震えた。岩壁の穴にはいると、いきなり空気が冷たく、じっとりと湿っているように感じられたが、エイラの体が震えた理由は気温の急激な低下だけではなかった。ここに来た経験はない。知らない洞穴に初めて足を踏みいれるとき、エイラは決まって一抹の不安とためらいを感じた。

開口部はそれほど大きくなかったが、だからといって洞窟にはいるのに身をかがめる必要のある者はひとりもいなかった。エイラは外で火をつけた松明を左手で高くかかげもち、右手を伸ばしてごつごつした岩壁に触れさせることで体を安定させた。

柔らかな皮の外出用おくるみで胸に抱きよせている温かな赤ん坊は、まだ目を覚ましていた。エイラは石壁から離した手で赤ん坊をそっと叩いて、落ち着かせようとした。あたりを見まわして、さらに奥へと進みながら、エイラは思った――ジョネイラも気温の変化を感じとったのかもしれない。それほど大きな洞窟ではなく、内部は自然にいくつかの部屋にわかれていた。

「あなたに見せたいものは、隣の部屋にあるわ」そういったのは〈二の洞〉のゼランドニだった。エイラ同様に背の高い金髪の女だったが、多少年上である。

母なる大地の女神に仕える者の最高位にある大ゼランドニは一歩わきへ退き、エイラが先頭の女につづいて通れるよう道をあけた。

「先にお行きなさい。わたしは見たことがあるから」大ゼランドニはいいながら、かなりの巨体が邪魔にならないところまで退いた。

大ゼランドニにあわせて、年かさの男もあとずさった。「わたしもまた前に見たことがある――何度も何度もね」

エイラはこの〈七の洞〉の老ゼランドニが、一同の先頭を歩いている女とよく似ていることに目をとめた。いくぶん背中が曲がっていたが、〈七の洞〉のゼランドニも背が高かった。ただし、髪は金色よりも白が多くなっていた。

〈二の洞〉のゼランドニが松明を高くかかげて、光を前方に投げかけた。エイラもそれにならった。ここに来るまでにも石壁の一部にぼんやりとした絵が見えていたような気がしたが、立ち止まって教えてくれる者もいなかったので、それが絵だったのかどうかはわからない。ついで、だれかが旋律を口ずさみはじめた――豊かで美しい響きの声だった。エイラにはそれが自身の導師、最高位の大ゼランドニの声だとわかった。その声が狭い岩屋に響いていたが、ひときわよく響いたのは、一行がまた別の部屋に足を踏みいれて隅にむきなおったときだった。ゼランドニアに属する者たちがそれぞれの松明をかかげてひとつの壁を明るく照らすなり、エイラは驚きの声を洩らした。

いま目の前にあるものには、まったく心がまえができていなかった。洞窟の石灰岩の壁に、横からとらえた馬の頭部が彫りこまれていた――あまりにも深く彫られているため、岩壁から馬の頭がにゅっと突きだしているようにも見えた。そればかりか、本物そっくりで生きているようでもあった。現実の馬よりは大きかったが――あるいは、エイラがこれまで見知ってきた馬よりも大きい馬が手本なのかもしれないが――馬をよく知っているエイラには、この頭部の比率が完璧であることがわかった。鼻口部の形状、目、耳、じょうごのように広がった鼻孔をもつ鼻、口の曲線、そしてあごの形……どこをとっても本物の生きている馬そのままだった。しかも松明のちらちら揺れる火明かりを受けると、馬の頭部が動いて息をしているようにさえ見えた。

エイラは泣きじゃくるような勢いで一気に息を吐きだした。知らず知らずのうちに息を殺していたのだ。

「頭しかありません……でも、これはまさしく馬そのものです！」エイラはいった。

「これゆえにこそ、〈七の洞〉は〈馬頭巌〉とも呼ばれているのだよ」年老いた男がいった。エイラのすぐうしろに立っていた。

エイラは畏怖と感嘆を感じながら馬の頭をじっと見つめたのち、手を伸ばして岩に触れた。触れてはいけないかもしれないとは考えもしなかった。引き寄せられてしまったのだ。エイラはあごの横に手のひらをあてた――相手が生きている馬でも、そこに手を伸ばしたことだろう。しばらくすると、冷たいはずの石がぬくもりを帯びてきたかに感じられた。まるで馬が生命を得て岩壁から躍りでたいと思っているかのようだった。エイラはいったん手を離し、ふたたび石に触れた。岩の表面には多少ぬくもりが残っていたが、やがて冷たくなった。ついでエイラは気がついた――大ゼランドニはエイラが馬に触れているあいだは旋律を口ずさみ、エイラが手を離すと歌をやめていたのだ。

「だれがこれをつくったのです?・」エイラはたずねた。

「だれも知らないのよ」〈七の洞〉のゼランドニにつづいて部屋にはいってきていた大ゼランドニはいった。「それはそれは大昔、だれひとり覚えていない昔につくられたもの。もちろん遠《とお》つ祖《おや》のひとりだけれど、それがだれかを教えてくれる伝説も謂《いわ》れも伝わっていないわ」

「〈長老の炉辺〉の女神像をつくったのとおなじ彫り師かもしれないわ」そういったのは〈二の洞〉のゼランドニだった。

「なぜそう思うんだね?・」〈七の洞〉の老ゼランドニがたずねた。「まったく異なるものがつくられているではないか。片や手にバイソンの角をもった女。片や馬の頭だ」

「わたしはふたつの彫り物をくわしく調べてみたの。細工に似かよったところがあるように思えるのよ」〈二の洞〉のゼランドニは答えた。「この馬の鼻や口、それにあごの形がどれほど注意深く彫られているかに目をとめて。そのあと〈長老の炉辺〉に行ったら、女神の腰やおなかの形がどうつくられているかを見てちょうだい。あれにそっくりな体の女の人を見たことがあるわ——とくに、子どもを産んだことのある人ね。〈長老の炉辺〉にある女神をかたどった彫り物は、ここにある馬の頭とおなじで、本物とそっくりにつくってあるわ」

「あなたには眼識があるのね」最高位の大ゼランドニがいった。「それでは〈長老の炉辺〉を訪ねたおりに、あなたのいうように気をつけて見てみましょう」

一同は無言でたたずんだまま、しばらく馬を見つめていた。やがて大ゼランドニがいった。

「さあ、そろそろ行かなくては。ここにはほかのものもあるけれど、それは機会をあらためて見ればいい。人を訪ねたりなんだりの用事で忙しくなってしまう前に、これをエイラに見てほしかったの」

「お心くばりに感謝します」エイラはいった。「石の彫り物がこれほどまでに真に迫ったものになるとは、これまでまったく知りませんでした」

3

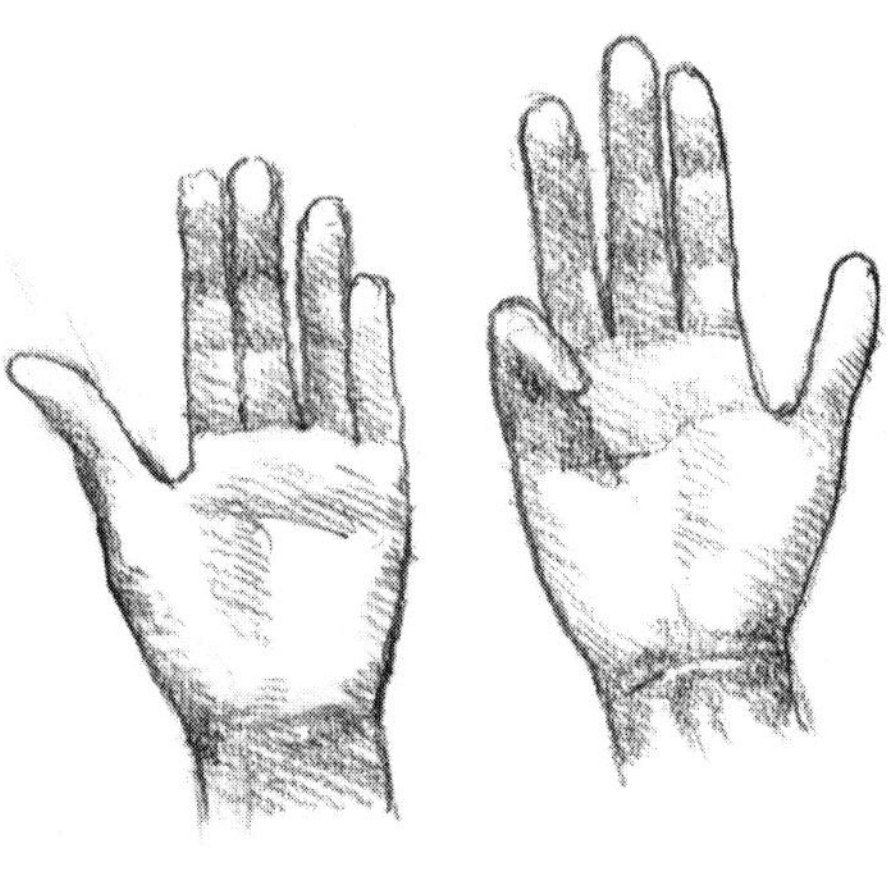

「ああ、やっと来たか！」キメランはいいながら、〈七の洞《ほら》〉の岩屋の前に張り出ている岩棚の石の腰かけから立ちあがり、たったいま道をのぼってたどりついたエイラとジョンダラーを出迎えた。ウルフはふたりのうしろを歩き、目を覚ましているジョネイラはエイラが腰で抱きとめていた。「きみたちが到着したのは知っていたが、どこにいるのかをだれも知らなかったんでね」

ジョンダラーの昔からの友人であり、いまでは〈長老の炉辺〉ことゼランドニー族〈二の洞〉の洞長《ほらおさ》をつとめるキメランは、ふたりを待ちわびていた。かなりの長身で淡い色の髪をもつキメランは、身長百九十五センチで淡い黄色の髪をもつジョンダラーと似かよった外見のもちぬしだった。身長百八十センチほどの背の高い男は珍しくないが、ジョンダラーとキメランのふたりは、かつて思春期の儀式でほかの同年代の少年たちといっしょになったときには、他の面々よりも頭ひとつ抜けていた。ふたりはおたがいに心引かれるものを感じて、たちまち親友になった。キメランはまた〈二の洞〉のゼランドニの弟であり、ジヨンデカムの叔父にあたるが、むしろ兄のような存在だった。姉はかなり年上で、母親が死んでからは、自分の息子と娘ばかりか、弟のキメランまでをも世話をして育てあげた。姉のつれあいもまた、すでに来世へと旅立っていた。つれあいの死後まもなく、姉はゼランドニアの一員となる訓練を受けはじめたのだった。

「大ゼランドニがここの〈馬頭巌《ばとういわ》〉をエイラに見せたが、そのあと馬たちの居場所をつくってやらなくちゃならなかったんだ」ジョンダラーはいった。

「馬たちもここの野原がすごく気にいりそうね。草がとってもみずみずしくて、たくさんあるから」エイラはいい添えた。

「おれたちはあそこを甘き谷と呼んでる。まんなかを小草ノ川が流れていてね。氾濫原が広がって広大な野原ができたんだ。春には雪消水《ゆきげみず》で、秋には雨で沼地にもなるが、夏になってほかがどこも干からびてしまっても、あそこだけはみずみずしく緑がたもたれるよ」ひとつ上の岩屋の迫《せ》りだしている岩棚の下にある居住空間にむかって、そろって足を進めながら、キメランはそういった。「夏のあいだを通じて、あそこには草を食《は》む動物たちがたくさん、列をつくってやってきて、狩りの手間を楽にしてくれる。〈二の洞〉と〈七の洞〉では、いつでもだれかにあそこを見張らせているよ」

一同は、さらにたくさんの人のいるところに近づいていった。

「〈七の洞〉の洞長をつとめるセルゲノールのことは覚えているだろう?」キメランはジョンダラーとエイラに、黒髪の中年の男をさし示しながらたずねた。男は離れたところに立ったまま、ウルフに警戒のまなざしをむけ、自分よりも若い洞長に友人の歓迎をまかせていた。

「ああ、もちろんだよ」ジョンダラーはいいながら、相手の警戒心に気づいた。だとすれば、これはウルフの近くで人々がもっと気がねなく過ごせるようにするためのいい機会なのかもしれない。「最初に〈七の洞〉の洞長に選ばれたとき、セルゲノールがよくマルソナに相談しにきていたことも覚えてる。エイラとは、たしか前にも会ったことがあるね？」

「昨年きみたちが最初にやってきたとき、エイラが多くの者の前で紹介された場にはいたが、いまだひとりで挨拶をする栄に浴したことはないな」セルゲノールはそういうと、手のひらを上にむけて両手をさしだした。「女神《ドニ》の名において、〈九の洞〉のエイラよ、あなたをゼランドニー族〈七の洞〉に歓迎しよう。きみにはほかにも多くの名前と絆があり、きわめて珍しいものもあることは知っているが……正直にいうと、とても全部は思い出せなくてね」

エイラはセルゲノールの両手を両手で握ると「わたしはゼランドニー族〈九の洞〉のエイラ」と、自己紹介の口上を述べはじめたが「女神に仕える者の最高位にある〈九の洞〉のゼランドニの侍者」といったところで、ためらった。ジョンダラーの数多い絆のうち、どこまでを述べ立てればいいのだろう？　昨年夏におこなわれた〈縁結びの儀〉で、ジョンダラーの数多い名前と絆のすべてがエイラにも付され、それによって自己紹介の口上はきわめて長くなった。しかし、すべてを述べ立てることが必要とされるのは、もっとも格式ばった儀式のおりにかぎられる。いまは〈七の洞〉の洞長と正式に初めて顔をあわせる場なので、自己紹介を格式にしたがわせたい気持ちはあったが、いつまでもだらだらと述べていたくはなかった。

そこでエイラはジョンダラー本人にいちばん近い絆だけを述べ、さらに自分の絆と以前の絆をつづけて述べた。そして、どちらかといえば遊び心に近い気分で追加したものの、好んでつかっている名前をしめくくりにした。

「ウィニーとレーサーとグレイという三頭の馬、および四本足の狩人ウルフの友である者です。森羅万象の母なる女神の名において、わたしはゼランドニー族〈七の洞〉の洞長をつとめるセルゲノールことあなたにご挨拶し、わたしたちを〈馬頭巖〉に招待してくださったことにお礼を申し述べます」

どう考えても、この女はゼランドニー族の者ではないな――エイラの口上をききながら、セルゲノールはそう思った。ジョンダラーの名前と絆こそそなえているが、異郷の習慣をもつ異郷の者だ。とりわけ動物については。両手をおろしながら、セルゲノールはいつのまにか近づいてきていた狼に目をむけていた。

大きな肉食獣が近くにいることでセルゲノールが落ち着かない思いをしていることは、エイラにも察しとれていた。キメランでさえすでに昨年、ジョンダラーとエイラが到着したあとすぐにウルフにも紹介され、そのあと数回にわたって目にしてはいたが、それでもやはり落ち着かない気分にさせられていることはわかっていた。どこの洞長も、狩りをする肉食獣が人々のあいだを気ままに動きまわっている光景には慣れていない。エイラはジョンダラーと似たようなことを思っていた――だったら、これが人々をウルフに慣れさせるいい機会なのかもしれない。

〈七の洞〉の人々のあいだにも、だれもが話題にしている〈九の洞〉のふたりがやってきた話が広まったと見えて、さらにたくさんの人たちが狼を連れた女をひと目見ようとやってきていた。昨年の夏、ジョンダラーが五年におよぶ旅をおえて帰ってきたときには、一日以内にその話が近隣の〈洞〉に広まっていた。異郷の女を連れ、馬の背に乗って帰ってきたとあっては、話が広まるのは確実だった。近隣の〈洞〉の人々が〈九の洞〉を訪ねてきたときは――さらには〈夏のつどい〉でも――ジョンダラーとエイラはその人々と会ってはいた。しかし、ふたりのほうが〈七の洞〉や〈二の洞〉を訪ねたのは今回が初めてだった。

最初エイラとジョンダラーは、昨年の秋にもこの訪問を実現させるつもりだったが、うまく果たせなかった。それぞれの〈洞〉が遠く離れていることが理由だったのではなく、いつでも、なにかしら障害になることが起こり、そのうち冬になってしまい、さらには身ごもったエイラの腹が大きくなってきた。そんなこんなの事情で遅れたため、ふたりの今回の訪問は大きな催しのようになっていた。そのうえ大ゼランドニが地元のゼランドニアとの会合をここでひらくと決めてからは、なおさらその傾向が強まっていた。

「下の洞窟に馬の頭を彫りこんだ人は、さぞや馬のことをよく知っていたにちがいありません。見事な出来ばえです」エイラはいった。

「おれも前々からそう思っていたよ。しかし、きみのように馬のことをよく知る者の口からその言葉をきくとなると、うれしさもひとしおだな」セルゲノールはいった。

ウルフは尻をぺたんと地面につけてすわり、口の横から舌を垂れさせた姿で控えながら、じっとセルゲノールを見つめていた。片方の耳が曲がっていることもあって、乙に澄ましかえったような表情に見える。エイラは、ウルフが紹介されるのを待っていることを知っていた。エイラが〈七の洞〉の洞長に挨拶するのを見ていたこともあり、主人エイラがそのような流儀で挨拶をした相手に、自分も紹介されるものと期待しているのだ。

「それから、ウルフをここに連れてくることをお許しくださったことにも感謝しています。ウルフはわたしの近くにいないと決まって不機嫌になりますし、いまはジョネイラにもおなじ気持ちになっています。というのも、ウルフは子どもたちが大好きなんです」

「その狼は子どもたちが大好きだと?」セルゲノールはいった。

「ウルフはほかの狼とはいっしょに育たず、マムトイ族のライオン簇《むら》の子どもたちといっしょに育ちました。それで人間たちを自分の群れだと考えています。そして狼は例外なく、群れの年若い面々が大好きなのです」エイラはいった。「いまウルフはわたしがあなたに挨拶するのを見て、次は自分が引きあわせてもらえるものと思っています。ウルフは、わたしが紹介する人ならば、だれでも受け入れることを学びました」

セルゲノールは眉を寄せ、「いったいどうやって狼に紹介するんだ」といい、キメランに目をむけた。キメランはにやにや笑っていた。

キメランは自分がウルフに紹介されたときのことを思い出していた。いまでも肉食獣であるウルフのそばにいると若干落ち着かないものを感じはするが、いまは自分よりも年かさのセルゲノールが不安を感じているさまをおもしろがる気持ちが強かった。

エイラはウルフに前へ進むよう合図し、ひざまずいて腕を狼の体にまわすと、セルゲノールの手をとろうとして手を伸ばした。セルゲノールは反射的に手をひっこめた。

「この子ににおいを嗅がせてやるだけでいいんです」エイラはいった。「そうすれば、ウルフはあなたのことがわかるようになります。狼同士が出会ったときにも、おなじようににおいを嗅ぎあうんですよ」

「おまえもこれをしたのか、キメラン?」セルゲノールはそうたずねる一方、自分が統《す》べる〈洞〉のほぼ全員と訪問者たちから注視されていることに気づかされた。

「ええ、やりましたよ。去年、〈夏のつどい〉の前にふたりが〈三の洞〉に行って狩りをしたときです。そのあと〈つどい〉の場でウルフを見かけるたびに、こいつがおれを覚えているという感じがしました。といっても、おれのことはいつも無視してましたが」キメランはいった。

本心では気がすすまなかったが、これだけ大勢の人に見られているとあって、セルゲノールはエイラに従うように圧力をかけられている気分になった。自分より年下の洞長であるキメランがやったというのに、自分が怯《おび》えて二の足を踏んでいるように思われたくはない。セルゲノールはためらいながらも、ゆっくりと片手を狼にさしのべていった。エイラはその手をとり、ウルフの鼻に近づけた。ウルフは鼻の頭に皺を寄せると、口を閉じたまま牙を剝《む》きだした――肉を嚙みちぎるのに適した鋭利な大きい牙が見えるようになった。以前からジョンダラーはこの表情を、〝ウルフの会心の笑み〟と考えていた。しかしセルゲノールは、そう考えてはいなかった。エイラには洞長の震えが感じられたし、恐怖の酸っぱいにおいも嗅ぎとれた。ウルフもおなじことを感じとっているはずだ。

「約束します、ウルフがあなたを傷つけることはありません」エイラは声を殺して囁《ささや》きかけた。ウルフが牙でいっぱいの口を手に近づけてくるあいだ、セルゲノールは歯を食いしばり、必死に自分を制していた。ウルフはまず手のにおいを嗅ぎ、それからぺろぺろと舐めた。

「この狼はなにをしてる？」セルゲノールはいった。「おれの味見か？」

「いいえ。あなたを安心させたいのだと思います。子狼がいればおなじことをすると思います。さあ、つぎは頭を触ってください」エイラは鋭い牙からセルゲノールの手を引き離し、気持ちを落ち着かせる声で話しつづけた。「生きている狼の毛に触れたことはありますか？　耳のうしろと首のまわりの毛がいくぶん厚く、ちょっとごわごわしているのがわかります？　この子は耳のうしろを撫でられるのが好きなんですよ」

エイラがようやく手を離すと、セルゲノールはすぐにその手を引っこめて反対の手でくるみこんだ。

「これで、ウルフはあなたのことを覚えました」エイラはいった。「ここまでウルフを怖がる人も、そしてここまで雄々しく自身の恐怖に打ち勝った人もエイラは見たことがなかった。「狼のことで、以前になにか経験されたのではないですか?」

「昔、ずいぶん幼いころに嚙まれたことがある。自分では覚えていない。母から話をきかされただけだ。でも、そのときの傷痕はいまも残っているよ」

「それは、あなたが狼の霊に選ばれたということを意味しています。狼があなたのトーテムなのです。わたしを育ててくれた人たちなら、そういうでしょう」ゼランドニー族のトーテムのとらえ方が氏族とは異なっていることも、エイラは知っていた。だれもがトーテムをもっているわけではないが、もっている者は幸運だと考えられているのだ。

「わたしは幼いころに洞穴《ケーブ》ライオンに引っかかれました。生まれてから五年ほどたったときのことです。お見せできる傷痕はいまもありますし、いまもまだときどき夢にも見ます。ライオンや狼といった強大なトーテムとともに生きていくのは決して容易ではありませんが、わたしはトーテムに助けられ、多くのことを教えてもらいました」

セルゲノールは、ほとんど心ならずも話に引きこまれていた。「ケーブ・ライオンからなにを教わったのかな?」

「たとえば、自分自身の恐怖とむきあう方法です」エイラはいった。「あなたもおなじことを学ばれてきたようですね。あなたが知らないうちに、あなたの狼のトーテムがあなたを助けていたのかもしれません」

「それはありうるな。しかしトーテムに助けてもらったかどうかは、どうすればわかるんだね? 本当にケーブ・ライオンの霊に助けられたのかな?」セルゲノールはたずねた。

「一度や二度ではありません。ライオンの鉤爪はわたしの足に四本の傷痕を残しましたが、この四本の線は氏族のケーブ・ライオンのトーテムのしるしなのです。このような強力なトーテムは、普通は男にしか与えられません。しかし傷痕がどう見ても氏族のつかうしるしであったために、族長はわたしが異人のもとに生まれた者であるにもかかわらず、わたしを受け入れたのです——異人というのは、わたしたちのような人々を指す氏族の言葉です。わたしはまだきわめて幼い時分に家族をなくしました。氏族が受け入れて育ててくれなかったら、わたしがいまここにいることはなかったでしょう」エイラは説明した。

「興味ぶかい話だな。しかしきみは、〝一度や二度ではなかった〟といったね」セルゲノールはそうエイラに思い起こさせた。

「それからしばらくして、わたしが女になったのち、わたしは新しく族長になった若者に氏族のもとを追われる身となりました。わたしは長いことひたすら歩いて、異人たちをさがしもとめました。氏族でわたしの母となったイーザが、死ぬ前にわたしにそうしろといい残したからです。しかしいっこうに見つけられず、冬になる前に住むところを見つけなくてはならなくなったとき、わたしのトーテムがライオンの群れをわたしのもとにつかわして、進む方向を変えさせてくれました。おかげでわたしはある谷を見つけ、そこで生きのびることができたのです。そればかりか、わたしをジョンダラーのもとに導いたのもまた、わがケーブ・ライオンでした」エイラはいった。

まわりに立っている人々は、夢中になってエイラの話にききいっていた。ジョンダラーでさえ、こんなふうに自分のトーテムについて説明するエイラの言葉をきくのは初めてだった。ひとりがこんなことをいった。

「きみを受け入れた人たち、きみが氏族と呼ぶ人たちは、本当に平頭なのかい？」

「ええ、みなさんはそう呼んでいます。でも彼らは自分たちを氏族と呼びます。洞穴熊《ケーブ・ベア》の一族と呼びます。だれもがケーブ・ベアの霊を崇拝しているからです。ケーブ・ベアは彼ら全員のトーテム、すなわち氏族のトーテムなのです」

「そろそろ旅の人たちには寝袋を広げて落ち着ける場所を教えてあげて、そのあとわたしたちといっしょに食事をしてもらう頃合いじゃない?」いましがた、場にやってきたばかりの女がいった。ふくよかな肉づきの魅力的な女で、目には知性と魂のきらめきを宿していた。

セルゲノールは心底から愛情のこもった笑みを見せ、「わたしのつれあいだよ。ゼランドニー族〈七の洞〉のジェイヴェナだ」とエイラにいった。「ジェイヴェナ、ここにいるのがゼランドニー族〈九の洞〉のエイラだ。ほかにもたくさんの名前や絆をもっているが、そのあたりは本人の口から語らせよう」

「でも、いまでなくてもいいわ」ジェイヴェナはいった。「女神の名において、あなたを歓迎します、〈九の洞〉のエイラ。名前や絆を述べ立てるよりも、いまは落ち着きたいのではなくて?」

一同がその場を離れようとしたそのとき、セルゲノールがそっとエイラの腕にふれ、目をのぞきこんで静かな声で話しかけてきた。「ときどき狼の夢を見るんだよ」その言葉に、エイラは微笑んだ。

一同がその場から離れて歩きはじめると、褐色の髪をもつ妖艶な雰囲気の若い女が、ふたりの子どもを抱きかかえて近づいてきた。黒髪の男の子と金髪の女の子。女はキメランに微笑みかけた。キメランは頬を軽く女の頬にこすりつけてから、訪問者たちにむきなおった。

「おれのつれあいのベラドラだ」キメランはそういってから、誇らしげな口調でつづけた。「ベラドラには、たしか去年の夏に会っていたよな?」おれの炉辺の子どもたちにも会ったな?」

エイラは昨年の夏、この女とちょっとだけ顔をあわせたことを思い出した。とはいえ、人柄をよく知るだけの機会は得られなかった。それでも〈夏のつどい〉での〈一の縁結びの儀〉の前後に——つまりジョンダラーとエイラがつれあいになったころ、ベラドラが双子を産んだという話は知っていた。だれもが寄るとさわるとその話をしていたからだ。ということは、双子は生まれてからそろそろ一年になるのね——エイラは思った。

「ああ、もちろん」ジョンダラーは女とその双子に笑顔をむけ、自分ではまったく意識することのないまま、あざやかな青い瞳に賞賛の光をたたえて、魅力的な若い母親であるベラドラに特段の関心をむけた。ベラドラが笑みを返した。キメランが近づいてきて、ベラドラの腰に腕をまわした。

エイラは人の身体言語を読むことに長《た》けていたが、いましがた起こったことはだれでも読みとれるだろうとも思った。ジョンダラーはベラドラを魅力的だと思い、その気持ちをあらわさずにはいられなかった。おなじように、ベラドラもジョンダラーに反応せずにはいられなかった。ジョンダラーは自身のカリスマに気づいていないし、自分がカリスマを放っていることにもまったく無頓着だが、ベラドラのつれあいであるキメランは十二分にそのことを意識している。それゆえ無言でふたりのあいだに割りこみ、この女が自分のつれあいであることを主張したのだ。

エイラはこのひと幕を見ていて引きこまれるあまり、ジョンダラーが自分のつれあいであるにもかかわらず、これっぽっちも嫉妬を感じなかった。しかし、ゼランドニー族の地に到着してから耳にしたジョンダラーについての言葉の数々の意味がわかりかけてもいた。心の奥深いところでは、エイラはジョンダラーがただ美しさを愛でているだけだとわかっていた——ジョンダラーには、そうやって見ること以上の意図はない。けれども、ジョンダラーには別の一面があった——エイラにさえめったに見せない一面、仮に見せるとしてもふたりきりの場にかぎられるような側面が。

以前からジョンダラーは感情があまりにも強く、情熱があまりにも激しい男だった。生まれてからずっと、そのふたつを抑えようとして格闘しつづけ、ようやくたどりついた解決策は、そのふたつを自分ひとりの胸に秘めておくしかないというものだった。それゆえジョンダラーにとって、自分の感情のすべてを他人にさらけだすのは容易ではなかった。エイラへの愛の深さを人前で示すことがめったにないのも、そういった理由からだ。しかしふたりきりになると、感情を抑えきれなくなる場合もあった。ジョンダラーの感情はあまりにも強く、ときとしてジョンダラー自身をも押しつぶしてしまいそうになった。

顔をめぐらせたエイラは、最高位の大ゼランドニにじっと見つめられていたことに気がついた。同時に大ゼランドニもいまの無言の意思交換を目にとめ、エイラの反応をどう判断したものか、思いめぐらせていることが察せられた。

エイラは事情を心得ている者の笑みを大ゼランドニにむけると、外出用おくるみのなかで身をもぞつかせ、乳を飲む手だてを見つけようとしている自分の赤ん坊に注意をむけた。ついでエイラは、ジェイヴェナの隣に立っている若い魅力的な母親に近づいていった。

「これからよろしくね、ベラドラ。お会いできてうれしいわ――なによりお子さんもいっしょなんですもの」エイラはいった。「それで、ジョネイラがおむつを濡らしてしまったの。替えのおむつは何枚かもってきてる。よかったら、おむつの取り替えができる場所を教えてもらえる?」

腰の左右に赤ん坊をひとりずつ抱きとめているベラドラは、にっこりと微笑むと、「ついてきて」といった。三人の女は岩屋にむかって歩きはじめた。

エイラの言葉に珍しい訛《なま》りがあるという話はベラドラも小耳にはさんでいたが、エイラ本人が話すところをきいたのはこれが初めてだった。ジョンダラーがこの異郷の女をつれあいにした〈縁結びの儀〉のときには、ベラドラはちょうどお産の最中だったし、そのあともエイラと話をする機会はほとんどなかった。自分自身の心配で手いっぱいだったのだ。しかし、いま人々の話の中身が腑に落ちた。たしかにエイラはゼランドニー語を上手に話しているが、正確に発音できていない音がいくつかあった。しかしベラドラは、そんなエイラの言葉を耳にして楽しい気分になっていた。ベラドラ自身はここからずっと南の地の出身だったし、エイラほど奇異な話しぶりではないとはいえ、そのゼランドニー語にははっきりと耳につく強勢のちがいがあったからだ。

ベラドラの話し言葉を耳にして、エイラは微笑んだ。「あなたはゼランドニー族として生まれたのではないようね。わたしとおなじで」

「わたしはジョルナドニー族の出《で》よ。ここからずっと南のもっと暖かい土地で、近くにゼランドニー族の〈洞〉のひとつがあったわ」ベラドラは微笑んだ。「キメランと会ったのは、あの人がお姉さんの〈ドニエの旅〉に同行してきたときのことよ」

〈ドニエの旅〉とはなんだろうか、とエイラは内心で首をかしげた。ゼランドニになることに関係しているのはまちがいない。〝ドニエ〟という語は、母なる大地の女神に仕える者たちの別名だからだ。それでもエイラは、あとで大ゼランドニにたずねてみようと思った。

焚火のちらちらと揺れる炎が、心なごむ赤い光を焚火のある長方形の炉辺よりもずっと先にまで投げかけ、岩屋の石灰岩の壁にぬくもりを感じさせる踊る光を描きこんでいた。焚火の上に迫りだしている岩棚という天井が火明かりを反射してあたりをほんのりと照らし、人々をつやつやした元気そうな顔に見せていた。多くの人々の多大な時間と努力をついやして用意された共同の食事は、もうすっかり食べつくされていた。そのなかには、巨大な大角鹿の腰臀部《ようでんぶ》もあった――頑丈な串に刺したのち、枝わかれのある大きな木の枝を先ほどの大きな長方形の炉の左右に立て、そこに串をおいて焼きあげたものだった。いまゼランドニー族〈七の洞〉の面々は、〈二の洞〉からやってきた多くの親類たちや〈九の洞〉と〈三の洞〉からの訪問者ともども、のんびりとくつろぎはじめたところだった。

さまざまな飲み物がふるまわれた。何種類ものお茶、果物を発酵させた酒、樺《かば》の樹液に野生の穀物や蜂蜜、種々の果物を加えてつくられるバーマというアルコール飲料。だれもがみな、好みの飲み物の杯を手にしてうろうろと歩きまわっては、自分を迎えてくれる炉辺のそばにすわれる場所をさがしていた。期待と喜びの雰囲気が高まり、全員のあいだに浸透していた。訪問者は例外なくいくばくかの昂奮をもたらしてくれる。しかし訪問者が動物をともなった女、それも摩訶不思議な話の数々をそなえた女となれば、いつもよりも刺戟的になることは確実だった。

エイラとジョンダラーは、ジョハランとプロレヴァ、セルゲノールとジェイヴェナ、キメランとベラドラ――すなわち〈九の洞〉と〈七の洞〉と〈二の洞〉の洞長たち――や、レヴェラとジャニダとそれぞれのつれあいであるジョンデカムとペリダルたちが顔をそろえている輪にまじってすわっていた。洞長たちは〈七の洞〉の人々と、訪問者がいつ〈馬頭巖〉を出発して〈長老の炉辺〉を目指すべきかを話しあっていた。冗談まじりではあれ、人々は〈二の洞〉への親しみのこもった敵愾心《てきがいしん》をのぞかせながら、訪問者たちがどの〈洞〉にいちばん長く滞在すべきかを話しあった。

「〈長老の炉辺〉は古く、それゆえ高い地位にあるのだから、より権威を与えられてしかるべきではないかな」キメランはからかうような笑みとともにいった。「だからこそ、われらは訪問者をほかよりも長くとどめておくべきだ」

「それはつまり、わたしがおまえよりも年上だから、より権威を与えられてしかるべきという意味かな?」セルゲノールが意味ありげな笑みをのぞかせていいかえした。「その言葉、覚えておこう」

エイラはほかの面々ともども会話に耳をかたむけては微笑んでいたが、しだいに質問をしたくなってきた。会話が途切れたおりに、エイラはついに口をひらいた。「〈洞〉の古さの話が出て思い出したのですが、前々から知りたかったことがあります」

その場の全員がエイラに顔をむけた。

「遠慮せずなんなりとおたずねになるがいい」キメランがやけに慇懃《いんぎん》に、そして言外の含みをたっぷりとこめた親密な口調でいった。すでに数杯のバーマを飲んでいたせいもあり、背の高い友人ジョンダラーのつれあいがどれほど魅力的かということに気づいていたのだ。

「それぞれの〈洞〉をあらわすための数をかぞえる言葉については、去年の夏にマンヴェラーから少し教わりましたが、それでもまだわからないところがあります」エイラはいった。「昨年の〈夏のつどい〉に行く途中、わたしたちは〈二十九の洞〉で一夜を明かしました。彼らは大きな谷を囲むようにして、三つの岩屋に分かれて暮らしています。それぞれの岩屋に洞長とゼランドニがいます。それでいて彼らは、すべておなじ数の言葉を冠した〈二十九の洞〉を称していました。また〈二の洞〉は〈七の洞〉ととても密接なかかわりをもって、おなじ谷をはさんで両側に暮らしています。それなのになぜ、ちがう数の言葉のついた別々の〈洞〉なのですか? どうしてこの〈七の洞〉は、〈二の洞〉の一部ではないのです?」

「おれには答えられないな。答えを知らないんだ」キメランはいい、年かさの男をさし示した。「もっと年長の洞長にきくといい。セルゲノール?」

セルゲノールは得たりと微笑んだが、答える前にしばしの間を置いた。「正直に言えば、わたしも答えを知らない。これまで考えたこともなかった。また、そのあたりをつまびらかにする歴史や〈古《いにしえ》の伝え〉も知らない。このあたりの土地に最初に住みついた人々、すなわちゼランドニー族の〈一の洞〉についての話ならいくつかないではないが、そもそもその人々は大昔に消え去ってしまった。いまでは、彼らの岩屋がどこにあったのかを知る者とていない」

「ゼランドニー族〈二の洞〉が、いまあるゼランドニー族の集落のなかではいちばん古いことは知っているね？」キメランは、いくぶん呂律《ろれつ》のあやしくなった口調でたずねてきた。「だからこそ、〈二の洞〉は〈長老の炉辺〉と呼ばれてるんだ」

「ええ、知ってます」エイラは答えながら、キメランには〝翌朝の飲み物〟が必要になりそうだと考えていた――以前、マムトイ族のライオン簇の簇長《むらおさ》であるタルートのために、エイラが調合したふつか酔いの薬のことだ。

「わたしの考えを話そう」セルゲノールはいった。「〈一の洞〉と〈二の洞〉の家族が増えて、それぞれの岩屋が手狭になると、彼らの一部はこの地域に新たにやってきた人々ともどもさらに遠くへ越していき、新たな〈洞〉を起こしたときに次の数の言葉をとったのだろうな。そして〈二の洞〉から一群の人々が離れて、新しく〈洞〉を起こそうとしたときには、まだつかわれていない次の数の言葉が〝七〟だったのだろう。彼らはその大部分が若い家族だった――つれあいになったばかりの男女や、〈二の洞〉の子どもたちだ。そして彼らはそれぞれの親類の近くに住みたいと思い、それゆえに甘き谷をはさんだここを新たな住まいと決めた。ふたつの〈洞〉の血のつながりは濃いし、ひとつの〈洞〉とおなじことではあるものの、彼らは新しい数字を称することを望んだ。それが習いだからだ。そこで、われわれはふたつの〈洞〉になった――〈長老の炉辺〉ことゼランドニー族〈二の洞〉と、〈馬頭巖〉こと〈七の洞〉にね。いまもわれらは、おなじ家族から伸びでた、わずかに異なるだけの枝同士だよ。

そして〈二十九の洞〉はもっと新しい〈洞〉だ」セルゲノールは説明をつづけた。「新しい岩屋に越したとき、彼らのすべてがおなじ数の言葉を称したかったのではないかな。なぜなら数の言葉が小さければ小さいほど、その〈洞〉は古い居留地だからだし、数が小さいほうがある種の権威がそなわる。そして〝二十九〟はかなり大きな数だ。この三つの新しい〈洞〉をつくった人々は、だれも大きな数の言葉を名乗りたくなかったのだろう。そのため彼らは〈三つ《み》巖《いわ》〉、ゼランドニー族〈二十九の洞〉と称し、のちにそれぞれのちがいを示すために、すでにその岩屋に与えていた名前を名乗りはじめたのではないかな。

彼らが最初に落ち着いたところは、〈姿見《すがたみ》巖《いわ》〉と呼ばれている。なぜなら、ある特定の場所に立つと、その下の川の面《おもて》に映りこんだ自分の姿を見ることができるからだ。またそこは北に面している数少ない〈洞〉のひとつであり、暖かさをたもつのは容易ではないが、その一方ではすばらしい場所であり、それ以外の数々の美点にも恵まれている。あそこは〈二十九の洞〉の〈南の領〉と呼ばれ、また〈三つ巖〉の〈南の領〉と呼ばれることもある。〈南の顔〉は〈北の領〉になり、〈夏の宿〉は〈二十九の洞〉の〈西の領〉になった。じつに複雑でわかりにくい流儀だとは思うが、なに、それもまた彼らがみずから選んだことだ」

「〈二の洞〉がいちばん古いとすると、次に古いのは〈二本川《にほんがわ》の巖《いわ》〉、ゼランドニー族〈三の洞〉ということになります。ゆうべはそこに泊まりました」エイラは理解が深まるのにあわせてうなずきながら、そういった。

「そのとおりよ」プロレヴァが会話に参加してきた。

「でも、〈四の洞〉はありませんね?」

「昔は〈四の洞〉があったの」プロレヴァが答えた。「でも、〈四の洞〉になにが起こったのかはだれも知らないわ。ふたつ以上の〈洞〉になにやら壊滅的なことが起こったらしいことが〈古の伝え〉にほのめかされていて、〈四の洞〉もそのころに消えたのかもしれないけれど、確かなことはだれも知らないわ。歴史でも、そのあたりは暗黒の時代とされているのよ。平頭たちとの戦いがあったのではないかと考えられてるの」

「〈三の洞〉の次に古いのが、大川《おおかわ》を遡《さかのぼ》ったところの〈古き谷〉こと〈五の洞〉だな」ジョンダラーがいった。「去年の〈夏のつどい〉に行く途中に立ち寄ろうとしたけれど、もう出発したあとだったじゃないか。覚えてるかい?」エイラはうなずき、ジョンダラーはつづけた。「短き川の谷の両側にはいくつかの岩屋があったな。住まいとしてつかわれている岩屋あり、物をしまっておく庫《くら》としてつかわれている岩屋ありだったが、それぞれに数の言葉をつけたりはしていなかった。〈古き谷〉すべてが〈五の洞〉なんだ」

「〈六の洞〉も消え失せてしまったな」セルゲノールがつづけた。「あの〈洞〉になにがあったのかという点についてはは諸説ある。多くの人々は、疫病に見舞われて人が減ったのだと考えている。しかし、派閥同士で意見が対立したと見る向きもある。いずれにせよ、歴史の示すところでは、〈六の洞〉の人々はそののちほかの〈洞〉にくわわったようだ。そして、その次がわれら〈七の洞〉だ。〈八の洞〉もいまではないので、その次がきみたちの〈九の洞〉ということになる」

人々がこれまでの情報を吸収しているあいだ、場にはひとときの沈黙が降り立った。ついでジョンデカムがジョンダラーに、自分がつくった投槍器《とうそうき》を見てもらえないかとたずねて、話題を変えた。さらにレヴェラが姉のプロレヴァに、お産にあたって〈九の洞〉に行くことを考えていると話して、人々の笑顔を誘った。これをきっかけに人々がそれぞれの会話をはじめたり、ほかのあつまりに流れていったりしはじめた。

投槍器についての質問をしたがっていたのはジョンデカムだけではなかった。前日のライオン狩りの話が広まったあと、なおさらその数は増えていた。ジョンダラーは、ここから東のエイラが住んでいた谷でふたりきりで過ごしていたあいだに投槍器を考案し、前年の夏に故郷にもどってきてすぐ、その実演をおこなった。また〈夏のつどい〉でも、じっさいに使用している現場を人々に見せてもいた。

きょうの午後早く、〈馬頭巖〉を訪ねているエイラをジョンダラーが待っているあいだ、数人がそれぞれ自作の投槍器で使用法を練習していた。ジョンダラーがつかっているところを見て、真似をしてつくったとのことだった。ジョンダラーは彼らに教えや助言を与えた。そしていま、一群の人々——大半は男だったが、女もちらほらまじっていた——がジョンダラーをかこんで、投槍器を製作する術《すべ》についてたずねたり、投槍器ではなつことで効果が実証された軽量の槍をつくる術について質問したりしていた。

炉辺の反対側、ぬくもりを外に逃がさない役目を果たしている岩壁の前に、赤ん坊のいる女たち数人があつまっていた。エイラもそのひとりだった。女たちはその場にあつまって赤ん坊に乳をやったり、抱っこして揺らしたり、寝ているそれぞれの赤ん坊を見守ったりしながら、おしゃべりに興じていた。

岩屋のなかの、ほかとは切り離されて孤立している区画では、最高位の大ゼランドニが、ほかのゼランドニたちやその侍者たちと話しあいを進めているのに、自身の侍者であるエイラが話しあいに参加していないことに、わずかながらも苛立ちを感じていた。無理をいってエイラを侍者にしたことはわかっていたが、エイラは〈九の洞〉にやってきた時点ですでに一人前の薬師《くすし》であり、動物を意のままにあやつれる能力をはじめ、数々の伎倆《ぎりょう》をそなえてもいた。つまりゼランドニアに属しているのだ！

〈七の洞〉のゼランドニは大ゼランドニにひとつ質問をして、その答えを辛抱強い顔つきで待っていた。

訪問者たちが到着してからずっと大ゼランドニを観察している〈七の洞〉のゼランドニには、その苛立ちが増していることが見てとれたし、その理由も察しとれた。ゼランドニアに属する者たちが侍者をともなって仲間を訪ねれば、習い覚えなくてはならない知識や伝説の一部なりとも新参の者である侍者に教える絶好の機会であるにもかかわらず、大ゼランドニの侍者はここにいない。しかし――〈七の洞〉のゼランドニは思った――大ゼランドニが、つれあいと生まれたばかりの赤ん坊をもつ者を侍者に選べば、その侍者がゼランドニアに注意のすべてをふりむけることはないと心しておくべきだ、と。

「ちょっと失礼させてもらうわ」大ゼランドニはそういうと、茣蓙《ござ》を敷いた低い石の腰かけから立ちあがって、おしゃべりをしている若い母親たちの輪に近づいていった。「エイラ」と、にこやかな笑顔で声をかける。大ゼランドニは本心を巧みに隠す達人だった。「邪魔をしてすまないけど、いま〈七の洞〉のゼランドニから、折れた骨を整える方法について質問されたの。それで、あなたなら多少の知見を披露してくれるのではないかと思って」

「ええ、喜んで」エイラは大ゼランドニに答えた。「いまジョネイラを連れてきます。あそこに寝かせてるんです」

エイラは立ちあがったものの、すやすやと眠るわが子を見おろしたところでためらった。ウルフがエイラを見あげ、尻尾で地面をぱたぱた叩きながら低い鼻声をあげた。いまウルフはジョネイラを自分が世話をするべき特別な相手だと見なしており、いまも赤ん坊のすぐ横に寝そべっていた。かつてエイラは仕掛けた罠から餌を盗んでいた一匹狼を殺したが、殺したあとでこの狼に乳飲み子たちがいるとわかった。ウルフはそのうちで一頭だけ生き残っていた子狼だった。エイラは狼の足跡をたどってねぐらをつきとめ、生き残っていた子狼を見つけて連れ帰った。ウルフは、マムトイ族の冬越え用の住居という狭い空間のなかで成長した。エイラに見つけられたときには、まだきわめて幼かったため――たぶん生まれてから四週間ほど――人間を仲間として刷りこまれた。ウルフは人間の子どもたちが大好きで、なかでもエイラのもとに生まれた赤ん坊をことのほか愛していた。

「この子を起こしたくないわ。ついさっき寝たばかりだし。旅にまだ慣れていないから、きょうの夕方はずいぶん昂奮してたもの」

「わたしたちが見てるわ」レヴェラがいい、にこりと笑った。「そのほうがウルフもうれしいでしょう？ウルフはジョネイラをいつも目の届く場所に置いていたがってるもの。ジョネイラが目を覚ましたら、わたしたちがあっちに連れていってあげる。でもいまはやっと寝たところだから、しばらくはむずかることもないでしょうし」

「ありがとう、レヴェラ」エイラはそういうと、レヴェラとその隣にいる女に笑顔をむけた。「こうして見ると、本当にプロレヴァと姉妹だってわかる。自分がどれだけプロレヴァに似ているかを知ってる？」

「ええ。姉さんがジョハランのつれあいになったときには、離れ離れになるのが寂しかったわ」レヴェラは姉を見つめながらいった。「ずっといっしょにいたからね。わたしにとってプロレヴァは姉さんというより、ふたりめの母さんだったの」

エイラは最高位の大ゼランドニのあとから、女神に仕える者たちの輪にむかった。地元ゼランドニアのほとんどが顔をそろえていた。〈九の洞〉のゼランドニである大ゼランドニ、いうまでもなく〈二の洞〉と〈七の洞〉のゼランドニアに属する面々にくわえて、〈三の洞〉と〈十一の洞〉のゼランドニアの者たちもあつまっていた。〈十四の洞〉のゼランドニは姿を見せていなかったが、名代《みょうだい》として一の侍者を送っていた。それ以外にも参加している侍者たちがいた。そのなかに、エイラも顔を知っている〈二の洞〉と〈七の洞〉の若い女がふたりと若い男がひとりいた。エイラは〈三の洞〉のメジェラに笑みを見せ、〈七の洞〉のゼランドニである年かさの男に挨拶し、さらにその孫で〈二の洞〉のゼランドニであると同時に、ジョンデカムの母親でもある女に挨拶した。エイラはかねてから、〈二の洞〉のゼランドニともっと近づきになりたいと思っていた。子どもをもうけたゼランドニはそれほど多くない。しかしこの女性はつれあいをとり、子どもをふたり――さらには母親亡きあと弟のキメランまでも――育てあげて、いまではゼランドニになっているのだ。

「エイラはたいていの人よりも骨接ぎの経験が豊富よ、〈七の洞〉のゼランドニ。だからエイラに質問するべきね」大ゼランドニはふたたび腰かけにすわりながら、自分の隣の蒖蓙をエイラにさし示した。

「折れたばかりの骨をまっすぐに整えてやれば、骨はまっすぐに治る――これなら何度もやったことがあるのでね。しかし、人からこうたずねられたのだよ。折れた骨がまっすぐではなく、歪んで治ってしまった場合に、なにか打てる手はあるのかとね」年かさの男は即座に質問を口にした。エイラの返答に興味があっただけではない。エイラの伎倆についての話を最高位の大ゼランドニからたくさんきかされていたため、自分のように年齢も経験も積み重ねた男からの直截《ちょくせつ》な質問にエイラが面食らうのかどうか、そのあたりを確かめたくもあった。

エイラは蒖蓙に腰をおろして、やっと〈七の洞〉のゼランドニにむきなおったばかりだった。腰を降ろすときのエイラが流れるような優美な身ごなしであったことに、〈七の洞〉のゼランドニは目をとめた。また自分を見つめるエイラの視線もまっすぐでありながら、あからさまではなく、なにがなし敬意を感じさせるものだった。エイラはほかの侍者たちに正式に紹介されるものと思いこんでいたが、いきなり質問をぶつけられたことに驚かされはしたものの、一瞬もためらうことなく答えを口にした。

「それは骨の折れ方と、治りはじめてからの日数に左右されます」エイラはいった。「もし骨折して日がたってしまったのなら、手を打つのは容易ではありません。治った骨は——たとえひずんだまま治っていても——折れたことのない骨よりも頑丈です。ですから、いったん治った骨をまっすぐに整えるためにふたたび折ろうとしても、折れていない骨を折ってしまいがちです。しかし、折れた部分が治りかけなら、ふたたび折って、まっすぐ整えることもできなくはありません」

「そのようなことをした経験はあるのかな？」〈七の洞〉のゼランドニは、エイラの口調にいささか嫌悪を感じながらたずねた。奇妙な話しぶりだったが、キメランの愛らしいつれあいの口調——いくつかの音が心地よくほかの音に入れ替わる——とは異なっていた。ジョンダラーのつれあいである異郷の女は、いくつかの音を飲みこんだような話しぶりだった。

「はい」エイラはいった。自分が試されている気分だった——昔イーザによく癒しの技や薬草のつかい道をたずねられていたときとおなじだ。

「この地にたどりつくまでの旅のあいだ、わたしたちはジョンダラーが以前に会ったことのあるシャラムドイ族の地を訪ねました。わたしたちが到着するよりも、月がひとめぐりするほど前に、ジョンダラーの知りあいの女がひどい転び方をして腕の骨を折っていました。腕の骨はかんばしくない治り方をしていました——曲がったまま骨がつながったせいで腕がつかえなくなっていたばかりか、激しい痛みをもたらしていたのです。薬師はその年の冬に亡くなっていて、まだ新しい薬師もおらず、腕の骨の接ぎ方を心得ている者はいませんでした。そこでわたしは女の腕の骨をふたたび折って、接ぎなおしました。完璧とまではいえませんが、前よりはよくなりました。完全にはつかえないかもしれませんが、いずれはまずまずつかえるようになるでしょうし、わたしたちが出発するころにはかなり恢復《かいふく》して、もはや痛みもありませんでした」エイラはそう説明した。

「腕の骨をふたたび折るのは、女にとってもさぞや痛かったのでは?」ひとりの若い男がたずねた。

「いいえ、痛みを感じてはいなかったと思います。女を眠りに誘って、筋肉をほぐすものをあたえましたから。わたしの知る名では曼荼羅華《ダチュラ》といい——」

「ダチュラ?」〈七の洞〉のゼランドニはたずねた。その名を口にしたとき、エイラの訛りはひときわ強くなった。

「マムトイ族の人たちはその植物を、ゼランドニー語に訳せば〝棘《とげ》のある林檎《りんご》〟となるような名前で呼んでいました。というのも、成長の途中でこの植物が、まさにそんな外見の実をつけるからです。強いにおいをはなつ大きな植物で、茎から外側にむかってひらく大きな白い花を咲かせます」

「ああ、その植物ならわたしも知っていると思うよ」〈七の洞〉の老ゼランドニがいった。

「なにをするべきか、どうしてわかったの?」老人の隣にすわっていた若い女がたずねた。その声には、侍者になったばかりの者がどうしてこれだけ豊富な知識をそなえているのかという驚嘆の響きが満ちていた。

「なるほど、いい質問だ」〈七の洞〉のゼランドニがいった。「なにをするべきか、どうしてわかったか。おまえはどこでそれだけの経験を積んだ? まだまだ年若いにしては、ふんだんな知識をそなえているようだね」

エイラがちらりと目をむけると、大ゼランドニは満足げな表情を見せていた。なぜかはわからなかったが、大ゼランドニはエイラの返答ぶりに満足しているという印象があった。

「まだ幼かったわたしを引きとって育ててくれた女は、その一族の薬師、癒し手でした。その女性がわたしを薬師にするべく訓練してくれたのです。氏族の男たちは狩りのとき、ゼランドニー族とはちがう種類の槍をつかいます。もっと長く、もっと太い槍を、獲物にむかって投げるのではなく、ふつうは突きだすことで狩りをします。それには、動物に近づかなくてはなりません。槍を投げる場合よりも危険ですし、怪我も珍しくはありません。また氏族の狩人たちは、かなり遠くまで旅をすることもあります。旅の途中で骨を折る者が出ても、すぐに帰ってくるわけにはいきませんから、きちんと整える前に骨が治りはじめてしまいます。わたしはイーザがそういった骨をふたたび折って接ぎなおすのを何度か手伝いましたし、氏族会でほかの女薬師がおなじことをするのを手伝った経験もあります」

「きみが氏族と呼ぶ人たちは、本当に平頭なのかい?」若い男がたずねた。

前にもおなじ質問をされたことがあったし、そのとき質問してきたのも、いまとおなじ男のように思えた。「ええ、みなさんはそう呼んでいます」エイラは今回もそう答えた。

「あの連中がそこまでいろいろできるなんて信じられないな」男はいった。

「わたしには信じられます。いっしょに暮らしましたから」

しばし落ち着かない沈黙がつづいたのち、大ゼランドニが話題を変えた。「いい機会ですから、侍者たちに数の言葉やそのつかい方、意味などを学んでもらい、すでに学んだ侍者たちにはおさらいをしてもらいましょう。あなたたちはみんな、もう数をかぞえる言葉を知っています。しかし、かぞえる数がどんどん大きくなったらどうしますか?〈二の洞〉のゼランドニ、あなたから説明してもらえる?」

エイラの興味がたちまちふくらんできた。ふいに話に釣りこまれて、思わず身を乗りだす。数をかぞえることが、方法を知っている者にとっては、単純な数の言葉以上に複雑で強力なものになりうることは知っていた。大ゼランドニはエイラの興味津々の顔を満足な気分で見つめた。さらに大ゼランドニは、エイラが数の概念にことのほか好奇心をいだいていることにも確信をもった。

「数をかぞえるために手をつかう方法もあります」〈二の洞〉のゼランドニはそういって両手をかかげた。「右手をつかって、数をかぞえる言葉をひとつ言うたびに指を立てていけば、五までかぞえられます」ゼランドニは手を握り、数をかぞえながら親指から一本ずつ指を立てていった。「左手もつかえば、この方法で十までかぞえられますね。しかし、ただかぞえるだけでは、十までかぞえたらおわりです。しかし、左手を二回めの一から五までにあてる代わりに、右手で最初に五までかぞえたら、親指を曲げて心覚えにしておく方法もあります」ゼランドニは左手をかかげて手の甲を正面にむけた。「そのあと右手でふたたび数えおわったら、左手の二本めの指を折って心覚えにします」いいながら左手の人さし指を折って親指に重ねる。いまゼランドニは両手を広げたまま、左手の人さし指と親指だけを折っていた。「これが十を意味します。次の指を折り曲げれば十五です。次は二十。その次は二十五です」

エイラは驚嘆していた。ジョンダラーが教えてくれた単純な数の言葉にくらべれば複雑だったが、それでもこの概念は即座に理解できた。いまエイラは、物の数をかぞえるという概念を最初に学んだときのことを思い出していた。教えてくれたのは氏族のモグールだったクレブだ。しかし、煎じつめればクレブは十までしかかぞえられなかった。まだ少女だったエイラに数をかぞえる方法を最初に教えてくれたとき、片手のそれぞれの指を五つの異なる石のそれぞれに置いていき、そのあと——反対の腕は肘で切断されてしまっていたので——二回めは反対の手だと仮定して指を置いていった。かなりの困難をともなったが、クレブも精いっぱい想像力をたくましくすれば二十までかぞえることができた。だからこそ、エイラがやすやすと二十五までかぞえたときには、クレブは衝撃を受けてうろたえたのだった。

エイラはジョンダラーとは異なり、数の言葉をつかわなかった。つかったのは小石だった。エイラは五つの石に五本の指をそれぞれ五回ずつ置くことで、二十五をかぞえることをクレブに示した。クレブが数をかぞえる術を身につけるのはひと苦労だったが、エイラはやすやすと概念を理解していた。クレブは、おまえがやったことはだれにも話してはならないとエイラに釘を刺した。それまでもクレブはエイラが氏族と異なることは知っていたが、どれほど異なっているかはわかっていなかった。クレブはこれが氏族の――とりわけブルンや男たちの――苛立ちを招くはずだとわかっていたし、これだけでもエイラを追いだす理由になってもおかしくないと見ぬいてもいた。

氏族の大半の者は、数をせいぜい一と二と三までしかかぞえられず、その先は〝たくさん〟になった。〝たくさん〟の程度を多少はいいあらわすことはできたが、量を理解するための彼らの方法はほかにあった。たとえば氏族は子どもの年齢を表現するのに数の言葉をつかわなかったが、生まれた年の子どもが歩ける子どもや乳離《ちばな》れ中の子どもよりも幼いことは知っていた。またブルンには、自分の一族の人数をかぞえる必要がないのも事実だった。全員の名前を知っており、ひと目ちらりと見れば、その場に欠けている者がいるかどうか、いない者はだれなのかを瞬時に把握できたからだ。大半の者は、程度の差はあれこの能力をそなえていた。かぎられた人数の人々とともに一定の期間を過ごせば、その場にだれかがいないときには、彼らはそれを本能的に察するようになるのだ。

自分を愛してくれているクレブでさえ、数をかぞえることのできる自分の能力に狼狽《ろうばい》するのなら、ほかの氏族がそれ以上に動揺するとわかっていたので、エイラはこのことをだれにも話さなかった。しかし、数のことを忘れたわけではなかった。数についてのわずかな知識をエイラは自分のためだけにつかった。とりわけ活用したのは、あの谷にひとりで暮らしていたときだ。あのときエイラは時間の流れを、棒に毎日ひとつ刻み目をいれることで心覚えにしていた。数の言葉をつかわずとも、自分が谷でいくたびの季節を過ごし、何年過ごしたかはわかっていた。しかしジョンダラーがやってきて棒の刻み目の意味を読みとり、エイラがどれだけ長く谷で暮らしていたのかを教えてくれた。エイラにはそれが魔法に思えた。そしていま、ジョンダラーがどんなふうに数をかぞえたのかを知ると、エイラはもっと知りたいという飢えに似た気分を感じていた。

「もっと多くの数をかぞえる方法もありますが、もっともっと複雑になりますよ」〈二の洞〉のゼランドニはそう言葉をつづけ、にっこりと笑った。「ゼランドニアにかかわりのある事柄の大半とおなじですね」見まもっていた者たちも笑みを返した。「あらゆるしるしには、ふたつ以上の意味があるのです。両手が十を意味することもあれば、二十五を意味することもある。けれども、数について話しているときに両手がどちらを意味するのかを判断するのはむずかしいことではありません。というのも、十を意味したいときには手のひらを外側にむければいい。二十五を意味したければ、手のひらを内側にむけるのです。両手を内側にむけているときには、さらに数をかぞえることができますが、この場合には左手をつかい、右手は心覚えにつかいます」〈二の洞〉のゼランドニはこれを実演し、侍者たちはそれを真似た。「指がこの形になっているとき、親指を曲げることが三十の意味になります。ただし三十五までかぞえて、それを心覚えにするときには、親指を曲げたままにするのではなく伸ばし、次の指だけを曲げます。四十では中指だけを、四十五ではその次の指を、そして五十では曲がっているのは右手の小指だけで、ほかの指はすべて伸ばされていることになります。こんなふうに右手の指を曲げることで、そういった大きな数だけをあらわす場合もあります。折り曲げる指を二本以上にすることで、さらに大きな数もあらわすことができるのですよ」

小指だけを曲げて、しかもその位置にたもっておくのは、エイラにはいささか難儀だった。ほかの面々がもっと修練を積んでいるのは明らかだったが、エイラはなんなくいまの話を理解していた。大ゼランドニはエイラが驚きと喜びに顔をほころばせているのを見て、ひとりうなずいていた。これこそが、エイラをゼランドニアにかかわらせておく方法だ――大ゼランドニはそう思った。

「この手の形を木切れや洞穴の壁、さらには川の土手といったたいらな部分に記しておくこともできるのよ」大ゼランドニは口ぞえした。「手の形をつかうことで、ほかにも伝えられる意味があるの。数を伝えることもできるけれど、まったくちがう意味を伝えることもできる。手の形のしるしをどこかに残したいときは、手のひらに色を塗って、たいらな面に押しつけて形を残してもいい。あるいは手をたいらなところに押しあてたまま、色を手の甲とそのまわりに吹きつければ、異なる種類の手の形を残すことができる。数の意味で手の形を残したければ、小さな数字では手のひらに色をつける方法をつかい、大きな数をあらわすときは手の甲の上から色を吹きつける方法をつかえばいい。ここの南東のある〈洞〉では指の形は示さずに手のひらだけに色を塗って、大きな丸い点のしるしをつくるわ」

エイラは数の考えにすっかり圧倒されて、頭がくらくらするのを感じていた。氏族のもっとも偉大なるモグールのクレブは、大変な努力をすることでなんとか二十までの数をかぞえていた。エイラは二十五までの数をかぞえ、両手をつかって他人にも理解できるように表現することができたし、さらにかぞえる数を増やすこともできた。これなら、赤鹿が春の繁殖のための土地に何頭やってきたかも、子鹿が何頭生まれたのかも他人に伝えられる。それが五頭のように少しでも、二十五頭のように小さな群れでも、さらに多くの数であっても。大規模な群れの頭数をかぞえるのは大変だが、とにかくどんな数でも他人に伝えることができるのだ。何人の人間がひと冬越すためには、どれだけの肉をたくわえておく必要があるのか？

乾燥した植物の根は何本あればいいのか？　木の実をおさめた籠《かご》はいくつ必要か？　〈夏のつどい〉がひらかれる土地までは何日かかるのか？　何人の人があつまるのか？　可能性は無限だった。実体のあるものであれ象徴であれ、数の言葉は途方もない重要な意味をそなえていた。

最高位の大ゼランドニがふたたび話しはじめ、エイラは思索からおのれの精神を無理やり引き離さなくてはならなかった。大ゼランドニは片手をかかげていた。「片手の指の数、すなわち五は、数の言葉としてはそれ自体でも大事です。もちろん片手の指の数であり片足の指の数だからですが、それは表面的な意味でしかありません。五はまた、女神の神聖なる数の言葉でもあります。わたしたちの手も足も、そのことをわたしたちに忘れさせないための道具でしかありません。もうひとつ、そのことをわたしたちに忘れさせないためのものが林檎です」大ゼランドニはまだ熟していない小さな林檎の実をとりだして、高くかかげた。「林檎の実を横にしてまっぷたつに切ってみれば――実の芯の中央を真横から切るようにすれば――」そう話しながら実演してみせる。「種子《たね》のつくる模様が林檎の実を五等分していることに気づくでしょう。これゆえに林檎は女神の聖なる果実なのです」

大ゼランドニは真横から切りわけた林檎の実を侍者たちに回して実地に検分させ、上半分をまずエイラに手わたした。

「五という数の言葉には、ほかにも重要な側面がいくつもあります」大ゼランドニはいった。「いずれみなさんも学びますが、空には年ごとに不規則な動きをする星が五つありますし、一年の季節は五つあります――春、夏、秋、そして寒い時期には初冬と晩冬のふたつがありますね。たいていの人は、一年のはじまりは新緑が芽吹く春だと考えていますが、ゼランドニアでは毎年のはじまりを、初冬と晩冬の境い目を示す〈冬の短日〉だと考えます。ですから本当の一年は、晩冬にはじまって春と夏、そして秋、初冬という順番なのです」

「マムトイ族も、季節は五つあると考えています」エイラはみずから発言した。「じっさいには、主要な季節が三つ――春と夏と冬。そして、それよりも小さな季節がふたつあります――秋と真冬です。もしかしたら、真冬ではなく晩冬と呼ぶべきなのかもしれません」

きいている者のなかには、大ゼランドニが基本的な概念の説明をしている最中にエイラが口をはさんだことに驚きを隠せない者もいた。しかし大ゼランドニは、エイラがこんなふうにかかわってきたことに、内心で満足の笑みを浮かべていた。

「マムトイ族は数の言葉のうち三を重視しています。三は女をあらわすからです。たとえば、頂点を下にして描いた三角形は女を、あるいは母なる大地の女神をあらわします。ここにふたつの季節――変化が近づいているという意味の季節である秋と真冬をくわえると、五になります。呪法師《じゅほうし》のマムートは、五は隠れた権威をあらわす女神の数の言葉だ、といっていました」

「それはたいへん興味深い話ね、エイラ。わたしたちは、五を女神の聖なる数の言葉と呼ぶ。そして三も、おなじ理由から重要な概念だと考えている。あなたがマムトイ族と呼んでいる人々のことや、その人たちの習慣の話をもっとききたいものね。よかったら、次のゼランドニアの会合のおりにでも」大ゼランドニはいった。

エイラは夢中になって話をきいていた。大ゼランドニの声は人々の注意を引き寄せるばかりか、本人が話の焦点をあわせたときには、人々に注目を要求する。しかし、力があるのは声だけではなかった。大ゼランドニの口から発せられる知識や情報が刺戟的であり、夢中にならざるをえないのだ。エイラはもっともっと知りたくなった。

「ほかにも五つの聖なる色があり、五つの聖なる元素があります。しかし、もう夜も更けてきたことですし、くわしい話はまたの機会にしましょう」母なる大地の女神に仕える者の最高位にある大ゼランドニはいった。

エイラはがっかりした。ひと晩じゅうでも話をきいていたい気分だった。しかしふと顔をあげると、フォラーラがジョネイラを抱いて近づいてきていた。赤ん坊が目を覚ましたのだ。

4

〈九の洞《ほら》〉の面々が〈七の洞〉と〈二の洞〉訪問から帰ってくると、いよいよ〈夏のつどい〉への期待が高まってきた。だれもが時間と注意のすべてを、出発準備というてんてこまいの作業に奪われて、昂奮の気配は手を伸ばせば触れそうなほどだった。どの家族もそれぞれの支度に忙しかったが、それぞれの洞長《ほらおさ》たちは〈洞〉全体の計画を立て、実行にそなえて用意をするという義務も背負わされている。そういった責任をみずから引きうけ、実行できる力があるからこそ、彼らは洞長の地位にあるのだ。

　ゼランドニー族のそれぞれの〈洞〉の洞長たちは、〈夏のつどい〉の前には不安に駆られるが、とりわけジョハランの不安は強かった。大多数の〈洞〉が二十五人から五十人程度――七、八十人程度の〈洞〉もいくつかある――であり、その大半が血縁者で占められているのに引き換え、ジョハラン率いる〈洞〉は例外だったからだ。ゼランドニー族〈九の洞〉に属する者は二百人近かった。

　これほど多くの人々を統率するのは難事だったが、ジョハランはその任に耐えうる男だった。母親のマ

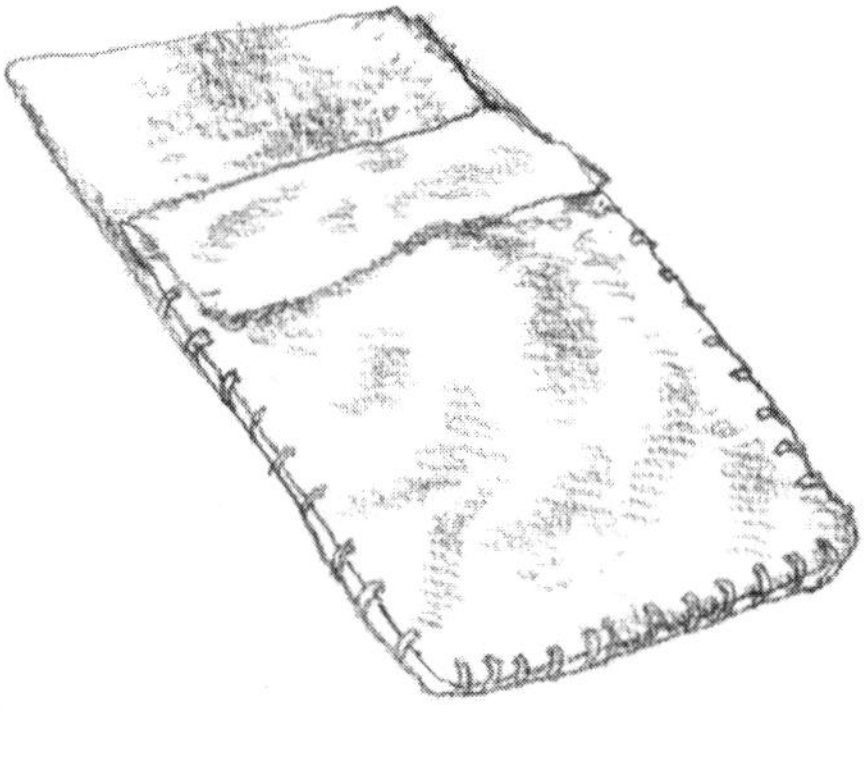

ルソナが〈九の洞〉の洞長をつとめていたばかりか、ジョコナン――マルソナの最初のつれあいであり、ジョハランはその炉辺に生まれた――はマルソナの前の洞長だったからだ。ジョコナンの死後、マルソナがつれあいとしたのはダラナーだった。ダラナーの炉辺に生まれたジョハランの弟、ジョンダラーの専門は工芸だった――生来その方面の手技にすぐれ、本人の性癖にもあっていたのだ。ダラナー同様にフリント細工の匠《たくみ》として名が通っているのは、その分野がいちばん得意だからだ。しかしジョハランは〈洞〉の指導者たちの手腕を間近に見て育ったばかりか、生来その種の責任をみずから引きうけようとする性格でもあった。つまりは、本人のいちばん得意とするところだ。

ゼランドニー族のあいだには洞長を選出する場合の定められた手順こそなかったが、人々があつまって暮らしていれば、紛争や問題を解決する場合にいちばん頼りになる人物はおのずとわかってくる。それに人々は、行事のための組織だった準備を引きうけて、それを見事にこなすような人物につき従う傾向にあった。

一例をあげるなら、数人の人々が狩りへの出発を決めたとしよう。だれの命に従うかを決める場合、狩りの腕がいちばんいい人物になるとはかぎらず、むしろだれにとっても狩りが最善の結果を生むような方向に差配できる人物が選ばれた。問題解決の能力がだれよりもすぐれた人間は――かならずではないにしても――往々にして組織立てることにもすぐれた手腕をもつ。ときには、特定の専門分野をきわめたことで知られる名人が二、三人、協力することもある。しばらくたつうちに、紛争の解決でも、行事の差配でも、もっとも優秀な人材が洞長として認められてくる――それも一定の手続を踏むわけではなく、暗黙のうちに人々の意見が一致してくるのだ。

指導者の地位につく者は権威を手にすることになるが、こうした指導者たちは説得力と影響力で〈洞〉

を統率した——彼らには強制力がなかった。服従を義務とするような特定の規則や法は存在せず、服従を強制する手段もなかったため、統率はさらに困難になったが、〈洞〉の指導者による提案を認めて受け入れるようにという同胞の圧力は強かった。人々を従わせる権威の力という点では、精神面の指導者であるゼランドニアは洞長に劣っていたが、人々を説得する力ではおそらくまさっていただろう。ゼランドニアは多大な尊敬を受けていたばかりか、わずかに恐れられてもいた。未知なるものへの知識をそなえ、恐るべき霊界——これは共同生活体の暮らしの主要な要素だった——にもよく通じている点でも、ゼランドニアは人々の尊敬をあつめずにはいなかったのだ。

出発が近づくにつれて、エイラは〈夏のつどい〉への期待でますます胸を高鳴らせていた。昨年はそうした胸のときめきを感じることがほとんどなかったが、それは一年もの長旅ののちにジョンダラーの故郷にたどりついたのが、年一回恒例のゼランドニー族の集会直前にあたっており、ジョンダラーの仲間たちと会って彼らの習慣に慣れるだけでも充分すぎる昂奮と緊張を感じていたからだった。今年は春のはじめから自分のなかで昂奮が高まってくるのが感じられたし、エイラもほかの面々とおなじく日ごとに忙しくなり、待ち遠しくもなってきた。夏の準備をととのえるまでには仕事が山ほどあった——ひと夏のあいだ一カ所にとどまっているのではなく、旅暮らしがつづくとわかっているので、なおさらだった。

〈夏のつどい〉では、長くつづいた寒い季節のあとで人々が一堂に会して、それぞれの絆を確かめあい、つれあいを見つけ、品物や新しい知らせを交換しあう。〈夏のつどい〉の地はいわば基地宿営場《ベース・キャンプ》になって、個人であると集団であるとを問わず、そこを拠点にして狩りの遠征に出る者や、採集の旅に出る者がいた。また変化をさがしてその土地を探険したり、周辺の〈洞〉にいるほかの友人や親戚を訪ねたり、もっと遠くの隣人を訪ねたりする者もいた。夏は活発な移動の季節だった——ゼランドニー族の人々がじっと動かずにいるのは、本質的には冬のあいだだけだった。

エイラはジョネイラのおむつ替えと授乳をおえて、寝かしつけたところだった。ウルフは早めに出ていった——狩りか探険にいったのだろう。ちょうどエイラが旅行用の寝袋を広げて修理の必要の有無を確かめようとしていたそのとき、住まいの戸口にかけてある帷幕《とばり》の横の支柱を軽く叩く音がした。エイラの住まいは風雨から守られる岩屋の奥近くにあったが、居住空間のなかでは下流側の南西のあたりにあった。つくられたのが新しいからだ。立ちあがって帷幕を横にずらしたエイラは、最高位の大ゼランドニの姿を目にして喜ばしい気持ちになった。

「ようこそいらっしゃいました、大ゼランドニ」エイラは笑顔でいった。「さあ、おはいりください」

大ゼランドニがはいってきたあとで、エイラは外でなにかが動く気配を目にとめ、ひらけた空間をはさんで反対側にジョンダラーとつくった建物——天候がことのほかよくないときに馬を避難させるための小屋——のほうに視線をふりむけた。ちょうどウィニーとグレイが草の生い茂る大川《おおかわ》の川岸からあがってきたところだった。

「いまお茶を飲もうとしていました——お飲みになりますか?」

「ええ、いただくわ」大柄な大ゼランドニはそういいながら、大きな座布団の載っている石灰岩の塊を目指して奥へと歩を進めた。これは大ゼランドニのために特別に運びこまれた腰かけだった。頑丈ですわり心地もいい。

エイラは掻きたててあった炉の熱い熾《おき》に炊き石を載せたり、薪をくべたしたりと忙しく立ち働いた。ついで水袋——きれいに洗ったオーロックスの胃袋で、いまは水でぱんぱんに膨らんでいた——から、緊密に編みあげた籠《かご》に水を注いだのち、底に骨のかけらをいくつか沈めた。水を沸騰させるほど熱くなった焼け石で籠を傷めないようにするためだった。

「とくにお飲みになりたいお茶はありますか?」エイラはたずねた。

「おかまいなく。あなたが選んでちょうだい——でも気持ちの落ち着くお茶があれば、それを飲みたいわ」大ゼランドニは答えた。

座布団を載せた岩の腰かけは、昨年の〈夏のつどい〉からもどってすぐ、この住まいに用意された。大ゼランドニが所望したのではない。エイラとジョンダラーのどちらの発案なのかも知らなかったが、自分のための腰かけであることはわかっていたし、ありがたく感じてもいた。大ゼランドニ自身も石の腰かけをふたつ所有していた。ひとつは住まいにあり、もうひとつは外の共同作業場の奥にしつらえてある。それにくわえてジョハランとプロレヴァも、ふたりの住まいにすわり心地のいい頑丈な腰かけを用意してくれていた。必要とあればいまでも床にすわりこむこともできなくはないが、月日が流れるとともに体がますます太ってきたこともあって、立ちあがるのが以前よりも困難になってきていた。自分は母なる大地の女神によって大ゼランドニになるべく選ばれたのだから、年を追うごとに女神の姿に似てきたことにはそれなりの理由があるのだろう——大ゼランドニはそう思っていた。〝大〟の称号をいただいたゼランドニの全員が太っていたわけではないが、大半の者は太った大ゼランドニが好きだということもわかっていた。その巨体は存在感と権威の雰囲気をまとっていた。だとすれば多少動きにくくなったとしても、些細な代償にすぎない。

エイラは熱く焼けた石を木のはさみ道具でつまみあげた。このはさみ道具は、枯れていない木の樹皮のすぐ下から薄い材木をとりだし、細長く切りわけて上下を断ち落としてから、蒸気にあてしならせ、曲げたものだった。新鮮な材木のほうが弾力性を長くたもっていられるが、木を枯らさないためにも、切りだすのは幹の片側に限定しておくのがいい。エイラが炊き石を円形の炉のまわりに配された石のひとつに軽く打ちつけて灰を落とし、籠の水に落としこむなり、もうもうたる水蒸気が噴きあがった。ふたつめの焼け石を入れると水がごぼごぼと沸きたち、ほどなく静かになった。先に骨を底に沈ませたおかげで、焼け石で籠の底が焦げることもなく、繊維を編みあげた炊き鍋を長もちさせることができた。

ついでエイラは、乾燥した薬草や乾燥中の薬草を調べていった。カミツレには鎮静作用があるが、あまりにもありふれているので、それ以外の薬草もつかいたかった。それで最近見つけて摘んできた薬草に気がつき、ひとりにんまりと笑った。その薬草——山薄荷《やまはっか》はまだ完全には乾燥していなかったが、その点は問題になるまいと判断する。お茶を淹れるにはまったく問題ない。カミツレにこれを少量くわえ、科木《しなのき》を足して甘みをつければ、気分を落ち着かせるのにもってこいのお茶になる。エイラはカミツレの葉と山薄荷と科木を湯のなかに入れて成分が滲《し》みだすのを待ってから、ふたつの杯に注いで、ひとつをドニエのもとにもっていった。

大ゼランドニは熱いお茶にちょっとだけ息を吹きかけてから、慎重にまずひと口含んで小首をかしげ、その味から中身を当てようとしはじめた。「もちろんカミツレね……でも……ちょっと考えさせて。そう、これは山薄荷よ。そこに、科木の花が少しはいっているのではなくて?」

エイラは微笑んだ。知らない飲み物を供されたら、エイラ自身もこれとまったくおなじことを——中身を当てようと——するからだ。そしてもちろん大ゼランドニは、材料を正確にいいあてた。

「そうです」エイラは答えた。「カミツレと科木の花は乾燥させたものが手もちにありましたが、山薄荷は数日前に見つけました。近くに生えていてよかったです」

「今度山薄荷を摘んでくるときには、わたしのぶんも摘んできて。〈夏のつどい〉にもっていけば役に立ちそう」

「ええ、喜んで。きょうにでも摘んでこられます。どこに生えているかは知ってますから。山をのぼったところの台地です。〈風落岩《かざおちいわ》〉の近くの」エイラが口にしたのは、古代の円柱状の玄武岩が特異な形状になっているところのことだった。その玄武岩が原始時代にいったん海底に沈み、いまはまわりが浸食されたことで石灰岩から突きだしたように見えている。一見したところではいまにも落ちそうなのだが、じっさいには崖の上のほうにしっかりと埋まっていて落ちることはない。

「これのつかい方については、どんなことを知ってるの?」大ゼランドニは杯をもちあげて、エイラにたずねた。

「カミツレには緊張をほぐす効き目があって、夜に飲めば眠りにつくのを助けてくれます。山薄荷には心を落ち着かせる効果があり、とりわけ神経が昂《たか》ぶっていたり重圧にさらされたりしているときにはおすすめです。さらには、重圧に悩んでいるときの胃の不調をやわらげて、安眠できるようにする効き目さえあります。カミツレにもよくあう、おいしい味です。科木は頭痛に効き目があります——とりわけ締めつけられたように感じたり、こわばった感じがするときなどです。そのうえ、わずかながら甘みもあります」

答えながらエイラはイーザを連想していた。イーザもよく、自分が教えたことをエイラがどこまで覚えているのかを確かめるために、似たような質問でエイラを試験していたものだ。大ゼランドニもわたしがどこまで知っているのかを見きわめようとしているのだろうか、とエイラは思った。

「そうね、このお茶は充分な効き目がある穏やかな鎮静薬につかえるわ」

「もし本当に神経が昂ぶったり不安だったりして眠れなくなって、もう少し強いものが必要になったら、そのときは鹿《か》の子草《こそう》の根を煎じた汁に鎮静の効き目があります」エイラはいった。

「とくに夜になってから眠りを誘うためにはいいわね。でも、胃も同時に調子をわるくしていたら、熊《くま》葛《つづら》の花をつける茎と葉のお茶のほうがいいかもしれないわ」

「以前、長患いから立ちなおりつつあった人に熊葛をつかったことがあります。でも、身ごもっている女に飲ませるのは禁物ですね。お産をうながしかねませんし、乳を出させてしまうこともありますから」ふたりの女はともに口をつぐんで顔を見あわせ、ともに小さな声で笑った。エイラはつづけた。「薬や癒しの技などの話をこんなふうにできることが、わたしにとってどれだけ楽しいか、言葉にできないほどです。それも、知識のすこぶる豊富な人と話すことが」

「あなただって、わたしに負けないほどいろいろと知っているわ——ある意味では、わたし以上にくわしいといえるし、だからこそあなたと話しあって考えを交換するのが楽しいのよ。この先もずっと、こうした実りある会話ができると思うと楽しみだわ」大ゼランドニはそういうと、あたりを見まわし、床に広げてある寝袋をさし示した。「あれを見たところ、旅の支度をしていたようね」

「繕う必要があるかどうかを確かめていただけです。前につかってから、だいぶたちますから」エイラはいった。「どんな天気にも対応できますから、旅には重宝します」

寝袋は数枚の皮を縫いあわせたもので、ジョンダラーの身長にもあうように体にかける上の部分も、体の下に敷く部分もともに長くつくってあった。上下は足先の部分では縫いあわせてあるが、左右にはいくつもの穴がならんでいて紐を通してあり、きつく締めることもゆるめることも、あるいは暖かなおりには上がけ部分を取り去ることもできるようになっていた。下に敷く部分の外側はぶあつい毛皮で、堅いだけでなく冷えきっていることも多い地面から身を守る、断熱性のある緩衝材になっていた。数枚のどんな種類の毛皮でも用をなしたが、寒い時期に殺した動物の毛皮をつかうのが通例だった。この寝袋にエイラは、群を抜いて稠密《ちゅうみつ》で、天然の断熱材ともいえるトナカイの冬の毛皮をつかっていた。寝袋の体にかける部分は、もっと軽い素材でつくってあった。エイラは大角鹿の夏の皮をつかった——もともとかなり大きいため縫いあわせる手間が省けたのだ。冷えこんできたら一、二枚の皮か毛皮を上に足せばいいし、本格的に寒くなってきたら追加の毛皮を内側に入れて左右の紐を締めればいい。

「あなたには、これを活用してもらうことになりそうね」大ゼランドニは寝袋がどんな天候にも対応できることを見ぬいて、そういった。「きょうここに来たのは、あなたに〈夏のつどい〉のことを話そうと思ったから……というより、〈つどい〉の最初におこなわれる儀式がおわったあとのことを話したかったのよ。そして、そのために適切な旅行用品や備えの品を用意することを忘れないよう、あなたに念を押すつもりだった。というのも、この地域にはあなたにぜひとも見てほしい聖地がいくつかあるから。そのあと数年のうちには、あなたを聖地のいくつかに案内したり、遠くに住んでいるゼランドニアの者たちのうちの何人かにも引きあわせたいの」

エイラは顔をほころばせた。新しい土地を見にいくのは楽しみだが、あまり遠くないかぎり……という条件がついた。長旅はもう充分に経験した。ついで先ほどウィニーとグレイの姿をちらりと見かけたことを思い出すなり、大ゼランドニともっと楽に旅をするための考えが頭に浮かんだ。

「馬をつかえば、もっと速く旅をすることができます」エイラはいった。

大ゼランドニはかぶりをふり、お茶をひと口飲んだ。「わたしでは、どうやっても馬の背にあがるのは無理よ、エイラ」

「その必要はありません。ウィニーの引き棒に乗ればいいのです。引き棒の上なら、すわり心地のいい腰かけをつくれます」エイラは引き棒をどのように改造すれば、その上に人を——なかでも大ゼランドニを——乗せられるようになるかを考えていた。

「あの馬が、わたしみたいな体の大きな者を馬が引きずる棒に乗せて運べるだなんて、いったいどこから思いついたの?」

「ウィニーは、あなたよりもずっとずっと重い荷物を運んだことがありますよ。ウィニーはとても力が強いんです。あなたといっしょに、旅の道具や薬も運べます。それぱかりか、〈夏のつどい〉にあなたがもっていく薬を、わたしの薬ともどもウィニーに運ばせてはどうかとおたずねするつもりでした」エイラはいった。「〈夏のつどい〉への往路では、馬には人を運ばせないつもりです。ジョンダラーとわたしも馬に乗るつもりはありません。というのも何人かの人と、ウィニーとレーサーに〈つどい〉の場まで荷物を運ばせるという約束をしたのです。ジョハランからは、〈九の洞〉の夏の寓舎《すまい》を向こうでつくるための丸太や建材などを運んでほしいと頼まれました。またプロレヴァからは、宴をひらいたり集団で食事をしたりするためにつかう特別に大きな煮炊き用の籠や鉢、それにとりわけるための道具や食器も運んでほしいといわれました。またジョンダラーは、マルソナの荷物を軽くしたがっています」

「話からすると、あなたの馬たちは大活躍させられるみたいね」大ゼランドニはそういって、お茶をひと口飲んだ。頭のなかでは、すでにさまざまな計画が形をとりはじめていた。

大ゼランドニは、すでにエイラのための旅の計画をいくつもあたためていた。エイラをかなり遠くにあるゼランドニー族の〈洞〉に連れていって、そこに住む人々の聖地を訪ねさせたかったし、できることならゼランドニー族の領地の境界線近くに住む隣人たちにも引きあわせたかった。しかし一方ではエイラが長旅の末にここへたどりついたこともあり、いま計画しているような長旅にあまり興味をもっていないことも察していた。そもそも大ゼランドニは、侍者になった者が行くべきだとされている〈ドニエの旅〉についいては、まだひとことも話していなかった。

ひょっとしたら、引き棒とやらに乗って馬に牽《ひ》かれる話を自分が了承すれば、エイラも旅に出てもいいという気持ちになってくれるかもしれない——大ゼランドニはそう思いはじめた。本音をいえば馬に引きずりまわされたいと思ってはいなかったし、自分に正直になるならば、いくぶん怖い気持ちもあった。しかしこれまでの人生では、もっと大きな恐怖に立ち向かったこともある。また動物を意のままにあやつるエイラの能力が人々にあたえる影響も、大ゼランドニは知っていた。人々はわずかな恐れの気持ちをいだき、強く印象づけられるのだ。となると、あの引き棒なるものに乗るのがどんな気分なのかを近いうちに試してみてもいいかもしれない。

「そのうち、ウィニーがわたしを引っぱれるかどうかを試してみましょう」大ゼランドニがいうと、エイラの顔に大きな笑みが広がった。

「いますぐでもかまいませんよ」エイラはいった。大ゼランドニが乗り気になっているこの好機を——心変わりを起こす前に——利用しようと思ったのだ。見ると、最高位の大ゼランドニの顔には驚きの表情が広がってきた。

ちょうどそのとき、出入口の帷幕を引きあげてジョンダラーが住まいにはいってきた。ジョンダラーは大ゼランドニの驚き顔を目にとめて、どんな理由で驚いているのだろうかと首をひねった。エイラが立ちあがってジョンダラーと軽い抱擁をかわし、さらに頬と頬をすり寄せて出迎えた。しかしふたりがおたがいに思いあう強い感情は明らかで、客人の目を逃れるものではなかった。ジョンダラーは赤ん坊の場所にちらりと目をむけてジョネイラが眠っていることを確かめると、客人のもとに近づいていき、大ゼランドニがなにに驚かされたのかと疑問をかかえたまま、同様の流儀で挨拶をした。

「ジョンダラーにも手伝ってもらえますし」エイラがいった。

「手伝うってなにを？」ジョンダラーはいった。

「いま大ゼランドニは、今年の夏にほかの〈洞〉を訪ねる旅のことをお話しされていたの。それで馬をつかえば、旅がもっと楽になるし、速く移動もできるのではないかと思って」

「それはそうだけど、大ゼランドニが馬の乗り方を身につけられると思うのかい？」ジョンダラーはたずねた。

「そんな必要はないわ。大ゼランドニのために引き棒の上にすわり心地のいい腰かけをつくって、それをウィニーに牽かせればいいのよ」

ジョンダラーはひたいに皺を寄せて考えこんでから、ひとつうなずいた。「できない理由はないな」

「それで大ゼランドニはウィニーが自分を牽けるかどうかを、そのうち確かめてみてもいいとおっしゃったので、『いますぐでもかまわない』とお答えしたの」

ちらりと視線を走らせた大ゼランドニは、ジョンダラーの目に愉快そうな光がのぞいていることを見てとった。つづいてエイラに目をむけながら、いまの話をうまくかわす方策に考えをめぐらせた。「腰かけをつくる必要があるといってたでしょう？　でも、まだじっさいにはつくっていないわけだし」

「そのとおりです。でも、あなたはウィニーには自分を牽けないのではないかとお考えでした。牽けるかどうかを確かめるためだけなら、腰かけは必要ありません。わたしはまちがいなく牽けると思っていますが、確かめれば大ゼランドニもご安心でしょうし、わたしたちには腰かけのつくり方を考える時間もできますし」エイラはいった。

大ゼランドニはなぜとは知らず、いつしか罠に追いこまれた気分になっていた。そんなことをしたくはなかったし、いまこの場でするのはもってのほかだが、いまさら逃げられない気もした。ついで、エイラに〈ドニエの旅〉をはじめさせたい一心でみずからを追いこんでしまったことに気づいて、大ゼランドニは大きなため息とともに立ちあがり、「だったらすませてしまいましょう」といった。

谷に住んでいたころ、エイラはたとえば狩りの獲物の動物のようなかなり大きくて重い荷物を愛馬に運ばせる方法を考えだしていた——大怪我をして気をうしなっていたジョンダラーを運ばせたこともある。引き棒は二本の棒を馬の肩でつなぎあわせ、それを皮紐を利用した留め具で固定し、その皮紐をウィニーの胸にまわしたものだった。二本の棒の反対の端は左右に広がり、馬よりもうしろの地面に接触している。棒の終端部で地面にこすれるのが非常に小さな部分だけなので摩擦も少なく、かなりでこぼこの多い場所でも比較的簡単に牽けるし、馬が頑健であればなおさら容易だった。この二本の棒の上に板材なり皮なり、籠をつくるように編んだ素材なりを広げれば、そこに荷物を積んで運ぶことができるが、伸縮性のある素材では大ゼランドニのように大柄な女を乗せた場合にたわんで、そこが地面にこすれてしまうのではないか、とエイラは思った。

「お茶をお飲みになってください」エイラは立ちあがりかけた大ゼランドニにいった。「ジョネイラの子守りに、フォラーラかだれかを見つけてこないとなりません。あの子を起こしたくはないので」

エイラはすぐにもどってきたが、フォラーラを連れてはいなかった。代わりに連れてきたのはトレメダの娘のラノーガだった。エイラのあとから住まいにはいってきたラノーガは、妹のロラーラを連れていた。〈九の洞〉に到着したほとんどその日から、エイラはラノーガとほかの子どもたちの面倒を見ていた。子どもたちの母親であるトレメダとつれあいのララマーが、子どもたちをまったく顧みずに放置していることに、エイラはほかのだれにも感じたことのない激しい怒りを感じた。しかし、その点はエイラにも――ほかのだれにも――どうすることもできず、できるのは幼い子どもたちを助けることだけだった。

「それほど長いこと留守にはしないわ、ラノーガ。ジョネイラが目を覚ます前には帰ってこられるはずよ。厩《うまや》に行くだけだから」エイラはそう話して、さらにいい添えた。「もしあなたやロラーラのおなかがすいたら、炉の裏にまだ大きな肉や野菜が残っているスープがあるから飲んでちょうだい」

「ロラーラはおなかが減ってるかもしれないの。きょうの朝、ステローナのところでお乳をもらっただけで、それっきりなにも口に入れてないから」

「あなたもなにか食べてね、ラノーガ」エイラはそう声をかけながら、住まいをあとにした。ステローナのことだからラノーガにもなにか食べ物を与えただろうが、それでも朝食しか食べていないことに変わりはないだろうとエイラは思った。

住まいからかなり離れて声ももう届かないだろうと確信すると、エイラはようやく怒りを言葉にあらわした。「あの子たちの住まいに行って、子どもたちの食べ物があるかどうかを調べておかなくちゃ」

「つい二日前に、きみが食べ物を運んでいったばかりだぞ」ジョンダラーはいった。「あれがもうなくなるなんて考えられないな」

「トレメダとララマーも食べていることを忘れてはだめよ」大ゼランドニはいった。「それを防ぐことはできないわ。それに穀物や果物や発酵させられるような食材をもっていったら、ララマーがくすねて、自分のバーマ用の樺《かば》の樹液に足してしまうのも目に見えているし。帰りがけにあなたたちの住まいに寄って、わたしがあの子たちを連れて帰りましょう。わたしなら、あの子たちに夕食を食べさせてくれる人も見つけられる。あなただけがあの子たちに食べさせているなんてまちがってるわ、エイラ。〈九の洞〉にはこれだけの人がいるのだから、あの子たちに充分食べさせることも無理じゃないはずよ」

厩にたどりつくと、エイラとジョンダラーはウィニーとグレイのそれぞれに注意をふりむけた。そのあとでエイラは支柱にかけていた引き棒用の特別な装具をとって、ウィニーを外に連れだした。ジョンダラーはレーサーがどこにいるのかと思いながら、岩棚のへりから大川を見おろし、その姿を目で探したが、近くには見あたらなかった。口笛で呼びだそうと思ったものの、その考えをすぐにあらためる。いまはあの雄馬は必要ではない。大ゼランドニを引き棒に乗せたあとでさがしにいけばいい。

厩を見まわしたエイラは、丸太から引きはがした数枚の板と楔《くさび》、それに大槌《おおづち》があることに気がついた。馬のためにかいば桶を追加でつくろうと思っていたところにジョネイラが生まれ、そのあともエイラが前につくったかいば桶をつかっていたため、新しい桶をつくる仕事には手をつけていなかったのだ。上に迫りだした岩棚の下にあって、もっとも激しい風雪からは守られていただけに、まだまだつかえそうに見えた。

「ジョンダラー、大ゼランドニ用に簡単にはたわまない台をつくる必要があると思うの。あの板を二本の棒にわたして固定すれば、腰かけの台になると思わない?」エイラはたずねた。

ジョンダラーは二本の棒と板を見つめ、あまたの才能に恵まれた女を見つめた。ひたいに皺が寄り、見なれた表情をつくった。「いい考えだ。ただし、棒もたわむことを頭に入れないとね。これでも試すことはできるが、もっと頑丈な棒のほうがいいかもしれない」

厩まわりにはいつでも皮紐や紐が置いてあった。ジョンダラーとエイラはそのうちの何本かをつかって、棒のあいだに張りわたした板を固定した。その作業がすむと、三人はそろってあとずさり、作業の成果をながめた。

「どう思う、大ゼランドニ？　板が傾いているのは、あとで直すよ」ジョンダラーはいった。「上にすわれそうかい？」

「すわってみるけど、わたしにはちょっと高いかもしれないわ」

ふたりが作業をしているあいだに、大ゼランドニはふたりがつくろうとしている仕掛けに関心を引かれ、どんなふうに動くのかに好奇心を刺戟されていた。ジョンダラーはレーサーにつかっているものと同様の端綱《はづな》を、ウィニー用にもつくっていた。ただし、エイラはめったに端綱をつかわなかった。いつもは乗馬用の敷物をウィニーの背にかけただけで乗り、体の位置と足の圧力で行き先や方向を指示していたからだ。しかし特別な機会には——それも他人がかかわる場合には特に——端綱をもちいることで、馬をあやつる手段がさらに増えることになった。

エイラが端綱をつけながらウィニーが落ち着いていることを確かめる一方、ジョンダラーと大ゼランドニは馬の背後にある補強された引き棒の前にまわった。たしかに多少高い位置にありはしたが、ジョンダラーがその逞《たくま》しい腕で大ゼランドニに力を貸した。体の重みで二本の棒がたわんだが、それで地面に足がつくようになり、板からも簡単に降りられそうに思えた。ななめになった板にすわるのは危なっかしく感じられたが、すわり心地は予想していたほどわるくはなかった。

「用意はいいですか？」エイラはたずねた。

「ええ、いつでもかまわないわ」ゼランドニは答えた。

エイラはウィニーをゆっくりと〈川《かわ》の下《しも》〉の方角へと歩かせはじめた。ジョンダラーはうしろからついていき、勇気づける笑みを大ゼランドニに見せていた。ついでエイラは張りでている岩棚の下にはいっていき、そこでウィニーに大きな円を描かせて方向転換させ、正面岩棚の上を人々の住まいのある東端方向へ進みはじめた。

「ここでやめてもらえる?」大ゼランドニはエイラにいった。

エイラはすぐに馬をとめた。「乗り心地がよくないんですか?」

「ちがうの。でも、わたしのためにちゃんとした腰かけをつくってくれるという話ではなかった?」

「ええ」

「これに乗ったわたしを人々に見せるのなら、あなたたちがつくりたいような腰かけを据えつけてからのほうがいいと思うの。そうすれば、みんなが見て評価してくれるのではなくて?」

エイラとジョンダラーは一瞬きょとんとした。ついで、ジョンダラーはいった。「たしかに。あなたのいうとおりだ」

エイラはすぐさま言葉をつづけた。「ということは、この引き棒に乗ってくださるんですね?」

「ええ、あとは慣れるだけけれね。降りたくなっても、すぐには降りられないこともなさそうだし」大ゼランドニはいった。


旅行の準備で忙しいのは、エイラだけではなかった。〈洞〉の全員がそれぞれの住まいや外の作業場に、さまざまな品を広げていた。彼らはみな寝袋や宿営用の天幕、夏の寓舎の建材などをつくったり修繕したりする必要に駆られていた。とはいえ、寓舎の建材の大半は宿営地近くで調達される。また、贈り物や交易のために品をつくる者——とりわけ、ある種の工芸品の熟練した匠たち——は、なにをどれだけ運んでいくかを決めなくてはならなかった。徒歩の者はそれほどたくさんの品を運べなかった。なんといっても、それ以外に食糧——すぐに食べるものや贈り物、特別な宴のためのもの——や衣類や寝袋をはじめとする必需品も運ばなくてはならなかったからだ。

エイラとジョンダラーはすでに、ウィニーとレーサーのために新しい引き棒をつくることにしていた——地面に引きずる棒の先端がいちばん磨耗しやすかった。積荷が重くなれば、なおさら早くすり減った。数人の者から頼みが寄せられたのち、ふたりは家族や親しい友人たちによぶんな荷物を馬の力を借りて運ぶ話をもちかけたが、いくら二頭とも力のある馬だといっても、運べる荷物にはおのずと制限があった。

春のはじめから、〈洞〉は肉を狩り、植物をあつめてきた——漿果《しょうか》、果物、木の実、茸《きのこ》、野菜の食べられる茎や葉や根、野生の穀物、さらには苔やある種の木の内側の皮などまでもあつめた。最近狩ったりあつめたりしたばかりの新鮮な食物も少しは旅にもっていくが、彼らの食糧のほとんどは乾燥したものだった。乾燥すれば食材を長いこと保存できるし、なにより軽くなる。それゆえ彼らは旅の途中や、その年の〈夏のつどい〉の場に到着して、狩りや採集の習わしが定まるまでのあいだの食材をよぶんに運んでいくことができるようになった。

この年一回おこなわれる一族の集会の場所は、会場に適したいくつかの土地を順ぐりにして毎年変わる。〈夏のつどい〉を開催できるような土地はある程度かぎられるし、いずれの土地も、ひと夏つかったあと数年間は休ませなければ、ふたたび〈つどい〉につかえるまでには回復しなかった。これほど多くの人々——ざっと一千人から二千人——がひとつところにあつまっていれば、夏のおわりともなると周辺のかなり遠い場所までも資源が底をつき、大地を回復させてやる必要があった。昨年、〈九の洞〉の一行は大川を約四十キロ北にさかのぼった。今年は大川と大雑把に並行して流れているもうひとつの川——西ノ川——を目指して西に進むことになっていた。

ジョハランとプロレヴァは、ソラバンとラシェマーともども住まいのなかで昼の食事をおわらせたところだった。ソラバンのつれあいであるラマーラは息子のロベナンともども、プロレヴァの息子のジャラダルも連れて出かけたばかり。ロベナンもジャラダルも、生まれてから六年をかぞえていた。またプロレヴァの娘で、まだ赤ん坊のセソーナは、母親の腕に抱かれて眠っていた。プロレヴァがセソーナを寝床に寝かそうと思って立ちあがったそのとき、入口横に垂らした硬い生皮を手で叩く音がした。プロレヴァは、てっきりラマーラが忘れ物をしてとりにもどってきたものと思っていたので、招きいれの呼びかけに応じて姿を見せたのが若い女だったことに驚かされた。

「ガレヤ！」プロレヴァは驚きをそのまま声に出した。ガレヤはジョハランの妹のフォラーラとは生まれたときからの友人といっても過言ではないし、以前はよくフォラーラをともなって住まいにもやってきていたが、ひとりで来ることはめったになかった。

ジョハランが顔をあげて、「おや、もう帰ってきたのかい？」といい、ほかの面々にむきなおって説明した。「ガレヤは駿足なので、けさ早くに送りだして〈三の洞〉まで行ってもらったんだよ。向こうがいつ出発する予定かをマンヴェラーにきいてきてもらうためにね」

「わたしが向こうに着いたとき、ちょうどマンヴェラーも〈九の洞〉に使者を出そうとしていたところでした」ガレヤは答えた。わずかに息を切らせており、走ってきたせいで髪が汗に濡れていた。「マンヴェラーは、〈三の洞〉の出発準備がととのっていると話していました。あしたの朝には出発したがっていきます。〈九の洞〉の準備ができているのなら、いっしょに旅をしたいとも話していました」

「こっちの心づもりよりもちょっと早いな。おれはその翌日あたりの出発を考えていたんだ」ジョハランはひたいに皺を見せながらいい、ほかの面々に顔をむけた。「あしたの朝までに、すべての準備をととのえられそうかい?」

「できるわ」プロレヴァが即座に答えた。

「おれたちもなんとかなるな」ラシェマーがいった。「サローヴァは、もっていきたいといっていた籠を全部つくりおわってる。おれの荷づくりはまだだが、用意は全部できているしな」

「おれはまだ自分の柄を選んでいるところだよ」ソラバンはいった。「マーシェヴァルがきのう訪ねてきて、なにをもっていけばいいのかを相談していった。あいつは牙の細工に才能があるみたいだし、おまけにめきめき腕をあげてるよ」笑みをのぞかせていい添える。ソラバンの手技は、もっぱら小刀や鑿《のみ》をはじめとする工具類のための柄をつくることだった。鹿の枝角や木材からも柄をつくることができたが、本人がことのほか好きなのはマンモスの牙をつかって柄をつくることだ。しかし近ごろでは——それもマーシェヴァルを見習いとして弟子にしてからはなおさら——数珠玉や彫像にも手を染めはじめていた。

「あしたの朝までに出発準備をととのえられるかな?」ジョハランはたずねた。というのも〈夏のつどい〉に自作の柄のどれを——贈り物用として、そして交易の品として——もっていくべきかという難問に、ソラバンがいつもぎりぎりの土壇場まで頭を悩ませることを知っているからだった。

「なんとかなると思うよ」ソラバンはいい、ついで肚《はら》を固めた。「よし、用意をととのえるとも。ラマーラも大丈夫なはずだ」

「よかった。しかし〈洞〉のほかの面々の意向も確かめなくては、マンヴェラーに返事の使者を出せないな。ラシェマー、ソラバン、おれができるだけ早くに短時間の会合をひらきたがっていると、〈洞〉のみんなに伝える必要がある。質問されたら、どういうことかをきみたちから話してやってくれ。それから、炉辺を代表して会合に出る人物がだれであれ、その人物が炉辺のほかの者に代わって決定をくだすことになる、とも話しておくんだ」ジョハランはいった。それから食事用の鉢に残っていたものを炉の炎のなかに捨て、鉢と食事用の小刀を濡らした鹿皮で拭いてから、腰帯につけた小袋におさめる。あとで機会を見つけて水洗いをするつもりだった。立ちあがりながら、ジョハランはガレヤにいった。「きみをもう一度〈三の洞〉まで使いに出すことはないな。ほかの者を使者として送りだそう」

ガレヤはいくらか安堵した顔をのぞかせてから笑みを見せた。「パリダーが速く走れます。きのうふたりで競走しました。あと一歩でわたしに勝つところでしたよ」

ジョハランはつかのま動きをとめて考えをめぐらさなくてはならなかった——パリダーといわれて、すぐにはだれだかわからなかったのだ。ついでジョハランはライオン狩りを思い出した。ガレヤは〈三の洞〉の若い男と組んでいたが、パリダーもまたあのとき狩りに参加していた。「パリダーというのはティヴォーナンの友人だね？　近ごろウィロマーとティヴォーナンといっしょに同行させている若い男だろう？」

「そうです。この前ウィロマーとティヴォーナンといっしょに帰ってきて、わたしたちといっしょに〈夏のつどい〉に行き、そこで自分の〈洞〉の人たちと会おうと決めたんです」ガレヤはいった。

ジョハランはうなずいた。認めたというしるしには、それで充分だった。客人のパリダーを使者にしてもいいのか、やはり〈九の洞〉の者を送りだすべきなのか、その見きわめがつけられなかった。しかし、パリダーがフォラーラの友人であるガレヤに関心をいだいているらしいことには気づいていたし、パリダーは明らかに〈洞〉に残るための理由を見つけているようだ。いずれパリダーが〈九の洞〉の一員になる可能性があるのなら、パリダーについてもっと知っておきたい。ジョハランはそう思い、その考えを頭のなかにしまいこんだ。いまこの瞬間についていえば、もっと切迫した問題に頭をめぐらせなくてはならなかった。

それぞれの住まいから少なくともひとりが会合に顔を出すことはジョハランにもわかっていたが、いざ人々があつまりはじめたのを見ると、洞長が唐突に会合を求めた理由を〈洞〉のほぼ全員が知りたがっていることがわかった。彼らが作業場にあつまると、ジョハランは平たい大岩の上にあがっていった。この岩は、洞長であれほかの者であれ、なんらかの発言の必要に迫られた者の姿が他人からも容易に見えるよう、ここにしつらえられたものだった。

「おれはつい先立ってマンヴェラーと話をした」ジョハランは前置きぬきで話をはじめた。「みなも知ってのとおり、今年の〈夏のつどい〉は〈二十六の洞〉の近く、西ノ川とその支流にも近いところにある広大な野原でひらかれる。マンヴェラーのつれあいは〈二十六の洞〉の出《で》で、子どもたちがまだ幼かったころには、よくつれあいの母親や家族を〈二十六の洞〉に訪ねていたそうだ。おれが知っている行き方はまず南にむかって大川まで行き、そこから西にむかって別の川まで行く。この川と西ノ川との合流点にたどりついたら、川沿いに北上していけば〈夏のつどい〉の地に行きつく。しかしマンヴェラーは、こんなふうに遠まわりをせずに行ける道を知ってる——木《き》ノ川《かわ》を出発点にして、ここから西の方角にむかうんだそうだ。こちらの道をつかえば早めに到着できるし、〈三の洞〉の連中といっしょに旅ができればいいと考えていた。ところが、〈三の洞〉はあしたの朝出発する予定だそうだ」

あつまった人々のあいだから低いつぶやき声があがりはじめた。しかし、だれかが発言しないうちに、ジョハランはつづけた。

「出発にあたっては数日前から予告してほしいというみなの気持ちはわかるし、おれもこれまでずっとそう心がけてきた。しかし、一方ではみなのほとんどがもう出発の準備をととのえているとも確信している。明朝までに荷づくりをおえて出発準備をととのえれば、〈三の洞〉といっしょに旅をして、目的地にずっと早く到着できる。早く到着すれば、宿営地をつくるためのいい場所を確保できる見とおしも、それだけ高まるというわけだ」

人々はいっせいに会話をかわしはじめた。ジョハランの耳にも多くの意見や疑問がききとれた。「それまでに準備できるかどうかわからないな」「つれあいと話をしてみないことには」「うちは荷づくりがまだだ」「あと一日かそこら、待ってもらえないものかな?」ジョハランはしばらく好きに話をさせてから、おもむろにまた口をひらいた。

「〈三の洞〉におれたちを待ってくれと頼むのは、おれには筋ちがいに思える。いい場所を見つけたいのは〈三の洞〉もおなじだ。おれとしては、いま答えがほしい。そうすれば、いますぐマンヴェラーに使者を送って返事を伝えられる」ジョハランはいった。「それぞれの炉辺からひとりを代表として、この場で意見を表明してもらいたい。出発準備をととのえられるという意見が多ければ、おれたちは明朝ここを出発する。あした出発したいと考える者は、ここに来て、おれの右側に立ってくれ」

当初はためらいの空気が流れていたが、やがてソラバンとラシェマーが前に進みでて、ジョハランの右に立った。ジョンダラーが顔をむけると、エイラは笑顔でうなずいた。ジョンダラーは前に歩いていって、兄ジョハランの右に立った。マルソナもおなじことをした。さらに数名の者が前に出てきて、これにつづいた。ジョハランの左に立ち、急いで出発することに気がすすまないと表明する者はいなかったが、まだ迷っている者も見うけられた。

右側のあつまりに新しい者がくわわるたびに、エイラは数の言葉で人数をかぞえ、その言葉を低い声で口にしながら、同時に腿を指で叩いていた。「十九、二十、二十一——ここには炉辺がいくつあるのだろう?」エイラは思った。やがて三十に達したときには、大多数の者が明朝までに出発準備をととのえられると考えていることが明らかになった。目的地に早めに到着して、できるだけいい場所を確保できるというのがかなり魅力的に思えたからだ。さらに五人が賛成にくわわり、エイラは逆に残っている炉辺の数をかぞえようとした。まだ心を決められずに歩きまわっている者はかなりの数にのぼったが、彼らが代表している炉辺の数でいえば、もう七つか八つの炉辺しか残っていなかった。

「そのときまでに準備ができなかった者はどうなるんだ?」心を決めかねている者のあいだから、そんな質問があがった。

「あとから自分たちだけで来てもらうよ」ジョハランは答えた。

「しかし、おれたちはいつも〈洞〉全員で旅をしてきたじゃないか。いまさら、おれたちだけでは行きたくないね」

ジョハランは微笑んだ。「だったら、あしたの朝までに準備をすっかりおえておくことだ。わかるだろうが、大半の者が明朝には出発できると決めているぞ。おれはこれからマンヴェラーに使いを出して、おれたち〈九の洞〉はあしたの朝〈三の洞〉に合流する予定だと知らせておく」

〈九の洞〉ほども人数が多くなると、旅が無理だという者――少なくとも、そのときには無理だという者――がかならず数人は出てくる。たとえば病にかかっている者や怪我をした者だ。ジョハランはいつも数名の者を彼らのもとに残し、あとに残された者たちのために狩りをしたり、世話をしたりさせてきていた。こういった手伝い要員は月が半めぐりするごとに交替させられたので、彼らが〈夏のつどい〉をすっかり見のがすことはなかった。

その夜〈九の洞〉の人々はいつもよりも夜ふかしをしていたし、朝になって全員があつまりはじめたときには、見るからに疲れて不機嫌になっている者もちらほら見かけられた。マンヴェラーと〈三の洞〉の面々はかなり早くに到着して、住まいのならぶあたりのすぐ先、〈川の下〉近くのエイラとジョンダラーが住んでいるところからも遠くない、ひらけた場所で待っていた。マルソナとウィロマーとフォラーラは早めに準備をおえて、ふたりの住まいを訪れていた。荷物の一部を馬の体にくくりつけたり、引き棒に載せたりするためだった。

彼らはまた、マンヴェラーをはじめとする数人の者にわけあたえるための朝餉《あさげ》の品も持参していた。前夜マルソナは息子たちに、自分とジョンダラーのふたりがマンヴェラーとその家族をエイラの住まい――そう呼ばれるのはジョンダラーがエイラのためにつくった住まいだからだ――でもてなすのが適切ではないだろうか、と提案していた。そうすれば、そのあいだジョハランとプロレヴァは〈洞〉の面々を長距離旅行のためにならばせることができるからだ――〈日の見台〉、すなわちゼランドニー族〈二十六の洞〉の本拠地にして〈夏のつどい〉がひらかれる土地への旅のために。

5

その日の朝遅くに出発したのは、二百五十人近い大集団だった――〈九の洞《ほら》〉と〈三の洞〉のほぼすべての者があつまっていた。マンヴェラーと〈三の洞〉が先導をつとめ、岩屋の東の端にある斜面をくだって進みはじめた。〈三の洞〉に近い草ノ谷――ライオンを見つけた場所――と、〈九の洞〉の岩屋の北東の端からくだっていく道筋では植物のようすが異なっていた。後者の道をくだった先は大川《おおかわ》の支流のひとつだが、この川には木《き》ノ川《かわ》という名前がついていた。この川を擁する周囲から閉ざされた峡谷には、ほかでは目にできないほど樹木が豊富に生い茂っていたからだ。

氷河期には、森林地帯はほとんど存在していなかった。地球表面のじつに四分の一を覆っている氷河の先端部は、ここから北にそれほど遠く離れているわけではなく、そのため氷河周辺地域には永久凍土がつくりだされていた。夏になれば地面の表面は溶けるが、溶ける深さはさまざまで、土地の条件に左右された。ぶあつい苔をはじめとする断熱性の高い植物に覆われた、気温が低く日陰がちのところでは、地表か

らわずか十数センチほどしか溶けなかったが、大地が直射日光にさらされている場所ではもっと深くまで溶け、ふんだんな植物に大地が覆われることを可能にしていた。

地面はおおむね、草よりもさらに深いところにまで根を張る樹木の生育には適さなかったが、少ないながら適している場所もあった。極寒《ごっかん》の風やきわめて硬い凍土から守られている場所では、地面が地表から一メートル以上もの深さにまで溶けて樹木の根を受け入れることを可能にしていた。拠水林《きょすいりん》は土壌が水をたっぷりと含んでいる川岸によく出現していた。

木ノ谷は、そういった例外的な場所のひとつだった。ここには、果物を実らせるものや木の実をつける多様な種類をふくめ、針葉樹と落葉樹の双方の樹木や灌木がふんだんに生育していた。ここはまた資源を驚くほどたっぷりと備え、豊富な生活物資を供給してくれる土地でもあった。なかでも、恩恵をこうむれる近いところに住む者には薪がもたらされたが、ぎっしりと木が立ちならぶ森林ではなかった。むしろ、細長くつづく樹林草原だった——ところどころに樹木があつまっている木立ちこそあるが、そのあいだには大きくひらけた草地や美しい空地が広がっていた。

大人数の旅の一行は木ノ谷を北西にむかって、なだらかな上り勾配の道を十キロ弱進んでいった。楽しい旅の幕開け部分だった。山の斜面を流れくだる支流を左手に見ながら、マンヴェラーはいったん足をとめた。休憩し、遅れがちな者に追いつくための時間をつくるためだった。大多数の人々は小さな焚火を熾《おこ》してお茶を淹れた。親たちは子どもたちに食べさせたり、旅行食や細長い干し肉、やはり乾燥した果物、昨年の収穫から保存していた木の実などの軽いものを口にした。少数ながら、大多数の者がもっている旅行用の特別な携行食を食べている者もいた。これは乾燥した肉をこまかく挽いた粉に、乾燥した漿果《しょうか》やほかの果物の小さなかけらと脂肪を混ぜて薄い円盤状や団子状にして、食べられる葉で包んだ品だった。

腹もちがよく養分に富んだ食べ物だったが、つくるのに多少の手間がかかるため、大多数の人々はのちのち長距離を一気に歩きとおさなくてはならない場合や、狩りの獲物に忍び寄るために火を熾したくない機会にそなえて、いまは手つかずのままとっておいた。

「ここで進む方向を変えるんだ」マンヴェラーはいった。「ここからは西に進む。いざ西ノ川にぶつかれば〈二十六の洞〉と、〈夏のつどい〉のひらかれる氾濫原はすぐ近くだ」

いまマンヴェラーはジョハランや数名の者といっしょにすわっていた。一同は西の川岸から迫《せ》りあがっている山の斜面と、その斜面を高らかな水音とともに流れおちている支流を見あげた。

「今夜はここに宿営地をつくるべきではないかな?」ジョハランはそういうと顔を上にむけ、天空を移動していく太陽の位置を確かめた。「まだ多少早いが、今朝は出発が遅かったし、なによりこの山道を登るのはきつそうだ。ひと晩ゆっくりと体を休めたあとのほうが、楽に登れるぞ」なかにはつらい思いをする者もいるのではないかと、ジョハランは心配だった。

「勾配のきついのは最初の数キロほどだけで、あとは標高のあるところを――わずかな起伏こそあれ――おおむね平坦な道がつづいているよ」マンヴェラーはいった。「おれはいつも、まず先にこの山を登ってしまい、上まであがったところで宿営地の設営にとりかかるようにしているんだ」

「それが正しいだろうな」ジョハランはいった。「確かにこの山をいま登りきっておいて、朝になったら元気に出発するのは理にかなってる。しかし、なかにはまわりの連中よりも、この坂道にしんどい思いをさせられそうな者もいてね」いいながらジョハランは強い目つきでジョンダラーを見つめ、その視線をいましがた追いついてきたばかりの母マルソナにむけた。マルソナは腰をおろして休めるのがありがたいという顔を見せていた。ジョハランはすでに、母親がいつもよりもつらそうなようすであることを目にとめていた。

ジョンダラーは兄の無言の合図を受けとって、エイラにむきなおり、「おれたちはここに残ってしんがりをつとめ、遅れをとりそうな者たちに指示を出す役目をしたらいいんじゃないかな?」といいながら、まだこの場にたどりついていない者たちのほうを指さした。

「ええ、名案ね。どのみち馬たちは、列のいちばんうしろを歩かせるのがいいし」エイラはそういうとジョネイラを抱きあげて、背中をとんとんと叩いた。ジョネイラはすでに乳を飲みおえていたが、まだ母親の乳房のまわりで遊んでいたいようすだった。いっこうに眠らず活発に動き、たまたま背後にやってきたウルフを見てくすくすと笑っている。ウルフは首を伸ばしてジョネイラの顔や、あごまで伝い落ちている乳を舐め、それがまたジョネイラの笑いを誘った。エイラもジョハランがジョンダラーに送った合図を目にとめていたし、ジョハランと同様に時間がたつにつれてマルソナの足どりが重くなっていることにも気づいていた。ちょうどいま追いついてきた大ゼランドニも一行より遅れがちだったが、疲れのせいなのか、それともマルソナに歩調をあわせてゆっくり歩いているせいなのかは見きわめられなかった。

「お茶を淹れたいけどお湯はある?」彼らのもとにたどりつくと、大ゼランドニは薬草の小袋を引っぱりだし、せわしなくお茶を淹れるための支度にとりかかった。「もうお茶を飲ませてもらったの、マルソナ?」とたずねたが、マルソナがまだ飲んでいないとかぶりをふりきらないうちから、大ゼランドニはつづけた。「わたしのお茶を淹れるついでに、あなたの分も淹れるわ」

ふたりのようすを注意ぶかく観察していたエイラには、すぐにわかった——大ゼランドニもまたマルソナが徒歩での旅に若干苦しそうなようすだったことに気づいていたのだ。そしていま大ゼランドニはマルソナに、薬効のあるお茶を用意しようとしていた。マルソナにもそれがわかっていた。ほかにもマルソナのことを心配している者は大勢いたが、みなその気づかいを胸の裡《うち》にひっそりと秘めていた。しかし、いくら彼らがその気持ちのあらわれを最小限にとどめようとしていても、エイラは彼らがみな本心から心配していることを見ぬいていた。いまエイラは、大ゼランドニがなにをしているのかを見さだめようとした。

「ジョンダラー、ジョネイラを見ていてもらえる？　いまはお乳でおなかがいっぱいだけど、まだ眠くならずに遊んでいたいみたいなの」エイラはそういって、赤子をジョンダラーに手わたした。

ジョネイラは両腕をぶんぶんとふってジョンダラーに笑みをむけ、ジョンダラーも笑みを返しながらエイラの娘を抱きとめた。ジョンダラーがこの女の赤ん坊を——おのれの炉辺に生まれた子を——心から愛していることははた目にも明らかだった。ジョネイラの世話をいやがる顔を見せたことは一度もない。エイラには、ジョンダラーのほうが自分よりもよほどジョネイラに寛容に思えた。そしてジョンダラー自身も、ジョネイラを思う気持ちの強さにわれながら驚きを感じ、ひところ自分の炉辺には子が訪れないのかと心配していたからだろうかと考えていた。ジョンダラーは、若いころ自分のドニの女をつれあいにすることを望んだせいで母なる大地の女神の機嫌をそこねてしまったのではないか、それゆえ女神はおれの霊の一部を女の霊と混ぜあわせて新たな命を創ろうとしてくれないのではないか、と怯えていたのである。

ジョンダラーはそんなふうに教わってきた。新しい命が創造されるのは、女神の助けで女の霊と男の霊が入り混じるためだと。知りあいの大多数も、旅の途上で出会った人々もまた基本的にはおなじことを信じていた……しかし、エイラだけは例外だった。エイラは、新たな生命の誕生について他人とは異なる見方をしていた。霊が混合するだけではない、それ以上のなにかがあると固く信じていた。この赤ん坊が新たに生まれでるにあたってはジョンダラーの霊だけではなく、ふたりが歓びをわかちあうときのジョンダラーの精髄も、エイラと組みあわされたのだ——エイラはそう話していた。さらにエイラは、だからジョネイラは自分の子どもであるのと同様にジョンダラーの子どもでもあると話し、ジョンダラーはそれを信じたい気持ちになった。ジョネイラはエイラの子どもだが、おなじような意味で自分の子どもであってほしかった。しかし、真偽はわからなかった。

エイラがそう信じるにいたったのは、まだ氏族とともに暮らしていた時分だということはジョンダラーも知っていた。しかし、氏族もまたそのように考えてはいなかった。エイラから教えてもらったのだが、氏族のあいだでは女の胎内に新たな生命が宿るのはトーテムの霊によるものであり、男のトーテムが女のトーテムを力で圧することにかかわりがあると信じられているという。新たな命の誕生に霊以外のものが関係していると考えているのは、エイラひとりだった。しかしエイラはゼランドニになるための修練中の侍者であり、母なる大地の女神ドニの教えを女神の子らに説き明かすのはゼランドニアの人々である。新たな生命がどうやって誕生するのかをエイラが人々に説き明かすとなったら、いったいなにが起こるだろうか。はたしてほかのゼランドニとおなじように、女神が男の霊をえらんで女の霊と組みあわせた結果だと説明するのか、それとも、男の精髄こそが生命を芽吹かせると説くのか。そうなったら、ゼランドニアはいったいなんというだろう?

ふたりの女のもとに近づいていったエイラは、大ゼランドニが薬草類をおさめた袋の中身を調べており、マルソナが木ノ川近くの木蔭にある丸太に腰かけていることを見てとった。マルソナは疲れもあらわだったが、それをことさら話題にしたくないと思っていることも察しとれた。まわりにいる数人の人々と笑顔で話をしてはいたが、できれば目を閉じて体を休めたいと思っているようだった。

マルソナとまわりの人々に挨拶をしたあとで、エイラは大ゼランドニのもとに行き、「必要な品はすべてそろっていますか？」と小さな声でたずねた。

「ええ。時間さえあれば新鮮なジギタリスの葉をつかった混合茶をきちんとつくりたいところだけれど、いまは乾燥した調合茶葉をつかうしかないわ」大ゼランドニは答えた。

エイラは、マルソナの足が若干腫れているように見えることに目をとめた。「マルソナは休む必要があるのではありませんか？　つきあいでおしゃべりをしたがっているだけの人たちを相手にするのではなくて」エイラはいった。「でもマルソナに気まずい思いをさせずに、あの人たちにマルソナをしばらくひとりにしてあげてほしいと伝えるとなったら、わたしよりもあなたのほうが上手です。たぶんマルソナは、自分がどんなに疲れているのかを人に知られたくないのだと思います。ですから、マルソナ用のお茶の淹れ方を教えてもらえませんか？」

大ゼランドニはにっこりと微笑み、ききとれないほどの小声で答えた。「あなたは目が鋭いのね、エイラ。あの人たちは、マルソナがしばらく会っていなかった〈三の洞〉の友人たちよ」ついで大ゼランドニは自分が求めている煎じ汁の淹れ方を急いでエイラに教え、おしゃべりに興じている友人たちのもとに近づいていった。

エイラは与えられた指示に全神経を集中させていた。それからふと顔をあげると、大ゼランドニがマルソナの友人たちといっしょにその場を離れていき、マルソナがすでに目を閉じている光景が見えた。エイラはひとりうなずいた。あれで、マルソナのところで足をとめて話をしようという気を起こす者はいなくなるだろう。エイラが熱いお茶が冷めるのをしばらく待ち、いよいよマルソナのところに運んでいこうとしたそのとき、大ゼランドニが帰ってきた。そのあとふたりは〈九の洞〉の前の洞長《ほらおさ》だったマルソナのすぐそばに立ち、マルソナがお茶をゆっくりと飲むあいだは人々のいるほうに背中をむけて立って、通りかかる人の目にマルソナがふれないようにした。大ゼランドニがなにを調合したのかはともかく、しばらくすると効き目が出てきたようだった。エイラは、あとで大ゼランドニに製法をきいておこうと思った。

マンヴェラーがふたたび歩きだし、一同の先頭に立って斜面を登りはじめると、大ゼランドニはそのあとについていった。しかしエイラはマルソナの隣にすわったままだった。少し前にマルソナのつれあいのウィロマーがやってきて、エイラとはマルソナをはさんで反対側にすわっていた。

「あなたはここでわたしたちと待っていて、フォラーラは先に行かせたらどうです?」エイラはいった。

「ジョンダラーは最後まで残って、全員が正しい方角にむかって歩きだすように確実を期すといってくれました。それにプロレヴァは、わたしたちが宿営地に着いたあとでもなにか食べられるように、食べ物を残しておくと約束しています」

「そうするとも」ウィロマーは一瞬もためらわずにいった。「マンヴェラーがいうには、ここからはほぼまっすぐ西にむかって、数日で目的の場所に着くそうだ。ただし日数は、どれだけ速く進みたいかに左右されるな。急ぐ必要のある者はいない。しかし、だれかが一行の最後尾についていてくれて、遅れをとる者が出ないように目をくばってくれれば助かる。ほら、怪我をしたり、面倒なことに巻きこまれたりする者が出るかもしれないし」

「それに、のろのろとした歩けない年老いた女を待つ必要もあるわ」マルソナがいった。「このぶんだと、いずれは〈夏のつどい〉に行けなくなりそう」

「それはだれにもいえることさ」ウィロマーはいった。「でも、まだそうはなっていないよ、マルソナ」

「そのとおりだ」ジョンダラーが片腕に眠っている赤子を抱いたままいった。さっきまで幼児が数人いる家族づれに話しかけて、彼らが正しい方角に進むよう手助けをすませて、ここに来たところだった。うしろからついてきたウルフは、ジョネイラから目を離していない。「なに、到着が少し遅くなったところで問題じゃない。おれたちだけというわけでもないしね」いいながら、山道を登りはじめた家族づれをさし示す。「それにいざ向こうに到着すれば、みんなはやっぱり母さんに相談したり助言をほしがったりするはずだよ」

「ジョネイラは、わたしが外出用のおくるみで運んだほうがいい？」エイラはジョンダラーにたずねた。

「わたしたちが最後みたいだし」

「おれはかまわないし、ジョネイラも落ち着いてるみたいだ。いまはぐっすり寝てる。ただ、あの滝の上にまであがるとなると、馬でも登れる楽な道をさがすしかないな」

「わたしもおなじものをさがしてた。楽な道よ。もしかしたら、あなたたちの馬のあとをついていくべきかも」マルソナはいった。まったくの冗談でもなかった。

「馬にはそれほど難儀でもないけれど――坂を登るのは得意なんです――ただ引き棒をつけられて背中にも荷物を積まれて、あそこまで登るのは骨ですね」エイラはいった。「ですから斜面を折り返しながらあがっていく必要があります。馬に牽《ひ》かせている棒がまわりきれるよう、折り返しでは大きくまわるようにして」

「つまりきみらも、なだらかな道をさがしているわけだね」ウィロマーはいった。「マルソナのいうとおり、おれたちもおなじだよ。見まちがいでなければ、ここに来るまでのあいだになだらかな斜面を目にしたように思う。エイラ、ちょっと引き返してみて、見つけられるかどうか確かめてみないか？」

「ジョンダラーが赤ちゃんを気分よく抱いてくれてるから、ここに残ってわたしの相手をしてもらうわ」

マルソナがいい添えた。

くれぐれもマルソナの安全に目を光らせていてね――エイラはそう思いながら、ウィロマーとともに歩きだした。マルソナをひとりで待たせるのは避けたかった。あたりを通りかかって、マルソナを格好の獲物だと考えかねない動物はあまりにも多い――ライオン、熊、ハイエナ、ほかになにがいるか知れたものではなかった。それまでそろえた両足の上に頭を載せて地面に寝そべっていたウルフが、すっくと身を起こした。ジョネイラがここに残り、エイラがこの場を離れようとしているのを見て落ち着かない気分になったらしい。

「ウルフ、ここにいなさい!」エイラはいい、手ぶりでも同様の命令をくだした。「ジョンダラーとジョネイラ、マルソナのそばを離れないこと」

ウルフはまたうずくまったが、頭はもちあげたまま耳を前に傾けていた――ウィロマーとともに歩み去るエイラから言葉をかけられたり、手ぶりの合図を送られたりする場合にそなえて、注意を欠かしていないのだ。

「馬たちにあれだけたくさんの荷物を積んでいなければ、マルソナを引き棒に乗せて山を登らせてあげられるんですが」しばらくしてから、エイラはウィロマーにいった。

「まあ、マルソナがそれでもいいといえばの話だな」ウィロマーは答えた。「あんたが動物たちといっしょに〈洞〉に来てから、おもしろいことに気がついたよ。マルソナはあの狼のことをまったく怖がっていない――狼は力強い狩人で、その気になればマルソナをなんなく殺してしまえるのにね。ところが、馬となると話がちがう。マルソナは馬にはあまり近づきたくないと思ってるんだな。若いころには馬を狩ったこともある。それでも狼より馬を怖がっているんだ。馬は草しか食べないのに」

「もしかしたら、マルソナが馬のことをあまり知らないからかもしれません。馬は狼よりも大きく、神経質になったときやなにかに驚いたときには暴れまわることもありますし」エイラはいった。「馬が住まいのなかにはいってくることはありません。マルソナももっと馬と過ごす時間をつくれば、いずれはそんなに怖がらなくなりますよ」

「かもしれないね。しかし、それにはまず説得する必要がある。それにひとたびなにかをやりたくないと決めたら、こちらがやらせたいことから逃げて、自分のやりたいことだけをする名人なんだよ——それも決してあからさまではなくね。マルソナはとにかく頑固者なんだ」

「その点はもう疑いありませんね」エイラはいった。


エイラとウィロマーはそれほど遠くまで行ったわけではなかったが、ふたりがもどるとジョネイラはすでに目を覚まして、母エイラのつれあいの母親に抱かれていた。ジョンダラーは馬たちのところで積荷を調べ、すべてがきっちりと紐で固定されているかどうかを確かめていた。

「あの山稜に登るのに、もっといい場所を見つけたよ。ところどころ急な坂はあるが、登れないことはないね」ウィロマーはいった。

「ジョネイラはわたしが抱いたほうがいいみたいですね」エイラはいいながら、マルソナに近づいていった。「粗相をしてるみたいで、あんまりいいにおいじゃないですから。お昼寝から目を覚ましたあとは、いつもそうなんですよ」

「ええ、たしかにね」マルソナはジョネイラを膝に乗せ、自分とむかいあうように抱いていた。「わたしだって、赤ちゃんの世話の仕方を忘れたわけじゃない。そうでしょう、ジョンダラー?」マルソナはジョネイラの体を軽く弾ませて笑みをむけた。ジョネイラは笑顔を返しながら、小さな甘えるような声をあげた。「もう、ほんとにかわいい子ね」マルソナはそういいながら、赤ん坊を母親エイラに返した。

エイラは娘を抱きあげながら、顔が笑みにほころぶのを抑えられなかった。ジョネイラが笑みを返してくるのを見ながら、その体を外出用のおくるみにおさめて、しっかりと体に縛りつける。マルソナは休んだおかげか、先ほどよりも元気に立ちあがり、それを見てエイラも胸を撫でおろした。ついで一同は木ノ川に沿って引き返し、川の屈曲部をまわりこんだのち、ゆるやかな斜面を登りはじめた。山の頂上に出たあとで、ふたたび北に進んでいくうちに小さな川に行きあたり――下の川にむかって流れ落ちる滝になっている川だ――その先は西へむかった。太陽が地平線に近づいて、ほぼまっすぐ前から一同の目を夕陽が射抜いてくるようになったあとで、彼らは〈三の洞〉と〈九の洞〉の面々が設営した宿営地にたどりついた。プロレヴァが一同の姿をさがしに出てきており、ようやく到着した彼らの姿を見て安堵していた。

「食べ物が冷めないように焚火のそばに置いておいたわ。どうしてこんなに遅くなったの?」プロレヴァは、全員が共同でつかう旅行用天幕に一同を案内しながらたずねた。とりわけマルソナのことを気づかっているようすだった。

「木ノ川に沿って引き返してから、馬たちが登りやすい斜面をつかったのよ――わたしにとっても楽になったわ」マルソナはいった。

「馬たちが坂道を登るのに苦労するなんて思ってもなかった。だってエイラが馬は力もちだし、荷物も運べるっていってたから」プロレヴァはいった。

「荷物の大きさは関係ないわ。馬がうしろに引っぱっているあの棒みたいなものに関係してるの」マルソナはいった。

「そうなんだよ」ジョンダラーがいった。「馬が急斜面の山を登るには、人よりも広くて勾配のゆるやかな道が必要なんだ。引き棒を牽いているときには、向きを変えるにも、人みたいに小まわりがきかないからね。ここまで登ってくるには、馬たちが折り返しながらだんだん上へあがれるような道を見つけた。でも、木ノ川に沿って少し引き返さないといけなくてね」

「ともあれ、ここから目的地まではおおむね平坦で、ひらけた土地がつづくよ」マンヴェラーがいった。

ジョハランともどもこの場にやってきて、ジョンダラーの話をきいていたのだ。

「それならみんな、楽ができるな。おれたちの夕食が冷めないようにしておいてくれるかな、プロレヴァ。おれたちは馬の荷物を降ろしてやって、あいつらがゆっくり草を食《は》める場所を見つけてやらないと」ジョンダラーはいった。

「もし肉がちょっと残っている骨があれば、ウルフが喜んで食べると思うわ」エイラはいい添えた。

ふたりが馬たちを落ち着かせて、ようやく食事ができると引き返したときには、すでにあたりはすっかり暗くなっていた。ふたりがつかう家族用の天幕に寝ることになっている者の全員が焚火を囲んでいた。マルソナとウィロマー、フォラーラ。ジョハランとプロレヴァ、プロレヴァのふたりの子どもであるジャラダルとセソーナ。ジョンダラーとエイラとジョネイラ、そしてウルフ。さらに大ゼランドニ。厳密にいうなら大ゼランドニはこの家族の一員ではなかったが、〈九の洞〉には家族といえる者もおらず、旅をするときには洞長の家族と過ごすのが通例になっていた。

「〈夏のつどい〉の場まではどのくらいかかるんですか？」エイラはジョハランにたずねた。

「おれたちの足の速さにもよるがね、マンヴェラーがいうには三、四日以上はかかるまいということだったよ」

旅の道中はずっと雨が降ったりやんだりで、三日めの午後になって前方にいくつかの天幕が見えてきたときにはだれもがほっとしていた。ジョハランとマンヴェラー、それにジョハランのふたりの腹心の補佐役であるラシェマーとソラバンの四人は急いで先に進み、宿営地の設営に適した場所をさがしはじめた。マンヴェラーは支流が西ノ川と合流する地点に近い場所を選び、そこに自分の背嚢《はいのう》を置いて〈三の洞〉の場所であることを示した。ついでマンヴェラーは〈日の見台〉の洞長をさがし、その場では全員がひととおり正式な紹介の儀式の短縮版をとりおこなった。

「……そして女神《ドニ》の名において、わたしは〈日の見台〉ことゼランドニー族〈二十六の洞〉の洞長、ステヴァダルにご挨拶いたします」ジョハランはそうしめくくった。

「ゼランドニー族〈九の洞〉の洞長であるジョハラン、あなたを〈二十六の洞〉の〈採集の原〉に歓迎いたしますぞ」ステヴァダルはそう挨拶をおえて、両手を離した。

「ここに来られてうれしく思っているよ。ただ、〈九の洞〉の宿営地をどこにしつらえればいいか、ぜひともあんたの助言をきいておきたい。あんたもうちが大所帯であることは知っていると思う。それに、おれの弟が長旅から……その……いささか奇妙な仲間を連れて帰ってきたんでね。だから、そいつらが隣人たちを不安にさせることのない場所、そいつらが知らない人にまわりをぎっしり囲まれることのない場所をさがす必要があるんだよ」

「狼や二頭の馬なら、去年も見かけたよ。なるほど、〝いささか奇妙な仲間〟だな」ステヴァダルはにやりと笑った。「あいつらには、ちゃんと名前だってついてるんだろう?」

「雌馬はウィニー――エイラがいつも乗っている馬だ。ジョンダラーは自分が乗る馬をレーサーと呼んでる。雌馬はレーサーの母親だよ。ただし、今年は馬は三頭だ。母なる大地の女神が雌馬にもう一頭、幼い子馬を授けるのがいいとお考えになってね――まだ小さな雌馬だ。体の色から、グレイという名前で呼ばれてる」

「このぶんだと、おまえの〈洞〉にはいずれ馬の群れがまるまるひとつ、加わりそうだな」ステヴァダルはいった。

それは歓迎できないね――ジョハランは思ったがなにもいわず、笑みを見せただけだった。

「それで、どんな場所をさがしているんだ?」ステヴァダルはジョハランにたずねた。

「覚えていると思うが、去年うちの〈洞〉は中心からかなり離れた場所に宿営地をつくった。最初はおれもいろいろな活動の場から離れすぎていると思ったが、そのうちぴったりの場所だということがわかった。馬たちが草を食むところもあれば、狼をほかの〈洞〉の人たちから遠く引き離しておくこともできた。エイラは狼を完全にあやつれるし、あの狼はたまにおれの言葉にすら注意を払う。それでも、狼がだれかを怖がらせるのは歓迎できない。それに〈洞〉の連中のほとんどは、多少伸び伸びできる場所が好みでもあることだし」

「それで思い出したが、去年〈九の洞〉は夏のおわりにはずいぶんたくさんの薪をたくわえていたな」ステヴァダルはいった。「最後の何日かは、おまえのところに行って薪をわけてもらったくらいだ」

「ああ、おれたちは運がよかった。薪をさがすまでもなかったからね。マンヴェラーの話では、〈日の見台〉にもう少し近いところに、うちの〈洞〉にぴったりの場所があるそうだな。草が茂っている小さな谷が?」

「ああ。たまに近場の〈洞〉がいくつかあつまって、小さな〈つどい〉をひらいてる場所だ。榛《はしばみ》が生えているし、ブルーベリーもある」ステヴァダルはいった。「聖なる洞穴からもそれほど離れてない。ここからはちょっと遠いが、おまえたちにはぴったりだろう。これから下見をしにいかないか?」

ジョハランはソラバンとラシェマーを手招きした。ふたりはジョハランとステヴァダルのあとからついてきた。

「ダラナーとランザドニー族の連中は、去年はおまえたちといっしょに滞在していたな? 連中は今年も来るのか?」歩きながらステヴァダルはたずねた。

「なにも話をきいてない。ダラナーは使者をよこしてない。だから、来るかどうかは疑わしいね」ジョハランは答えた。

〈九の洞〉の面々のうち、ほかの親族や友人のところに身を寄せる心づもりの者たちは〈洞〉の人々のもとを離れて彼らをさがしに出発していった。大ゼランドニは、毎年ゼランドニアのために〈つどい〉の場の中心に建てられる、大きく特別な寓舎《すまい》をさがしにいった。残った人々は、〈夏のつどい〉のためにほかの〈洞〉の人々があつまっている野原から少しはずれた場所で待ちがてら、彼らに会うためにやってきた多くの友人たちと挨拶をかわしていた。待っているあいだに、雨があがりはじめた。

帰ってきたジョハランは、待っている人々のもとに近づいた。「ステヴァダルの助けもあって、おれたちにふさわしい場所が見つかったようだ。昨年と同様に〈つどい〉の主要な活動の場からはいくぶん離れてはいるが、問題はないものと思う」

「どのくらい離れてるんだ?」ウィロマーがたずねた。マルソナのことを考えての言葉だった。〈つどい〉の場までの旅もマルソナには決して楽ではなかった。

「どこに目をむければいいかがわかれば、ここからも見える場所だぞ」

「だったら、その場所を見せてもらおうかしら」マルソナがいった。

百五十名以上の者がジョハランのあとにつづいた。目的の場所に一行が到着したときには雨は完全にあがって、雲間から射しこむ太陽の光が、行きどまりになっている小さな美しい谷を浮かびあがらせていた。〈九の洞〉と同行している面々の全員がおさまるだけの――少なくとも〈夏のつどい〉の最初のうちは――広さが確保できる。人々が一堂に会したことを記念する最初の儀式のいくつかがおわれば、食糧の調達と探険と訪問で人々が歩きまわる夏ならではの暮らしがはじまる。

ゼランドニー族の領域は、隣接する領域よりもはるかに広大だった。みずからをゼランドニー族の一員と称する人々はかなり多く、それだけの人々が暮らすためにも領地を拡大するほかはなかったのである。ゼランドニー族の〈夏のつどい〉はここ以外の場所でもひらかれていたし、一部の個人や家族、〈洞〉は、毎年おなじ顔ぶれで〈夏のつどい〉に行くわけではなかった。ときには、ずっと遠く離れた〈つどい〉に行く者もいた――とりわけ交易のための品々があったり、遠縁の者がいたりした場合には。これは交流をたもっておくための手段である。またゼランドニー族と、その定義が曖昧な領地の境界線に近いところに住む別の一族の人々が合同で〈つどい〉をひらくこともあった。

ゼランドニー族は周辺のほかの一族と比較すれば人数も多く、また繁栄もしていたため、その名前にはある種の権威がそなわっており、ほかの一族はゼランドニー族と関係をもってみずからの威信にしたいと考えていた。自分たちをゼランドニー族と考えていない人々でも、その名前や絆を述べるときには関係があると主張することを好みもした。しかしいくらゼランドニー族がほかの一族にくらべて人数が多いといっても、彼らの実際の人数や彼らが占めている土地の広さは、現実にはそれほど重要な意味をもつものではなかった。

この古代の寒冷な地に住むさまざまな生き物のなかでは、人間はあくまでも少数派だった。動物のほうが数においても圧倒的にまさり、その種類も多種多様だった——ここに住んでいる人間以外の動物のリストは長かった。獐鹿《のろじか》や箆鹿《へらじか》のように、点在する数少ない林や森に個体もしくは少数の家族単位で暮らしている動物もいたが、大多数はひらけた草原地帯——ステップ、大平原、草地、樹林草原など——に棲息しており、その数は厖大《ぼうだい》だった。一年のある時期には、それほど離れていないいくつかの地域に、それぞれ数百頭単位のマンモスや大角鹿や馬の群れがあつまることもあった。バイソンやオーロックスやトナカイとなれば、数千頭の単位だった。渡り鳥の群れで、空が数日間も黒く覆いつくされることもあった。

ゼランドニー族とほかの一族のあいだの諍《いさか》いはほとんどなかった。ひとつには土地があまりにも広大であり、人々の数が圧倒的に少なかったからだが、同時に彼らの生存がそういった関係にかかっているという事情もあった。居留地があまりにも混みあってきて、小人数のグループがそこから分かれたような場合でも、彼らは条件を満たすような最寄りの土地に移り住むにとどまった。家族や友人から遠く離れた地におもむきたがる者はほとんどいなかった。それも情愛の絆だけが理由ではなかった。苦難を迎えたときには支援をあてにできる人々の近くにいたいと思い、近くにいる必要もあったからだ。土地が肥沃で人間を充分に支えられるところでは、人々は大人数での集団生活をする傾向にあったが、人々がまったく住んでいない地域——おりおりに狩りや採集のために遠征するだけの地域——もまた、かなり広大だった。

きらきらと輝く氷河、透きとおった水の流れる川、雷鳴のごとき音をあげる瀑布《ばくふ》、そして広大な草原に動物の群れが住む氷河期の世界は息をのむほどの美しさだったが、同時に荒々しく厳しい世界でもあり、そこに住んでいた少数の人々はごく基本的なところで人間同士の関係を維持しておくことの必要性を認識していた。きょうだれかを助けるのは、ひとえにあしたになれば、自分が助けを必要とするかもしれないからだ。それこそが個人間の敵意を減じ、恨みをやわらげ、感情を抑制するために風習や習わしや流儀や伝統といったものが発達した理由にほかならない。嫉妬は眉をひそめられ、復讐は社会がとりおこなうものであり、懲罰は共同社会によって科された。しかも懲罰は、被害者に満足を与えて痛みや怒りをやわらげるに足るものであると同時に、関係者全員にとって公平なものになった。身勝手な行為や裏切り、困った者を助けない行為などは犯罪とみなされ、そういった犯罪者を処罰する方法を社会が見つけたが、刑罰が目だたぬものであったり、あるいはその場で考案されるものであることも珍しくはなかった。

〈九の洞〉の人々はすぐにそれぞれが夏のあいだ住む寓舎の場所をさだめ、半永久的な住居の建造にとりかかった。これまでさんざん雨に降られてきたので、人々は体を乾かせる場所を求めていた。主要な建材である柱や杭は、彼らがここまで運んできたものだった。出発前に近隣の峡谷から注意深く選ばれて切断され、形をととのえてあった。その多くが、途中で天幕を設営するときにも利用されていた。人々はさらに、泊まりがけの狩りをはじめとする小旅行にも簡単に持ち運べる小型で軽い天幕も用意してきていた。

夏の寓舎は、おおむねすべてが同様の方法で建てられた。中央の柱のまわりに円形の空間が広がっているつくりで、数名の者が立っていられる余裕はあった。葺《ふ》き屋根は中心から外側にむかって傾斜して垂直の外壁とつながり、壁ぞいが寝袋を広げる場所になっていた。旅行用天幕にもつかわれていた中央の柱は、上端が斜めに長く切り落とされて先細りになっていた。ここに、おなじく斜めに切り落とされた柱を切断面同士が接合するように組みあわせることで、柱をさらに高くすることができた。その場合、二本の柱は頑丈な縄を幾重にも巻いてきつく縛ることで固定された。

縄はまた、中央の柱から円形の外壁までの長さを定めるためにもつかわれた。縄をもちいて描いた円を目印にして、人々は外壁用の支柱――天幕を建てるのにも使用されたもの――を垂直に立てていき、さらに追加で柱を立てもした。

壁は蒲《がま》の葉か葦《あし》を編んだものや生皮などからつくられた。〈洞〉から運んできたものもあれば、その場でつくられる場合もあった。それを柱の外側と内側の両方に縛りつけることで、あいだに空気の層をはさみこんだ断熱性のある二重壁ができていた。地面の敷物は内壁とわずかに重なるだけだったが、隙間風を防ぐには充分だった。温度が下がる夜のあいだには結露が発生したが、外壁の内側につくだけで、内壁の内側はいつも乾燥していた。

寓舎の屋根は樅《もみ》や葉の小さな落葉樹の若枝——たとえば柳や樺《かば》——を細い柱としてつくられていた。細い柱は中央の柱から外壁にむかって配置された。さらにその隙間に小枝や木切れを詰めてくりつけ、草や葦をざっくりと束ねた葺き材を重ねることで、防水性のある屋根がつくられていた。ひと夏のあいだだけ保てればいいので、たいていの人々は葺き材をことさらにぶ厚くつくることはなく、雨風をしのげるつくりであればよしとしていた。とはいえ、夏のおわりまでには、大多数の屋根が二度三度と修理されていた。

建てるべきものをあらかた建ておわり、荷物を室内に運びこんでならべるべき場所にならべおわったころには、もう夕方になっていた。まもなく夜になる。それでも人々は怯《ひる》むことなく、だれが来ているのかを確かめ、友人や親戚に挨拶をするために〈つどい〉の中央を目指した。ただしエイラとジョンダラーには、馬たちのために用意をととのえる仕事があった。昨年のことを思い出して、ふたりは宿営地から少し離れた場所の一角を柵で囲うことにした。そのための支柱は〈洞〉から運んできたものもあったし、現地調達したものもあった。つかえそうなものは、なんでも利用した。ときには若木を一本、まるまる根から掘り起こして植えかえるようなこともした。横材には木や枝や縄をもちいたが、大半は近場で拾いあつめたものだった。馬たちが飛び越せなかったり力ずくでも押し倒せなかったりする柵をつくることが目的ではなかった――むしろ、馬たちのために、また物見高い訪問者のために、馬たちの空間をきっちりと定めておくことが重要だった。

エイラとジョンダラーは、〈九の洞〉の宿営地を最後に出発した人々のなかにいた。やっと〈夏のつどい〉の中央へむけて出発したふたりは、宿営地の端で十一歳のラノーガとその兄で十三歳のボローガンのふたりが、苦労しながら小さな夏の寓舎を建てようとしている場に行きあたった。ラマーとトレメダやその子どもたちと寝起きをともにしたがる者はいなかったので、一家が寝泊まりできる大きさの寓舎で充分だ。しかしエイラは、ふたりを手伝うべき母親トレメダも、そのつれあいのラマーもこの場にいないことに気がついた。

「ラノーガ、お母さんはどこにいるの？　それにラマーは？」エイラはたずねた。

「知らない。〈夏のつどい〉だと思うけど」

「じゃ、お母さんとラマーは夏の寓舎づくりをあなたたちに押しつけて、どこかへ行ってしまったの？」

6

エイラは憤慨した。四人のまだ年端もゆかない子どもたちはまわりに立ったまま、目を丸くしていた。子どもたちの顔つきがエイラには怯《おび》えた表情に思えた。

「いつからこんなことになったんだ?」ジョンダラーがたずねた。「去年はだれが寓舎《すまい》を建てた?」

「だいたいララマーとぼくで建てたよ」ボローガンがいった。「あとララマーの友だちがふたり来た――手伝ってくれたらバーマをわけるってララマーが約束したから」

「なんで今年はララマーが建てないんだ?」ジョンダラーはたずねた。

ボローガンは肩をすくめた。エイラはラノーガに顔をむけた。

「ララマーは母さんと喧嘩をして、それで男だけが寝起きする遠舎《えんしゃ》のひとつに行くっていってた。それから荷物をまとめて、どこかに行っちゃった。母さんはあとを追いかけていったけど、そのまま帰ってこないの」ラノーガはいった。

エイラとジョンダラーはたがいに顔を見かわし、ひとことも口にしないまま同時にうなずいていた。ついでエイラは地面に広げた外出用おくるみの上にジョネイラを降ろし、ジョンダラーともども子どもたちといっしょに寓舎を建てる作業にとりかかった。ジョンダラーはすぐに、子どもたちが旅行用天幕の柱をつかっていることに気がついた。寓舎を建てるには長さが足りない。しかし天幕を張ることも無理だった。というのも濡れた生皮は腐りかけ、床に敷く筵《むしろ》は湿ったままで、ぼろぼろと崩れかけていたからだ。すべてを——壁材、床の筵、それに屋根の葺《ふ》き材——手近なところで材料を調達して一からつくらなくてはならなかった。

ジョンダラーはまず柱をさがした。自分たちの寓舎近くから柱を二本見つくろい、さらに数本の木を切り倒す。エイラは、だれにも負けないほど手早く筵を編みあげて壁材をつくっていった。ラノーガが見たことのない方法だったが、エイラが教えるとラノーガもたちまちその技を習得した。九歳の女の子のトレララと七歳の男の子のラヴォーガンは、手本を見せられると熱心に手伝おうとしてくれたが、ふたりは一歳半になるロラーラと三歳の男の子のガナマーの世話をするラノーガの手伝いだけでも精いっぱいだった。口に出してはいわなかったが、ボローガンは作業を手伝いながら、ジョンダラーの伎倆《ぎりょう》でつくられていく寓舎が、これまで自分が建てていたものとは比べものにならないほど頑丈であることに気づいていた。

エイラはジョネイラに乳をやるためにいったん休憩し、ついでにロラーラにも乳を飲ませた。そのあと自分たちの寓舎から子どもたちに食べさせるものをとってきた。母親とそのつれあいが、なにひとつもってきていないことが明白だったからだ。作業のしあげにかかるころには、手もとを明るくするために焚火をふたつばかり熾《おこ》さなくてはならなかった。寓舎がほぼ完成しかけたころ、人々が〈つどい〉の中央から引き返してきた。あたりが肌寒くなってきたので、エイラはジョネイラの上がけをとりにいくために寓舎にもどっていた。建てたばかりの寓舎の床に赤ん坊を寝かせたとき、近づいてくる人影が目にとまった。セソーナを腰のあたりでかかえているプロレヴァが、マルソナとウィロマーともども引き返してくるところだった。ウィロマーは片手で松明《たいまつ》をかかげ、ジャラダルをはじめとする面々の案内役をつとめていた。

「どこに行っていたの？　中央の宿営地ではあなたの姿を見かけなかったわ」プロレヴァはたずねた。

「わたしもジョンダラーも向こうには行かなかったの」エイラはいった。「ボローガンとラノーガが寓舎を建てようとしていたので、それを手伝っていたのよ」

「ボローガンとラノーガが？」マルソナがいった。「ララマーとトレメダはどうしてたの？」

「ラノーガがいうには、ふたりは喧嘩をしたそうです。ララマーは遠舎に行くと決め、荷物をまとめて去っていった。トレメダはそのあとを追っていったきり、もどってこなかったとか」エイラはいった。怒りを抑えられなくなりそうな状態であることは、まわりの者の目にも明らかだった。「あの子たち、天幕用の柱とじめじめした筵しかないのに、それでも寓舎を建てようとしてたんですよ。それに食べ物もなかった。わたしがロラーラに少しだけお乳をあげたけど、プロレヴァ、あなたもまだお乳が出るようだったらロラーラにもう少し飲ませてあげてください」

「その子たちの寓舎はどこにある？」ウィロマーがいった。

「宿営地のはずれのあたりで、馬たちがいるところのそばです」エイラは答えた。

「子どもたちはわたしが見ていてあげる」マルソナはプロレヴァにいった。「あなたはウィロマーと向こうに行って、手伝えることがないかどうかを見てきてちょうだい」ついでエイラにむきなおる。「もしよかったら、ジョネイラもわたしが見ていてあげる」

「この子はもうじき眠るところです」エイラはジョネイラを寝かせた場所をマルソナにさし示しながらいった。「トレメダの子どもたちには、筵をあと何枚かあげたほうがいいですね。なんといっても、充分な数の寝袋もないことですし。わたしが場を離れたときには、ジョンダラーとボローガンが屋根の仕上げをしてました」

エイラとプロレヴァとウィロマーの三人は、完成間近の小さな寓舎へと急いだ。近づいていくと、ロラーラの泣き声がきこえた。プロレヴァの耳にはそれが、疲れすぎて不機嫌になり、おそらくは空腹にもなっている赤子の声にきこえた。ラノーガが泣いているロラーラを抱いて、懸命にあやしていた。

「その子がお乳を飲むかどうか、わたしに確かめさせてちょうだい」プロレヴァがラノーガにいった。

「いまおむつを替えたばかりなの。夜用の羊の毛を詰めておいたわ」ラノーガはそういいながら、乳飲み子をプロレヴァに手わたした。

プロレヴァが乳房を差しだすと、赤ん坊は待ちかねていたように吸いついてきた。実の母親の乳はもう一年以上も前に出なくなっていたので、それからは〈洞《ほら》〉の女たちが交替でロラーラに乳を飲ませていた。そのためロラーラのほうも、乳房を差しだした相手がだれでも乳を飲むことに慣れていた。また、エイラがラノーガに作り方を教えたさまざまな固形食も食べるようになっていた。生まれたてのときから悪条件だったが、ロラーラは——若干体が小さめとはいえ——驚くほど健康で愛想がよく、人見知りをしない赤ん坊に育っていた。ロラーラに乳をやった女たちはみな、この子が健康で性格がいいのは自分の尽力によるものだと自負していた。エイラはそんな女たちあってこそロラーラが生きのびたと知っていたが、プロレヴァはそれがそもそも——トレメダの乳が出なくなっていることに気がついたあとで——エイラの発案だと知っていた。

エイラとプロレヴァとマルソナは、子どもたちが寝るときの上がけ用に差しだせる皮や毛皮を追加で何枚か見つけてきたほか、食べ物ももってきた。ウィロマーとジョンダラーとボローガンの三人は薪をあつめてきた。

建物がほぼ完成したころ、ジョンダラーはララマーが近づいてきたことに目をとめた。ララマーは少し離れたところで足をとめ、小さな夏の寓舎をしかめ面でにらみつけた。

「こいつはいったいどこから出てきた?」ララマーはボローガンにたずねた。

「ぼくたちで建てたんだ」ボローガンは答えた。

「おまえたちだけで建てたわけじゃあるまい」ララマーはいった。

「そうだ、おれたちが手伝った」ジョンダラーが会話に割ってはいった。「仕事をするべきおまえがここにいなかったからな、ララマー」

「だからって、だれもおまえに手伝いを頼んでないぞ」ララマーはせせら笑う調子でいった。

「この子たちには寝る場所もなかったのよ!」エイラはいった。

「トレメダはどこだ? こいつらはトレメダの子だ。だから、あの女が世話をするべきじゃないか」ララマーはいった。

「おまえがここを立ち去ったあと、おまえを追いかけていったんだよ」ジョンダラーはいった。

「だったら、子どもらを置き去りにしたのはあの女だ。おれじゃない」ララマーはいった。

「この子たちはおまえの炉辺の子じゃないか——おまえには面倒を見る責任があるぞ」ジョンダラーは必死で怒りを抑えこみながら、嫌悪もあらわにいった。「それなのに、雨風をしのげる場所もないまま、子どもたちをほったらかしにするなんて」

「なに、旅行用の天幕があっただろうが」ララマーはいった。

「あなたたちの旅行用天幕の皮はすっかり腐っていたわ。水を吸いこんだから、ぼろぼろになってしまったのよ」エイラはいった。「この子たちには食べるものだってなかった。まだ赤ちゃん同然の小さな子もいるというのに！」

「トレメダが、こいつら用の食べ物を見つくろってくるとばかり思っててね」ララマーはいった。

「それでいておまえは、自分が〈洞〉で最下位にあるのは納得がいかないと首をひねっているのか」ジョンダラーは嫌悪もあらわな顔を見せながら軽蔑しきった声でいった。

ウルフは、自分が属する群れの人間と自分が好きではない男とのあいだに、なにやら深刻な対立が生じていることを感じとり、鼻に皺を寄せ、ララマーにむけて低いうなり声をあげはじめた。ララマーは、あわててウルフの前から飛びすさった。

「おれにあれこれ指図をするとは、なにさまのつもりだ？」ララマーはいった。いまは守勢に追いこまれている。「だいたい、おれを最下位にしたのがまちがいだよ。おまえのせいだぞ、ジョンダラー。長旅からいきなり帰ってきたと思ったら、異郷の女を連れていやがった。おまえは母親と謀《はかりごと》をめぐらして、異郷の女をおれよりも上の地位につけやがった。おれはここの生まれだ。あの女はちがう。だから、あの女こそが最下位になるべきだよ。そりゃ、あの女が特別だと思ってるやつもいる。だけど平頭どもと暮らしてた者が特別だなんて、そんな馬鹿な話があるか。あの女は忌《い》まわしい畜人《ちくじん》だ。いや、そう思ってるのはおれだけじゃない。ジョンダラー、おれがおまえやおまえの侮辱に我慢してると思ったら大まちがいだぞ」ララマーはそういうと体の向きを変え、足音高く去っていった。

ララマーがいなくなると、エイラとジョンダラーは顔を見かわした。

「ララマーの話は本当?」エイラはたずねた。「わたしは異郷の者だから最下位になるべきなの?」

「いいや」ウィロマーがいった。「あんたは自分の花嫁料をみずから持参してきた。そもそも〈縁結びの儀〉のときのあんたの装束ひとつとっても、どこの〈洞〉であれ最高位になれるだけの値打ちのあるものだった。しかしあんたは、自分が値打ちのある人間、かけがえのない人間であることをみずから証明した。かりに地位の低い異郷の者として〈洞〉の一員になったとしても、あんたならそんな地位に長くとどまっていたはずもない。ララマーの言葉などで、自分の〈洞〉での地位にあれこれ気を揉んではいけないよ。あの男がどんな地位にあるかは、だれもが知っている。食べ物もなく、雨風をしのげる屋根もないまま、あの子たちが自力でなんとかするしかないまま放置しただけでも、あの男は失格だ」

小さな夏の寓舎の建設にたずさわった人々がそれぞれの寓舎にむかって帰りはじめると、ボローガンがそっとジョンダラーの腕にふれてきた。ジョンダラーがふりかえると、ボローガンは顔を伏せた。その顔は、焚火の火明かりでもそれとわかるほどまっ赤になった。

「ぼく……その……ここがとてもすてきだって……いいたいだけ。こんなすてきな夏の寓舎は初めてだもん」ボローガンはそれだけを口にすると、そそくさ寓舎へはいっていった。

みんなで引き返すあいだ、ウィロマーは低く抑えた声でジョンダラーにいった。「ボローガンはおまえに礼をいいたかったんだろうな。あの子はこれまで、だれかに礼をいったことがないんだと思う。だから、礼の言い方を知らないんだろうよ」

「おれもそう思うな、ウィロマー。でも、あの子は立派にやったよ」

夜が明けると、空は澄みわたって輝くようだった。朝食をおえて、馬たちが落ち着いているのを確かめると、エイラとジョンダラーはだれが来ているのかを確かめるために中央の宿営地へと一刻も早く行きたい気持ちになった。エイラはジョネイラを外出用のおくるみに包んで腰のあたりに抱きとめ、ウルフについてこいと合図をしてから出発した。多少歩くことにはなったが、これもわるくないとエイラは思った。そもそも、行きたいときに行けて、ほかの人から離れられるような場所があるというのは、エイラの好みにあっていた。

ふたりが姿をあらわすなり、人々が声をかけてきた。その多くの人に見覚えがあることにエイラは楽しい気分にさせられた――見知った顔がほとんどないばかりか、顔を知っていたとしても人柄をなにも知らないような、そんな人たちばかりだった去年の夏とは大ちがいだった。どこの〈洞〉の人たちも毎年こうやって友人や親戚に会うのを心待ちにしていることに変わりはなかったが、〈夏のつどい〉の開催地は年ごとに異なり、またゼランドニー族のほかの集団も同様のことをしているため、〈つどい〉がどこでひらかれようと、あつまってくる〈洞〉の組みあわせもまた毎年変わるのが通例だった。

これまで会ったことがないのが確かな人もちらほらと見かけられた――そういった人々はウルフをまじまじと見つめがちだった。しかしウルフは多くの人たちから――なかでも子どもたちから――笑みや挨拶の言葉で歓迎されていた。しかし、ウルフはエイラのそばを離れなかった。ウルフが特別な愛情をむけている赤ん坊を、エイラが抱いていたからだ。見知らぬ人間のいる大人数のあつまりが、ウルフは苦手だった。成獣に近づくにつれて自分の群れを守りたいという本能はますます強くなっていたし、生まれてからいままでのさまざまな経験でその本能が強められてもいた。ウルフにとって〈九の洞〉はある意味で自分の群れになっており、その人々が暮らす領域はウルフが目を光らせて守る対象になっていたが、ウルフだけでは大人数のあつまり全体を守ることはできず、さらにエイラが〝紹介〟してくれる多くの人々がくわわれば、なおのこと守れなかった。ウルフはそういった人々に敵意をむけないことを学んでいたが、なにせ人数が多くなり、本能で把握している群れの概念にはおさまらなかった。それゆえウルフは全員ではなくエイラと近しいことを自分も知っている人々こそが自分の群れであり、それゆえ守るべき人々だと考えていたし、熱愛している赤ん坊にはひときわその思いが強かった。

出発の直前に彼らのもとを訪れてはいたが、ふたりの女はティショーナとおしゃべりに花を咲かせた。以前に姿を目にしてとりわけうれしく思った。ふたりの女はティショーナとおしゃべりに花を咲かせた。以前にマルソナから、おなじ〈縁結びの儀〉でつれあいをとった者たちは、ひときわ親しい友人同士になるときかされていたが、その言葉は本当だった。エイラはこの三人と会えてうれしかったし、三人の全員がエイラとジョンダラーを歓迎し、抱擁をかわして頬を触れあわせた。ティショーナはすっかり狼の姿にも慣れていて、気にもとめていないくらいだったが、残りのふたりはウルフが近くに来るとまだ多少怖いらしく、狼の体に触れようとはしなかったが、勇をふるって挨拶だけはしていた。

ジャニダとエイラはおたがいの赤ん坊のことをあれこれ話し、どれだけ大きくなったか、とか、どれほど愛らしいかといった話をした。さらにエイラは、レヴェラのお腹がまた一段と大きくなったことにも気がついた。

「レヴェラ、あなたの赤ちゃんはもういつ生まれてもおかしくないみたいね」エイラはいった。

「早く生まれてきてほしいわ。もう準備はできてるのよ」レヴェラはいった。

「みんなここに来ていることだし、あなたさえよかったら、赤ちゃんが生まれるときにはそばについていてあげる。それにお姉さんのプロレヴァにもついていてもらえるわ」エイラはいった。

「わたしたちの母さんも来てるし。母さんに会えたのがうれしかった。ヴェリマには前に会ったことがあるんでしょう?」レヴェラはたずねた。

「ええ」エイラは答えた。「でも、まだ親しくさせてもらってはいないの」

「ジョンデカムとペリダルとマーシェヴァルはどこにいるんだ?」ジョンダラーがたずねた。

「マーシェヴァルはソラバンといっしょに、マンモスの牙彫りにくわしいお年寄りの女の人に会いにいったわ」ティショーナが答えた。

「ジョンデカムとペリダルは、あなたたちをさがしてた」レヴェラがいった。「ほら、ゆうべはふたりとも姿が見えなかったから」

「それは当然だな。おれたちは、ゆうべここには来なかったからね」ジョンダラーがいった。

「来なかったの? でも、〈九の洞〉の人たちは大勢見かけたけど」レヴェラがいった。

「ずっと宿営地にいたんだよ」ジョンダラーは答えた。

「そうなの」エイラはいった。「夏の寓舎を建てるボローガンとラノーガを手伝っていたから」

ジョンダラーにはこの発言がいささか軽率に思えた。というのも、自分にとっては〈洞〉の内輪の問題に思えることを、エイラがあけすけに語っていたからだ。その種の問題を話題にするのが明確にまちがった行為だというわけではない。ジョンダラー自身が洞長《ほらおさ》に育てられ、大半の洞長たちが自分では解決できない〈洞〉の内輪の問題を、どれだけ自分個人の問題だと受けとめているかを知っていたからにすぎなかった。ララマーとトレメダは、しばらく前から〈九の洞〉にとっては恥だった。マルソナもジョハランも、あのふたりには手を焼いていた。ふたりはもう長年〈九の洞〉に住んでいるし、このまま住みつづける権利もある。そしてジョンダラーの懸念どおり、エイラの発言はさらなる質問を引きだした。

「ボローガンとラノーガ? ふたりはトレメダの子どもたちでしょう?」レヴェラはいった。「なんであなたたちが手伝ったりしたの？」

「だいたい、ララマーとトレメダはどこにいたのよ？」ティショーナがたずねた。

「ふたりが喧嘩になって、ララマーは遠舎に移ると決めたらしいの。それでトレメダがあとを追っていったけど、それっきり帰ってこなかったんですって」エイラは説明した。

「トレメダを見かけたような気がするわ」ジャニダがいった。

「どこで？」エイラはたずねた。

「宿営地の端のほう、男たちだけが寝泊まりする遠舎が何棟かあるあたりで、男たちがバーマを飲みながら賭け遊びをしていたけど、その輪のなかにいたの」ジャニダはいった。声をひそめ、この話を人にきかせることを恥じているかのようだった。ジャニダは自分の赤ん坊を抱きなおしてしばし顔を見おろしてから、話をつづけた。「その場には、ほかにも女がふたりいたわ。トレメダを見かけて驚いたのは、あの人にまだ小さな子どもたちがいるって知ってたから。でも、あの場にいたほかの女には小さな子はいなかったと思うわ」

「トレメダには六人の子どもがいて、末の子は一歳をようやく超えたところよ。女の子のなかではいちばん年上のラノーガが下の子どもたちの面倒を見ているけど、そのラノーガだってたったの十一歳よ」エイラは自分を抑えようとしながら話をつづけたが、内心の怒りはあらわになっていた。「お兄さんのボローガンも手伝おうとはしてるけど、まだ十三歳だし。ゆうべ、こっちへ来る途中にわたしたちが通りかかったら、子どもたちだけで天幕を張ろうとしていたのよ。でも天幕の皮は湿ってぼろぼろになっていたし、夏の寓舎をつくる材料がなにもなかった。それでわたしたちがその場に残って、あの子たちのために建ててあげたの」

「あなたたちだけで夏の寓舎を建てたの？　地元で見つけた材料だけで？」ティショーナが畏敬の目をふたりにむけながらいった。

「といっても小さな寓舎だよ」ジョンダラーは笑顔で答えた。「あの一家が寝起きするのに充分なだけのね。連中といっしょに寝泊まりしたい者はいないし」

「当たり前よ」レヴェラはいった。「でも、恥ずかしいことね。あの小さな子どもたちをだれかが助けてあげなくては」

「〈洞〉のみんなが助けてるわ」ティショーナが、いまでは自分もその一員となった〈九の洞〉を弁護した。「子どものいるお母さんたちが、かわるがわる赤ちゃんにお乳を飲ませるようなことまでしてるのよ」

「さっき、トレメダがもどってこなくて、いちばん小さな子が一歳になったばかりってきいて、そのあたりが不思議だったの」レヴェラはいった。

「トレメダは一年ばかり前にお乳が出なくなってしまったのよ」エイラはいった。

生まれた赤ん坊にちゃんと乳を飲ませていないと、乳が出なくなる場合もある――エイラはそう思ったが、それを言葉に出すことはなかった。母親の乳が出なくなる理由はいろいろあり、そのなかにはもっともな理由もある。エイラ自身も氏族で母親代わりだったイーザが死んだときは、悲しみのあまり、自分の息子に必要なことをすることすら忘れていた。ブルンの一族で乳飲み子のいたほかの母親たちが進んでダルクに乳を飲ませてくれたが、心のなかでエイラはあのときのことを克服できる日は来ないのではないかと思っていた。

氏族のほかの女たちはエイラ以上に、それがモグールのクレブの責任だというふうに理解していた。ダルクが乳を求めて泣きはじめると、クレブは悲しみに沈んでいる母親エイラに赤ん坊を抱かせて立ちなおらせようとする代わりに、ダルクをほかの女のところへ連れていって乳を飲ませた。女たちはクレブが善意でやっていることも、悲嘆に暮れているエイラをわずらわせたくない一心でしていることも理解していたし、そもそもクレブに逆らえるはずはなかった。しかし、乳をやらないことでエイラは授乳熱を起こし、病が癒えたときには乳が出なくなっていた。エイラは腕のなかのジョネイラをほんの少しだけ抱き寄せた。

「そこにいたのね、エイラ！」プロレヴァがそう声をかけて近づいてきた。ほかに四人の女をともなっている。

四人のうち顔と名前を覚えているのはベラドラとジェイヴェナで――〈二の洞〉と〈七の洞〉、それぞれの洞長のつれあいだ――エイラはふたりに会釈をした。ふたりもエイラを認めたしるしに会釈をしてきた。ほかのふたりの女も、どこかの洞長のつれあいなのだろうか。そのうちひとりの顔には見覚えがある。もうひとりはウルフを前にしてあとずさっていた。

「大ゼランドニがあなたをさがしていたわ」プロレヴァはつづけた。「それから、何人かの若い男があなたをさがしていたわよ、ジョンダラー。だからその男たちには、もしあなたを見かけたら、〈三の洞〉の宿営地にあるマンヴェラーの寓舎で落ちあうよう、あなたに伝えておくと話しておいたわ」

「プロレヴァ、ゼランドニアの寓舎はどこにありますか？」エイラはたずねた。

「〈三の洞〉の宿営地からもあまり離れていないところ、〈二十六の洞〉の宿営地のすぐ隣よ」プロレヴァは大雑把にその方向をさし示した。

「〈二十六の洞〉が宿営地をしつらえたとは知らなかったな」ジョンダラーはいった。

「ステヴァダルが、いろいろな活動の中心に身を置きたがっているのよ」プロレヴァが説明した。「〈洞〉

全体が〈夏のつどい〉の宿営地に寝泊まりするわけではなくて、たまたま夜遅い時間になって、そのまま泊まりたいという者のために二、三棟の寓舎を建てているだけね。少なくとも〈一の縁結びの儀〉がおわるまでは人の出入りが激しいと思うの」

「それはいつになるんだろう?」ジョンダラーはたずねた。

「わたしは知らないわ。まだ決まってないのだと思う。エイラから大ゼランドニにたずねてもらえばいいのでは?」プロレヴァはそういうと、ふたりに言伝《ことづ》てするために足をとめたときにむかっていた目的地へむけて、ほかの女ともども歩きはじめた。

エイラとジョンダラーは女たちに別れの言葉をかけると、指示された宿営地のある方向に歩きはじめた。〈三の洞〉の宿営地に近づいたエイラの目に、離れの寓舎をすぐ近くにそなえた大きなゼランドニアの寓舎が見えてきた。エイラは昨年の〈夏のつどい〉の記憶をたどりながら思った――いまごろは〈初床の儀〉のために支度をととのえられている若い女たちが、あの特別な寓舎のひとつに隔離され、それぞれの相手役をつとめるのにふさわしい男たちが選ばれている最中なのだろう。もうひとつの寓舎には、赤い房飾りのある服を身につけると決めた女たち――すなわち今夏のドニの女になると決めた者たち――があつめられているはずだ。春の目覚めを示す腰帯を締めた若い男たちに女の欲望を理解するための方法を伝授するため、その求めに応じることをみずからえらんだ女たちだった。

歓びは女神の賜物であり、ゼランドニアは成人となる若者たちの最初の経験が適切で教育的なものになるべく確実を期すことを、自分たちの聖なる責務だとみなしていた。若い女も若い男もひとしく、女神の至高の賜物の適切な味わい方を学ぶことが必要と考えられているため、年かさで経験ゆたかな者たちが――さりげない、しかしなにものをも見のがさぬゼランドニアの目の監視のもとで――若者たちの最初の相手をつとめ、実技を示し、説明し、彼らと歓びをわかちあうことが必要だとされていた。これは、偶然の出会いなどにはゆだねられないほど重要な〝通過儀礼〟だった。

離れの寓舎はどちらも厳重に警備されていた――というのも、たいていの男たちにとってはそのどちらもが、こらえきれない誘惑に思えるからだ。なかには、どちらかの寓舎の方向に目をむけただけでも性的に昂奮してしまう男さえいた。男たち――それもとりわけ、すでに一人前の男になる儀式をすませていても、まだつれあいをとっていない若い男たち――は、若い女たちのいる寓舎をのぞこうとしたり、こっそり忍びこもうとしたりする。年かさの男のなかにも、用もなく近くをぶらついて、あわよくば女の姿がちらりとでも見えないかと期待する者もいた。条件を満たす男のほぼ全員が、若い女の〈初床の儀〉の相手役に選ばれたがっていたが、選ばれた場合にはある程度の不安を感じもした。自分たちがその場を監視されることを知っており、上手にできなかったらどうしようという怯えがあったからだ。しかし上首尾におわらせた場合には、格別の満足感を得られもした。男たちの大多数は、最初に男になったときに相手をしてくれたドニの女について、いつまでも胸のときめく思い出をいだいていた。

しかし、女神の賜物である歓びのわかちあいを教えるという重要な役割をになわされた者には、いくつかの禁令も科せられた。選ばれた男やドニの女は、儀式ののち一年のあいだは、相手の若者と親密な絆を結ぶことを禁止された。若者たちはあまりにも影響を受けやすく、傷つきやすいと考えられていたからで、そう思われるのも理由のないことではなかった。年上の男との歓びに満ちた初体験をすませた若い女が、たとえ禁じられていても、ふたたびおなじ男と歓びをわかちあいたくなるのは決して珍しくなかった。〈初床の儀〉をすませた女は自分が欲する男ならだれとでも――その女を欲している男ならだれとでも――歓びをわかちあうことができる。しかしながら、そんなことをしても最初の相手がさらに魅力的に思えてくるだけだ。ジョンダラーも長旅に出発する前は、しばしばこの儀式のために選ばれていた。ジョンダラーが情愛とやさしさに満ちた儀式という体験をともにした相手の若い女のなかには、ジョンダラーを独占したい一心で、ときには執拗《しつよう》に迫ってくることもあり、そうした女たちをさりげなくかわす術《すべ》を身につけもした。反対に男にとっては、ここまで深刻にはならなかった。相手役の年上の男にとっては一回きりの行事であり、特別な歓びの一夜なのだ。

ドニの女たちは夏のあいだはもちろん——とりわけ侍者であれば——それ以上の期間にわたって、求めに応じることとされていた。若い男たちは頻繁に欲望を感じるうえに、女の欲望が男とちがうことや、女の満足が男よりも種類に富んでいることを学ぶには時間がかかるからだ。しかしドニの女たちにも、若い男たちが永続的な一対一の関係をつくろうとしないよう確実を期すという義務が課せられていた。ときには、これが困難になることもあった。

ジョンダラーのドニの女は、いまの大ゼランドニだった。当時はゾレナといい、非常にすぐれた指南役だった。のちにダラナーのもとで数年間を過ごしてから〈九の洞〉に帰ってきたジョンダラーは、よく儀式の相手役に選ばれていた。しかし春に目覚めたころのジョンダラーはゾレナに夢中になり、ほかのドニの女には見向きもしなかった。それだけではなく、年齢の差があってもなお、ゾレナをつれあいにしたいとまで思っていた。厄介だったのはゾレナもまたこの背が高く男前で強いカリスマ性をもつ、淡い金髪とたぐいまれなほど鮮やかな青い瞳の若きジョンダラーに強い感情をいだくようになっていたことであり、それがふたりにとって問題を引き起こしたのだった。

マンヴェラーの寓舎にたどりついたふたりは、まず出入口わきの木の板を叩いたのち、声を高めて自分たちの名前を告げた。室内から、はいるようにというマンヴェラーの声がきこえた。

「ウルフもいっしょです」エイラはいった。

「連れてくればいいよ」モリザンが、扉代わりの帷幕《とばり》を押しあけながらいった。

ライオン狩り以来、マンヴェラーの炉辺の息子であるモリザンをあまり見かけていなかったエイラは、心からの笑みをむけた。ひととおり全員の挨拶のやりとりがすむと、エイラはいった。「わたしはこれからゼランドニアの寓舎に行かなくてはならないの。そのあいだウルフを預かっていてもらえる、ジョンダラー？ ウルフがいると気が散る人もいるし、この子が物を散らかすこともあるから。ゼランドニアの寓舎に連れていく前に、まず大ゼランドニにおうかがいをたてておきたいの」

「だれも気にしないのなら預かるよ」ジョンダラーはそういうと、モリザンとマンヴェラーをはじめ寓舎にいた人たちに目顔で問いかけた。

「かまわんとも。置いていきたまえ」マンヴェラーはいった。

エイラはしゃがみこむと、ウルフの顔を見つめた。「ジョンダラーといっしょにいなさい」言葉でいいながら、おなじ意味の手ぶりによる合図もする。ウルフは鼻でジョネイラをくすぐって、くすくすと笑わせてから、またすわりこんだ。赤ん坊を抱いたエイラが寓舎を出ていくときには、ウルフはその姿を見おくりながら不安げな鼻声をあげたが、エイラのあとを追おうとはしなかった。

ゼランドニアの堂々とした寓舎に近づくと、エイラは板を叩いていった。「エイラです」

「おはいりなさい」母なる大地の女神に仕える者の最高位にある大ゼランドニのきき慣れた声がいった。男の侍者が出入口の帷幕を横に押しあけ、エイラは室内に足を踏みいれた。油を燃やす灯火はともっていたが室内は薄暗く、エイラは目が暗さに慣れるまでしばらく動くことを控えていた。ようやく自分が進む方向が見えるようになってくると、大ゼランドニの大きな人影のそばに数人の人々があつまっているのが見えてきた。「わたしたちのところにいらっしゃい、エイラ」大ゼランドニはいった。室内の暗さに目が慣れるまではなにも見えなくなることを知っていて、しばらく待ってから声をかけたのだった。

エイラが彼らのもとへ歩きだすと、ジョネイラがむずかりはじめた。まわりが急に暗くなったことで不安をかきたてられたのだ。ふたりの侍者が体をずらして、エイラのための場所をつくってくれた。エイラはそのあいだに腰をおろしたが、寓舎内で進められていた話しあいに注意をむける前に、まず赤ん坊を落ち着かせる必要があった。ジョネイラが空腹になったのかもしれないと思い、エイラは片方の乳房をあらわにして赤ん坊を胸もとに引き寄せた。だれもが待っていた。子どもを連れているのが自分だけであることから、エイラは自分がなにか重要なことを中断させてしまったのではないかと心配になっていた。しかし、大ゼランドニから会いたいという言伝てをもらったから来たのだった。

ジョネイラが落ち着くと、大ゼランドニが口をひらいた。「ここであなたと会えてうれしいわ、エイラ。ゆうべはあなたの姿を見かけなかったし」

「ええ、〈つどい〉の宿営地まで来なかったものですから」エイラはいった。

これまでエイラと会ったことのない者たちのなかには、エイラの特定の単語の発音に驚かされた者もいた。彼らは好奇心をかきたてられた。これまで一度も耳にしたことのない発音だった。エイラの言葉を理解するのは造作もなかった——エイラはゼランドニー語によく通じていたし、耳に心地よい低めの声のもちぬしだったが、類のない話しぶりであることに変わりはなかった。

「あなたか赤ちゃんが具合をわるくしていたの?」大ゼランドニがたずねた。

「いいえ。ふたりとも元気でした。ゆうべはまずジョンダラーといっしょに馬のようすを確かめました。

そのあと引き返す途中で、ラノーガとボローガンが天幕を張ろうとしているところに通りかかりました。寓舎のための材料がなにもなかったので、天幕用の柱を立てようとしていたのです。わたしたちはその場にとどまって、彼らのための寓舎を建ててあげました」

　大ゼランドニが顔をしかめた。「トレメダとララマーはどこにいたの?」

「ラノーガの話では、ふたりは喧嘩になったそうです。それでララマーは遠舎に寝泊まりするといって出ていき、トレメダがそのあとを追っていったんですが、結局どちらももどってこなかったとのことでした。ついさっきジャニダから、ゆうべトレメダがバーマを飲んで賭け遊びをしている男たちといっしょにいるのを見たと話してくれました。たぶん、取り乱していたのだと思います」エイラはいった。

「そのようね」〈九の洞〉のゼランドニはいった。最高位の大ゼランドニとはいえ、自分の〈洞〉の福祉に責任ある立場であることに変わりはない。「いまでは、子どもたちが寝泊まりできる場所があるのね?」

「あんたは寓舎をひとつ、まるまる建てたのか?」エイラの知らない男がいった。

「ここほど大きな寓舎ではありません」エイラは笑みを見せて片手をさっとふり、ゼランドニアのための特別に大きな寓舎を示した。ジョネイラはそろそろ満腹のようすで乳首から口を離した。エイラはジョネイラを抱きあげて肩にもたせかけ、背中をとんとんと叩いてげっぷをうながしはじめた。「ほかの家族と共用しないので、家族がいられる広さがあれば充分です。子どもたちとトレメダ、それに――帰ってくる気があればの話ですが――ララマーがいられる広さがあれば」

「ずいぶんと親切なこと」そんな声がきこえた。どちらかといえば嘲笑《ちょうしょう》に近い口調だった。エイラは声のほうに目をむけた。発言したのは〈十四の洞〉のゼランドニだった。年かさのかなり痩せた女で、結った束髪からいつでも細い髪が抜け落ちているように思える。

さらにエイラは、〈十四の洞〉のゼランドニの近くに〈五の洞〉のゼランドニともどもすわっているマドロマンが妙にへりくだったような表情で顔をむけてきたことにも気がついた。若かったころにジョンダラーと喧嘩をして、そのおりに前歯をへし折られた男だ。ジョンダラーがマドロマンを好きではないことは知っていたし、その気持ちはマドロマンも同様だろう。エイラ自身もあまり好意をいだいてはいなかった。立ち居振舞いや表情の微妙な陰影から本心を読みとる能力のあるエイラは、マドロマンの作法のすべてにある程度の欺瞞《ぎまん》を読みとっていた。笑顔の挨拶には裏腹な本音が、歓迎の意や親交の申し出には不誠実さが読みとれたが、エイラはつねに礼儀正しく接するように努めていた。

「エイラは、トレメダの子どもたちに格別の関心をむけているのよ」大ゼランドニは、声に怒りの念があらわれないよう細心の注意を払いつついった。〈十四の洞〉のゼランドニは、〈九の洞〉のゼランドニが大ゼランドニになってからずっと悩みの種だった。いつでもだれかを——とりわけ大ゼランドニを——挑発しようとしているのだ。〈十四の洞〉のゼランドニは、次は自分が大ゼランドニになるものと思いこんでいた。しかし、自分よりも年下の〈九の洞〉のゼランドニがその座につき、いまもその事実を乗り越えられずにいるのだった。

「どうやらその必要もあるようだね」先ほど意見を口にした男がふたたびいった。

ジョネイラはエイラの肩にもたれたまま寝入っていた。エイラは外出用のおくるみを手にとって床に広げようとした。右隣の若い侍者が少しずれて場所をつくってくれたので、エイラは幼子をその場にそっと横たえた。

「ええ、そのとおりよ」大ゼランドニは頭を左右にふりながらいい、そこでエイラがいま口をひらいた男を知らないことに思いあたった。男のほうも、話は耳にしていたはずだが、エイラと会ったことはないだろうと思えた。「ここにいる者のなかには、わたしの新しい侍者を知らない者もいるようね。だとしたら、ここで紹介をすませるのがいいと思うわ」

「前の侍者だったジョノコルはどうしたんです?」〈五の洞〉のゼランドニがたずねた。

「ジョノコルは〈十九の洞〉に移ったわ」大ゼランドニはいった。「昨年見つかった〈白き虚《うろ》〉にすっかり魅せられてしまったの。ジョノコルは昔から侍者というよりも芸術家に近かった。でも、いまではゼランドニアのことにも熱心よ。新しく見つかった洞穴になにをほどこすにせよ、いちばんいい方法を見つけようとしている……いいえ、それ以上のことをね。ジョノコルは正しいことをしようとしている。あの白い壁のある洞穴がジョノコルを呼んでいる……いかなる修練でもなしえなかったほど強く」

「〈十九の洞〉はいまどこにいます? 今年は〈つどい〉に来るんでしょうか?」

「来るとは思うけれど、まだ到着はしていないわ」最高位の大ゼランドニはいった。「ジョノコルと会うのがいまから楽しみよ。ジョノコルの技にふれられなくなって寂しいけれど、さいわいエイラがみずから多くの技をたずさえて、やってきてくれたわ。エイラはすでに優秀な薬師《くすし》だし、すこぶる興味ぶかい知識や施術の技をもたらしてもくれる。そのエイラが修練をはじめてくれて、わたしはとてもうれしいの。エイラ、これからあなたを正式にみなに紹介するので、そこに立ってくれる?」

エイラは立ちあがると数歩前に進みでて、大ゼランドニの隣に立った。大ゼランドニは全員の視線が自分にあつまるのを待ってから口をひらいた。

「これよりみなさまにジョネイラの母、ドニに嘉《よみ》されし者、〈九の洞〉のゼランドニにして母なる大地の女神に仕える者の最高位にある大ゼランドニの侍者であるゼランドニー族のエイラを紹介します。エイラはジョンダラーのつれあい、ジョンダラーは〈九の洞〉の前の洞長であるマルソナの息子、いまの洞長であるジョハランの弟。そして以前のエイラはここよりはるか東の地に住むマンモスを狩る者たち、マムトイ族はライオン簇《むら》の一員にして、マムートの侍者をつとめていました。マムートとは彼らのゼランドニア、そしてこのマムートがエイラをおのれの〈マンモスの炉辺〉の娘として迎えたのです。エイラはまたトーテムである洞穴《ケーブ》ライオンの霊によって選ばれ、体にそのしるしをつけられた者であり、洞穴熊《ケーブ・ベア》の霊によって守られし者でもあります。そしてまたウィニーとレーサーという二頭の馬といまだ幼き子馬のグレイの友人、エイラがウルフと呼ぶ四本足の狩人の友でもあります」

エイラにはこれが自分の名前と絆をあますところなく述べ、さらにはその説明まで付された完璧な口上に思えた。エイラ自身は自分がマムートの侍者だったかどうかさだかではなかったが、〈マンモスの炉辺〉に迎えいれて修練をほどこしてくれたことは確かだった。ただし大ゼランドニは、氏族――彼らが平頭と呼ぶ人々――がエイラを迎えいれたことを話に出さなかった。その部分は、エイラがケーブ・ベアの霊に守られていると述べたにとどまっていた。これはかつてエイラが――少なくともブラウドからすべての関係を否定され、呪いをかけられ、氏族のもとを追われるまでは――氏族の一員であり、まぎれもなく氏族だったことを意味するのだが、はたして大ゼランドニがそのことを充分に理解しているのかどうか、エイラには疑問だった。

先ほど発言した男がエイラと大ゼランドニに近づいてきた。「わたしは〈二十六の洞〉のゼランドニ。女神《ドニ》の名において、あなたをわれわれが主人役をつとめる〈夏のつどい〉に歓迎いたします」そういって男は両手をさしのべてきた。

エイラはその両手をとった。「万物の母なる女神の名において、わたしはあなたにご挨拶いたします、〈二十六の洞〉のゼランドニ」

「われわれは新しい深窟《ふかあな》を見つけたよ。なかで歌うと、すばらしく声がよく響く。ただし、とても狭い」男はいった。この発見に男が心底から昂奮していることは明らかだった。「はいっていくには蛇のように地面を這いずらなくてはならないし、無理をすれば三、四人ははいれるが、まあひとりかふたりで行くのがいちばんだ。こんなことをいうのは心苦しいが、大ゼランドニでは狭すぎて行けないと思う。それでも決断は大ゼランドニご自身にゆだねたい。以前ジョノコルには、ここに来たら案内すると約束した。エイラ、いまではあなたが大ゼランドニの侍者なのだから、あなたもあの深窟を見ておいたほうがいいと思うのだよ」

この誘いの言葉にはすっかり虚をつかれたが、エイラは微笑んで答えた。「ええ、喜んで拝見いたします」

7

最高位の大ゼランドニは、新しく見つかった洞穴についての話を複雑な気分できいていた。〈女神の聖なる隠世《かくりよ》〉に追加されることになりそうな洞穴が新たに見つかったとなれば、いつでも胸が躍るが、自分が純粋に体の問題ではいれないとなると――腹這いになって狭い空間に身をもぐりこませるのはあまり魅力的ではないが、それでも――やはり失望を感じた。しかしその一方では、エイラが洞穴探訪の機会を提供されるまでに受け入れられてよかったとも思っていた。自分がエイラという新参者を侍者として選んだことが、すでに認められている証拠ではないか、と大ゼランドニは思った。もちろん、尋常ではない力を数多くそなえていることが明らかな女を、ゼランドニアの権威のもとにしっかりと囲いこんだことで、多くの者が安堵したこともあるだろう。エイラがまっとうに生まれついた魅力的な若い母親だという事実もまた、エイラを受け入れやすくしたに相違ない。

「それはすばらしい考えね、〈二十六の洞《ほら》〉のゼランドニ」大ゼランドニはいった。「エイラの〈ドニエの旅〉をこの夏のおわりに……〈一の縁結びの儀〉と〈初床の儀〉がおわってから実行する心づもりだったの。新しい聖なる洞穴を見せるのは、その下準備になるにちがいないし、聖地がゼランドニアにどう知られているかを最初から理解するための手がかりをエイラに与えることにもなるわ。さて、紹介や修練の話が出ていることだし、ここには新しい侍者がちらほらといるわ。だから、彼らが知っておくべき知識を明かすいい機会だと思うの。だれでもいいから、季節はいくつあるかを教えてもらえる？」

「わかります」若い男がいった。「三つです」

「ちがうわ」若い女がいった。「季節は五つです」

大ゼランドニは微笑んだ。「あなたたちのなかから季節は三つだという声があがり、五つだという声もあがったわ。どっちが正しいかを答えられる人はいる？」

しばらくはだれもしゃべらなかった。ついでエイラの左隣にすわる侍者が口をひらいた。「どちらも正しいと思います」

大ゼランドニはまた笑みをのぞかせた。「そのとおり。季節は三つあるとも五つあるともいえる——数え方によって答えが異なるだけね。その理由がわかる人はいる？」

だれも口をひらこうとしなかった。エイラはマムートの教えを思い出していたが、なんとなく気恥ずかしくて口をひらくのを躊躇《ちゅうちょ》していた。しかしやがて沈黙が長びいて気づまりな雰囲気になってくると、エイラはようやく話しはじめた。「マムトイ族の人たちも、季節は三つあるといい、五つだともいいます。ゼランドニー族のことは知りませんが、マムートから教えられた話をここで披露することはできます」

「それはとても興味深い話になりそうね」大ゼランドニはまわりを見まわしながらいった。ゼランドニアのほかの面々が同意にうなずいているのが見えてきた。

「マムトイ族にとっては、下向きの三角形がきわめて重要なしるしになっています」エイラは話しはじめた。「これは女のしるしです。そのしるしをつくるのが三本の線であることから、三は力をあらわす数の言葉になります。なんの力かというと……どういう言葉で表現すればいいのかわかりませんが……母であること、産むこと、新しい命を創造すること……そういったことの力であり、女神《ムト》にとってはとても聖なるものなのです。マムートはまた三角形の三本の線の部分は、三つの主要な季節をあらわしていると話していました。春と夏と冬です。しかしマムトイ族の人たちは、さらにふたつの季節を追加していました。変化を告げる季節、すなわち秋と真冬を足して、全部で季節を五つにしたのです。マムートは、五こそ女神の隠された力をあらわす数の言葉だといいました」

若い侍者たちは驚き、関心をかきたてられてもいたが、それだけではなかった。年かさのゼランドニたちもエイラの話に魅了されていた。昨年すでにエイラと会って話しぶりを耳にしていた者たちも、いまたエイラの口調や訛《なま》りに注意を引かれた。エイラを初めて見る者には——とりわけ遠方への旅の経験のない若者には——その声がまぎれもなく異郷風のものにきこえていた。ゼランドニアに属する者の大半にとっては、エイラの話す情報が未知のものではあれ、本質の部分においては自分たちの考え方に合致していることでもあり、それゆえ自分たちの信念を補強するものに思えていた。そのことがエイラにさらなる信用と、ある種の権威の要素を与えた。エイラには旅の経験があり、知識もふんだんにそなえてはいるが、真の脅威ではない、と。

「それほどまでに遠く離れているところでも、母なる大地の女神の御業《みわざ》が似かよっているとは初めて知ったよ」〈三の洞〉のゼランドニがいった。「わたしたちもまた、主要な季節は三つ——春と夏と冬——だというが、たいていの人は季節は五つだと考えている。春、夏、秋、初冬、そして晩冬。またわたしたちも下向きの三角形が女をあらわし、三は産み殖やす力をあらわす数の言葉だが、五がそれ以上に強い力のしるしだというふうに理解しているからね」

「そのとおり。母なる大地の女神の御業には驚くほかはないわ」大ゼランドニはいい、説明をつづけた。「わたしたちは前にも、五という数の言葉について話しましたね——林檎《りんご》の実のなかが五つにわかれていること、左右の手のどちらにも五本の指があり、左右の足のどちらにも五本の指があること、両手と数の言葉にもっと強い力を発揮させる方法についても話しました。それ以外にも五つの主要な……あるいは聖なる色があります。ほかの色はすべて、五つの主要な色の諸相にすぎません。最初の色は赤です。赤は血の色、命の色。しかし命が永遠にはつづかないのと同様に、赤という色もめったに長つづきはしません。血は乾いていくにつれて暗くなり、やがて茶色に、ときにはもっともっと黒に近くもなります。

茶色は赤が変化したもののひとつで、ときには古い赤とも呼ばれます。多くの樹木の幹や枝の色でもあります。大地の赭土《あかつち》はすべて女神の乾いた血であり、かなり色鮮やかで、新しく見えるものもありますが、すべて古い赤と考えられます。花や果物のなかには、真の赤を見せるものがありますが、花はどれも短命で、果物の赤い色も同様です。苺のような赤い果物は乾燥すると、古い赤に色を変えます。それ以外にも赤のものや赤が変化したものをあげられる人はいますか?」

「茶色の髪の毛をもつ人もいます」エイラのうしろにすわっている侍者がいった。

「茶色の目をもつ人もいます」エイラはいった。

「ぼくは茶色の目の人を見たことがないな。ぼくが知っている人はみんな青か灰色の瞳をもってる。なかには少し緑に近い人もいるね」前にも発言した若い男の侍者がいった。

「わたしを育ててくれた氏族の人たちは、みな茶色い目をしていました」エイラは答えた。「彼らにはわたしの目が奇妙に見えたばかりか、色がかなり薄いので弱々しくも思えたようです」

「それはもしかして平頭のことじゃないのか？　あいつらは本当は人間じゃない。ほかにも茶色い目の動物はいるし、茶色い毛皮の動物もいっぱいいるぞ」若い男はいった。

　エイラは怒りが燃えあがるのを感じた。「どうしてそんなことがいえるの？　氏族は動物じゃない。彼らは人間よ！」食いしばった歯のあいだから言葉を押しだす。「だいたい、氏族を目にしたことがあるの？」

　口論を早めにおさめるべく、大ゼランドニはすぐさま介入した。「〈二十九の洞〉のゼランドニの侍者、茶色い目をした人間もいるという話は本当よ。あなたはまだ若く、見たところそれほどの経験を積んではいない。それもまた、ゼランドニになる前に、あなたが〈ドニエの旅〉をしなくてはならない理由のひとつ。南に旅をすれば、あなたも茶色い目をした人たちを見ることができるでしょう。でも、まずはエイラの質問に答えなくては駄目。あなたは、あなたが平頭と呼ぶ〝動物〟をその目で見たことがある？」

「ええと……ありません。でも、だれもがあいつらは熊に似ていると話してます」若い男はいった。

「子どものころ、エイラはゼランドニー族が平頭と呼ぶ人々のなかで暮らしていたの――ただしエイラは氏族と呼んでいるわ。エイラが母親やそのつれあいをうしなったあと、氏族の人たちがエイラの命を助け、世話をして、育てたのよ。だから、氏族のことについては、あなたよりもずっと経験を積んでいると思う。それから交易頭《こうえきがしら》のウィロマーにもたずねてみるといい。あの人もたいていの人よりは、氏族と接触した経験を積んでいるわ。そのウィロマーは、氏族はわたしたちと見た目こそ多少ちがうものの、人間と同様のふるまいをするし、自分は人間だと信じている、と話してる。あなたが氏族とみずからふれあう機会を得ないうちは、まず氏族と直接ふれあった経験をもつ者の意見に敬意を払うべきよ」大ゼランドニはいかめしい説教口調でいった。

若い男は怒りが燃えあがるのを感じていた。説教をされるのは気にくわなかったし、自分が生まれてこの方きかされてきた話よりも、異郷の女の思いつきのほうが信頼のおける話だと断定されたのも気にくわなかった。しかし、師たる〈二十九の洞〉のゼランドニが頭を小さく左右にふって合図をしてきたので、若い侍者は母なる大地の女神に仕える者の最高位にある大ゼランドニにそれ以上は異をとなえないことにした。

「さて、わたしたちは五つの聖なる色についての話をしていました。〈十四の洞〉のゼランドニ、次の色についてはあなたから説明してもらえる？」大ゼランドニはいった。

「ふたつめの重要な色は緑です」〈十四の洞〉のゼランドニは話しはじめた。「緑は木の葉や草の色。また生命の——もちろん植物の生命の——色でもあります。冬のあいだは、多くの木々が茶色になって、植物の真の色が古い赤、すなわち命の色であることを示します。冬のあいだ、植物は休んでいるだけですが、春になって新たな緑を芽吹かせるための力をためているのです。また植物はその花や果実によって、ほかのほとんどの色を示しもします」

エイラにはこの女の話しぶりがいささか平板に思えた。話の内容がこれほど興味深いものではなかったら、さぞや退屈になっていたのではないだろうか。ゼランドニアのほかの面々が、この女を最高位に選ばなかったのも無理はない。ついでエイラは、自分がこんなふうに感じるのも、この女が大ゼランドニをどれほど困らせているかを知っているからではないだろうか、とも思った。

「それでは次の色については、今年の〈夏のつどい〉をひらいてくれている〈洞〉のゼランドニから説明してもらえるかしら？」大ゼランドニは、〈十四の洞〉のゼランドニがひと息つくために黙った瞬間を逃さず、すかさず口をはさんだ。この情況下では、〈十四の洞〉のゼランドニが異議をとなえることはまず無理だった。

「ええ、わかりました」〈二十六の洞〉のゼランドニは口をひらいた。「第三の重要な色は黄色、太陽《バリ》の色、炎の色です。しかしそのどちらにも多くの赤が含まれていることからもわかるように、どちらも独自の命をそなえています。太陽の赤をいちばんよく目にできるのは朝と夕方です。太陽はわれわれに光とぬくもりをもたらしますが、一方では危険なものでもあります。あまりにも多くの日ざしを浴びれば肌は火傷しますし、植物は干からびて枯れ、水たまりは干あがります。われわれには、太陽をいかんともできません。女神《ドニ》ですら、息子バリを思うように動かせないのです。わたしたちにできるのは太陽から自分の身を守ることと、その通り道から逃げることだけです。火は、太陽以上に危険なものになりえます。われわれは多少は火を操れますし、火はとても役に立ちます。しかし、火をあつかうときには注意を欠かしてはなりませんし、その存在を当たり前だと思うこともつつしまねばなりません。

黄色を示すものすべてが熱いわけではありません。黄色い土もあり、赭土があるように黄土もある。黄色い髪の人もいます」〈二十六の洞〉のゼランドニはまっすぐエイラを見すえながらいった。「そしてもちろん、多くの花がその真の色を示します。花は古くなれば茶色に、すなわち赤が変化したもののひとつに変わります。こういった点を根拠として、黄色は赤が変化したものだと考えるべきであり、それゆえに黄色それ自体は聖なる色のひとつではないと考える向きもありますが、大方の意見は、黄色は命の色である赤を引き寄せる重要な色だという点で一致しています」

気がつくとエイラは〈二十六の洞〉のゼランドニに魅せられている自分に気がついて、この男をもっとつぶさに観察していった。〈二十六の洞〉のゼランドニは背が高く、逞《たくま》しい筋肉をそなえ、ほとんど茶色といっていいほど暗い色あいの金髪に、明るい色の筋が走っていた。黒っぽい眉毛は、左のひたいに彫りこまれたゼランドニの刺青《いれずみ》に溶けこんでいる。刺青は、何人かのゼランドニのものほど凝ったものではなかったが、きわめて正確に彫られていた。ひげは赤みがかった茶色だったが、はっきりとした形に小さく刈りこまれていた。あんなふうにひげをそろえて、その形をたもっているのは、よほど鋭利なフリントの刃物をつかっているのだろう。おそらく中年に近づきつつある年齢で、顔だちは個性的だったが、若々しくて活力に満ち、しかし穏やかな自制が感じられた。

たいていの人が、あの人を男前だと思うのだろう――エイラはそう考えた。エイラ自身もそうは思ったが、自分自身が属している人々――氏族にとっての〝異人〟たち――がどんな人を魅力的に思うのかという点で、エイラは自分の感覚を信頼してはいなかった。だれを美形だと思うかというエイラの美意識は、育ててくれた人々の基準に強く影響をうけていた。エイラは氏族の人々を男前や美人だと思ったが、異人たちは――大半は氏族を目にした経験がなく、見たことがある人々もかなり遠くから見ただけにもかかわらず――そうではないと考えている。若い女の侍者たちに目をむけたエイラは、女たちがいま話している男に惹かれているのを見てとった。年かさの女たちのなかにも、おなじように心惹かれている者がいるようだった。いずれにしても、〈二十六の洞〉のゼランドニには伝承を伝えるすぐれた術があるようだった。

大ゼランドニもおなじ意見らしく、そのまま話をつづけるよう〈二十六の洞〉のゼランドニに指示した。

「四つめの重要な色は透明です」〈二十六の洞〉のゼランドニはいった。「透明は風の色、水の色。透明はあらゆる色を示すことができます。静かな池の水面にうつっている景色や太陽が出てきたときに雨粒があらゆる色に輝くさまを見ればわかるとおりです。青と白は、ともに透明が変わったものです。風を見ればしばしば透明です。しかし空を見あげれば、そこに見えるのは青。湖の水、そして〈西の大海原〉の水はしばしば青く、また氷河で見られる水は深みのある鮮やかな青をのぞかせます」

ジョンダラーの目みたいな色ね――エイラは思った。ふたりで氷河を横断したときのことが思い出された――ジョンダラーの目とおなじ青い色を目にしたのは、あのときだけだ。〈二十六の洞〉のゼランドニは、はたして氷河を自分の目で見たことがあるのだろうか？

「果物のなかには青いものもあります」男の話はつづいた。「とりわけ漿果《しょうか》。またきわめて珍しいとはいえ、青い花もなくはない。多くの人は青い目をそなえています。なかには青に灰色が混じっている目の人もいる。そして灰色もまた、透明が変化したものです。雪は白です。空の雲もまた白で、黒が混じって雨を降らせるときこそ灰色になりますが、真の色は透明です。氷は透明ですが、ときに白くなります。それでも雪も氷もいざ溶ければ真の色がわかりますし、雲の場合には雨が降ればわかります。白い花はたくさんありますし、特定の場所では白い土が見つかります。〈九の洞〉からほど遠からぬところには、白土《カオリン》が見つかる場所があります」〈二十六の洞〉のゼランドニはまっすぐエイラを見つめていった。「しかし、その白もまた透明が変化したものなのです」

最高位にある大ゼランドニが、ここで講師役を引き継いだ。「第五の聖なる色は闇、ときに黒とも呼ばれます。闇は夜の色、炎が木の命を焼きつくしたあとに残る炭の色。闇はまた、命の色である赤を――とりわけ赤が古くなっていったときに――圧する色。なかには、黒は古い赤が極限まで暗くなった色だと主張する者もいますが、これはまちがっています。闇は光の不在、命の不在です。闇は死の色です。そこには、うたかたの命すらない。黒い花はありません。深窟《ふかあな》は、闇という重要な色の真の姿を示してくれます」

話をおえると大ゼランドニはいったん黙り、あつまっている侍者たちを見わたした。

「なにか質問はある?」大ゼランドニはいった。心もとなげな沈黙が広がった——落ち着きなく体を動かしている者はいたが、口をひらく者はいなかった。大ゼランドニは質問が出てもおかしくないと思っていたが、だれも最初に質問する者にはなりたくなかった。まわりの全員が理解していることを——あるいは理解しているであろうことを——わかっていないと思われるのがいやなのだ。それはかまわない——質問はあとでもできるし、現実にあとで質問されるだろう。これだけ多くの侍者があつまっており、しかも彼らの注目をあつめているいま、はたして説示をこのままつづけるべきかどうか、大ゼランドニは考えをめぐらせた。いちどきにあまりにも多くのことを教えても記憶に残りにくいし、人の精神は集中力をうしないがちだ。「もっと話をききたい?」

エイラはちらりとジョネイラに目を落として、娘がまだ寝ていることを確かめてから、「はい、お願いします」と低い声でいった。あつまった侍者たちのなかから、低いつぶやきや声があがった。おおむねはエイラへの同意だった。

「五という数の言葉が強力なしるしであることを、またほかの方法で話してくれる人はいるかしら?」最高位の大ゼランドニはたずねた。

「空には五つのさまよう星があるな」そういったのは、〈七の洞〉の老ゼランドニだった。

「そのとおり」大ゼランドニは背の高い年かさの男に笑みをむけ、一同にいった。「〈七の洞〉のゼランドニこそは、いま話に出たことを発見して、わたしたちに教えてくれた当人よ。星がさまようのを目で確かめるには時間がかかるし、みなさんの大半は〈夜の年〉を迎えるまで見ることはないと思うけど」

「〈夜の年〉とはなんでしょう?」エイラはたずねた。エイラが代わって質問してくれたことで安堵している侍者が何人もいた。

「一年のあいだ、夜はずっと起きていて、昼のあいだは寝ていなくてはならない年のこと」大ゼランドニは答えた。「みなさんが修練のあいだに直面する試練のひとつだけど、それ以上の意味があるのよ。というのも、夜にしか見えないもののなかに、みなさんが見る必要のあるものがあるから。たとえば太陽がどこから昇ってどこに沈むか――とりわけ、太陽が動きをとめて方向を変える中夏と中冬のときにね。月が昇る場所や沈む場所を見ることも必要よ。そういったことをあらかた知っているのが〈五の洞〉のゼランドニね。半年のあいだ、変化をずっと記録しつづけていたの」

エイラは自分が修練のあいだ、ほかにどのような試練に直面させられるのかを知りたかったが、質問はしなかった。どのみち、すぐにわかることだろう。

「ほかに五の力を示しているものはある？」大ゼランドニはいった。

「聖なる五大元素ですね」〈二十六の洞〉のゼランドニがいった。

「すばらしい」最高位にある巨体の大ゼランドニはいい、腰かけのなかで楽な姿勢にすわりなおした。

「よかったら話をはじめて」

「聖なる五大元素について語るのなら、その前にまず聖なる五つの色の話をしておくのがどのような場合でも最上です。というのも、色は五大元素の要素のひとつだからです。第一の元素は――根源とも本質とも呼ばれますが――大地です。大地は堅固であり、実体をもち、土と岩から成ります。大地の一部を手で拾いあげることができるのです。大地ともっともかかわりのあるものの大半の色は古い赤です。大地はそれ自体がひとつの元素であると同時に、ほかの四つの元素すべての素材にもなります。大地がほかの四つの元素をかかえこむことも、ほかの元素からさまざまな影響をこうむることもあるからです」〈二十六の洞〉のゼランドニはそういうと大ゼランドニに目をむけ、さらに先をつづけたほうがいいかどうかを目顔で問いかけようとした。大ゼランドニは、すでにほかのゼランドニに目をむけていた。

「〈二の洞〉のゼランドニ、あなたが話をつづけてちょうだい」

「第二の元素は水です」〈二の洞〉の女ゼランドニは立ちあがりながらいった。「水は空から降ってくることもあれば、大地の表面にとどまることも、大地を流れていくことも、洞穴を抜けて流れていくこともあります。ときには吸収され、大地の一部になります。水は動くことができます。水の色はつねに――濁っているときであっても――透明か青です。水が茶色になっているのは、水に混ざりあった大地の色が見えるからです。水は見ることも触れることもできますし、飲みくだすこともできますが、指でつまみあげることはできません。といっても、手ですくいあげることはできます」いいながら女ゼランドニは両手をあわせて鉢の形をつくってみせた。

エイラはこの女ゼランドニを見ていて楽しい思いにさせられた。というのも、なにかを説明するときに、両手の動きを多用していたからだ。といっても、氏族の場合とは異なって、決して意図して手を動かしているわけではなかった。

「水はなにかのなかに留め置かなくてはなりません。盃や水袋はもちろん、みなさん自身の体にも。いずれ水断ちの試練を受ければわかりますが、人間の体は水を留め置くことを必要としています。生きとし生けるものはすべて水を必要とします――植物も動物も」〈二の洞〉のゼランドニは説明をおえて腰をおろした。

「水について、ほかにも話したい人はいる?」ゼランドニアの指導者たる大ゼランドニはたずねた。

「水は危険なものにもなります。人は水のなかで溺れることがあるからです」寝ているジョネイラの隣にすわっている若い女の侍者がいった。低い声で悲しげな顔を見せていることから、この侍者はいまの話を自身の体験として知っているのではないだろうか、とエイラは思った。

「そのとおりです」エイラはいった。「長旅でジョンダラーとわたしは数多くの川をわたらなくてはなりませんでした。水はときとしてきわめて危険なものになります」

「たしかに。わたしの知りあいには川に張った氷が割れて溺れ死んだ者がいるよ」そういったのは、〈二十九の洞〉のひとつ、〈南の顔〉のゼランドニだった。このゼランドニは溺死にまつわる話を詳述しようとしていたようだが、〈二十九の洞〉全体の女ゼランドニがすかさず発言して、その口を封じた。

「水がきわめて危険になることは広く知られていますが、その意味では第三の元素である風も危険なものになります」〈二十九の洞〉全体のゼランドニは愛想のいい笑みを見せる人あたりのいい女性だったが、根底には力強さがのぞいていた。いまは逸話への脱線を慎しむべきだとわきまえてもいた。いま大ゼランドニは、理解が必須とされる重要な知識がつまった大切な問題について話をしているからだ。

大ゼランドニは、この女ゼランドニがなにをしたかを見ぬいて笑顔をむけた。「では、第三の元素についての説明をつづけてもらえる?」

「水とおなじように、風も手で拾いあげることはできません。留め置くことも、目で見ることもできませんが、影響を目にすることはできます」〈二十九の洞〉全体のゼランドニはいった。「静かなときには風を感じることさえできませんが、風は木々をたわませて薙《な》ぎ倒してしまうほど強くもなります。激しく風が吹いているときには、風上へ歩くことも無理になります。風はどこにでもあります。風を見つけられない場所は存在しません。いつもは静かな深い洞穴のなかであっても、風はあります。なにかがはためけば、風がそこにあることがわかるのです。風はまた、命あるものの体のなかを移動します。息を吸いこんだり吐きだしたりするときに、風を感じることができます。風は命に必要不可欠です。人も動物も生きるために風を必要としています。人や動物の風がとまれば、死んだことがわかります」〈二十九の洞〉のゼランドニは話をおえた。

エイラは、ジョネイラが体をもぞもぞさせはじめたことに気がついた。じきに目を覚ましそうだった。大ゼランドニも赤ん坊の動きに気づいていたし、あつまっている一同が落ち着かなくなっていることも察していた。そろそろ今回の会合を切りあげる潮時になっていた。

「四つめの元素は冷たさね」大ゼランドニはつづけた。「風とおなじように、冷たさは指で拾いあげたり留め置いたりできないけれど、感じることはできる。冷たさは変化をうながし、物を前よりも固くしたり、動きを遅くしたりするわ。冷たさが大地を固くすることもあるし、冷たさが水を固くして氷に変え、動きをとめることもある。雨を雪や氷に変えることもある。冷たさの色は透明か白よ。なかには闇が冷たさを生じさせると考える人もいる。夜の闇の訪れとともに、あたりがそれまでよりも冷たくなるから。冷たさは危険なものにもなる。闇が命を吸いだす一助になるから。けれども闇が冷たさに影響を受けることはないので、一部が黒い品は冷たさの影響をあまりこうむらずにすむの。また、冷たさが役に立つ場合もある。食べ物を大地の冷たい穴にしまったり、氷で覆われた水に入れたりしておけば、その食べ物が腐ることを防げるわ。冷たさがなくなると、透明なものは決まって元の形にもどる。氷が溶けて水になるように。古い赤の色のものやほかの元素は、冷たさに見舞われても回復する——大地そのものや木の幹がその一例よ。でも緑のもの、黄色のもの、真の赤のものが回復することはめったにないの」

大ゼランドニは質問の有無を確かめようかと思ったが、それよりは駆け足ですべてを話したほうがいいと決めた。

「第五の元素は熱。熱は指で拾いあげることも留め置くこともできないけれど、やはり感じとることはできる。熱をもった物に触れれば、それとわかる。熱はまた物に変化を生じさせる――でも、冷たさがうながす変化がゆっくりなのにひきかえ、熱による変化はすばやい。冷たさが命を減じさせるのに対して、熱やぬくもりは命を回復させ、命を元どおりにする。火と太陽は熱をつくれる。太陽がもたらす熱は冷たく固い大地を柔らかくし、雪を雨に変えて、緑の命が芽吹くのを助けるわ。熱は氷を水にもどし、また動けるようにする。火の熱は肉と野菜のどちらの料理にも役立つし、住まいを暖かくしてもくれる。けれども、熱が危険なものになる場合もあるわ。闇を助けることもある。熱の主要な色は黄色で、赤が混じることも珍しくないけれど、闇が混じる場合もあるから。熱は命の真の赤を助けはするけれども、あまりにも多くの熱は命を破壊する闇のあと押しをすることもあるわ」

大ゼランドニは、切りあげ時を見事に心得ていた。話がおわったその瞬間、ジョネイラが目を覚まして泣きはじめたのだ。エイラはジョネイラをすぐに抱きあげて揺すったり跳ねさせたりして落ち着かせようとしたが、ちゃんと世話をしなくてはならないこともわかっていた。

「みなさんはきょう学んだことについて考えをめぐらせ、なにか質問したいことができたら、それを忘れないようにしてほしいの。そうすれば、次にこうやって顔をあわせたときに話しあえるから。帰りたい人は帰っていいわ」大ゼランドニは講釈をしめくくった。

「また近いうちに、こうしてあつまりたいものです」エイラは立ちあがりながらいった。「大変興味をかきたてられました。もっと多くのことを学ぶのがいまから楽しみでなりません」

「それはよかったわ、〈九の洞〉のゼランドニの侍者」大ゼランドニはいった。もっと気のおけない場にいるときには、大ゼランドニはエイラと名前で呼びかける。しかし、こうして〈夏のつどい〉でゼランドニアの寓舎《すまい》にみんなであつまっているときには、大ゼランドニはだれが相手でも正式な身分で呼びかけるのが常だった。

「プロレヴァ、頼みごとがあります」エイラは気おくれを感じながらいった。

「どんなことか話して」プロレヴァは答えた。寓舎に寝泊まりしている者がそろって朝食をとっているところで、全員が好奇の表情をのぞかせた顔をエイラにむけた。

「〈二十六の洞〉からあまり離れていないところに聖なる洞穴があり、あの〈洞〉のゼランドニからいっしょに見にいこうと誘われました。わたしが大ゼランドニの侍者だからです。とても狭い洞穴なので、大ゼランドニはわたしに代理で洞穴を見てきてほしいといっています」

興味をかきたてられたのは、ジョンダラーひとりではなかった。まわりを見まわすと、その場の全員がエイラを見ていたし、ウィロマーはぞくりと体を震わせていた。この交易頭は遠大な距離の旅を好むが、息がつまるような狭い場所は苦手だった。必要とあれば――それほど小さくなければ――洞穴に足を踏みいれることもできないではないが、ひらけた戸外に身を置くことを好んでいた。

「それで、そのあいだジョネイラのようすを見て、必要ならお乳を飲ませてくれる人が必要です」エイラは説明した。「出かける前にちゃんとお乳をやって、おなかをいっぱいにさせておきますけど、どのくらい留守にするかがわかりません。ジョネイラも連れていければいいのですが、洞穴にはいるには蛇みたいに這う必要があるらしいので、連れていくのは無理だと思います。大ゼランドニは、わたしが誘われたことを喜んでいたようでした」

プロレヴァはつかのま考えをめぐらせた。〈夏のつどい〉ではいつも忙しかった――〈九の洞〉は大所帯で一族の重鎮でもある。それゆえ洞長《ほらおさ》のつれあいであるプロレヴァのきょうの予定もあれこれ立ててこんでいた。自分の子どもにくわえて他人の赤ん坊の面倒を見る時間がとれるかどうかはわからなかったが、ここで断わるのも忍びなかった。「お乳を飲ませてあげるのはかまわないけれど、きょうは何人かの人と会う約束があって、ジョネイラの面倒を見てあげる時間がとれそうもないのよ」

「わたしに考えがあるわ」マルソナがいい、全員がいっせいに前の洞長であるこの女性に目をむけた。「だれかをプロレヴァに同行させて、赤ちゃんたちにお乳が必要になったら、プロレヴァのところに連れていけばいいのよ」

いいながらマルソナはじっとフォラーラを見つめ、ついでこっそりと娘のわき腹をつついた。フォラーラに自分から名乗りをあげてほしかったからだ。フォラーラは母マルソナの言外の含みをきちんと受けとっていたし、そればかりかマルソナが話をする前から志願することを考えてもいたが、はたして自分が丸一日、赤ん坊の世話をしたい気分なのかどうかが見きわめられなかった。その一方ではジョネイラとセソーナのことは大好きだったし、会合の席でプロレヴァがどんなことを話すのかにも興味を引かれていた。

「わたしがふたりを見ているわ」フォラーラはいい、さらに一瞬の思いつきでこう添えた。「ウルフがわたしを手伝ってくれるのならね」

そうすれば、フォラーラには多くの注目があつまることになるだろう。

エイラはちょっと考えをめぐらせた。なるほど、ウルフは小さな女の子たちのそばにいられればうれしいだろうが、見知らぬ人々がたくさんいる〈つどい〉の中心地で、この若い女の命令に従うかどうか、エイラにも見きわめられなかった。

狼の成獣は、おばやおじにあたる狼も子育てに献身的で、群れのほかの仲間が狩りに出ているあいだは喜んで順ぐりに子狼の面倒を見る。しかし群れは、一回にひと腹から生まれた子狼しか育てられない。彼らは自分たちの食いぶちを狩るだけではなく、いつも腹をすかせている数頭の成長期の若い狼にも食べさせなくてはならない。乳をおぎない、さらに子狼を乳離《ちばな》れさせるため、狩人たちは肉をいったん嚙んで飲みくだして帰り、そのあと消化しかけた肉を吐きもどして、子狼に食べやすくして与える。群れの頂点に立つ雌狼には、繁殖期に群れのほかの雌が交尾をしないよう確実を期すという仕事がある。群れの雌に近づく雄がいれば、自分の交尾を中断しても追いはらう。こうすることで、群れに生まれ育つ子狼を自分の子だけに限定するのだ。

ウルフは、そうした通常の狼ならではの熱愛を、自分の群れの人間の赤ん坊にそそいでいた。幼いころ狼を観察して研究してきたエイラには、ウルフのことがよく理解できた。赤ん坊たちを脅かす輩が出てこないかぎりウルフが騒ぎを起こすとは思えないし、そもそも〈夏のつどい〉の中心地で赤ん坊を脅かすような者がいるだろうか？

「わかったわ、フォラーラ」エイラはいった。「ウルフには、あなたが赤ちゃんを見る手伝いをさせましょう。でも、ジョンダラー――おりを見てウルフとフォラーラのようすを確かめてもらえる？　ウルフはフォラーラのいうことをきくとは思うけれど、赤ちゃんたちを守ろうという気持ちが強くなりすぎて、だれひとり近づけまいとするかもしれないし。わたしがそばにいなければ、あの子はあなたの命令に従うわ」

「きょうは昼まで、宿営地に近い場所で石の道具をいくつかつくるつもりだよ」ジョンダラーはいった。「〈九の洞〉でおれたちの住まいをつくるのに手を貸してくれた人たちに、まだお礼の特別な道具をあげてないんでね。〈つどい〉の宿営地のへり近くに石細工のための場所がある。地面に石が敷きつめてあるので、ぬかるみになることもない。そこで仕事をしていれば、合間合間にフォラーラとウルフのようすを確かめにもいけるさ。午後は何人かの人と会う約束があってね。ライオン狩りのあとで、またたくさんの人が投槍器《とうそうき》に興味を示してくれているんだよ」そのことで考えをめぐらせるあいだ、ジョンダラーのひたいにはおなじみの皺が寄った。「だが、その人たちと会う場所を、フォラーラとウルフが見えるところにしてもいいかもな」

「できれば午後のうちにはもどってきたいけれど、洞穴訪問にどのくらいの時間がかかるかがわからなくて」エイラはいった。

それからほどなくして、一同は〈夏のつどい〉の中心地にむかって出発し、いざ到着ののちはそれぞれの目的地にむかって分かれていった。それぞれの赤ん坊を連れたエイラとプロレヴァ、それにフォラーラとジョンダラーとウルフは、最初にゼランドニアの大きな寓舎を訪問した。〈二十六の洞〉のゼランドニはすでに寓舎の外でエイラを待っていた。その横にはエイラがしばらくその顔を見ていなかった侍者の姿があった。

「ジョノコル！」エイラはいい、自分が侍者になる前には大ゼランドニの侍者をつとめていた男にむかって走っていった。ジョノコルはそれだけではなく、ゼランドニー一族きっての芸術家と目されていた。

「いつこっちに到着したの？　もう大ゼランドニには会った？」ふたりが抱擁して頬をすりあわせたのち、エイラはたずねた。

「ゆうべ、夜になる直前に着いたよ」ジョノコルはいった。「〈十九の洞〉は出発が遅かったうえに、雨に足をひっぱられて遅くなった。それから、そう、母なる大地の女神に仕える者の最高位にある大ゼランドニには、もう会ってきたよ。いつもながらすばらしい人だ」

〈九の洞〉のほかの面々は、つい最近まで〈洞〉の重要な一員であり親しい友人でもあった男に心のこもった挨拶をした。ウルフでさえ相手を覚えているしるしにジョノコルのにおいを嗅ぎ、お返しに耳の裏を掻いてもらっていた。

「あなたはもうゼランドニになったの?」プロレヴァがたずねた。

「試験で認められれば、今年の〈夏のつどい〉でゼランドニになれるかもしれない。〈十九の洞〉のゼランドニは具合がよくなくてね。今年は〈つどい〉に来ていない。あまり遠くまで歩けないんだ」

「それは残念な話ね」エイラは答えた。「あの方に会うのを楽しみにしてたのに」

「あの人はすばらしい導師だったし、ぼくもこれまでゼランドニの仕事を代理でずいぶんこなしてきた。トーマデンや〈洞〉の人たちは残った仕事もできるだけ早い機会にぼくがするように望んでるし、あの人がそれを気にすることはないと思う」ジョノコルはそういうと、エイラとプロレヴァが連れている外出用のおくるみのなかの赤ん坊に目をむけた。「ふたりとも、赤ちゃんが生まれたんだね。どちらも女神《ドニ》のお恵みで女の子を授かったときいたよ。自分のことのようにうれしいな。赤ちゃんを見せてもらえる?」

「もちろん」プロレヴァはそういうと、娘を外出用のおくるみからもちあげて高くかかげた。「名前はセソーナよ」

「わたしの子はジョネイラ」エイラはいい、プロレヴァ同様に赤ん坊をかかげた。

「この子たちはほんの数日ちがいで生まれたの。大親友になりそうね」フォラーラがいった。「きょうはわたしがふたりの赤ちゃんの世話をするの。ウルフに手伝ってもらって」

「ほんとに?」ジョノコルはいい、エイラに視線を移した。「ぼくたちはきょうの午前中、新たに見つかった聖なる洞穴を見にいくことになってるんだね?」

「あなたもいっしょに来るの?　なんてすばらしい」エイラはいい、〈二十六の洞〉のゼランドニに目をむけた。「洞穴を見て帰ってくるまで、どのくらいの時間がかかるものか、おわかりになりますか？　できれば午後のうちには帰ってきたいと思いまして」

「午後のあいだには帰ってこられるとも」〈二十六の洞〉のゼランドニは答えた。この男は、芸術家でもある侍者が昔いた〈洞〉の面々と再会して会話をかわしている場面を観察していた。エイラがまだ幼い赤ん坊を連れて、どうやって道のりの困難な洞穴のなかに行くつもりなのかは疑問だったが、すでに赤ん坊の世話を人にまかせる手だてを講じていたことを知らされた。賢明な判断だった。若い母親がどうすればゼランドニとしての責務を不足なく果たすことができるのかと疑問に思っている者は、この男だけではなかった。エイラが〈九の洞〉の家族や友人たちの助けを借りながら、ゼランドニとしての責務を果たすことは明白だった。ゼランドニアに属する者から、つれあいをとって家族をつくろうという者がほとんど出てこないのには、それなりに理由がある。あと二年もして子どもが完全に乳離れをすれば、エイラが責務を果たすのもたやすくなるだろう……といっても、ふたたび女神に嘉《よみ》されることがなければの話だ。この若く魅力的な侍者の成長は、さぞや見まもり甲斐のあるものになりそうだ——〈二十六の洞〉のゼランドニは思った。

エイラはすぐにもどるといいおいて、会合におもむくプロレヴァに同行する〈九の洞〉のほかの面々ともどもいったんその場を去った。〈二十六の洞〉のゼランドニは、その一行のあとをふらりとついていった。エイラはまずジョネイラに乳を飲ませようとしたが、娘はまだ空腹ではないようで、口の端から母乳をたらたらと流しながら笑顔で母エイラを見あげているばかりだった。そのあとジョネイラは起きあがろうともがいていた。エイラは赤ん坊をフォラーラの手にゆだね、狼の正面に立って自分の肩の少し下を手で軽く叩いた。ウルフは跳びあがって、エイラが手で叩いたところに巨大な前足をかけた。同時にエイラは、狼の体重を支えるべく体に力を入れていた。

以前に同様の場面を目にしたことのない人々は、これにつづいてエイラが披露した儀式に衝撃を受け、わが目を疑いながら食いいるように見つめることになった。エイラがあごをぐいっと上にもちあげて、巨大な狼にみずからののどを無防備にさらした。狼はたぐいまれな優しさをこめて、エイラの首を舐めてから口をひらき、柔らかなのどをそっと啣《くわ》えたのだ——これは群れの頂点に立つものに敬意を示す、狼ならではのしぐさだった。それがすむとエイラはウルフの首すじを抱いて、目をまっすぐのぞきこんだ。エイラが手を離すと、狼は前足を地面におろした。エイラもウルフの口に近いあたりにおなじことをして、狼の毛を口いっぱいに含んだ。エイラはその前にしゃがみこんで、視線の高さをウルフにあわせた。

「わたしはしばらく出かけてくるわ」エイラは静かな声で狼に語りかけながら、おなじ意味のことを氏族の手ぶり言葉でも伝えていった。ただし、まわりで見ている者の大半には意味がわからなかった。場合によっては、ウルフが言葉よりも手ぶりのほうをよく理解しているように見えることもある。しかし、ウルフに重要なことを伝えたい場合、エイラは話し言葉と手ぶり言葉の両方をつかうよう心がけていた。「フォラーラが、ジョネイラとセソーナの面倒を見ることになったの。あなたは赤ちゃんたちとここに残って、赤ちゃんたちを見まもっていてちょうだい。でも、フォラーラからいわれたことは守らなくては駄目よ。ジョンダラーも近くにいてくれるわ」

エイラは立ちあがってジョネイラを抱きしめ、ほかの面々に別れの挨拶をした。ジョンダラーがエイラを抱きしめて手早く頰を押しつけあったのち、エイラは出発した。ウルフが指示をすべて理解しているとはエイラ自身にも断言できなかったが、先ほどのように話しかけると、ウルフはエイラに真剣に注意をむけたし、これまでも指示を守ってきたように感じられた。またエイラは〈二十六の洞〉のゼランドニがあとをついてきたことにも気づいていたし、いまのウルフとのひと幕を見ていたことも知っていた。〈二十六の洞〉のゼランドニの顔にはいまも驚きが刻まれていたが、だれが見てもそれとわかるわけではない。エイラはほんのかすかな陰影から人の本心を読みとることに慣れていた――氏族の言語にはそれが不可欠だったからであり、エイラはその技術を応用して、自分の仲間たちが無意識にのぞかせている本心を読みとるすべを学んで身につけていた。

ふたりでならんでゼランドニアの寓舎へ引き返すあいだも、〈二十六の洞〉のゼランドニはずっと無言だったが、エイラが無防備なのどを狼の牙の前に差しだしたときには心底から驚いていた。昨年〈二十六の洞〉はちがう〈夏のつどい〉に行っていたので、動物をともなって初めて〈つどい〉の場に訪れたエイラを目にしてはいなかった。最初は、狩りをする肉食の獣が落ち着いたようすで〈九の洞〉の人々とともに近づいてくることに驚かされ、次に狼の体の大きさに目を見ひらかされた。うしろ足だけで立ちあがったウルフを見たときには、これまで目にしたなかでも最大の狼にちがいないと確信した。もちろん、生きている狼をこれほど近くから見た経験はなかったが、それにしてもあの狼はエイラ本人に負けないほど大きかったではないか！

大ゼランドニの新しい侍者が動物たちを思いのままにあやつることや、狼がいつでもその侍者のあとをついてまわっているという話は耳にしていたが、人々が話を誇張しがちであることも知っていたし、耳にした話を頭から否定していたわけではないが、全面的に信じていいものかどうかという迷いもあった。もしかしたら〈つどい〉の場の近くにいる狼をだれかが目にして、その狼がエイラを見つめていたと人々が勘ちがいをしたのではないだろうか。しかしいま目にしたのは、〈二十六の洞〉のゼランドニの想像とは異なり、〈つどい〉の場の周辺をこそこそと忍び歩いては、離れたところからエイラを見ているように思えなくもない狼ではなかった。エイラと狼のあいだには直接の意思疎通があり、理解があり、信頼があった。このようなものを以前に目にした経験のない〈二十六の洞〉のゼランドニは、これでエイラへの好奇心をさらにかきたてられた。若い母親であろうとなかろうと、やはりエイラはゼランドニアに属するべき人間なのかもしれなかった。

小人数の一団が、低い石灰岩の崖にある目立った特徴のない洞穴に近づいていったときには、すでに午前もなかばをすぎていた。近づいていったのは四人。まず〈二十六の洞〉のゼランドニ。ついでその侍者――物静かな若い男でファリサンという名前だったが、本人はしばしば〈二十六の洞〉のゼランドニの一の侍者と称していた。昨年は大ゼランドニの侍者をつとめていた、才能ある芸術家のジョノコル。そしてエイラ。

そこまでの道々、エイラはジョノコルと楽しく会話をかわしていたが、同時にジョノコルがこの一年でどれほど変わったかにも気づかされていた。最初に会ったときからジョノコルには侍者というより芸術家としての色あいが濃かったし、ゼランドニアに属していたのも、そうすれば自由におのれの才能の修練に励めるからだった。去年まではゼランドニになりたいという大それた願望もなく、侍者のままでいてもなんの不満もない男だったが、それが変化していた。以前よりもさらに真剣な態度になったようにエイラには思えた。昨年の夏、ジョノコルはエイラが――というよりはウルフが――見つけた白い洞穴の壁に絵を描きたがっていたが、芸術の楽しみのためだけに描きたがっているのではなかった。ジョノコルはあの洞穴がぬきんでて神聖なる場所であり、女神が創った聖なる隠れ家であることを知っていたし、その白い方《ほう》解石《かいせき》の壁が、洞穴を霊界と親しく交わるための特別な場所につくりかえるためのたぐい稀な好機を提供していることも見ぬいていた。ジョノコルは来世がおのれに語りかけてくると信じており、来世がもたらす影像を描くにあたっては、あの場の神聖さに見あうことをしたいと念じ、そのためにゼランドニの観点から見た霊界を学びたがっていた。ジョノコルはまもなく〈十九の洞〉のゼランドニとなって、個人の名前を捨てるのだろう――エイラにはそれがわかった。

小さな洞穴の入口はひとりの人間がやっとはいれるほどの大きさしかなかったし、エイラが内側をのぞきこんでみたところ、その先でさらに狭くなっているようだった。こんな小さな穴に潜りこもうとした人がいただけでも驚きに思えた。つづいてきこえてきた音に、エイラのうなじの毛が逆立ち、両腕に鳥肌が立った。ヨーデルに似ていたが、もっと速くて音程も高かった。その泣き叫ぶような不可思議な音が、目の前にある洞穴を満たしているかに思えた。ふりかえったエイラは、ファリサンが声を出していることを見てとった。一拍置いて、くぐもった奇妙な響きの音がかすかに洞穴から反響してきた――もともとファリサンの声とは完全に一致はしておらず、むしろ洞穴の奥深くから発せられている音にきこえた。ファリサンが声を出すのをやめると、エイラは〈二十六の洞〉のゼランドニが微笑みをたたえて自分を見つめていることに気がついた。

「この者はなかなかすばらしい声を出すだろう?」男のゼランドニはそういった。

「ええ、たしかに」エイラは答えた。「しかし、どうしてその声を出したのでしょう?」

「これは、洞穴を試すためのわれらが方法のひとつだよ。洞穴で歌ったり、横笛を吹いたり、あるいはファリサンのような声を出したりして、洞穴が応じれば――はっきりとした真実の音で歌い返してくれば――すなわち、女神が耳を傾けていることをわれらに教え、女神がわれらにこの洞穴から霊界にはいれると教えていることになる。それでわれらにも、そこが聖地だとわかるわけだ」〈二十六の洞〉のゼランドニはいった。

「聖なる洞穴のすべてが歌い返してくるのですか?」エイラはたずねた。

「すべてとはいわないまでも、大多数が歌い返してくる。また、特定の場所しか歌い返してこない洞穴もある。しかし、聖地ともなれば、どこも決まって特別ななにかをそなえているものだ」

「大ゼランドニなら、こうした洞穴を試すことができるでしょうね。あの方は、それはそれは美しく純粋な声をおもちですから」エイラはいい、ふっと眉を曇らせた。「洞穴を試したくても、歌を歌えず、横笛を吹くこともできず、ファリサンのような声も出せなかったらどうすればいいのですか? わたしには、そのどれもできません」

「きみも少しは歌えるだろうに」

「いいえ、エイラは歌えません」ジョノコルがいった。「〈女神の歌〉の言葉を話し、単調に旋律を口ずさむことはできますが」

「聖地を音で試せるようになる必要があるぞ」〈二十六の洞〉のゼランドニはいった。「それもまた、ゼランドニになるための重要な部分だ。しかも、そのためにはある種の真実の音でなくてはならん。ただ大声を出すとか叫ぶとかでは駄目だ」深刻な憂慮に苛《さいな》まれているようなその口調に、エイラは力なくうなだれた。

「適切な音をわたしが出せなかったらどうなりますか? 真実の音を出せなかったら?」エイラはいい、同時に自分がいつの日にかゼランドニになりたがっていることを意識した。しかし適切な音を出せないばかりにゼランドニになれないとなったら、いったいどうなるのだろう?

ジョノコルもまたエイラに負けないほど沈痛な面もちだった。ジョノコルは、ジョンダラーが長旅から連れ帰ってきたこの異郷の女に好意をもっていたし、また自分はエイラに借りがある身だと思ってもいた。エイラはあの美しい洞穴を新たに見つけだしただけではない。ジョノコルがその洞穴を最初に見る人々の一員になるべく手をつくしてくれたのだ。さらには、大ゼランドニの侍者になることにも同意してくれた。その同意あればこそ、ジョノコルは洞穴に近い〈十九の洞〉に移ることができたのだ。

「でも、きみにだって真実の音を出せるよ、エイラ」ジョノコルはいった。「口笛を吹けるじゃないか。きみが本物の鳥みたいな口笛を吹くのをきいたことがあるよ。それに、ほかの動物の声も出せる。馬そっくりにいないたり、ライオンそっくりに吠えたりもできるしね」

「ぜひともききたいものだな」〈二十六の洞〉のゼランドニはいった。

「やってごらん、エイラ。ゼランドニにおきかせするといい」ジョノコルはいった。

エイラは目を閉じ、みずからの思考を呼びあつめて集中させた。ついで精神を、かつてひとりで谷に住みながら、幼いライオンの子と馬を同時に――どちらもわが子のように感じながら――育てていた時分にまで引きもどしていく。ベビーが朗々と響きわたるライオンならではの咆哮《ほうこう》を初めてあげられたときのことが思い出されてきた。あのときエイラは自分でもそんな声を出すために練習しようと思いたち、数日後には自分なりの咆哮でベビーに応じた。ベビーのような雷鳴の轟《とどろ》きめいた咆哮ではなかったが、それでもベビーは立派な咆哮だとみなしてくれた。ベビーにならってエイラもつねに最初は一連のはっきりとしたうなり声を積み重ねて、ついで《**んがおぉーんがおぉーんがおぉ**》とやはり一連の音を、くりかえしのたびに大きな声にしていったものだ。そしていまエイラはようやく口を大きくあけて、出せるかぎりの声量で咆哮した。咆哮が小さな洞穴を満たした。一拍の静寂ののち、咆哮が遠くからのくぐもった音になって反響してきた。その音に三人は、寒気に襲われて鳥肌が腕に立つのを感じながら、ずっと遠く――それも洞穴の奥深くか、さらにその先にある世界——から、べつのライオンが返事をしてきたように感じていた。

「なにも知らなければ、洞穴の奥にライオンがいるのだと勘ちがいしたところだね」反響の音が消えていくと、〈二十六の洞〉の若き侍者ファリサンが笑顔でいった。「それで、本当に馬のようにいななけるの?」

　こちらは簡単だった。そもそもエイラの馬ウィニーの真の名前だからだ。この名前をつけたのは、まだウィニーが子馬だったころだが、そのころはウィニーと言葉で呼ぶよりは、むしろいななきの声のように〝ひぃんにぃ〟と発音していた。いまエイラは、しばらく会っていなかったあとで、友人であるウィニーを迎えるときの挨拶の声、楽しげな歓迎のいななき声をあげてみせた。《**ひぃぃぃんんんにぃぃぃ**》

　今回、〈二十六の洞〉のゼランドニは高笑いをあげた。「そのうえきみは、鳥そっくりに口笛を吹けるという話だったね」

　エイラは笑みを——こぼれそうな会心の笑みを——のぞかせると、さまざまな鳥の鳴き声を口笛でつぎつぎに再現していった。いずれも、まだ谷にひとりで住んでいたあいだに独学で身につけたもので、しまいには鳥がエイラの手から餌を食べるまでになった。鳥の震えるような囀《さえず》りや歯切れのいい鳴き声や口笛のような声が、洞穴の壁に反響してくぐもった奇妙な声と渾然一体となっていった。

「なるほど。これが聖なる洞穴かどうか、わたしのなかに一点の疑念が残っていたとしても、これで疑いの余地は完全になくなった。それにね、エイラ、たとえ歌うことも横笛を吹くこともできないとしても、きみが音をつかって洞穴を試すことにはなんのさしさわりもなかろう。ファリサンとおなじように、きみにはきみならではの方法がある」〈二十六の洞〉のゼランドニはいい、侍者ファリサンに合図をした。フファリサンは背嚢《はいのう》をおろすと、石灰岩を彫ってつくられた把手つきの小さな碗のような品を四つとりだした。

つづいて侍者は、白い小さな腸詰めのような品をとりだした――動物の腸に獣脂を詰めたものだった。侍者はその片方の端をあけると、わずかに凝固しかけている獣脂を、それぞれの手燭に絞りだしていき、さらに乾燥した猪口茸《いぐちたけ》の細い筋をそれぞれに入れた。それがすむと侍者はすわりこみ、小さな焚火を熾《おこ》す準備にとりかかった。そのようすを見ていたエイラの口から、火熾し石をつかって自分が火を熾そうという言葉が出かかった。しかし大ゼランドニは昨年、火熾し石を披露する儀式をとりおこなうとはっきり明言していた。いまではゼランドニー族の多くの者が火熾し石をつかってはいるが、これまで見たことのない人に自分がどんなふうに実演してみせたいのか、エイラの心はまだ定まっていなかった。

ファリサンは持参してきた道具で手早く小さな火を熾すと、ここでも乾燥した茸《きのこ》の筋をつかって、焚火からそれぞれの手燭に火を移していった――あらかじめ獣脂をわずかに溶かして吸収しやすいようにしてから、茸の灯心に火をつけていく。

獣脂の手燭すべてに火がともると、〈二十六の洞〉のゼランドニがいった。「それでは、いよいよこの狭く小さな洞穴の探険に出るとしよう。しかし、そのためにはな、エイラ、自分をまたべつの動物だと思いこむ必要があるぞ。そう、蛇だと思いこめ。どうだ、這って洞穴にはいっていけそうか？」

心にはまだわずかながら疑念があったが、エイラはうなずいて請けあった。

〈二十六の洞〉のゼランドニが小さな碗を思わせる形をした手燭の把手を片手でもち、まず頭を小さな開口部に入れてから地面に両膝と片手をつく姿勢をとり、そののち完全な腹這いになった。ゼランドニは小さな獣脂の手燭を前に押しだしながら、身をくねらせて他に類のない小さな空間へと体を進めていった。

エイラはそのあとにつづいた。つづいてジョノコル。最後はファリサン。いずれも手燭をもっていた。いまエイラは、〈二十六の洞〉のゼランドニが大ゼランドニに、ここを訪れることはすすめられないと話していた理由を理解していた。これまでにもエイラはたびたび、ひとたび心を決めた大ゼランドニがさまざまなことをこなす場面を目にして驚かされてはいたが、この洞穴ばかりはどう考えても大ゼランドニには小さすぎる。

低い壁は地面に対して多かれ少なかれ垂直だったが、左右ともに湾曲して天井部分でひとつにあわさっていた。見たところは、湿った土に覆われた岩のようだ。地面は粘土質の泥で体にへばりついてきたが、より狭い部分ではこの泥がかえって体を滑らせて前進するのに役立った。とはいえ、水気が衣類に滲《し》みて肌に感じられるようになるまでには、長くはかからなかった。その冷たさにエイラは乳房が乳で膨らんでいることに気づき——手燭をもっているので簡単ではなかったが——可能なかぎり地面に肘をついて上体を浮かせ、乳房に体重をかけないよう心がけた。狭苦しい場所がとりわけ怖いことのないエイラだったが、それでも横に曲がっていく箇所の途中で体がつかえたときには、わずかなパニックが兆しはじめるのを感じた。

「落ち着いて、エイラ。きみなら通れるよ」ジョノコルの声がきこえ、さらにうしろから足を前に押されるのが感じられた。ジョノコルの助けで、エイラはその部分を通りぬけることができた。

洞穴は、そのすべてが狭いわけではなかった。ひときわ窮屈な箇所を抜けると、洞穴内が多少広くなっていた。四人が腰をおろし、手燭をかかげておたがいの顔が見られるくらいだった。一行はここでいったんとまってしばし休憩をとった。ジョノコルは誘惑に抗しきれなかった。腰帯にくくりつけてある小袋から先端が鑿《のみ》の形になっている小さなフリントをとりだすと、手早く数回ほど手を動かして、片側の壁に馬の絵を彫りこみ、さらにその馬の前にもう一頭の馬を添えた。

ジョノコルの伎倆《ぎりょう》に、エイラはいつもながら驚かされていた。まだジョノコルが〈九の洞〉にいたおりには、石灰岩の断崖の外壁や欠《か》け落ちた板状の石や生皮の一片などに炭のかけらをつかって絵を描いたり、さらには地面の土をならしたところにまで絵を描いていたジョノコルをよく見かけた。しかもしじゅう、はた目にはやすやすと絵を描いていたので、当時のジョノコルは才能を無駄づかいする道楽者のようにさえ思えた。しかし、エイラ自身が投石器やジョンダラー考案の投槍器をつかいこなせるようになるまでには練習が必要だったように、ジョノコルが練達の域に達するまでにも、やはり練習が必要だったことはエイラにもわかっていた。生きて呼吸をしている動物のことを思い、その似姿を平坦な表面に再現する能力は、エイラにとっては驚嘆すべきものであり、それゆえ女神からの驚くべき偉大な賜物だとしか思えなかった。そう感じていたのは、エイラひとりではなかった。

しばらくの休憩ののち、ふたたび〈二十六の洞〉のゼランドニが先頭になって、一同は洞穴を奥へと進みはじめた。それからも何度か窮屈な箇所を通りぬけると、板状の岩が通り道をふさいでいる場所に出た。洞穴の最奥部だった。これ以上先へは進めない。

「きみはこの洞穴の壁に絵を描きたいという衝動を感じているようだね」〈二十六の洞〉のゼランドニは、ジョノコルに笑みを見せながらいった。

ジョノコルは自分ならそう表現するかどうかわからなかったが、二頭の馬の絵を描いたのは事実だったので、とりあえず肯定のしるしにうなずいた。

「わたしはこれまで、〈日の見台〉がこの洞穴のための儀式を挙行するべきだと考えていた。いまではここが聖地だということに、これまで以上の確信をいだいているし、そのことを認めてもいいと思う。ここはおのれを試したい若者が——さらにはかなり年少の者たちまでも——来るための場所になりうるのではないかな」

「そのとおりだと思います」ジョノコルはいった。「簡単にははいれない洞穴ですが、なかは一本道だ。迷うことはめったにないでしょう」

「その儀式には、きみもくわわってくれるかな、ジョノコル?」

ゼランドニは、〈二十六の洞〉にこれだけ近い聖なる洞穴にもっと多くの絵をジョノコルに描いてほしがっているのだろう、とエイラは見当をつけた。そうすれば、この洞穴がいま以上の威信をそなえるようになるのだろうか?

「ここには行きどまりのしるしが必要でしょうね。この洞穴ではここから先に進めないと示すための——ええ、この世界では」ジョノコルはいい、にっこりと笑った。「エイラのライオンは、来世から語りかけてきたのだと思います。儀式の日どりが決まったら、ぼくにも教えてください」

ゼランドニとその若き侍者のファリサンが、喜びに顔をほころばせた。

「きみも儀式に歓迎するよ、エイラ」〈二十六の洞〉のゼランドニはいった。

「大ゼランドニがわたしのためになにを計画しているのかを、先に確かめないとなりません」エイラは答えた。

「それはそうだな」

一同はそこから引き返して帰途についた。エイラはほっとした。服が濡れそぼって泥まみれになり、体が冷えていたからだ。帰り道は来たときほど長く感じられず、また体がつかえることのなかったのがうれしかった。入口にまでたどりつくと、エイラは安堵の吐息をついた。外から光が見えてくる直前、エイラの手燭の火が消えた。ここは本当に聖なる洞穴なのかもしれない、とエイラは思ったが、格段に楽しい洞穴かといえばそうは思えなかった。なんといっても、道のりの大半を腹這いで進まなくてはならないのだから。

「〈日の見台〉を訪ねていかないか、エイラ？　それほど遠くないんだ」ファリサンがいった。

「ごめんなさい。いつかぜひ訪ねたいと思っているけれど、午後のうちにはもどるとプロレヴァにいってあるから。ジョネイラの世話をしてもらっているのよ。だから、宿営地にもどらなくては」エイラはいった。しかし、乳房が痛みを訴えていることは話さなかった。いまエイラは乳を飲ませる必要を感じ、気分がかなりわるくなっていた。

8

エイラがもどると、ウルフが〈夏のつどい〉の宿営地のへりで待っていて出迎えてくれた。なぜか、エイラがもどることを察しとっていたらしい。

「ジョネイラはどこ？　わたしを案内してちょうだい」エイラが話しかけると、ウルフは先に立ってすばやく歩きだしてから、いったん足をとめてふりかえり、エイラがちゃんとついてきていることを確かめた。

ウルフはエイラをまっすぐプロレヴァのところまで案内した。プロレヴァは〈三の洞《ほら》〉の宿営地でジョネイラに乳を飲ませていた。「エイラ！　帰ってきたのね！　あなたがもどるとわかっていたら、もう少し待ってるんだった。ジョネイラはもうお腹いっぱいになっていると思うわ」

エイラはわが子を受けとると乳を飲ませようとした。しかしジョネイラは空腹ではないらしく、そのことでエイラの乳房はさらに張ってきたかに思えた。「セソーナはもうお乳を飲んだ？　いまお乳が張ってるの。張っちゃって痛いくらいよ」

「きょうはステローナが手伝ってくれたの。あの人の赤ちゃんはもう普通の食べ物を口にしてるのに、それでもステローナはいつもお乳がいっぱい出るのね。わたしが大ゼランドニと〈縁結びの儀〉のことで話をしているあいだ、ステローナはセソーナにお乳を飲ませてもいいといってくれて。そのときには、じきにジョネイラにお乳をあげることになるから、願ってもない話に思えたわ。ほら、あなたの帰りがいつになるのかがわからなかったし」

「わたしにもわからなかったの」エイラはいった。「じゃ、ほかにだれかお乳を欲しがっている子がいないかどうか見てまわってくる。きょうはジョネイラのことを見てくれて、本当にありがとう」

ゼランドニアの大きな寓舎《すまい》を目指して歩いていると、ロラーラを腰のあたりに抱きかかえたラノーガの姿が目にとまった。三歳のガナマー——一家のうちで二番めに若い——が片手でラノーガのチュニックをつかみ、反対の手の親指をしゃぶっていた。ロラーラが乳を欲しがってくれることをエイラは願った——いつでも乳を飲みたがる子なのだ。そこでエイラが話をもちかけると、ラノーガが心からほっとした顔で、実はいま乳を飲ませてくれる人をさがしていたところだ、と答えた。

一同は、大きな寓舎の入口前の、いまは火がついていない炉を囲むように配置してある座布団の置かれた丸太に腰をおろした。エイラは自分の赤ん坊を預け、年長の赤ん坊をありがたい気持ちで受けとった。ウルフがジョネイラのそばにすわると、ガナマーが隣にすわりこんだ。ララマーの炉辺の子どもたちは、ウルフが近くにいても全員のびのびとふるまっていた。ただしララマー本人はちがった。あの男は巨大な狼が近づいていくと緊張を隠せず、あとずさりで離れていった。

赤ん坊に乳をやる前に、エイラはまず胸もとをきれいに拭《ぬぐ》わなくてはならなかった。水気を含んだ泥が服に滲《し》みて肌にまで達していたからだ。エイラがロラーラに乳をやっているさなか、ジョンダラーが午後の投槍器《とうそうき》の練習をおえ、ラニダーをともなって引き返してきた。ラニダーは恥ずかしげにエイラに笑みをむけ、ラノーガにはもっと晴れやかな笑みをむけていた。エイラはラニダーにすばやい値踏みの視線を走らせた。

ラニダーもいまでは十二歳、まもなく十三歳になる。この一年でずいぶん成長していた。それぱかりか、前よりもずっと自信をつけてもいることにエイラは気づいた。背も高くなり、いまは独特な投槍器入れを身につけてもいた——装具の一種で、変形した右腕にあうように調節されていることが見てとれた。投槍器本体のほかに、投槍器でつかうための特製の槍をおさめた槍筒もおさまっていた。手で投げることを想定した通常の槍よりも短くて軽く、鋭いフリントの穂先をそなえた長い矢といった感じだった。充分に成長した左腕は一人前の男の腕とくらべても遜色《そんしょく》がないほどで、ラニダーが投槍器の練習を積み重ねていたことがエイラにも察せられた。

ラニダーはまた、赤い房飾りのある腰帯——春に目覚めた男のしるしの腰帯——を締めていた。手編みの細い帯で色やつかわれている繊維はさまざまだった。亜麻《あま》の象牙色やバシクルモンの薄い鳶《とび》色、刺草《いらくさ》の暗灰色など、植物の色をそのまま残した繊維もあった。また動物の毛をもちいた天然繊維も利用された。おおむね冬の寒さで息絶えた動物の密生している長い毛がつかわれた。ムフロンの白い毛、アイベックスの灰色の毛、マンモスの赤褐色の毛、馬の尾の黒い毛などだ。そういった繊維の大半は、色を変えたり本来の色を強調したりするために染色加工がほどこされていた。この腰帯は、締めている若い男が肉体的に成熟し、ドニの女と一人前の男になる儀式に参加する準備がととのっていることを知らせるためのものだったが、本人がそなえている絆を示す意匠にもなっていた。エイラには、ラニダーがゼランドニー族〈十

〈九の洞〉の所属であることを示す象徴を読み解くことはできたが、それぞれが独自の模様で示されているラニダーの主要な名前と絆の部分はまだ読み解けなかった。

最初に男のしるしの腰帯を見かけたとき、エイラは美しい品だと思った。しかし、ジョンダラーとつれあいになれるとばかり思っていたマローナという女がエイラを辱めようとして嘘をつき、少年の冬用の下着ともどもこの帯をエイラに締めさせたあのときには、その本当の意味など知るよしもなかった。そんなわけで腰帯を目にすると苦い思い出がよみがえってきたが、美しい品だという思いに変わりはなかった。あのときマローナにもらった柔らかな鹿皮の服はいまでもとってあった。エイラはゼランドニー族として生まれたのではない。あの服にはそれなりの意図があることはわかっていたが、そもそもそれが不適切な服だという、文化によって刷りこまれて根を深くまで張る感覚は最初からなかった。肌ざわりのいい柔らかなスエードは天鵞絨《びろうど》のようになめらかな感触で、エイラはレギンスやチュニックが自分の女らしい体形にもっとあうように直したあとで、これならたまに身につけてもいいと思ったのだ。

暖かな日に狩りへ行くために、エイラが若い男の冬用の下着を普段着がわりに身につけていったとき、最初〈九の洞〉の人々は好奇の視線をむけてきたが、やがて彼らも慣れてきた。しばらくすると、年下の女のなかにおなじような服装をする者があらわれはじめたことにエイラは気づかされた。しかしエイラがこの服を身につけると、マローナはとまどい、怒りに駆られていた——自分がエイラに仕掛けた悪戯《いたずら》が、〈九の洞〉の人々から眉をひそめられたという事実をいやでも思い起こさせられたからだ。それどころか、〈九の洞〉の人々は、まもなく自分たちの一員になることが定まっている異郷の人にこれほど悪意ある接し方をしたことで、マローナが〈洞〉全体を辱めたと感じていた。十代の少年用の下着を着て人前に出たとき、エイラはマローナを怒らせようなどとは考えてもいなかった。しかし、マローナの反応には気がついていた。

エイラとラノーガがふたたび赤ん坊をとりかえていると、笑い声をあげている若い男が数人近づいてきた。いずれも男のしるしの腰帯を締め、なかには投槍器をたずさえている者もいた。ジョンダラーは行く先々で人々を引き寄せていたが、なかでも若い男たちはジョンダラーを尊敬し、そのまわりにあつまりたがった。若い男たちがラニダーに親しみのこもった挨拶の声をかけていたことに、エイラは安心していた。ラニダーは投槍器という新しい武器の腕をかなり磨きあげたので、腕が変形していても、若い男たちから避けられなくなったのだ。さらに、その若い男たちのなかにボローガンがいるのを見てうれしい気持ちにもなった――まだ一人前の男のしるしの腰帯も自前の投槍器ももっていなかったが。ジョンダラーが練習を望む者に投槍器をつくってやっていることはエイラも知っていた。

エイラはまた、ジョンダラーがひらいている投槍器の練習会には男女がともに参加していることを知っていた。どちらの集団も相手を意識しあっていたが、若い男たちはこれからおなじ発達段階を迎える同年代の仲間と親しくすることを望み、おなじ儀式を心待ちにしていた。一方の若い女たちは、〝腰帯を締めた少年〟を避ける傾向にあった。

いま若い男たちの大多数は、ちらちらとラノーガに目をむけていたが、みんな見ていないふりをしていた。しかしボローガンだけは例外だった。ボローガンは妹のラノーガを見つめ、ラノーガは兄を見ていた。ふたりは笑みやうなずきをかわすことも、挨拶の言葉をかけあうこともなかったが、おたがいの存在をちゃんと意識していた。

エイラの服は泥まみれだったが、それでも少年たちはみんなエイラに笑みをむけていた。大多数の少年たちははにかみの笑顔だったが、ジョンダラーが故郷に連れ帰ってつれあいにした年上の美しい女への賞賛の視線をあからさまにむけてくる者もふたりほどいた。ドニの女たちは例外なく年上で、一人前の男になりたいと願う生意気な少年の扱い方や、少年たちの意気を過度にくじくことなく節度を守らせるすべを心得ている。以前にエイラが会ったことのない数人の少年が顔にのぞかせていたぶしつけな笑みは、しかしウルフがエイラの合図に応じて体を起こすなり、一瞬の不安の表情にとってかわられた。

「今夜の予定について、もうプロレヴァと話をしたかい?」エイラが〈九の洞〉の宿営地にむかって歩きはじめると、ジョンダラーがたずねた。ついでジョンダラーは赤ん坊に笑顔を見せて体をくすぐった。ジョネイラはうれしそうにくすくすと笑った。

「いいえ。大ゼランドニから見ておくようにいわれた新しい聖なる洞穴から、ついさっきもどってきたばかりだし、そのあとすぐジョネイラをさがしにきたから。着替えをすませたら、プロレヴァに話をききにいくわ」エイラはそういいながら、ジョンダラーと頬を触れあわせた。ふたりの若い男――先ほどウルフを前にして不安をのぞかせたふたり――は、エイラの言葉をきいて驚いた顔になった。遠い異郷の地に生まれたことをうかがわせる口調だったからだ。

「きみの服はたしかに泥まみれだな」ジョンダラーはいい、エイラの服に触れた手を自分のズボンで拭った。

「洞穴の地面が、たっぷり湿った粘土だったせいよ。それに奥までの道のほとんどは這って進まなくてはならなかったし。泥は冷たくて重いの。だから着替えをしたくて」

「宿営地までつきあうよ」ジョンダラーはいった。きょうは朝以来、エイラとはまったく会えなかった。ジョネイラが泥まみれになることのないよう、ジョンダラーは赤ん坊をエイラの腕から抱きあげた。

そのあとふたたびプロレヴァと会ったエイラは、〈九の洞〉が〈三の洞〉ともども――後者の宿営地で――それ以外の〈夏のつどい〉にやってきている〈洞〉の洞長《ほらおさ》たちとそれぞれの副官たちを招いた会合を主宰するという話をきかされた。彼らの家族たち全員を迎えての夕食も予定されていた。プロレヴァはすでに食事の支度のための段どりをととのえていた。そのなかには、母親たちも手伝えるように子どもたちの面倒を見る人手の手配も含まれていた。

エイラはウルフに、ついてくるよう合図した。ひとりふたり、巨大な肉食獣に不安げなまなざしをむけている女がいることには気づいたが、ウルフを覚えていて歓迎してくれた女がいたことはうれしかった。子どもたちを見ているのに、ウルフがどれほど助けになるかを知っている女たちだった。ラノーガはその場にとどまって、ほかの子どもたちの世話を手伝うことになった。エイラは引き返して、プロレヴァにどんな仕事を求められているのかを確かめようとした。

夜のあいだには仕事の手をとめてジョネイラに乳をやったりもしたが、大人数の宴のために食べ物を用意して調理するためには、やるべき仕事が山のようにあり、全員が食事をおえるまではエイラがわが子を抱くひまもないほどだった。そのあとエイラはゼランドニアの寓舎に呼びだされた。エイラはジョネイラを連れていくことにして、ウルフにあとをついてくるよう合図した。

夜も更けてあたりがもうすっかり暗くなったなか、エイラはひらべったい石が敷きつめられた道をゼランドニアの大きな夏の寓舎にむけて歩を進めていった。いちおう松明《たいまつ》を手にしてはいたが、あちこちの炉の火明かりが行く手をかなり明るく照らしてくれていた。エイラは松明を戸外に置いた――まだ熱い松明を置くために石が積みあげられており、そこに立てかけたのだ。寓舎内では、大きな炎の輪のへりに小さな火がひとつともり、さらにゆらゆらと小さな炎の揺らめく手燭がそこかしこに置かれ、あたりに柔らかな光を投げていたが、薄暗いことに変わりはなかった。炉で揺れている炎から先は、なにがあるのかもろくに見えなかった。寓舎のずっと奥のほうからだれかのいびきがきこえた気もしたが、エイラに見えたのはジョノコルと大ゼランドニの姿だけだった。ふたりは光がつくる輪のすぐ内側にすわり、湯気のたつお茶を飲んでいた。

大ゼランドニは、ジョノコルとの会話を中断することなくエイラにうなずきかけ、手ぶりで腰をおろすよう指示した。心安らげる静かなところでくつろげる機会にようやく恵まれたことを喜びながら、エイラは炉のまわりに配されているふかふかの座布団の一枚にすわり、話に耳をかたむけながらジョネイラに乳を飲ませはじめた。ウルフがその隣にすわった。この狼は、おおむねいつもゼランドニアの寓舎に歓迎されていた。またきょうは昼のうちエイラが出かけていた時間が長かったせいだろう、ウルフもエイラとジョネイラのそばを離れようとしなかった。

「洞穴にはどのような印象を受けたの?」巨体をもつ大ゼランドニはジョノコルに語りかけた。

「とても小さな洞穴でした——体を押しこめるようにしなくては通れない箇所もありましたが、かなりの長さがありました。興味をかきたててやまない洞穴です」ジョノコルは答えた。

「聖地だということを信じる?」大ゼランドニはたずねた。

「はい、そう信じています」

大ゼランドニはうなずいた。〈二十六の洞〉のゼランドニを疑っていたわけではないが、さらに補強してくれる意見があれば心づよい。

「そしてエイラはみずからの〈声〉を見つけました」ジョノコルはエイラに笑みを見せながらいい添えた。話に耳をかたむけながらジョネイラに乳を飲ませていたエイラは、いつしか意識しないあいだにゆったりと体を揺らしていた。

「本当に?」大ゼランドニがたずねた。

「はい」ジョノコルは笑みとともに答えた。「〈二十六の洞〉のゼランドニがエイラに洞穴を試すことを求めたのですが、ゼランドニは驚いていました――エイラには歌も歌えず横笛も吹けず、洞穴を試すための
ことがなにもできないと知らされたからです。ゼランドニの侍者をつとめるファリサンが、音程が高くて力強く朗々とした声、ほかに類のない大声で歌いました。そこで、ふとエイラが鳥の声を上手に真似たり、馬そっくりのいななき声を出したり、さらにはライオンそっくりに吠えたことを思い出して、エイラに実演してもらったのです。そのすべてを。〈二十六の洞〉のゼランドニも驚いていました――なかでもライオンの咆哮《ほうこう》には。エイラが試す声が洞穴内に満ちました。咆哮が返ってきたときには――音は減じていましたが――ただききとれるという以上に明瞭で、そればかりかどこかはるか遠くの地からきこえてきているかのようでした。ここことは異なる世界から」

「あなたはどう思うの、エイラ?」大ゼランドニはたずねながら碗にお茶を注いでジョノコルに手わたし、エイラにまわすよう指示した。赤ん坊がすでに乳を飲むのをやめて、エイラに抱かれたまま口の端から乳をひと筋垂らしながら寝入ってしまっていることに、大ゼランドニは気づいていた。

「はいるのがむずかしく長い洞穴ではありますが、複雑にこみいってはいません。たしかに――とりわけきわめて狭くなっている部分は――人に恐怖を感じさせもするでしょうが、内部で迷うことはありません」エイラは答えた。

「ふたりの新しい洞穴の話をきいていると、おのれ自身を試したいと思っている若い侍者、ゼランドニの命が本当に自分のなかにあるかどうかを確かめたい侍者たちにとって、格別ふさわしい場所のように思え

てきたわ。ただ狭く暗いだけで真の危険がない場所にもかかわらず、その洞穴を恐れたりするならば、その者が真に危険にもなりうるほかの試練に対処できるかどうかが怪しく思えてくるもの」

ほかの試練とはどういうものなのだろうか——エイラは思った。すでにこれまでの人生でも、充分に危険な情況を経験してきた。このうえまた危険に立ちむかいたい気分かどうかもさだかではなかったが、いずれなにを求められるにせよ、そのときを待っているべきだろうと思えた。

太陽はまだ東の空に低かったが、まばゆいまでの赤い光の帯——へりの部分では色が薄れて紫色に溶けこんでいる——が新しい一日の訪れを告げていた。西の地平線の上に浮かぶ細く形のさだまらない層雲を曙光《しょこう》が薄紅色に染めて、光り輝く夜明けの光景をうしろから照らしていた。まだ早朝ではあったが、すでにほぼ全員が〈つどい〉の中央の宿営地にあつまっていた。この数日は雨が降ったりやんだりしていたが、きょうはもっと好天に恵まれそうな空模様だった。雨が降ったときの野外での宿営地暮らしはなんとか耐え忍べはしても、とうてい楽しいとはいえないものだった。

「〈初床の儀〉と〈縁結びの儀〉がおわりしだい、大ゼランドニは旅に出たいといってるわ」エイラはジョンダラーを見あげていった。「大ゼランドニはわたしの〈ドニエの旅〉を、まずこの近くの聖地のいくつかを訪問することからはじめたがってる。だから、大ゼランドニ用の腰かけを引き棒につくらないといけないわ」

ふたりは馬たちと会ってきて、いまは朝の食事のために〈つどい〉の中央の宿営地へ引き返しているところだった。最初に出発したときにはウルフも同行していたのだが、途中でなにかに気を引かれて灌木の茂みに飛びこんでしまった。

ジョンダラーのひたいに皺が刻まれた。「そういった旅も興味深いとは思うな。でも、ふたつの儀式がおわったら、大がかりな狩りに出ようという声も出ている。夏の群れを追っておけば、冬に備えて肉を干す作業にも手がつけられる。ジョハランの口からは、動物たちを囲い地に追いこむのに馬たちがどれほど役に立つかという話も出た。どうもおれたちの手伝いをあてにしているようだ。どちらを実行にうつすかを、どうやって決めたらいいんだろう？」

「大ゼランドニがそれほど遠くまでの旅を望まなければ、両方ともできると思うけど」エイラはいった。本心をいえば大ゼランドニとともに聖地を訪ねたかったが、狩りを愛していることも事実だった。

「たぶんね」ジョンダラーはいった。「あるいはジョハランと大ゼランドニの両方に話をして、ふたりで決めてもらう手もあるかもしれない。ただどちらになるにしても、早手まわしに大ゼランドニ用の引き棒の腰かけをつくっておくことはできるな。みんなでボローガンとラノーガや彼らの家族のために夏の寓舎をつくったとき、あの近くに利用できそうな木があったように思うんだ」

「つくるならいつがいいと思う？」

「きょうの午後はどうかな。ちょっとききまわって、何人か手伝いをあつめられないかどうか確かめてみる」

「こんにちは、エイラとジョンダラー」馴染みのある若い声がきこえた。ラノーガの妹で九歳になるトレラだった。

ふたりがふりかえると、六人の子どもたちの全員が夏の寓舎から外に出てくるところだった。最後に出てきたボローガンが出入口の帷幕《とばり》を紐で縛って固定し、一同に追いついてきた。トレメダもララマーも付き添ってはいなかった。そのふたりの大人がときどき寓舎にいることはエイラも知っていたが、子どもたちょりも早く出発したか、あるいは――こちらのほうがありそうな話だが――前夜は帰ってこなかったのだろう。子どもたちは、なにか食べるものが見つかるかもしれないと考えて、〈つどい〉の中央の宿営地へ行こうとしているにちがいない、とエイラは思った。食べ物をつくりすぎてしまう人は決して珍しくないし、いつでも決まってだれかがこの子たちに喜んで残り物を差しだしていた。大好物にばかりありつけるとはかぎらないが、彼らが空腹に苦しむことはめったになかった。

「こんにちは、みんな」エイラはいった。

全員がエイラに笑顔を返したが、ボローガンひとりはもっと真剣な顔を見せようとしていた。最初にこの一家と知りあいになったころ、エイラは長子のボローガンができるかぎり住まいから離れて、ほかの男の子たち――とりわけ、もっと騒々しい男の子たち――と好んでいっしょにいたことを知っていた。しかし最近のボローガンは――エイラの印象では――以前よりも年下のきょうだいたちに責任を負うようになってきたようだったし、なかでもいま七歳の弟ラヴォーガンの面倒をよく見ているようだった。さらに最近ではラニダーといっしょにいるところを何回か見かけていたし、これはいい徴候だと思っていた。ボローガンは、おずおずとしたようすでジョンダラーに近づいていった。

「こんにちは、ジョンダラー」ボローガンは自分の足を見おろしながらいい、ついで顔をあげてジョンダラーを見あげた。

「こんにちは、ボローガン」ジョンダラーは、なぜこの少年が近づいてきたのだろうかと思いながら答えた。

「頼みごとをしてもいい?」ボローガンはいった。

「もちろん」

ボローガンはチュニックの隠《ポケット》し状のくぼみ部分に手を差しいれて、色どりゆたかな男のしるしの腰帯をとりだした。「きのう大ゼランドニに話しかけられて、これをもらったんだ。そのとき締め方を教えてもらったんだけど、どうしても上手に締められないんだよ」

そうか、この子はもう十三歳だ――エイラは笑みを押し隠しながら思った。ボローガンがはっきりと手伝いを頼んだわけではないが、ジョンダラーは自分がなにを求められているかを察していた。通常であれば、年ごろの少年に一人前の男のしるしの腰帯をわたすのは少年が属する炉辺の主《あるじ》で、腰帯をつくるのは母親の役目だ。いまボローガンは、本来ならそこにいて少年に手引きをするべき男の代役をしてほしいとジョンダラーに頼んでいるのだった。

ジョンダラーはボローガンに腰帯の締め方を教えた。それがすむとボローガンは弟のラヴォーガンに声をかけ、兄弟で連れだって中央の宿営地にむかっていった。ほかのきょうだいたちが、そのあとをのんびりと歩いていった。エイラは彼らを見おくった――ボローガンと七歳のラヴォーガンはならんで歩き、十一歳のラノーガは一歳半になるロラーラを腰のあたりに抱き、九歳のトレララは三歳のガナマーの手を握っていた。生きていればいま五歳になるはずだった子どもがひとり、まだ乳飲み子のときに死んだという話を以前きかされた覚えもあった。エイラとジョンダラーだけではなく、〈九の洞〉の何人もの人々が助けの手を差し伸べてはいたが、子どもたちは自力で育っていた。母親も炉辺の主も、子どもたちにはろくに関心をむけず、ろくに養おうともしなかった。きょうだいたちを束ねているのはラノーガだと思われていたが、いまこうしてトレララが姉のラノーガを助け、ボローガンが以前よりもきょうだいの世話に身を入れているようすを目にしてエイラはほっとしていた。

ジョネイラが目を覚まして、外出用のおくるみのなかで体を動かしはじめたのが感じとれた。エイラは背中側にかけていたおくるみを体の前にまわし、ジョネイラを出してやった。ジョネイラは裸で、吸水性のあるおむつを当ててもいなかった。エイラが赤ん坊をかかえたまま腕を前に伸ばすと、赤ん坊はそこから地面にむけておしっこをしはじめた。ジョンダラーは微笑んだ。ほかにそんなことをする母親はいなかった。ジョンダラーがたずねると、エイラは氏族の母親たちはよくこうやって赤ん坊に小用をさせるのだと説明した。エイラ自身、いつもこうするわけではないが、たしかに汚れた体を拭いたり、水気をよく吸う素材をあつめたりする手間が省ける。しかもジョネイラはこのやりかたにすっかり慣れていたので、おくるみから出してもらうまで小用を我慢するようになっていた。

「ラニダーはいまでもラノーガに興味をもっていると思うかい？」ジョンダラーはたずねた。どうやら、いまもまだトレメダの子どもたちのことを考えていたようだ。

「今年ラノーガに初めて会ったとき、ラニダーがにこやかな笑顔を見せていたのはたしかね」エイラは答えた。「そういえばラニダーの投槍器の調子はどう？　見たところ、左腕で練習を積み重ねていたみたいだけど」

「やつは上手だよ！」ジョンダラーはいった。「それどころか、やつを見ていると驚かされっぱなしだ！　右腕も多少はつかうし、投槍器に槍を置くときには右手をつかってる。左腕で槍を投げるんだが、狙いは正確で力も申しぶんない。たいした狩人になってきたし、自分の〈洞〉の面々から一目置かれて地位も高まってる。いまでは〈夏のつどい〉に来ている者全員から、これまでとちがう目で見られてるよ。ラニダーが生まれたあとであいつの母親のもとを去った炉辺の主も、あいつに興味を示している。これまではラニダーの母親も祖母も、自分たちの漿果《しょうか》摘みや食べ物あつめにいつもラニダーを連れだそうとしていたんだが——ほかの方法ではラニダーが自分を養えないいんじゃないかと怖かったんだな——いまはもう、そんなことをいわなくなってる。ラニダーが着けている装具をつくったのは、そのふたりだよ。ただ、どんなものが欲しいかは本人がいったんだ。ふたりは、ラニダーに投槍器のつかい方を教えたきみのおかげだ、といってる」

「あなたも教えていたわ」エイラはいい、しばらく黙っていたあとに言葉をつづけた。「ラニダーはすぐれた狩人になったかもしれない。それでもたいていの母親は、自分の娘のつれあいとなると、ラニダーを敬遠したくなりそう。そういった母親たちは、ラニダーの腕を変形させた邪悪な霊がいまもうろついていて、娘の子どもにもおなじことが起こるのではないかと恐れるでしょうね。去年ラニダーが、いずれ大きくなったらラノーガとつれあいになりたいといって、弟や妹の世話をするラノーガを手伝っていたとき、プロレヴァは申しぶんのない組みあわせだと話してた。ララマーとトレメダはいちばん地位が低いし、母親ならだれしも自分の息子がラノーガとつれあいになることを望まないはずよ。でもラニダーがラノーガとつれあいになるとなっても、反対の声があがることはまずないんじゃないかしら——ラニダーが腕のいい狩人になったのならなおさらよ」

「そうだね。ただおれは、トレメダとララマーがなんやかや理由を見つけては、ラニダーをうまく利用するんじゃないかと心配なんだ」ジョンダラーはいった。「それに、ラノーガはまだ〈初床の儀〉に臨む準備ができていないようだったぞ」

「でも、それももうすぐよ。もう、しるしを見せはじめているもの。この夏がおわる前、今年の夏最後の〈初床の儀〉には間にあうかも。そういえば、今年は〈初床の儀〉を手伝うように頼まれたの？」エイラは、強いて無関心をよそおった顔でたずねた。

「頼まれたよ。ただ、それだけの責任を引きうける準備がまだととのっていない身だ、と答えておいた」

ジョンダラーはエイラににやりと笑いかけた。「でもどうして？　おれが手伝うべきだとでも？」

「あなたが望むのなら。あなたが引きうけたら、大喜びする若い女が何人かいるわ。それこそラノーガでさえ」エイラはそういうと、ジョンダラーに顔を見られないようにジョネイラのほうに顔をむけた。

「まさかラノーガが！」ジョンダラーはいった。「それじゃまるで、自分の炉辺の子どもに〈初床の儀〉を授けるようなものじゃないか！」

エイラは顔をめぐらせ、ジョンダラーに笑みをむけた。「本物のラノーガの炉辺の主よりも、あなたのほうがその役目に近いみたい。ララマーよりもあなたのほうが、あの家にたくさんのものをもたらしているんですもの」

ふたりは中央の宿営地に近づいていた。人々がふたりに挨拶の声をかけはじめていた。

「腰かけのある引き棒をつくるには、時間がかかると思う？」エイラはたずねた。

「手伝いが何人か見つかって、きょうの午前中から仕事にかかれば、午後には完成させられるだろうね。でもどうして？」

「だったら、大ゼランドニに、きょうの午後時間があったら引き棒の腰かけを試してみる気があるかどうかをきいてみましょうか？　ほら、ほかの人たちの前でつかう前に、自分ですわり心地を試してみたいっていってたし」

「ぜひ大ゼランドニにきいておいてくれ。おれはジョハランとほかの何人かに手伝いを頼んでみる。完成させられるはずさ」ジョンダラーはにやりと笑った。「馬のうしろで引き棒の腰かけにすわっている大ゼランドニを見た人たちの反応をながめるのが、いまから楽しみだよ」

ジョンダラーは、がっしりとしたまっすぐな若木を切り倒そうとしていた。通常の引き棒のために選ぶ木よりもかなり太かった。ジョンダラーがつかっている石斧は、厚い側は先細りにされて先端をやや尖らせてあり、刃の側は断面が次第に薄くなるよう打ち欠《か》かれ、下側の縁《へり》は細く丸みを帯びていた。木の柄の上側には完全に貫通する穴があいており、石斧の先細りに尖っている部分を押しこめられるようになっていた。このように石の斧頭をはめこむことで、木に打ちつけるたびに斧頭がますますしっかりと木の柄にはまりこむ仕掛けだった。斧頭と木の柄は濡らした生皮の紐でしっかりとくくりあわされていた――生皮は乾くにつれて収縮するのである。

石斧は、それだけで木の幹を完全に切断するほどの強度をそなえてはいなかった――そんなことをすれば、フリントが砕けて壊れてしまう。この石斧で木を倒そうとする場合、まず石斧で斜めに刻み目を入れて削りとるようにしていき、木が自然に倒れるのを待つのだ。切り株は、しばしばビーヴァーが嚙んだあとのように見えた。この場合でも石斧の刃からは微細な破片が剝《は》がれ落ち、そのためにたえず研ぎなおすことが必要だった。

研ぎなおすにあたっては、石槌《いしづち》で叩いたり、先端を尖らせた骨の穴あけ器に石槌を打ちつけたりして石の細片を削《そ》ぐことで刃をふたたび薄く加工していくが、どちらも道具の微妙なあつかいが必要だった。ジョンダラーは腕のたつフリント細工師だったために、木を切り倒す作業に呼ばれることも珍しくなかった。石斧を適切につかう方法も、石斧を効率よく研ぎなおす方法も心得ていたからだ。

ジョンダラーがおなじような大きさの木をもう一本切り倒したとき、男たちの集団がやってきた。ソラバンとラシェマーを連れたジョハラン。〈三の洞〉の洞長であるマンヴェラーと、そのつれあいの息子であるモリザン。〈二の洞〉の洞長のキメランと、同年代の甥であるジョンデカム。交易頭《こうえきがしら》のウィロマーと弟子のティヴォーナン、その友人のパリダー。さらに、今年の〈夏のつどい〉の開催地を領地の一部としている〈二十六の洞〉の洞長、ステヴァダル。ひとつの引き棒をつくるために十一人がやってきた。ジョンダラーもいれれば十二人。エイラが自分を数にいれれば総勢十三人。最初の引き棒をエイラはひとりでつくりあげた。

この人たちは好奇心に駆られているのだ、とエイラは思った。彼らの足をここに運ばせたのは好奇心にほかならない。新たにやってきた者の大多数は、エイラが引き棒と呼んで、馬に荷物を運ばせるためにつかっているこの便利な道具のことを知っている。そもそもこの道具は、一本の木の枝葉をすべて切り落として先細りにした二本の丸太からはじまった。木の種類によっては、さらに樹皮もすっかり剝がされた——そのほうがよく滑る場合にはなおさらだった。二本の丸太は先細りになっている側で結びつけられ、頑丈な縄か皮紐の装具で馬の隆起した左右の肩胛骨《けんこうこつ》のあいだにとりつけられた。二本の丸太は前の部分でも多少の隙間をつくっていたが、後方にいくにしたがって左右に広がっていき、重みのある基部だけが地面に触れるようになっていた。このため摩擦は比較的少なくなり、かなり重い荷物でも簡単に引きずることができた。二本の丸太のあいだの隙間には、木の板や皮や縄類など、荷物を載せることのできるものなら素材を問わない横材が張りわたされた。

ジョンダラーは手伝いにあつまった面々に、今回は特別な方法で横材を張りわたした引き棒をつくりたいと思っていると説明した。ほどなくして、さらに多くの木が切り倒され、いくつかの提案が出されて試されたのち、一同は適切に思える品の製作にとりかかった。エイラはこの場には自分は必要ないと判断し、彼らが仕事を進めているあいだに、自分は大ゼランドニを迎えにいこうと思いたった。

ジョネイラを連れて、〈夏のつどい〉の中央の宿営地にむかって歩きながら、エイラはジョンダラーの故郷を目指すふたりだけのあの長旅のあいだ、引き棒にくわえた改良点のあれこれを思いかえしていた。旅の途中で大河に行きあたって横断せざるをえなくなったときには、ふたりはマムトイ族が川をわたるのにつかっていたものと似た椀舟をつくった。材木を曲げて椀状にした骨組に、たっぷりと獣脂を塗ったぶあついオーロックスの毛皮を外側から貼りつけた船だった。つくるのは簡単だったが、川に浮かべると操縦にはいささか苦労させられた。ジョンダラーはシャラムドイ族のつくる船の話をきかせてくれた。丸太の内側を刳《く》りぬき、蒸気をあてて幅を広げ、船首と船尾を尖らせてあるという。つくるのは前者にくらべてずっとむずかしいが、行きたい方向に船をむかわせるのはずっと簡単だ——ジョンダラーはそう話していた。

最初に川をわたったとき、ふたりは椀舟に荷物を積んで自分たちも乗りこみ、小さな櫂《かい》で水をかいて川をわたり、馬たちにはうしろを泳がせた。対岸に上陸したふたりは荷物を馬用の荷籠や鞍袋に詰めなおしたのち、ウィニーに椀舟を牽《ひ》かせるために引き棒を考案した。そのあとでふたりは、椀舟を引き棒の二本の丸太のあいだに固定して、馬には荷物を牽かせたまま泳いで川をわたらせ、エイラとジョンダラーはそれぞれの馬にまたがるか、その横を泳げばいいことに気がついた。椀舟は軽量で水に浮くので、荷物が濡れる心配もない。

次に行きあたった川の対岸にあがったあとで、ふたりは荷物をそのまま椀舟に入れておくことにした。椀舟を載せた引き棒を馬に牽かせたまま川をわたるのは簡単だったし、大きくひらけた草原を旅するあいだはなんの問題にも行きあたらなかったが、森林を抜けるときや、急角度で曲がって方向転換をしなくてはならない起伏の激しい地域などでは、長い引き棒と椀の形の舟が邪魔になることもあった。引き棒と椀舟を捨てていこうと考えたことも何度かあったが、結局捨てたのは目的地にもっと近くなってからで、それにはもっと充分な理由があった。

エイラは前もって大ゼランドニに自分たちの計画について話していた。そのため迎えにいったときには、大ゼランドニは支度をととのえていた。ふたりで〈九の洞〉の宿営地に引き返したときには、男たちは馬たちのために囲いを設置してある場所の近くに移動しており、ふたりの姿を目にしなかった。大ゼランドニは眠っているジョネイラをかかえて、ジョンダラーの家族のための寓舎に身を滑りこませ、エイラは腰かけつきの引き棒がどんな具合になっているのかを確かめにいった。

ジョンダラーのいったとおりだった。手伝いの数が多かったこともあって、完成までに時間がかかることはなかった。二本の頑丈な丸太のあいだに、座面が深く背もたれのついたベンチ状の腰かけがあり、腰かけにすわるための踏み段もあった。ジョンダラーはすでにウィニーを囲い地から外に連れだしており、いまは装具を構成している何本もの皮紐を雌馬の胴体や肩の高い部分にまわして、新しい引き棒をとりつけている最中だった。

「これでなにをするつもりなんだい?」モリザンがたずねた。モリザンはまだ若いがゆえに、こうした直《ちょく》截《せつ》な質問を口にした。

大人の場合、ここまでずけずけとした物言いは不作法だとみなされたが、この疑問はまた全員が胸にいだいているものでもあった。こうした直截さは成人したゼランドニー族の者としては不適切かもしれないが、決してまちがいとされているのではなく、世間知らずで洗練されていないだけとみなされた。経験を積んだ人々はもっとさりげなく、言外に意味を含ませるわざを心得ている。しかしエイラは、なんでも率直に口にすることに慣れていた。マムトイ族にとっては、率直であけすけな言葉が当たり前であり、完全に適切なものとされていた。マムトイ族にも彼らなりの婉曲なものの言い方こそあったが、これは文化のちがいだった。また氏族は手ぶり言語ばかりか身体言語を読みとることもできた。結果として彼らには嘘がつけなかったが、それでも微妙な陰影を理解することはできたし、きわめて目だたない態度をとることもできた。

「これのつかい道についてはかんがえがないでもないの。でも、うまくいくかどうかがわからなくて。だから、まずは試してみたいの。うまくいかないとわかっても、頑丈でよくできた引き棒だから、またほかのつかい道を思いつくでしょうね」エイラはいった。

モリザンの質問には答えていなかったが、男たちはこのエイラの言葉で満足した。彼らは、成功しないかもしれない実験のことをエイラが話したくないのだろうと推測したのだ。みずからの失敗を宣伝しようという者はいない。ただしエイラは、これが成功すると確信していた。大ゼランドニがこれをつかう気になってくれるかどうかがわからないだけだ。

ジョンダラーはゆっくりした足どりで、〈九の洞〉の宿営地へ引き返しはじめた。自分が動けば、ほかの面々もついてくるとわかっていたからだ。エイラは馬のための囲い地にはいっていき、この場を離れていく男たちに会釈で挨拶しながら、まわりに多くの人が来たために昂奮した馬たちをなだめはじめた。グレイを撫でてやりながら、なんときれいな若馬だろうかとの思いを噛みしめる。ついでレーサーに話しかけて、この馬が気にいっている痒《かゆ》い箇所を掻いてやった。馬は非常に社交的な動物で、自分の仲間や、自分が愛情をむけている相手のそばにいることを好む。レーサーは、もし野生の群れに属していれば、そろそろ母親のもとを離れて独身の馬の群れに参加する年ごろだった。しかし、馬の仲間といえばグレイとウィニーしかいない身だったこともあって、レーサーはグレイとことのほか親しくなり、この妹分の馬の保護者めいた存在になっていた。

エイラは囲い地から出ると、引き棒をつけられたまま辛抱強く待っていたウィニーのもとに近づいていった。エイラが首を抱きしめると、ウィニーは頭をエイラの肩に載せてきた。ふたりだけの親密さを示すおなじみの体勢だった。ジョンダラーはウィニーに端綱《はづな》をつけていた。ジョンダラーにとっては、端綱をつかうほうがウィニーを扱いやすいからだ。大ゼランドニがこの新しい移動手段を試すあいだは、端綱をつかったほうがいいだろうとエイラは思った。端綱につながっている引き縄を手にとると、エイラは自分たちが寝泊まりしている寓舎にむかっていった。寓舎にエイラがたどりついたときには、手伝いの男たちはすでに〈つどい〉の中央の宿営地に歩いてもどっていくところで、ジョンダラーは寓舎のなかですっかり満ちたりた顔のジョネイラを抱きながら、大ゼランドニと話をしていた。

「そろそろ試してみるかい?」ジョンダラーがいった。

「もうみんないなくなった?」大柄な大ゼランドニがいった。

「ええ。男たちはみんな引きあげましたし、この宿営地にはだれもいません」エイラは答えた。

「だったら、いま試すのがいちばんね」大ゼランドニはいった。

三人は寓舎の外に出ると、それぞれ周囲を見まわしてだれもいないことを確かめてから、ウィニーに近づいていった。それから三人は馬のうしろ側にまわりこんだ。

エイラはいきなり、「ちょっと待って」といって、夏の寓舎に引き返していった。ついで座布団を手にして出てくると、腰かけに置いた。腰かけは細い枝を強度のある紐でしっかりと結びあわせてつくられていた。座面と垂直になっている薄い背もたれもおなじ素材でつくられ、座布団を固定する役に立ってくれた。ジョンダラーはエイラにジョネイラをわたすと、体の向きを変えて大ゼランドニに手を貸しはじめた。

しかし、大ゼランドニが地面に近いところの横材を加工してつくった踏み段に足をかけると、弾力のある長い丸太がわずかにたわんで重さの均衡が変わったことを受けて、ウィニーが一歩前に動いた。大ゼランドニはすばやくあとずさった。

「馬が動いたわ!」

「わたしが動かないように押さえてます」エイラはいった。

エイラは雌馬の前にまわりこむと、片手で引き縄をもち、反対の手で赤ん坊を抱いたままウィニーを落ち着かせようとした。ウィニーがおなかに鼻を寄せてにおいを嗅ぐと、ジョネイラはくすくす笑い、エイラは顔をほころばせた。ウィニーとジョネイラは親しい間柄で、どちらも相手の前ではのびのびとふるまっていた。ジョネイラが馬に乗ることも珍しくなかった——エイラの腕に抱かれていることもあれば、エイラが背中にまわしたおくるみに包まれていることもあった。ジョンダラーといっしょにレーサーに乗ったこともあったし、グレイの背中にそっと乗せられ、ジョンダラーにしっかりと体を支えてもらったこともあった——赤ん坊とグレイが親しくなれるようにしたことだった。

「もう一度やってみてください」エイラは呼びかけた。

ジョンダラーは支えのための手を差し伸べながら、大ゼランドニに励ましの笑みをむけた。大ゼランドニは励まされることにも、指図されることにも慣れていなかった。いつもは自分が義務としてそういうことをする側だ。大ゼランドニはきつい目でジョンダラーをにらみつけ、この男が保護者ぶっているのかどうかを見さだめようとした。実際のところをいうなら、大ゼランドニの心臓は激しく搏《う》ってはいたが、本人はそれを恐怖のせいだと認めたくなかった。なぜ自分はこんなことに同意してしまったのか——いま大ゼランドニはそう思っていた。

大ゼランドニが、細い枝を編みあわせてつくられた踏み段に足をかけると、今回も伐採されたばかりの丸太がたわんだが、エイラはウィニーが動かないようにしていたし、ジョンダラーの肩が体を支える助けになってくれた。大ゼランドニは、やはり細い枝を生皮の紐でくくりあわせてつくられた腰かけに手をかけ、体の向きを変えてから座布団の上に腰をおろし、ようやく安堵のため息を洩らした。

「用意はいいですか？」エイラはうしろに声をかけた。

「用意はいいかい？」ジョンダラーは小さな声で大ゼランドニにたずねた。

「これ以上はないくらい用意はできてるわ」

「はじめろ」ジョンダラーは、わずかに声を高めていった。

「ゆっくりね、ウィニー」エイラはいい、引き縄をもったまま前に歩きはじめた。

馬は引き棒と母なる大地の女神に仕える者の最高位にある大ゼランドニを牽いて歩きはじめた。体が動きだすのを感じると、大ゼランドニは思わず座面の前のへりをぎゅっとつかんだ。しかし、ひとたびウィニーが歩きだすと、それほどわるいものではないとわかった。それでも腰かけの座面をつかんだままだった。どんな調子か確かめようとうしろをふりかえったエイラは、ウルフがすわりこんで彼らを見つめていることに気がついた。おまえはどこにいたの？　きょうは朝からずっと出かけていたでしょう？　エイラは思った。

引き棒はなめらかには動かなかった。馬が進む道には起伏している箇所があり、またあるところでは支流からあふれた水が地面を抉《えぐ》った溝に片方の棒がはまりこんで、大ゼランドニの体が左に揺れたが、エイラがすぐにウィニーの向きをわずかに変えさせることで、すぐに安定した。一同は馬の囲い地を目指した。

自分の足を動かさないでもこうやって移動できるのは奇妙な気分だ――大ゼランドニは思った。もちろん親に抱かれている子どもたちなら足をつかわずに移動できることに慣れているが、大ゼランドニが他人に抱かれる子どもではなくなってから長い年月がたっていたし、そもそも馬が引きずる棒で動くこの腰かけは親に抱かれるのとは異なる。たとえば、いま大ゼランドニはうしろをむいていた――これから自分がむかう方向を目にしているのではなく、自分がさっきまでいた場所を目にしている。

馬の囲い地に着く前に、エイラは馬を大きくまわして方向転換させ、〈九の洞〉の宿営地へ引き返しはじめた。ついで中央の宿営地に通じている道、いつもつかっている道とはちがう方向に伸びている別の道が目にとまった。前にも目にしたことがあり、エイラはかねがね道がどこに通じているのだろうかと思っていたが、これまで確かめる機会はなかった。いまがうってつけの機会ではないか。エイラはその道にむかって進みはじめてから、うしろをふりかえり、ジョンダラーの目をとらえた。ついで、かすかな動きで行先のわからない道を示す。エイラがさらに歩を進めるあいだ、ジョンダラーは大ゼランドニが気づいて反対してこないことを祈りながら、それとわからぬほど小さくうなずいた。ウルフは、いちばんうしろを歩くジョンダラーの隣を小走りに進んでいたが、エイラが方向を変えるとすかさず前方に躍りでていった。

エイラはすでに引き縄をウィニーの首にかけて垂らしていた――端綱にとりつけてある引き縄をつかうよりも、エイラが合図を送ったほうがウィニーはやすやすと意に従ってくれる。ついでエイラはジョネイラをおくるみに包んで背負うことにした。こうすれば、腕につねに重みがかかることがなくなり、赤ん坊は自由にまわりを見られる。道は、〈九の洞〉の人々が西ノ川の名前で呼んでいる川に行きあたり、さらにそこから短いあいだだけつづいていた。そろそろ引き返すべきかとエイラが思ったそのとき、数人の見覚えのある人が目にはいってきた。エイラは馬をとめると、うしろにいるジョンダラーと大ゼランドニのもとへ行った。

「どうやら〈日の見台〉に着いたようです、大ゼランドニ」エイラはいった。「このまま進んで訪問しますか？　訪問なさるとして、引き棒に乗ったままがいいですか？」

「ここまで来たのだから、もう訪問したも同然ね。この先しばらくは来られないかもしれないし。そろそろここから降ろさせてもらうわ。動く腰かけにすわっているのもわるくはないけれど、たまにちょっと揺れるわね」大ゼランドニはそういうと立ちあがり、体の均衡をたもって支えてもらうためジョンダラーにほんの少しだけ助けてもらって地面に降り立った。

「あなたはエイラに聖地をいくつか見せたがっているけれど、そういった地を訪れるときにこれがあったら便利だと思うかい？」ジョンダラーはたずねた。

「ええ、そうね、少なくとも〈旅〉では重宝することもありそう」

エイラは微笑んだ。

「ジョンダラー、エイラ、大ゼランドニ！」覚えのある声がきこえてきた。エイラはジョンダラーが笑みをのぞかせているのを目にとめながら、うしろをふりかえった。ウィロマーが、〈二十六の洞〉の洞長であるステヴァダルをともなって三人に近づいてきた。

「ここに来ることを思いたってくれるとは光栄です」ステヴァダルはいった。「大ゼランドニが〈日の見台〉にいらっしゃれるかどうか、わからなかったものですから」

「〈夏のつどい〉のあいだ、ゼランドニアの者たちはずっと忙しいけれど、その〈つどい〉を主宰してくれている〈洞〉には、少なくとも一度は足を運んでご挨拶をしておこうと心がけているのよ。あなたたちのご尽力に感謝しているわ」

「これは名誉なことですから」〈二十六の洞〉の洞長はいった。

「喜びでもあります」ちょうどいまやってきて、ステヴァダルの隣で足をとめた女がいった。

これが初対面だったし、以前の〈夏のつどい〉の会場でも見かけた覚えはなかったが、この女はステヴァダルのつれあいにちがいない、とエイラは思い、それでこれまで以上に注意して女の姿を見つめた。ステヴァダルよりも若かったが、気がついたことはそれだけではなかった。チュニックは痩せた体から垂れ下がり、なによりも疲れて体が弱っているように見えた。この人は病み上がりなのだろうか、それともだれかを亡くして深い悲しみに沈んでいたのだろうか？

「来てくれてありがとうございます」ステヴァダルはいった。「ダネラは大ゼランドニに会いたがっていましたし、ジョンダラーのつれあいとも会いたいといってました。ダネラはまだ、〈夏のつどい〉の会場に行ってないんです」

「つれあいが病気だとは話してなかったじゃないの、ステヴァダル。話してくれていれば、もっと早くに来たものを」大ゼランドニはいった。

「われらが〈洞〉のゼランドニが診てくれています」ステヴァダルはいった。「あなたのお手間をとらせたくありませんでした。〈夏のつどい〉でどれだけお忙しいかは存じあげていますし」

「あなたのつれあいにも会えないほどの忙しさではないわ」

「ほかの者が全員お会いしたあとで、もしお時間があれば……」ダネラは大ゼランドニにそういうと、背の高い金髪の男に顔をむけた。「あなたのつれあいと引きあわせて。噂だけはさんざんきかされているんですもの」

「もちろん会わせるとも」ジョンダラーはそういってエイラを手招きした。エイラは両手を前に差しだし、手のひらを上にむけてダネラに近づいていった——なにも隠しもっていないことを示して、率直な挨拶をするときの伝統的な姿勢だ。ついで、ジョンダラーが紹介の口上を述べはじめた。

「ゼランドニー族〈二十六の洞〉の者にして洞長のつれあいであるダネラ、これからあなたにゼランドニー族〈九の洞〉のエイラを紹介します……」ジョンダラーはエイラの紹介の定番の言葉をつづけ、最後にこういった。「洞穴熊《ケーブ・ベア》の霊に守られし者でもあります」

「おいおい、〝三頭の馬、および本人がウルフと呼んでいる四本足の狩人の友人〟という部分を忘れてるぞ」ウィロマーがくすくす笑いながらいった。

ウィロマーは、先ほど新しい引き棒をつくるのに手を貸すためにあつまった男たちのひとりでもあった。そのときウィロマーは、せっかく近くにいるのだから、〈夏のつどい〉の主宰をつとめるゼランドニー族〈二十六の洞〉の〈日の見台〉をぜひとも訪ねるべきだとジョンダラーたちに提案し、寄ってくれればお茶をごちそうすると誘われたとも話していた。

〈洞〉に住む者の大半は〈夏のつどい〉に行っていたが、洞長のつれあいであるダネラをはじめ数人はここに残っていた。そのダネラは病み上がりか、いまもまだ病を患っているにちがいない——エイラはそう結論づけてから、どれくらい前から病気にかかっているのか、その病気はなんなのかと思いをめぐらせた。ちらりと見ると、大ゼランドニがエイラを見つめていた。ふたりの目があった。言葉をかわさなくても、大ゼランドニがおなじ考えであることはわかった。

「あなたと比べたら、わたしの名前と絆はなんのおもしろみもないものだけれど……母なる大地の女神ドニの名において、あなたをここに歓迎いたします、ゼランドニー族〈九の洞〉のエイラ」ダネラはいった。

「わたしはあなたにご挨拶いたします、ゼランドニー族〈二十六の洞〉のダネラ」エイラがそういうと同時に、ふたりの女はたがいの手を握った。

「あなたの言葉の響きは、あなたの数々の名前と絆にも負けないほど興味深いものね」ダネラはいった。

「耳にすると、それだけではるか遠い地のことが偲《しの》ばれてくる。きっとあなたには、胸躍るような話がいくつもあるのでしょうね。ぜひ、披露してほしいものだわ」

エイラの顔が思わずほころんだ。自分の話し言葉が、ほかのゼランドニー族と異なっていることは、充分知っていた。大半の人々はエイラの話し言葉が異なることに気づいても、それを隠そうとする。しかしダネラは魅力的なほど率直な態度をとり、エイラはすぐこの女に好感をいだいた。ダネラには、マムトイ族を思わせるところがあった。

エイラは、ダネラが体調を崩しているように見える裏にはどんな病気や悩みがあるのだろうか、とあらためて疑問に思った——誠実で人を惹きつけてやまない人柄とあまりにもそぐわないからだ。ちらりと見やると、大ゼランドニもおなじことを知りたがっているばかりか、この〈洞〉を去るときまでに究明しようと思っていることが察せられた。ジョネイラがもぞもぞと身じろぎしていた。まわりのようすを確かめて、母エイラがだれと話しているのかを見たくなったのだろう。エイラは外出用のおくるみを体の前にまわし、ジョネイラが腰を足がかりにできるようにしてやった。

「その赤ちゃんは、あなたが〝女神《ドニ》に嘉《よみ》されたしるし〟のジョネイラね」ダネラはいった。

「そうです」

「なんて愛らしい名前。ジョンダラーとあなたの名前をあわせたの？」

エイラはうなずいた。

「名前とおなじくらい愛らしい赤ちゃんだわ」ダネラはいった。

あからさまなものではなかったが、身体言語の微妙な陰影を読み解くすべを身につけているエイラは、ダネラが一瞬だけ顔を曇らせ、ひたいにかすかな皺を寄せたことから、この女の悲しみの理由を明かす手がかりを読みとった。つぎの瞬間、ダネラの体調不良と悲しみの両方の理由がわかった。最近ダネラは流産をしたか、あるいはお産をしたものの死産だったのだろう。おそらく身ごもっているあいだはつらい思いをしただろうし、お産もかなり苦しいものだったのだろうが、そのすべてが徒労になった。いまは負担のかかった体が恢復《かいふく》しつつあるところで、生まれなかった子どものことを思って嘆き悲しんでいるところだ。目をむけると、大ゼランドニがこっそりとダネラを観察していた。おなじような推測をめぐらしているのだろう、とエイラは思った。

ウルフが足に体を押しつけてくる感触に、エイラは目を下へむけた。ウルフはエイラを見あげて、小さく鼻声をあげた――なにか欲しいものがあるときのしぐさだ。ウルフはいったんダネラを見てからエイラに目をもどし、ふたたび鼻声をあげた。この洞長のつれあいに、なにかを感じとったのだろうか?

狼はつねに他者の弱味を鋭敏に察しとる。狩りをする群れで暮らしていれば、一般的には弱いものを狙って攻撃した。しかし、ウルフがまだほんの子狼で、マムトイ族こそが自分の属する群れだという刷りこみを受けていたころ、ネジーが養子として受け入れた幼子――氏族が半分混じった体の弱い子ども――とのあいだに、ひときわ親密な絆をつくりあげていた。群れに属する狼は子狼に情愛をそそぐ。しかしウルフにとっては、人間たちが自分の群れだった。ウルフが人間の子どもや赤ん坊に、さらには狼の感覚で弱さを察しとった相手に惹かれることは、エイラも知っていた――といっても、ウルフの場合には狩りの対象にするためではない。野生の狼と群れの子狼との関係とおなじで、そういった相手と絆をつくるためだ。

エイラは、ダネラがわずかに不安そうな顔を見せていることに目をとめて、こうたずねた。「ウルフがあなたに挨拶をしたがっているみたい。生きている狼に触ったことはある?」

「まさか。あるわけがないでしょう? こんなに狼の近くに来たのも初めて。でも、どうしてこの狼がわたしに挨拶をしたがってると思うの?」

「この子はたまに、ある種の人々に心を惹かれるのよ。それに赤ちゃんが大好き——ジョネイラはこの子にのしかかっていくし、毛を引っぱったり、目や耳をつっついたりもする。でも、ウルフはまったく気にかけてないみたい。最初に〈九の洞〉にやってきてジョンダラーのお母さんの前に出たときにも、こんなふるまいを見せたわ。あのときはマルソナに挨拶をしたかっただけね」いいながらエイラは突然、こう思った——あのときウルフは、ゼランドニー族のなかでも最大の規模をもつ〈洞〉の洞長をつとめた女性が、心臓に病をかかえていることを察したのではないか。「この子に挨拶をしてもらえる?」

「どうすればいいの?」ダネラはいった。

〈日の見台〉を訪れている客人たちが、まわりで輪をつくってこのようすをながめていた。ウルフとその挨拶のやり方を知っている人々は笑顔をのぞかせていたが、それ以外の人々は興味をそそられた顔を見せていた。しかし、ダネラのつれあいであるステヴァダルは心配そうだった。

「どうにも不安なんだが……」ステヴァダルはいった。

「この子はダネラを傷つけたりしないよ」ジョンダラーがいった。

エイラはジョネイラをジョンダラーにわたすと、ウルフをダネラのもとに導いていった。ついでエイラはダネラの手をとり、順を追ってウルフ流の紹介の儀式を進めた。

ウルフはにおいで人を覚えて、ほかの人と区別するの。わたしがこんなふうにだれかを紹介すれば、ウルフはその人たちと友だちになるわ」

ウルフは鼻をくんくんと鳴らしてダネラの指のにおいを嗅ぎ、ついでその指を舐めた。

ダネラが顔を輝かせた。「狼の舌はなめらかで柔らかいのね」

「場所によっては、毛もなめらかで柔らかいわ」エイラはいった。

「体がとってもあったかい！」ダネラがいった。「あったかい体の毛皮に触ったのは生まれて初めて。それにここ……なにかが〝どきどき〟いっているのが感じられるわ」

「ええ。それが生きている動物の手ざわり」エイラはゼランドニー族〈二十六の洞〉の洞長であるステヴァダルにむきなおった。「あなたもウルフに紹介しましょうか？」

「ぜひ紹介してもらうべきよ」ダネラがいった。

エイラはステヴァダルにも、同様の紹介の儀式をとりおこなった。しかしウルフはダネラのもとにもどりたくて仕方のないようすで、そのあと一同で〈日の見台〉にむかうあいだもダネラに寄りそうように歩いていた。

一同は適当な場所を見つけてすわった——丸太や座布団を敷かれた石などだが、地面にじかにすわる者もいた。訪問者たちは腰帯につけた小袋からそれぞれの茶椀をとりだした。〈つどい〉の宿営地に行っていない者が客人にお茶をふるまった——そのなかには、洞長ステヴァダルのつれあいであるダネラを手伝うために残ったそれぞれの母親もいた。ダネラが腰をおろすとウルフはすかさず隣にすわったが、許可をもらおうとしているような目でエイラを見つめた。エイラがうなずくと、ウルフは前にそろえて出した前足に頭をあずけた。ダネラは自分でも意識しないまま、おりおりにウルフを撫でていた。

大ゼランドニはエイラの隣にすわった。エイラはまずお茶を飲んでから、ジョネイラに乳をやった。数人の人々が大ゼランドニとその侍者エイラに話をするためにやってきたが、ようやくまわりに人がいなくなると、ふたりはダネラのことを相談しはじめた。

「ウルフは、ダネラに多少なりとも心の慰めを提供しているようね」

「あの人には心の慰めが必要だと思います」エイラは答えた。「まだ体力が衰えたままですから。わたしが見たところ、あの人は産み月が近くなってから流産をしたか、それとも死産だったようです。しかも、その前にはかなり苦しい思いをしてもいるみたいです」

大ゼランドニは興味をもった目をエイラにむけた。「どうしてそう思うの?」

「あれだけ痩せ衰えているところから、しばらく病を患っていたか、そうでなければなんらかの悩みごとをしばらく前からかかえていたにちがいないと思いました。それにあの人がジョネイラを見たときの顔には、たしかに悲しみがのぞいていました。そこからわたしは、あの人が長くつらい孕《はら》みの期間を過ごしたのち、赤ちゃんを亡くしたのだろうと考えたのです」

「とても鋭い見立てね。あなたの見立てどおりだと思うわ。わたしも、それときわめてよく似たことを考えていたの。ダネラのお母さんにたずねてみる手もあるかもしれない。とりあえず、順調に恢復していることを確かめるためにも、ダネラを診てみたいし」大ゼランドニはいった。「あの人の役に立つ薬もいくつかあるわ」そういってエイラにむきなおる。「あなたならなにをすすめる?」

「アルファルファは疲労に効果がありますし、小用を足すときに刺すような痛みがある場合にも効き目がありますす」エイラはいい、ちょっと口をつぐんで考えをめぐらせた。「名前は知りませんが、赤い漿果をつける植物で女にとても役立つものがあります。地面に沿って生えている小さな蔓《つる》植物で、葉は一年じゅう緑です。月のものの出血時の痛みにもつかえますし、出血が多いときにも効能を発揮します。またこの植物はお産をうながし、お産を軽くしてもくれます」

「それならわたしも知っているわ。ぎっしりと密生して生えるものだから、ときには地面の敷物のようにも思える。漿果は鳥の好物ね。だから〝鳥の漿果《バードベリー》〟と呼ぶ人もいるくらい」大ゼランドニはいった。「アルファルファのお茶は力をとりもどす助けになる。それに、甘松《かんしょう》の根と樹皮の調合薬も……」いいかけたところで、エイラの困惑顔に気づいて口をつぐむ。「葉が大きくて、紫の漿果をつける丈の高い灌木よ。花は小さくて、緑がかった白……そのうち現物を見せるわ。この植物は、女の体のなかで赤子をくるんでいる袋が本来の位置よりもずり落ちてきた場合に効き目がある。だからこそ、ダネラを診たいのよ。そうすれば、なにを与えるべきかがわかる。〈二十六の洞〉のゼランドニはどんな病のことも知っている優秀な薬師《くすし》だけれど、女ならではの病についてはあまり知識が豊富ではないのかもしれない。ここから帰る前に、ぜひここのゼランドニと話をしないと」

　礼を失しない程度の時間ののち、引き棒をつくるのを手伝ったあとで〈二十六の洞〉の人々の住まいを訪れていた客人たちはそれぞれのお茶を飲みおえ、帰るために立ちあがった。大ゼランドニはジョハランを呼びとめた。ジョンダラーもいっしょだった。

「これからゼランドニアの宿営地へ行って、〈二十六の洞〉のゼランドニをさがしてもらえない?」大ゼランドニは静かな声でいった。「ステヴァダルのつれあいの体調がよくないので、わたしたちが力になれるかどうかを知りたいの。ここの〈洞〉のゼランドニは優秀な薬師だから、打てるかぎりの手を打っているのかもしれないけれど、とりあえず話をしてみなくてはね。どうやら女ならではの病のようで、わたしたちは女だし……」大ゼランドニは残りをあえていわずにすませた。「〈二十六の洞〉のゼランドニに会ったら、ここに来るように伝えて。わたしたちは、しばらく残るわ」

「おれもここでいっしょに待っていたほうがいいかな?」ジョンダラーはふたりの女にたずねた。

「おまえは投槍器の練習場に行くことになってなかったか?」ジョハランがいった。

「その予定だったが、あえて行く必要もないし」

「行ってらっしゃいよ、ジョンダラー。わたしたちはあとで合流するわ」エイラはそういうと、ジョンダラーの頬に頬をすり寄せた。

そのあとエイラと大ゼランドニは、ダネラとその母親やステヴァダルの母親やそのほか数人があつまっているところに近づいていった。大ゼランドニとその侍者エイラがここに残ったのを見て、ステヴァダルも残ることにしていた。最高位の大ゼランドニは人の体調不良の原因を見ぬく鋭い目をそなえている。それゆえほどなくして、ダネラが身ごもっていたことや、先ほどふたりで推測したとおり死産におわったことなどを見ぬいていたが、同時に年かさの母親ふたりがなにかを——とりわけダネラとステヴァダルの前では——隠していることにも気がついていた。この件には、まだ彼らが語りたがらない部分があるのだ。大ゼランドニが話をすっかりきくには、〈二十六の洞〉のゼランドニを待たなくてはならないかもしれない。それまでのあいだ、女たちはおしゃべりに花を咲かせた。ジョネイラは女たちにかわるがわる抱っこされた。ダネラは最初のうちジョネイラを抱っこするのに気がすすまない顔を見せていたが、ひとたび抱くと長いことジョネイラを胸もとに抱きしめていた。ウルフはこのふたりのそばにいられて、うれしそうな顔を見せていた。

エイラはウィニーから引き棒をはずして、好きに草を食《は》ませてやった。〈洞〉にもどると、人々がためらいがちに馬のことやエイラがウィニーを手に入れたいきさつについて、質問しはじめた。大ゼランドニは話をきかせるようエイラをうながした。物語の語り部としても一流の域に達していたエイラは、たちまち聴衆の心をとらえた。とりわけみんなが夢中になったのは、エイラが効果音として馬のいななきとライオンの咆哮の物真似を添えたときだった。エイラがちょうど話をしめくくったところに、〈二十六の洞〉のゼランドニが姿をあらわした。

「覚えがあるライオンの咆哮がきこえたような気がしたな」ゼランドニはにこやかに顔をほころばせて客人に挨拶した。

「いまエイラから、ウィニーという馬を自分のもとに迎えいれたときの話をきいていたんです」ダネラはいった。「思ったとおり、エイラは人を夢中にさせる話の泉のような人ですね。そのうちひとつをきかされたら、もっともっとききたくなりました」

大ゼランドニはそろそろこの〈洞〉を引きあげたくなっていたが、その気持ちを顔に出すまいとしていた。母なる大地の女神に仕える者の最高位にある大ゼランドニが、〈夏のつどい〉を主宰する〈洞〉の洞長とそのつれあいのもとを訪ねるのはなんら不都合のない行為だが、そもそも大ゼランドニには多くの仕事がある。翌々日は〈初床の儀〉だし、そのあとは今夏の〈縁結びの儀〉だ。夏がおわる前には、それぞれの冬越えのために自分たちの〈洞〉にもどる前に、ようやく決心のついた面々のために、再度つれあいをとる儀式がひらかれるとはいえ、最初の儀式は例外なく規模が最大で、参加者も多い。まだ練られていない計画も多々あった。

すでに淹れてあったお茶はみんながすっかり飲んでしまっていたため、人々は新しくお茶を淹れるためにあわただしく立ち働いた。そのあいだに大ゼランドニと侍者エイラは、〈二十六の洞〉のゼランドニをわきに呼び寄せて、三人だけで話をする機会を得た。

「ダネラの赤ちゃんが死産だったことまでは、わたしたちにもわかったわ」大ゼランドニはいった。「でも、それ以上のことがあったにちがいない。できればダネラを診て、なにかしてあげられることはないかを確かめたいの」

〈二十六の洞〉のゼランドニは長々とため息をついて、顔を曇らせた。

9

「ええ、おっしゃるとおりです。死産だっただけではありません」〈二十六の洞《ほら》〉のゼランドニはいった。「双子だった……というか、双子になるはずだった。しかし、ただの双子ではなかった……体がつながっていたのです」

エイラは、氏族のある女の身にもおなじことがあったのを思い出した。痛ましいことに、双子の赤ん坊の体がつながっていたのだ。エイラの胸にダネラへの深い同情がこみあげた。

「片方はふつうの赤ん坊の大きさだったが、もうひとりはずっと小さくて、体も完全にはできていなかった。そのふたりめの赤ん坊の体のあちこちが、最初の赤ん坊の体につながっていました」〈二十六の洞〉のゼランドニは話をつづけた。「どちらも息をしていなくてほっとしました。でなければ、わたしが息を奪わなくてはならないところでした。そんなことになればダネラの悲しみはいかばかりになったでしょう。そのついでにいえば、ダネラはたいそう多くの血を流しました。あれで生きのびたのが驚きです。わ

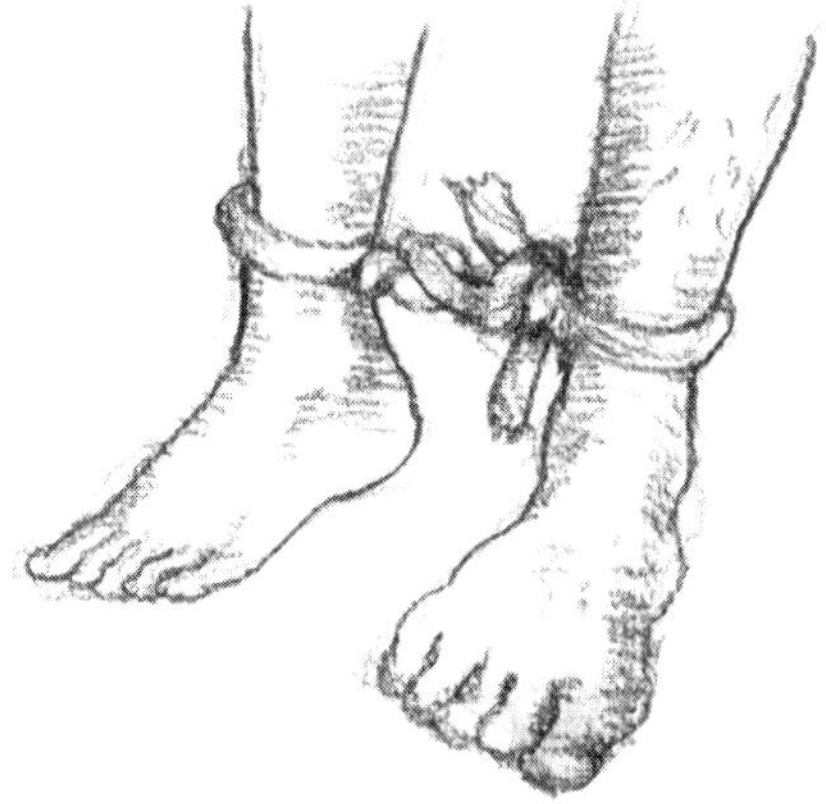

れわれ……ダネラの母親とステヴァダルの母親、それにわたしは、このことをダネラにもステヴァダルにも話さないと決めました。死産だっただけでも、この先またダネラが身ごもれば動揺は避けられないのに、そんな話を知ればなおさら動揺しかねません。お望みなら、ダネラを診てください。ただ、死産はかなり前……この前の冬のことです。ダネラは順調に恢復《かいふく》しています。あとは体力をとりもどして、悲しみを乗り越えればいい。あなたが訪問してくれたことも、ダネラの役に立ったかもしれません。ダネラはエイラの赤ん坊を抱いていましたし、あれはいいことだったと思います。エイラ、きみはダネラの友だちになったようだ。きみの狼もいっしょにね。いまごろダネラは、これまでより〈夏のつどい〉に行こうという気になってきたのではないかな」

「ジョンダラー！」大ゼランドニともどもこ〈九の洞〉の宿営地に引き返したエイラはいった。「ここでなにをしてるの？　てっきり〈夏のつどい〉の宿営地に行ったのかと思ってた」

「これから行くところだよ」ジョンダラーはいった。「ただこっちにいるうちに、レーサーとグレイのようすを見ておこうと思ってね。ほら、このところレーサーと過ごす時間があまりとれなかったから。あいつら、おれが顔を見せたらうれしそうだったよ。で、きみはなぜここに？」

「ジョネイラに乳を飲ませがてら、ウィニーがグレイに乳を飲ませればいいと思って。最初はウィニーをここに残していくつもりだったけど、大ゼランドニが引き棒で宿営地に乗りこむにはいい機会だとふたりで考えなおしたの」

ジョンダラーはにやりと笑った。「だったら、おれはここで待つとしよう。いや、いっそおれがレーサーに乗って同行するというのは？」

「それだと、グレイもいっしょに連れていかなくてはならなくなるわ」エイラはわずかに眉を寄せながらいい、ふっと顔をほころばせた。「あなたがグレイのためにつくってくれた小さめの端綱《はづな》をつかえばいい——あれならグレイも慣れているし。近くに知らない人がいるのに慣れておけば、グレイのためになるはずよ」

「さぞや大騒ぎになるでしょうね」大ゼランドニがいった。「でも、そのほうがいいと思う。わたしひとりが人々からじろじろ見られるよりは、もっと人数の多い見世物の一部でいたい気分だもの」

「だったらウルフも連れていきましょう。動物の姿はもうほとんどの人が見てるけれど、いっしょにいるところを見た人はいないわ。ウルフがグレイのそばに行くのをウィニーが許してると話しても、まったく信じようとしない人もいるし。ウルフがグレイにとって危険ではないとわかれば、人間にも危険ではないとわかってもらえる助けになるわ」エイラはいった。

「だれかがきみに害をなそうとしないかぎりはね」ジョンダラーはいった。「あるいはジョネイラに」

〈七の洞〉の洞長《ほらおさ》の寓舎《すまい》に、ジャラダルとロベナンが走りこんできた。

「ウィーマー！　ソナ！　見においでよ！」ジャラダルがよくまわらない口で、ウィロマーとマルソナに大声で呼びかけた。

「そう、見においで！」ロベナンがくりかえした。ふたりの少年は、先ほどまで外で遊んでいた。

「あの人たちが馬を三頭とも連れてきたんだ。ウルフもいっしょ！　それにね、大ゼランドニが乗ってるんだ！　早く見においでよ！」ジャラダルが声を張りあげた。

「落ち着きなさい」マルソナは少年たちにいいながら、ジャラダルの言葉に内心で首をかしげていた。大ゼランドニが馬の背にまたがっているというのは、ありえないことに思われてならなかった。「見においでよ！　さあ、見においでったら！」ふたりの少年たちは口々にそう叫んでいた。ジャラダルは、祖母を座布団から立たせようとして手を引いている。ついでジャラダルはウィロマーにむきなおった。「見においでよ、ウィーマー」

マルソナとウィロマーは〈七の洞〉のセルゲノールとジェイヴェナを訪ねて、近々予定されている儀式についての相談をしていたところだった。儀式には、すべての〈洞〉の洞長と元洞長の全員が多かれ少なかれ関係する。ふたりは、ジャラダルが母親プロレヴァの足手まといにならないように連れてきていた。いつもどおりプロレヴァは、行事のための食事の支度に大忙しだったからだ。またソラバンの身重のつれあいであるラマーラが息子のロベナン――ジャラダルとは同年代で友だち――を連れてきたので、男の子たちはいっしょに遊ぶことができた。

「いま行くとも」ウィロマーは、マルソナが立ちあがるのに手を貸しながらいった。

セルゲノールが寓舎の出入口にかかっている帷幕《とばり》を横に押しのけ、全員が押しあいへしあいしながら外に出ていった。一同を出迎えたのは、これ以上はないほどの驚きの光景だった。ジョンダラーはレーサーの背に乗ってグレイを導き、ゼランドニアの寓舎にむかっていた。エイラはウィニーにまたがって外出用おくるみに包んだジョネイラを体の前に置き、ゼランドニアの寓舎にむかっていた。それぱかりかウィニーが牽《ひ》いている引き棒の上には、大ゼランドニその人がうしろをむいてすわっていた。ウルフはそんな一行の横を歩いている。大半の人々にとっては、人と馬のすぐそばを狼がのんきに歩いている光景は無論のこと、人が馬の背にまたがっているだけでも意外な光景だった。しかし、母なる大地の女神に仕える者の最高位にある大ゼランドニが、馬が牽く腰かけにすわっている光景となると、驚愕そのものといっても過言ではなかった。

行列は〈七の洞〉の宿営地のすぐそばを通っていった。マルソナとウィロマーをはじめとする〈九の洞〉の面々はすでに動物の姿を見なれていたが、この実演の光景にはただ目を丸くして見つめるばかりだった。大ゼランドニはマルソナと目をあわせた。大ゼランドニが見せた微笑は折り目正しかったが、マルソナはその目に茶目っ気にあふれた喜びの光がのぞいていたことを見てとっていた。これはただの行列ではなく大がかりな芝居にほかならず、ゼランドニアの面々が人前に出るときに好む流儀となれば、この種の大がかりな見世物だからだ。ゼランドニアの大きな寓舎にたどりつくと、ジョンダラーは馬をとめてエイラとウィニーを先に行かせてから地面に降り立ち、大ゼランドニに手をさしのべた。大ゼランドニはその巨体にもかかわらず、優美なしぐさで引き棒の上の腰かけから降り立つと、自分が全員の目をあつめていることを充分に意識しながら、威風堂々と寓舎へはいっていった。

「ジョンダラーは、おれたちにあれをつくるのを手伝わせたかったんだな」ウィロマーが口をひらいた。「あいつは、とびきり頑丈な引き棒をつくって棚をとりつけたいと話していたんだ。本音では棚が欲しいわけじゃなかったんだが、あれは巧《うま》い言い方だったな。あれが大ゼランドニの腰かけになるなんて、おれたちのだれひとり予想もしなかった。馬に牽かれる腰かけにすわるのがどんな気分なのか、あとでぜひとも大ゼランドニにきいてみないと」

「あんなことをするなんて、大ゼランドニは勇敢ね」ジェイヴェナがいった。「わたしだったら、あそこにすわれるかどうか自信がないわ」

「ぼくはすわりたい！」ジャラダルが昂奮に目をきらめかせていった。「ソナ、エイラに頼んだら、ぼくもウィニーが牽く引き棒の腰かけにすわらせてもらえる？」

「ぼくもすわってみたいよ」ロベナンがいった。

「年若い者たちは、いつの時代も新しいことに挑戦したがるものね」ラマーラがいった。

「いまこの瞬間、おなじような会話が〈夏のつどい〉の宿営地でいったいいくつかわされていることか」セルゲノールがいった。「それにエイラが男の子ひとりをあそこにすわらせたら、宿営地じゅうの男の子がみんなこぞってすわりたがるぞ」

「男の子ばかりか、少なくない数の女の子もね」マルソナがいい添えた。

「わたしだったら、子どもたちを乗せるのは〈九の洞〉に帰ってからにしたいわ」ラマーラがいった。

「そうすれば、いまエイラがやっているように馬を引きまわしているあいだ、ひとりかふたりの子どもをその馬の背にまたがらせるのとあまり変わらないもの」

「それにしても、なかなかの見ものだったじゃないか。初めてあの動物たちを目にしたときの気分を思い出したよ。恐ろしさに震えあがってもおかしくない。そういえばジョンダラーはこっちへ帰ってくる長旅のあいだに、人々が動物たちから逃げていったと話していなかったか？　すっかり見なれているおれたちだって、さっきの行列には思わず目をむいてしまったじゃないか」ウィロマーはいった。

しかしエイラたちの実演に、だれもが心地よい驚きを味わったわけではなかった。人の注目を浴びることをこよなく愛しているマローナは、嫉妬の大波が胸にこみあげてくるのを感じていた。マローナはいとこのワイロパに顔をむけて、こういった。「あんな不潔なけだもののそばにずっといられる人がいるなんて、信じられないわ。あの女に近づくと、馬みたいなにおいがするんですって。おまけに、あの女が狼と寝てるって話もきいたわ。胸がわるくなる話ね」

「ジョンダラーともいっしょに寝てるわ」ワイロパはいった。「わたしがきいた話だと、ジョンダラーはもうほかの女とは歓びをわかちあおうとしないみたい」

「いつまでもつづくものですか」マローナは、憎々しい目をエイラにむけながらいった。「ジョンダラーがどんな男かは知ってる。いずれわたしの寝床にもどってくるわ。約束する」

ブルケヴァルは、いとこ同士のふたりの女が話しているのを見ていた。マローナがエイラにむけたのが憎悪の目だったことも見てとり、ブルケヴァルの胸にふたつの相反する感情がこみあげてきた。望みがないことは承知していたが、エイラを愛しているブルケヴァルは、自分のいとこであるこの女の悪意からエイラを守ってやりたくなった——ブルケヴァル自身、マローナの悪意の標的になった経験があり、この女がどれだけ人につらい思いをさせられるかを身をもって知っていた。しかし同時に、エイラがまた自分のことを平頭だとほのめかすのではないかという恐れの気持ちがあった。そんなことには耐えられない。いや、たいていの人とは異なり、エイラがその言葉に悪意をこめてはいないことも知ってはいた。ブルケヴァルは、黒く焦がした木を磨いてつくられた鏡を決してのぞきこまなかった。それでも静かな水の表面でちらりと自分の顔が見えてしまうことはあったし、そんなときに見えるおのれが憎くてたまらなかった。他人があの憎むべき名前で自分を呼ぶ理由はわかっていたが、そこにいささかでも真実があるかもしれないなどとは、考えただけでも耐えがたかった。

マドロマンもまた、エイラとジョンダラーに渋面をむけていた。大ゼランドニの寵愛を一身に浴びているエイラが疎ましくてならなかった。なるほど、エイラは大ゼランドニの侍者だ。しかし、〈夏のつどい〉でゼランドニア全員があつまっているいま、すべての侍者に目をかけるべき大ゼランドニがエイラだけをここまで贔屓《ひいき》するのが正しいことだとは思えなかった。しかも、いうまでもなくすべての中心にいつもいるのはジョンダラーだ。なぜあの男は帰ってきた？　あの図体ばかりでかい男がいないときのほうが暮らしやすかった。とりわけ、〈五の洞〉のゼランドニに侍者として受け入れてもらったあとは——とはいえマドロマンは、いまでは侍者からゼランドニになっていて当然だと思っていた。しかし、あの肥《ふと》った女がすべてを支配しているいま、自分になにが望めるだろうか？　なにか手だてを考えてやるさ——マドロマンは思った。

ララマーはすべてに背をむけてその場を離れながら、考えごとに没頭していた。あの馬どももあの狼も、もうすっかり見あきていた——ことにあの狼だ。ララマーにいわせれば、動物たちは〈九の洞〉にあるララマーの住まいのあまりにも近くに住みすぎていた。しかも連中はたちまち領分を増やしていき、馬どもが住まいの反対側を占拠した。連中が来る前は、いま連中が占めている部分をまっすぐ突っ切っていけた。いまでは住まいに帰るには、あの狼を避けるために連中の住まいを大きく迂回するしかない。二、三度うっかり近づきすぎたときには、狼が首まわりの毛を逆立てて鼻づらに皺を寄せ、牙を剝《む》きだしてきた——あの場所すべてが自分のものだといわんばかりに。

おまけにあのエイラとかいう女が、しじゅうくちばしをはさんでくる——いかにも親切ごかしに住まいに食べ物だの寝具だのをもってくるが、なに、本当はおれを見張るためだ。そしていまでは、もう自分が行く寓舎さえない。自分がここに属していると感じられる場所がない。子どもたちは、あの寓舎が自分たちのものだといわんばかりのふるまいだ。しかし、あそこはいまだっておれの炉辺だし、おれが自分の炉辺でなにをしようと、他人が口をはさむ筋はない。

とはいえ、ララマーにはまだ遠舎《えんしゃ》があった。じつをいえば、遠舎に寝泊まりするのが気にいってもいた。子どもたちの夜泣きに悩まされることもないし、酔っぱらったつれあいがやってきて、口喧嘩を吹っかけてくることもない。いまララマーが寝泊まりしている遠舎にいるのはおおむね年寄りの男たちで、おたがい他人には干渉しなかった。もっと若い男たちばかりの遠舎のような荒っぽい雰囲気や騒々しさとも無縁だが、それでいてララマーが遠舎仲間にバーマを一杯すすめれば、みんな喜んで飲んでくれた。〈九の洞〉にも遠舎がないのがまことに残念だった。

エイラは引き棒をつけたウィニーにゆっくりとゼランドニアの大きな寓舎のまわりを一周させてから、来た道をたどって〈夏のつどい〉の宿営地から引きあげはじめた。ジョンダラーが、レーサーとグレイを引いてあとをついてきた。今年の〈夏のつどい〉の会場になっている場所――近くの〈洞〉の名前をとって〈日の見台〉と呼ばれている――は、しばしば大人数があつまる行事の宿営地として利用されていた。雨が降ると、川岸や近くの崖から岩が運ばれてきて地面に敷かれた。いつになく地面がぬかるんだときには、なおさらだった。年々そうした部分が増やされてきた結果、いまでは石が敷きつめられた範囲が宿営地ということになっていた。

石が敷きつめてある宿営地の敷地からかなり離れ、川の氾濫原にできている草原にまでたどりつくと、エイラは足をとめた。「ウィニーから引き棒をはずして、馬たちにここで草を食べさせてやりましょう。三頭ともそれほど遠くまでは行かないと思うし、もし行ったとしても口笛を吹けば呼びもどせるわ」

「いい考えだね」ジョンダラーはいった。「たいていの人たちは、おれたちが近くにいないときには馬に手を出さないほうがいいと知ってるし。じゃ、おれがあいつらの端綱もはずしてやろう」

ふたりが馬の世話をしていると、近づいてくるラニダーの姿が目にはいった。あいかわらず、特製の投《とう》槍器《そうき》の容器を帯びている。ラニダーはまず手をふってから、挨拶代わりの口笛を吹いた。ウィニーとレーサーがお返しに歓迎のいななきをあげた。

「馬たちに会いたかったんだ」ラニダーはいった。「去年は、馬を守る見張りをするのが楽しかったし、こいつらと知りあいにもなれた。でも、今年の夏はまだ馬たちと過ごす時間がとれなかったからね。ウィニーの赤ちゃんのことはまだぜんぜん知らないし。ウィニーとレーサーはぼくのことを覚えてるかな？」

「覚えてるわよ。あなたの口笛に返事をしたでしょう？」エイラは答えた。

ラニダーはチュニックの隠し《ポケット》に野生の林檎《りんご》を薄切りにして干したものをもってきていた。その林檎を若い雄馬とその母馬に手から食べさせる。つづいてラニダーはしゃがみこみ、まだ小さな子馬に林檎の薄切りを差しだした。最初のうちグレイは、母ウィニーのうしろ足に身を隠すようにしているばかりだった。まだ乳を飲んではいるが、少し前から母馬の真似をして草も食べはじめている。林檎に興味をもっているのは明らかだった。ラニダーは辛抱強く待った。しばらくすると、グレイが少しずつ前に進みはじめた。

ウィニーはそのようすを見まもっていたが、自分の子馬をうながしもせず、押しとめようともしなかった。やがてついに好奇心に負けたグレイは、ラニダーのひらいた手に鼻を寄せ、そこになにがあるのかを確かめようとしはじめた。それからひと切れを口に入れたが、落としてしまった。ラニダーは薄切りを拾いあげて、ふたたび差しだした。グレイは母親ほど経験を積んでいなかったが、それでも門歯と柔軟な唇と舌をつかって林檎を口に入れて嚙みはじめた。グレイにとっては新しい体験、新しい味だったが、それ以上にラニダーに興味をいだいていた。ラニダーが体を撫でて、お気にいりのところを掻きはじめると、グレイは完全に心を許すようになった。やがて立ちあがったラニダーは、満面の笑みをたたえていた。

「これからしばらく、馬たちをこの野原に置いていって、ちょくちょくようすを見にこようと思ってるんだ」ジョンダラーはいった。

「ぼくが喜んでまわりに目を光らせてるよ、去年みたいにね」ラニダーはいった。「もしなにかあったら、あなたたちを呼びにいくか口笛を吹くよ」

エイラとジョンダラーは顔を見あわせて、ともに微笑んだ。

「そうしてもらえるとありがたいわ」エイラはいった。「馬たちをここに残していくのは人々に馬の姿に慣れてもらうためだし、まわりに人がいても三頭が落ち着いたままでいられるようにするためなの――特にグレイがね。もし疲れたり、ほかの場所に行く用事ができたりしたら、大きな口笛を吹くか、わたしたちのどちらかを見つけて教えてちょうだい」

「わかった」ラニダーはいった。

ふたりは馬たちのことについて、ずっと安心した気分で野原をあとにした。夕方になって、ふたりがラニダーを〈洞〉の人々との食事に誘おうとふたたび野原に足を運ぶと、数人の男の子と二、三人の女の子がラニダーのもとを訪ねていた。そのなかには、いちばん下の妹のロラーラを連れたラノーガの姿もあった。去年ラニダーが馬の世話をしたのは囲い地と〈九の洞〉の宿営地に近い場所だったし、あのときは〈つどい〉の中央の宿営地からそこそこ離れていた。そこまで行く人もほとんどいなかったうえ、どのみち当時のラニダーには友人がほとんどいなかった。しかし投槍器の腕が上達して、狩りの常連となっているいまでは、地位もあがっていた。数人の友人もできたうえに、若干の賛美者もいるようだった。

若者たちは仲間うちのことに気をとられていて、近づくエイラとジョンダラーには気づかなかった。ラニダーが責任ある者のふるまいを見せていることを、ジョンダラーは喜ばしく思った。子どもたちが馬を――とりわけグレイを――ぎっしりと囲んだりしないようにしていたのだ。やってきた子どもたちに馬を撫でたり掻かせたりしていたのは明らかだったが、馬に近づくのは一度にひとりかふたりにとどめてもいた。やがてラニダーは、馬が注目を浴びるのに疲れて、のんびりと草を食《は》みたがっていることを察したらしい。子どもたちにきっぱりとした口調で、もう馬をかまうのはおしまいだ、と告げた。ふたりは知らなかったが、これ以前にラニダーは、勝手なふるまいが過ぎた数人の若い男たちを――エイラに話すぞと脅して――この場から追い払っていた――エイラは母なる大地の女神に仕える者の最高位にある大ゼランドニの侍者だぞ、といい添えて。

ゼランドニアに、人々は助けや支えを求めていた。それゆえ人々から尊敬され、崇拝されているといっても過言ではなかったが、そこに属する者の多くは人々から愛されていた。人々がゼランドニアにいだく感情には、つねにわずかな恐怖がまじる傾向にあった。ゼランドニアは来世、すなわち霊界に通じている。霊界とは、肉体から活命《エラン》――命の力――が離れた人々がおもむく恐ろしい場所だ。彼らはまた、それ以外にも尋常ならざる力をそなえている。ゼランドニアの人々を怒らせたらどんな目にあわせられるか――それも、男の器官になにをされるか――子どもたちはそのたぐいの噂を好んで広めたし、特に少年たちは仲間同士で怖がらせあうためにその手の話をきかせあっていた。

エイラはつれあいと赤ん坊のいるごく普通の女に見えるものの、侍者としてゼランドニアの一員であり、さらには異郷の生まれであることはだれもが知っていた。エイラの言葉を耳にするだけで、この女がどこか別の土地、遠くの地、ジョンダラー以外はだれも旅をしたこともない遠方の生まれであることはわかった。しかしエイラは、たとえば動物たちを思いのままにあやつれるといったような、驚くべき能力をそなえていることを示してもいた。それ以外にどのような能力を秘めていることだろう。なかには、ジョンダラーにさえ胡乱《うろん》な目をむける者もいた。ジョンダラーはゼランドニー族の生まれだが、旅で故郷を離れたあいだに種々の奇妙な流儀を身につけてきたからだった。

「おかえり、エイラとジョンダラーとウルフ」ラニダーの挨拶の声に、これまでエイラとジョンダラーが近づいていたことに気づいていなかった子どもたちがあわててふりかえった。この子どもたちには、ふたりがいきなり姿をあらわしたように思えたのだろう。しかしラニダーは、ふたりが近づいていることを知っていた。三頭の馬の態度が変化していたからだ。暮色が深まりゆくなかでも、馬たちはふたりの接近を感じとり、わずかでも近づこうとしていたのである。

「ただいま、ラニダー」エイラはいった。「あなたのお母さんとお祖母《ばあ》さんが、〈九の洞〉の大半の人たちといっしょに〈七の洞〉の宿営地にいるわ。あなたもいっしょに食事をとらないかと誘われてるの」

「ぼくが行ったら馬はだれが見るの？」ラニダーはそういいながら上体をかがめ、近づいてきたウルフを撫でた。

「おれたちはもう食事をすませた。だから、おれたちが馬を宿営地に連れて帰る」ジョンダラーはいった。

「馬を見ていてもらって助かったわ」エイラはいった。「手伝ってくれてありがとう」

「ぼく、馬の世話が好きなんだ。いつでも世話をするよ」ラニダーはいった。心からの言葉だった。動物たちといっしょにいるのが楽しかっただけではなく、動物といっしょにいると人の注目があつまるのも楽しかった。責任をもって動物たちを世話していると、好奇心をいだいた若い男たちが——そればかりか若い女たちも——近づいてくるのだ。

女神に仕える者の最高位にある大ゼランドニの到着をきっかけに、〈夏のつどい〉の宿営地はほどなく、この季節恒例のあわただしい活動を開始した。〈初床の儀〉は、例年どおり紛糾の種をいろいろとはらんではいたが、昨年ジャニダが引き起こした問題ほど面倒なことはひとつもなかった。ジャニダは〈初床の儀〉の前に、すでに身ごもっていたことが発覚したのだった。さらに、ジャニダとペリダルがつれあいになることに対して、ペリダルの母親が反対の声をあげた。もっとも、母親の反対にも理由がなかったわけではない。というのも、息子ペリダルはまだ生まれてから十三年と半年を数えたばかり、ジャニダにいたっては十三年でしかなかったからだ。

問題はふたりが若すぎることだけではなかった。ペリダルの母親は認めようとしなかったが、大ゼランドニが見たところ、〈初床の儀〉前に身ごもった女が地位をうしなうことも母親が反対していた理由だった。しかしジャニダは身ごもっていたことで、同時に地位を得てもいた。年長の男たちからは、ジャニダが自分の炉辺に来てくれるのなら諸手をあげて歓迎するし、赤ん坊も大歓迎するといった話が寄せられた。しかしジャニダが歓びをわかちあった相手はペリダルだけであり、ジャニダが求めたのもペリダルひとりだった。ふたりが歓びをわかちあったのは、決してペリダルが執拗《しつよう》に迫ったからではなく、ジャニダがペリダルを愛しているからだった。

〈初床の儀〉がおわれば、今夏の最初の〈縁結びの儀〉の準備が待っている。近場でバイソンの大きな群れが発見され、この群れを狩る話も出ていた。洞長たちは、〈縁結びの儀〉がおこなわれる前に大規模な狩りをすると決定していた。ジョハランはこの件を大ゼランドニと話しあい、大ゼランドニは儀式の延期にすでに同意していた。

ジョハランはジョンダラーとエイラに馬を利用して、あらかじめ建造してある囲い場にバイソンの群れを追いこむ手助けをしてほしがっていた。囲い場に追いこめなかったバイソンを投槍器で狩ることができれば、この武器の実用性を示すことにもつながる。〈九の洞〉の洞長たるジョハランは、投槍器を利用すれば、これまでより獲物からずっと遠く離れた安全な距離から槍を投げられることを、それぞれその目で確かめてほしいと人々をうながしつづけていた。すでに投槍器がつかわれている現場を目にした人々の多くは、投槍器を贔屓の武器にしている。例のライオン狩りの顚末《てんまつ》は、〈つどい〉にあつまった人々にも広く知られていた。ライオン狩りに参加した者たちが、あの危険な対決のひと幕について熱心に語りきかせたからだった。

とりわけ年の若い狩人たちはこの新しい武器に昂奮していたが、少なからぬ年かさの狩人たちも同様だった。それほど関心をいだいていない者の大半は、すでに槍を手で投げる技を磨きあげた者たちだった。彼らは従来の方法で狩りをすることに満足しており、人生の折り返し点も過ぎたいまになって新しい技術を学ぶことにはあまり乗り気ではなかった。狩りがおわって肉や皮が保存されるなり、さらなる処理をほどこすために一時的に貯蔵されるなりした時点で、〈縁結びの儀〉はすでに多くの人にとって不都合なほど延期されてしまっていた。

多くの人々が同時につれあいをとる〈縁結びの儀〉の当日は、すがすがしく澄みわたった空で明けた。宿営地全体に期待の空気が立ちこめていた。期待をいだいているのは、儀式に参加する者たちだけではなかった。これはだれもが楽しみに待っていた儀式であり、だれもがなんらかの役目を果たす儀式だった。というのもこの儀式では、〈夏のつどい〉に来ている者の全員が声をあわせて、新たにつれあい同士となる者たちへの承諾を表明することになっているからだ。男女が新たにつれあいになれば、そのふたりと家族の名前や絆が変わるだけではなく、ほぼ全員の地位もまた変わった――ただし変わる度合いは、それぞれの関係の近さによって異なってはいた。

昨年の〈縁結びの儀〉は、エイラにとっていろいろと悩みの多い時間だった。自身がつれあいをとる儀式というだけではなく、まだこの地へ来たばかりで、多くの人々の注目の的になっていたからである。エイラはジョンダラーの故郷の人々から好意をもたれ、受け入れてもらえることを望んでいた。大半の者はそうしてくれたが、決して全員ではなかった。

今年、洞長たちや元洞長たち、ゼランドニアの面々の居場所は、大ゼランドニが返答を求めたときに――すなわち承諾を求めたときに――すかさず答えられることを念頭に決められた。昨年、エイラとジョンダラーがつれあいになることへの承諾の返事を求めたさい、あつまった人々の一部からためらいの声があがったことに大ゼランドニは不興の念をいだいていたし、そんな習慣ができてほしくもなかった。大ゼランドニは、みずから司る儀式のとどこおりない進行を好んでいた。

儀式に付随してひらかれる祝宴も、人々が大いに心待ちにしているものだった。人々は最上の料理を用意して最上の服をまとったが、〈縁結びの宴〉はつれあいになった者たちを祝う喜ばしい宴というだけではなく、〈女神のまつり〉のための格好の機会でもあった。それゆえ母なる大地の女神を嘉《よみ》するために歓びをわかちあうことが大いに奨励された。それも、可能なかぎり何回も歓びをわかちあい、おたがいに気持ちがおなじであるかぎり、どんな相手と歓びをわかちあってもよいとされた。

人々には女神を嘉することが奨励されはしたが、義務ではなかった。歓びのわかちあいに参加しないことを望む者たちのための場所が、そこかしこに用意されていた。子どもたちにその義務が課せられることはぜったいになかったが、大人の真似をして体をぶつけあう遊びをする子どもたちが出ると、いつも決まって鷹揚《おうよう》な笑みが引きだされた。また、そんな気分にならない大人もいた。とりわけ病を患っている者や怪我をしている者、事故にあって恢復の途上にある者、ただ疲れている者、子を産んだばかりの女、さらには月のものの時期にあたって出血している女。歓びを絶つことが必要なある種の修練を受けているゼランドニアの者たちもいて、そのうち数名が幼い子どもたちの面倒を見たり、仲間を助けたりする仕事に名乗りをあげていた。

最高位の大ゼランドニは、ゼランドニアの寓舎で腰かけにすわっていた。自分の茶椀に残っていた山櫨《さんざ》子《し》の花と犬薄荷《いぬはっか》のお茶を飲み干すと、大ゼランドニは宣言した。「時間よ」

大ゼランドニは立ちあがると、空になった茶椀をエイラに手わたして寓舎の奥にむかって歩いていった。そこには小さな第二の通路があった。外から見ても、追加の薪の貯蔵庫で巧みに隠されていて存在はわからない。

エイラは残された茶椀のにおいを嗅いでみた――習慣になっている反射的な行動だった。エイラはほとんど意識しないままに成分を見ぬき、大ゼランドニが女の月のものの時期なのだろうと考えていた。犬薄荷――腰までの高さに伸びて綿毛めいた葉をもち、白や薄紅や紫の花を螺旋《らせん》状につけるこの多年草は、穏やかな鎮静作用をそなえ、緊張や痛みをやわらげてくれる。ただし、山櫨子については内心で首をかしげていた。独特の風味があるため大ゼランドニが味を好んでいるのかもしれないが、大ゼランドニがマルソナのために調合した薬草茶にもちいる成分でもある。いまエイラは、大ゼランドニがジョンダラーの母マルソナのためにつくったのが心臓――胸のなかにあり、収縮で血液を送りだしている筋肉の臓器――の薬であることに気がついた。動物のおなじような心臓は、狩りで動物を仕留めてさばいたときに目にしたことがあった。山櫨子は心臓の収縮力を強め、より規則的にする働きをもっている。エイラは茶椀を下に置くと、正面の出入口から外に出た。

外で待っていたウルフが、期待の目つきでエイラを見あげてきた。エイラは微笑み、外出用おくるみのなかで眠っているジョネイラの位置をずらし、ウルフの前にしゃがみこんだ。ついでウルフの頭を両手ではさんで、じっと目をのぞきこむ。

「ウルフ、おまえを見つけられて本当によかった。毎日、おまえはわたしのためにここにいてくれる。おまえは、とてもたくさんのものをわたしに与えてくれてるの」いいながら、エイラはウルフのもじゃもじゃの毛を掻き立ててやった。「いっしょに〈縁結びの儀〉に来る？」ウルフはじっとエイラを見つめたまま。「来たければかまわないけど、おまえじゃきっと飽きると思うわ。狩りにいったら？」エイラは立ちあがり、「行っていいわ、ウルフ。お行きなさい。自分のための狩りにいきなさい」といいながら、宿営地の境界のほうへ手を動かした。ウルフはしばしエイラを見あげていたが、すぐ小走りに離れていった。

いまエイラは、ジョンダラーとつれあいになったときの〈縁結びの儀〉でまとった衣装を着ていた。東にずっと遠いところのマムトイ族の故郷からジョンダラーの一族であるゼランドニー族が住む地——その領域は〈西の大海原〉にまで達する——までの、丸一年をかけた長旅のあいだも、ずっと運んできた衣装だった。今回の〈縁結びの儀〉にあたって、昨年の出来事を思い出した人も多かった。エイラがふたたびこの衣装を着けて外へ出ると、風変わりな服を話題にする者もいた。しかし大ゼランドニはエイラの衣装を目にして、昨年何人かの人がエイラに対して申し立てた異議を思い出していた。彼らがはっきりと口にすることはなかったが、大ゼランドニは知っていた——そういった異議が出るのは、基本的にはエイラが異郷の者であること、それも異様な才能をそなえた異郷の者であるからだ、と。

今回エイラは儀式の参加者ではなくて見物人という立場であり、儀式をただ見ていればいいことを楽しみにしていた。自分の〈縁結びの儀〉を思い出していたエイラには、いま言い交わした者たちがこの近くの小さな寓舎にあつまり、とっておきの衣装に身をつつんで、不安と昂奮を感じていることがわかっていた。彼らの立会人と招待客は、見物人のための場所の前列にあつまっており、宿営地のほかの面々はそのうしろにあつまっていた。

エイラは、宿営地全体にかかわる種々の役目を果たすために人々があつまっているところへむかっていった。その場に着いたエイラはいったん足をとめ、人々の群れをざっと見わたし、見知った〈九の洞〉の人々のところへ歩きだした。エイラが近づくと、ジョンダラーとジョハランをはじめ何人もの人が笑みをむけてきた。

「今夜のきみは、いつにもましてきれいだね」ジョンダラーがいった。「その服をおれが目にするのは、去年のこのとき以来だな」

そういうジョンダラーは、質素な純白のチュニックを着ていた。飾りはオコジョの尻尾だけだ。これはエイラが儀式のためにとジョンダラーに仕立てた服だった。ジョンダラーが着ると、目をみはるほどのすばらしさだった。

「そのマムトイ族の服は、本当によく似あっているな」兄のジョハランはいった。本心からの言葉だったが、この〈九の洞〉の洞長は純白の皮のチュニックがどれほどの富を示すものであるかも理解していた。

この衣装をエイラにくれたのは、ライオン簇《むら》の簇長《むらおさ》のつれあいであるネジー――エイラを受け入れるようマムトイ族を説得した女――だったが、彼らが衣類をつくった裏には、エイラをみずからの〈マンモスの炉辺〉に娘として迎えいれた老呪法師《じゅほうし》、マムートからの要請があった。最初につくられたとき、エイラはネジーの兄ワイメズのつれあいの息子、ラネクのつれあいになると思われていた。ワイメズは若き日にはるか南の地へと旅をして、その地で異郷の黒い肌をもつ女をつれあいにして十年後に帰ってきたが、その道中で不幸にもつれあいを亡くしたのだった。

ワイメズは夢物語のような話の数々や、フリントの新しい加工方法を土産としてもち帰ったほか、茶色い肌ときつく縮れた黒い髪をもつ非凡な少年を連れ帰ってもきた。ネジーは少年をわが子として育てた。

白い肌と薄い色の髪をした北方の仲間のなかで、ラネクは特異な少年であり、いつも人をあっといわせる騒動を巻き起こした。やがて成長したラネクは当意即妙の機知と、笑っているような光をたたえた黒い目――女たちはこれに抵抗できなかった――と、なみはずれた彫刻の才能をもつ男になった。

ほかの人々とおなじようにエイラもラネクの珍しい肌や髪の色やその容色に魅せられたが、この異郷生まれの美貌の男が人間的にも興味深いことがわかり、その気持ちを隠そうとしなかった。そしてこれが、ジョンダラー本人さえ自分のなかにあるとは知らなかった嫉妬の気持ちを引きだした。吸いこまれるような青い瞳をもったこの長身の金髪の男は、これまでつねに〝女が抵抗できない男〟だった。そのため嫉妬を経験したことがなく、おのれの嫉妬心にどう対処すればいいかがわからなかったのだ。エイラもまた、ジョンダラーの奇矯なふるまいが理解できなくなり、しまいにはラネクとつれあいになる約束をかわした――というのも、もうジョンダラーに愛されていないと思いこみ、また浅黒い肌と笑っているような光をたたえた黒い瞳の彫り師に好意をいだいていたからだ。エイラとジョンダラーがマムトイ族の人々とともに暮らした冬のあいだ、ライオン簇の人々はふたりにしだいに好感をいだくようになっており、人々は若い三人のあいだに起こっていたこの感情面での厄介な問題をいやでも意識していた。

なかでもネジーは、エイラとは強い絆で結ばれあうようになった。というのも、ネジーが養子にとっていたもうひとりの特異な子どもを、エイラが世話をして、その子と理解しあうようになっていたからだ。その子は体が弱く、話すこともできず、半分は氏族だった。エイラはこのライダグという男の子の心臓を癒し、毎日の暮らしをもっと楽なものにしてやった。さらにライダグに、氏族の手ぶり言葉を教えた。ライダグが手ぶり言葉をやすやすと、しかもたちどころに覚えていくさまを見て、エイラはこの少年に氏族記憶があることを確信した。エイラはライダグがほかの人とも話ができるよう、ライオン簇の全員に氏族の手ぶり言葉の簡略版を教えた。ライダグは大いに喜び、ネジーにいたっては有頂天になった。エイラはたちまちライダグのことが好きになった——ひとつにはライダグが、氏族のもとを去るときに残してくるほかはなかった自分の息子を思い出させたからだが、それ以上にライダグが魅力的だったからだ。しかし最終的には、ライダグの命を救うことはできなかった。

結局エイラはマムトイ族のもとにとどまってラネクのつれあいになるのではなく、故郷へ帰るジョンダラーに同行することに決めた。ネジーは、エイラが去ることで自分が育てた甥のラネクがどれほど傷つくかを知ってはいたが、エイラのためにしつらえた美しい服をエイラに贈り、ジョンダラーとつれあいになるときにはこれを着るようにといった。当時のエイラは、〈縁結びの儀〉用のこの衣装がどれほどの富と地位を示すものかを理解していなかったが、ネジーや老咒法師のマムートは理解していた。ふたりはジョンダラーの物腰や立ち居振舞いから、この男が高い地位にある人々の一員だと見ぬき、彼らのなかにあってもエイラがいささかもひけをとらずにいられるための品が必要だと判断したのである。

この〈縁結びの儀〉用の衣装がどれほどの地位を示すものかを完全には理解できずとも、エイラにはこの服が卓越した伎倆《ぎりょう》をもつ匠《たくみ》のわざであることはわかった。チュニックとレギンスの皮はどちらも鹿とサイガのもので、エイラ自身の髪の毛とそっくりな、土を思わせる金色がかった黄色をしていた。この色になったのは、ひとつには柔軟性をたもつために皮を燻《いぶ》すときにつかった薪の種類のためであり、もうひとつはそこに加えられた黄土と赭土《あかつち》の配合具合によるものだった。付着物を掻器《そうき》で掻きとって皮を柔らかくしなやかにするのは、それだけでも大変な労力のいる仕事だ。しかし鹿皮特有の天鵞絨《びろうど》状に毛羽立った手ざわりをそのまま残すのではなく、マンモスの牙の仕上げ道具で赭土と獣脂の混合物を擦《す》りこんで磨きたててあった。この工程で皮が圧縮されて、すばらしい艶《つや》やかな光沢が生まれると同時に、柔らかい皮でありながらほとんど水を通さなくなるのだ。

細い糸で縫いあわされたチュニックは、背中側が下向きの三角形になるように仕立てられていた。また前身頃も腰から下の部分が先細りになっており、左右をあわせると前にも下向きの三角形ができるようになっていた。足全体を覆うレギンスは体にぴったりと合う仕立てだったが、足首まわりだけは例外で、そのとき選ぶ履き物にあわせて、ゆったりと絞ってひだを寄せることも、踵《かかと》の下まですっぽりとかぶせることもできた。しかし基本的な服の仕立ては、この卓越したすばらしい衣装の基礎部分にすぎなかった。この衣装をたぐいまれなる美と価値をそなえた超絶の逸品にしているのは、装飾に注ぎこまれた労力だった。

チュニックとレギンスの膝から下の部分には精緻《せいち》な幾何学模様がほどこされていたが、模様をつくっているのはもっぱらマンモスの牙からつくった小さな数珠玉で、場所によっては皮が見えないほど密集していた。数珠玉がつくる模様にくわえて、色彩ゆたかな刺繍が輪郭を浮かびあがらせていた。最初は下向きの三角形だが、これがまっすぐ横ならびになると稲妻模様をつくりだし、さらに上下方向には菱形や山形をつくっていき、長方形の螺旋や中心をおなじくするいくつもの偏菱形《へんりょうけい》といった複雑な図柄に進化していく。牙の数珠玉にそこかしこで彩りを添えたり強調したりしているのは、琥珀《こはく》の数珠玉だった。皮よりも色の淡い琥珀もあれば濃いものもあるが、すべて同系色だった。この服に縫いつけられているマンモスの牙の数珠玉は五千個以上。そのすべてが人の手で牙から削りだされ、磨かれて穴をあけられ、形をととのえられていた。

おなじような幾何学模様がほどこされた手編みの飾り帯は、チュニックの前を閉じて腰で縛るためにもちいられた。刺繍もこの飾り帯も、自然のままの色あいで染色を必要としない素材の紡ぎ糸でつくられていた。マンモスの深紅の長い毛、マンモスの牙の色をしたムフロンの毛、麝香牛《じゃこううし》の茶色い下毛、犀《さい》の暗い赤茶色の長い毛。素材となっている毛は、色あいよりも素材そのもので珍重されるべきものだった——いずれも、困難で危険な狩りでしか倒せない動物だったからだ。

衣装のどこをとっても、細部にいたるまで超絶的な匠のわざが発揮されていた。知識あるゼランドニー族の者の目には、最上の素材を入手できる者が、伎倆と経験の双方で他の追随を許さない匠をあつめてつくらせた衣装だということは明らかだった。

昨年この衣装を最初に見たときに、ジョンダラーの母マルソナはこの服づくりを指揮した人物がだれであれ、人々から大いに尊敬され、共同社会のなかですこぶる高い地位にあることを見ぬいていた。この服にかけられた時間と労力がかなりのものだったことは、一見して明らかだったにもかかわらず、この服は簇を去るエイラに贈られた。服をつくるためにつぎこまれた材料と人の手間も、そしてその成果も、そのすべてが共同社会から外に流出してしまう。エイラは、自分はマムートという名前の老咒法師に娘として受け入れられたと話していたが、どうやらそのマムートなる人物は強大な権力と権威——実質的には富——をそなえた人物だったにちがいない。これだけの〈縁結びの儀〉用の衣装と、それが象徴する価値の双方をあっさりと手放せるのだから。そのことをマルソナ以上に理解できる人間はいなかった。

実質的には、エイラはこの衣装で花嫁料を持参してきたのだった。つれあいになってもジョンダラーとその縁者の地位をさげないため、エイラはこの関係にみずからの地位で寄与する必要があったが、この衣装がそれをもたらしたのだ。マルソナはこの点をプロレヴァにはっきりと指摘した。プロレヴァならつれあいのジョハラン——マルソナの長男であり、〈九の洞〉の洞長——にも話をするはずだとわかっていたからだ。そしてジョハランは——価値が充分にわかるようになったいま——その衣装をふたたび目にする機会を得たことをうれしく思っていた。適切に手入れをすれば——まちがいなく手入れされるはずだ——この衣装がずっと長もちすることもわかった。皮を磨くのにつかわれた赭土は、皮に色と防水性を与えるだけではなかった。皮を長期にわたって保存し、害虫やその卵を遠ざける効果もあった。エイラの子どもたちもあの衣装を着るだろうし、さらにその子たちも着るだろう。皮がついにぼろぼろになってしまっても、琥珀とマンモスの牙の数珠玉はさらにもっと後世にまで受けつがれていくことだろう。

ジョハランは、マンモスの牙からつくった数珠玉の価値を知っていた。先日、交易でいくつかを手に入れたからだ——自分のためでもあったが、それよりはむしろつれあいのためだった。その取引を思い出し、ジョハランは価値を見ぬく力を新たにそなえた目で、贅沢で豪華なエイラの衣装をまじまじと見つめた。それからあたりに目を走らせると、ほかにも多くの人々がこっそりとエイラをうかがっていることがわかった。

昨年、エイラがあの衣装を自身の〈縁結びの儀〉のためにまとったときには、エイラ本人も、エイラにまつわるすべてのことも奇妙で物珍しかった。いまでは人々もエイラ本人に慣れ、その口調にも慣れ、エイラがあやつる動物たちにも慣れてきていた。エイラはゼランドニアの一員として一目置かれ、それゆえ奇妙な点があるのも普通だと思われてもいる——ゼランドニたちを普通だと考えられればの話だが。しかし、あの衣装はふたたびエイラを目立つ存在にして、エイラの出自が異郷であることを人々に思い起こさせたし、そればかりかエイラがたずさえてきた富と地位までも思い出させた。

エイラを見つめている人々のなかには、マローナとワイロパもいた。

「見てよ、あの女は服を見せびらかしてるわ」マローナは、いとこのワイロパにいった。その目はこぼれんばかりの羨望をたたえていた。自分が見せびらかせるものなら有頂天になったところだ。「ねえ、ワイロパ。あの縁結び用の服はわたしが着るはずだったのよ。ジョンダラーはわたしと言い交わしていたのだもの。本当ならジョンダラーは故郷に帰ってきて、わたしとつれあいになり、あの服をわたしにくれるはずだったのに」マローナはいったん間をおいてから、「どっちみち、あの女じゃお尻が大きすぎるし」と軽蔑の口調でいい添えた。

儀式を見るために〈九の洞〉がすでに場所をとっているところへエイラとほかの面々が近づいていくあいだ、ジョンダラーとジョハランはともにマローナの姿を目にしていた。マローナがあまりにも憎々しい目で見ているので、ジョハランはエイラの身の安全に不安を感じたほどだった。ちらりと見やると、ジョンダラーもマローナの憎悪の目つきに気づいていた。兄弟は目を見かわし、共通の理解に達したことを確かめあった。

ジョハランはジョンダラーに近づいていくと、「わかってると思うが、あの女はできるとなったら、いつかエイラを面倒な目にあわせかねないぞ」と押し殺した声でささやいた。

「そのとおりだと思うし、わるいのはおれだろうな」ジョンダラーは答えた。「マローナは、おれとつれあいになると言い交わしたと思いこんだ。こっちはそんなつもりはなかった。だが、マローナがそんなふうに思いこんだわけもわからないではない」

「おまえのせいじゃない。人には自分の道を選ぶ権利がある」ジョハランはいった。「おまえはずっと長いあいだ留守にしていた。おまえを自分のものだという権利はマローナにはないし、そもそもそんな期待をするべきではなかった。だいたいあの女は、おまえが留守のあいだに一度はつれあいをとったものの、そのあと縁を切ったんだぞ。おまえはよりよい選択をした。あの女もそれを知ってる。あの女は、おまえが自分以上に多くのものをもたらせる女を連れて帰ってきたことが許せないだけだ。いずれ問題を起こすとなったら、そのあたりが理由になるな」

「そうかもしれないね」ジョンダラーはいったが、心からそう信じたいわけではなかった。確かなことがわからないうちは、マローナのことを善意に解釈してやりたかった。

儀式が進行していくと、兄弟はともにそちらに夢中になって、嫉妬に狂った女のことを忘れていった。そのためにふたりは、やはりエイラを見つめている一対の目がほかにあることに気づいていなかった。ふたりのいとこ、ブルケヴァルの目だ。〈洞〉に到着した最初の日、マローナが言葉巧みに騙してエイラに不適切な服を着せたときのこと。あのとき〈洞〉の女たちにあざけり笑われても敢然と胸を張っていたエイラの態度を、ブルケヴァルは立派だと思った。その晩会ったときには、エイラはブルケヴァルの容貌に氏族の面影を見てとり、親近感をいだいた。エイラは、これまでブルケヴァルがめったに受けたことがない——美しい女からはなおのこと受けたことのない——親しみのこもった気やすい態度でブルケヴァルに接してくれた。

そのあと、遠縁にあたるゼランドニー族の〈洞〉出身のチャレザルという男がブルケヴァルをからかいだし、あざけりの口調で平頭呼ばわりした。ブルケヴァルは激怒した。それこそ物心ついたときから、その名前でまわりの子どもたちに馬鹿にされつづけてきたのだ。チャレザルはその話をききこんでいたにちがいない。それればかりか、洞長のいとこであるこの奇怪な容貌の男から反応を引きだすには、母親についての当てこすりを口にすればいいという話もききこんでいた。ブルケヴァルに母親の記憶はいっさいない。ブルケヴァルが生まれてまもなく死んだからだ。しかしそれも、母親を理想化する理由になっただけだった。母さんはそんなけだものじゃない！　そんなはずがあるものか！　それに、おれだってけだものじゃない！

エイラがジョンダラーの女であることは承知していたし、あの背が高く男前のいとこからエイラを奪うのはとても無理なことだとわかってもいたが、まわりの全員から笑われても嘲笑に一歩も引かなかったエイラの姿をいま思い描くにつけ、賞賛の念は増すばかりだった。ブルケヴァルにとっては、ひと目惚れだった。ジョンダラーはいつもブルケヴァルをまっとうに扱い、揶揄《やゆ》する者たちに加わることは決してなかったが、あの瞬間にかぎっては憎くてたまらなかった。そして同時に、決して手に入れられないことでエイラをも憎んだ。

それまでの人生で負った心の傷の数々に、エイラの注意をブルケヴァルから奪おうとした若い男の心ないひとことが加わったことで、ブルケヴァルは抑えようのない激怒の大噴火を起こした。そのあとエイラの態度がわずかによそよそしくなり、前のように親しみあふれる口調で話しかけてこなくなったことに、ブルケヴァルは気づいた。

怒りの爆発ののち、エイラのブルケヴァルへの感情も変化したが、ジョンダラーはそれについてブルケヴァルにひとことも話さなかった。しかしエイラはジョンダラーに、ブルケヴァルの怒りの爆発に氏族の族長の息子ブラウドのことを思い出した、と打ち明けた。ブラウドはそもそもの最初からエイラに憎しみをぶつけ、それまでエイラが想像もしなかったような痛みと悲しみを与えた。ブラウドがエイラを憎んでいたのと同様に、エイラもまたいつしかブラウドを憎むようになり、もっともな理由から恐れるようにもなった。最終的にエイラが氏族のもとを去るほかはなくなり、息子をあとに残さざるをえなかったのも、ひとえにブラウドのせいだった。

いまでもブルケヴァルは最初にエイラと会ったときや、遠くから眺めたときに感じた熱い胸のときめきを思い出すことができた。姿を見れば見るほど、エイラを慕う気持ちは強くなった。エイラとジョンダラーが話をしているところを目にすれば、自分がいとこの場所にいるところを想像した。さらにはふたりを尾行し、人目につかないところで歓びをわかちあうふたりを盗み見た。ジョンダラーがエイラの乳を味わっていれば、自分も同じことをしたい欲望に身を焦がした。

しかし同時にエイラを警戒してもいたし、エイラからふたたび平頭と――エイラの呼び名に従えば氏族と――呼ばれることを恐れもした。この平頭という呼び名だけでもブルケヴァルは苦痛だった。それゆえ成長するにしたがって、この単語を耳にすることだけでも耐えがたくなっていた。むろんエイラが平頭たちのことを、ほかの大多数の人のようには考えていないことも知っていたが、それがかえって事態を悪化させた。エイラがたまたま氏族を好意的に話題にすれば――それも親しみをこめ、ときには愛情さえこめて語っていても――ブルケヴァルは憎んだ。ブルケヴァルのエイラへの感情は相反するものだった。ブルケヴァルはエイラを愛し、エイラを憎んでいた。

〈縁結びの儀〉の儀式部分は、だらだらと長くつづいていた。たがいに言い交わした者たちの名前と絆のすべてが述べ立てられる、数少ない機会のひとつだったからだ。それぞれの〈洞〉の面々が同意の声をあげ、その場のゼランドニー族全員がおなじ声をあげれば、その者たちがつれあいになることが認められる。最後にふたりは皮紐か縄で物理的にも結ばれる――通常紐なり縄なりが巻かれるのは、女の右手首と男の左手首だが、逆になることも、さらにはどちらも左とかどちらも右という場合もあった。紐が結ばれたのちは、その夜の祝宴がおわるまでほどいてはならない。

つれあいになったばかりの者たちは例外なくよろめいたり、体をぶつけあったりして、人々はその光景に顔をほころばせた。たしかに愉快な光景だったが、同時に人々はふたりがどのように反応し、協調しあう動きをどれほど早く学ぶかを観察してもいた。これこそ、誓ったばかりの絆をふたりが最初に身をもって知る機会だった。年寄りたちは、ふたりが物理的な手段で結びあわされているという制約にどれだけすんなり慣れるかどうかを観察し、その結果をもとに、それぞれのつれあいの関係の質や、どのくらい長つづきするかという点についての意見をささやきあった。たいていの場合、つれあいになったばかりの者たちは笑みをのぞかせたり、おたがいを笑ったり、あるいは自分たちを笑ったりしながら、あとあとふたりきりになって紐をほどける——しかし、決して切ってはならない——ときが来るまで、なんとかふたりで乗り切ろうとする。

これは男女ひとりずつのつれあいでも難儀なことだが、三人のつれあいの場合には——さらには、ずっと稀な四人のつれあいの場合も——もっとずっと難儀になったが、それでもなお、この方法が適切だと考えられていた。そうした関係を長つづきさせたければ、よりいっそうの適応が必要とされるからだ。それぞれの人間は少なくとも片手だけは自由にするように義務づけられたので、普通縛りあわされるのは各人の左手同士だった。ある場所からある場所へ歩く、食べ物を手にとって食べるといった行為はもちろん、小用を足したり大便をしたりする場合においても全員の一致協力が必要とされる点では、ふたりでも三人以上でも変わらなかった。ひとりが制約に耐えきれなくなって欲求不満や怒りを爆発させることもあり、これはつれあいの将来にとって決して歓迎できない前兆だった。さらに稀なことだったが、いざ関係がはじまる前に結び目が切られてしまうこともあった。結び目をつくることがつれあいという関係のはじまりを象徴するものであるように、結び目を切る行為はつれあいのおわりを意味していた。

10

〈縁結びの儀〉は例年午後か夕方早くからおこなわれた。そのあと暗くなっていくあいだ、たっぷりと祝宴の時間がとれるようにするためだ。正式な〈縁結びの儀〉のおわりを宣言し、祝宴をはじめとする祝いの行事のはじまりを告げるのは、〈女神の歌〉の詠唱か、その詩の朗吟と決まっていた。

エイラとジョンダラーは正式な儀式がすべておわるまで、その場にとどまっていた。言葉や態度には出さなかったが、エイラは儀式がおわる前から退屈していた。午後いっぱい、人々が進みでてきては去っていくのを見せられ、名前と絆を述べたてる長い口上や儀式の言葉をくりかえしきかされて退屈しているのが、自分だけではないことも察しとれた。しかし同時に、この儀式がつれあいになるふたり――あるいは三人以上の人々――とその直属の縁者たちにとっていかに重要かはわきまえていたし、この場のゼランドニー族全員による承認も儀式の一部だった。そもそも、ゼランドニアに属する者は全員、儀式がおわるまで場にとどまることを求められていたし、いまではエイラもその一員なのである。

大ゼランドニが、新しくつれあいになった者たちを一堂にあつめた場を見て、エイラが数えたところ、あつまったのは十八組だった。前にきかされた話では二十組かそれ以上になるということだったが、心を決めかねた者がいたらしい。正式な〈縁結びの儀〉への出席を延期する理由は――それがこの季節の〈一の縁結びの儀〉であればなおさら――当事者同士が真剣な関係を結ぶことに不安を感じたということから、重要な縁者の到着が遅れていることまでさまざまだった。また、ようやく決心を固めた者たちや到着の遅れた縁者たち、いまの時点では準備がととのっていない者たち、さらには夏のあいだに新しくつながりあった者たちのために、夏のおわりにも〈縁結びの儀〉がとりおこなわれた。

やがて大ゼランドニが〈女神の歌〉の最初の一節を朗々とよく響く声で歌いはじめると、エイラは思わず顔をほころばせていた。

暗き闇から、時の混沌から、
つむじ風が生を与えしは偉大なる女神。
目覚めし女神は悟った、命には大いなる値打ちのあることを。
闇の虚無に母なる大地の女神は深く嘆き悲しんだ。
　女神は孤独。女神はひとりぼっち。

最初に耳にしたときから、エイラはこの〈女神の歌〉が大好きになった。とりわけ好きなのは、母なる大地の女神に仕える者の最高位にある大ゼランドニが歌ったときだった。ゼランドニー族のほかの面々もくわわってきた。節をつけて歌う者もあれば、詩を吟じる者もいた。横笛を吹ける者が調和する音を添えた。ゼランドニアの者たちは、遁走曲形式《フーガ》で対旋律を歌った。
隣に立っているジョンダラーの歌声がきこえた。ジョンダラーは美声のもちぬしだったが、歌う機会はそれほど多くはなく、歌う場合もほかの面々と声をあわせるときだけだった。一方エイラは、うまく音をとって歌うことができなかった。歌を習ったことはなかったし、そもそも歌うことに必要な素質そのものが欠けているようだった。エイラにできるのは抑揚もなく単調に口ずさむことだけだった。しかし詩はすべて記憶したので、感情をこめて言葉を口にしていった。とりわけわがことのように思えるのが、母なる大地の女神が息子――〝女神の大いなる喜びよ、まばゆく輝く男の子〟――に恵まれ、のちにこの息子をうしなうくだりだった。その部分をきいていると、エイラの目に涙がこみあげてきた。

母なる女神は胸の痛みをかかえて暮らした、
このまま息子ととこしえに離れ離れになったゆえ。
手の届かなくなった息子を思って女神の胸が痛んだ。
そこで女神はまたしても、命の力をみずからの裡《うち》に呼び覚ました。
　女神は決してくじけない。息子をうしなってしまっても。

そのあとにつづくのは、女神がありとあらゆる動物を産み、さらには女神の子らを――なかでも最初の男と最初の女を――産む部分だった。

　女神は産んだ、男と女を。

ふたりの住まいに、女神は大地を与えたもうた。
水と地を、みずから創ったものすべてを。
心してつかうこと、それを彼らの義務として。
　これぞ彼らのつかう故郷。しかしつかい方を誤ることなかれ。

大地の子らに女神は与えた、
生きのびるための賜物を。それから女神は考えた、
子らに歓びの賜物を与え、ともにわかちあわせよう。
つれあうことの喜びで彼らが女神を嘉《よみ》せるように。
　この賜物はみずからの手でつかむもの、女神を嘉しかえしたときに。

女神はみずから創った男女に満足し、
つれあいとなったら愛しあい、気づかいあえとふたりに教えた。
そして女神はふたりにひとつになりたい気持ちを起こさせた。
歓びの賜物、それは女神がつかわせしもの。
　女神がすべてをおえる前、その子らもまた愛した。
　大地の子らは祝福をうけた。これで女神は安らげる。

だれもがこの部分を待ちかねていた。堅苦しい儀式のおわりを宣言し、いよいよ祝宴やほかの祝いの行

事がはじまることを意味しているからだ。

宴の支度がととのうのを待ちがてら、人々が歩きまわっていた。エイラが静かにすわっているあいだは満ちたりたようすで眠っていたジョネイラだったが、人々がいっせいに〈女神の歌〉に声をあわせると身じろぎしはじめ、エイラが立ちあがって歩きだすとすっかり目を覚ました。エイラは娘を外出用のおくるみからとりだし、腕を伸ばしてジョネイラの体を地面の上にさしだした。ジョネイラはそのまま小用を足した。用を早くすませれば、それだけ早く寒いところからもどしてもらえ、温かな母の体にしがみつけるということをすぐに学んでいた。

「その子をおれに抱かせてくれ」ジョンダラーはいいながら、ジョネイラに手を伸ばした。ジョネイラが微笑みをむけると、ジョンダラーの顔に笑みが引きだされた。

「その子をおくるみで包んでやって」エイラはいいながら、赤ん坊のもち運びにつかっている柔らかな赤鹿の皮をジョンダラーに手わたした。「ちょっと冷えこんできたし、その子は目を覚ましたばっかりで、まだ体が火照ってるから」

エイラとジョンダラーはともに〈三の洞《ほら》〉の宿営地へむかった。〈三の洞〉は〈夏のつどい〉の中央宿営地内の領分を広げ、となりあう〈洞〉の人々のための場所をつくっていた。〈九の洞〉は、おもに昼間利用するための自分たちの寓舎《すまい》を二軒ばかりつくっていたが、それでも〈三の洞〉の宿営地と呼んでいた。彼らはまた食事をともにしたり、宴のためにあつまったりしていた。しかし〈縁結びの儀〉の祝宴となれば、すべての〈洞〉の人々によって準備され、わかちあわれるのが常だった。

ふたりは、ジョンダラーの家族や友人たちと合流した。彼らは〈夏のつどい〉の中央の宿営地にあるゼランドニアの寓舎にほど近い、広々としたつどいの場に料理を運んでいるところだった。いつものようにプロレヴァがすべての采配をふるって仕事を割りふり、ひとりひとりにさまざまな仕事を指図していた。ありとあらゆる方向から、人々が大々的な宴会に必要な品々を運んできていた。この地域で入手可能な食材は量もふんだんで種類も多く、どの〈洞〉も基本的な調理方法のうえに独自のさまざまな方法を編みだしていた。

緑ゆたかな草原と川沿いの捄水林《きょすいりん》は、さまざまな種類の大型の草食動物や移動性の動物を引き寄せた――たとえばオーロックスやバイソン、馬、マンモス、毛犀《さい》、大角鹿やトナカイ、赤鹿やそれ以外の何種もの鹿などだ。後年には山地へ撤退していく動物たちも、季節によっては寒冷な平地に住んでいた――たとえばアイベックスという野生の山羊、ムフロンと呼ばれる野生の羊、シャモアと呼ばれる山羊と羚羊《れいよう》の中間種などだ。またサイガと呼ばれる羊と羚羊の中間種は一年を通じて草原で暮らしていた。極寒《ごっかん》の時期になれば、麝香牛《じゃこううし》が平地に姿を見せた。また罠で捕えるような、もっと小さな動物たちもいたし、鳥も石や投げ棒で狩り落とすことができた。そのなかには、エイラがもっとも好んでいる雷鳥もいた。

また、多くの種類の食べられる植物も手に入れることができた。野生の人参、蒲《がま》の根茎、風味ゆたかな玉葱、ぴりっとした味の小さな芹《せり》の塊茎、澱粉質の雛百合《ひなゆり》や塊芋《ほどいも》の仲間の根菜類は、掘り棒であつめられたのち、生で、あるいは火を通すなり乾燥させるなりして食用にした。薊《あざみ》の茎は、頭状花の部分をもちあげて、まず鋭い棘《とげ》を削ぎ落としてから切る必要があったが、軽く火を通すと美味だった。牛蒡《ごぼう》の茎は、特別な扱いこそ必要ではなかったが、若いうちに刈らなくてはならなかった。藜《あかざ》の緑の葉は、すばらしい野生のほうれん草だった。刺草《いらくさ》はさらに美味だった。ただし、ほかの植物の大きな葉で手を保護しないと、摘みとるときに棘に刺される危険があった。この棘は火を通せば消えてしまう。

木の実や果物――ことに漿果《しょうか》――もまた豊富だったし、さまざまな種類のお茶が供された。葉や茎や花を湯に浸すだけで――あるいは水につけてしばらく直射日光にあてておくだけでも――望みどおりの味や特徴をそなえたお茶を淹れることができた。しかし、硬質な自然素材の場合には、ただ水や湯に浸すだけでは風味や天然成分を抽出するのはむずかしかった――樹皮や種子、根から適切な煎じ汁をつくるには、つねに湯を沸騰させることが要求された。

飲み物はそれ以外にもあった。たとえば果物の汁で、これには発酵させたものも含まれた。樹液――とくに樺《かば》の樹液――は煮つめて砂糖をとりだしたのちに発酵させられた。穀類や、当然ながら蜂蜜からもアルコール飲料がつくられた。マルソナは量こそかぎられていたが手製の果物の酒《ワイン》を提供し、ララマーもバーマをいくらか供出した。ほかにもそれぞれ独自の製法による中身の異なるアルコール飲料をもってきた者がちらほら見うけられた。大多数の者が自分の食器を持参したが、必要としている者には木や骨の皿、石や木を彫ったり蔓《つる》をきつく編んだりしてつくられた鉢や椀が提供された。

エイラとジョンダラーは友人に挨拶をしたり、それぞれの〈洞〉が提供する料理や飲み物の味見をしたりしながら歩きまわっていた。ジョネイラが場の注目をあつめることも珍しくなかった。なかには、平頭のもとで育った異郷の女がふつうの子どもを産んだのかどうかを確かめたいという好奇心に駆られた者もいた――平頭をいまだに動物だと思いこんでいる者たちだった。友人たちや縁者たちは、ジョネイラがいつも機嫌がよくて健やか、ほぼ無色の細くて柔らかな巻毛をそなえたとても愛らしい女の子だということに喜んでいた。母なる女神がジョンダラーの霊を選んでエイラの霊と混ぜることで、エイラに娘をさずけたことは、だれの目にも一目瞭然だった――ジョネイラは、ジョンダラーとおなじく抜きんでて鮮やかな青い瞳のもちぬしだったのである。

ふたりは、広大な共用地のへりに宿営地を設営している一群の人々のわきを通りかかった。そのうち数人の顔にエイラは見覚えがあるように感じて、ジョンダラーにたずねた。「あの人たちは〈旅の語り部〉じゃない？　あの人たちが〈夏のつどい〉に来るなんて知らなかったわ」

「おれも知らなかった。ちょっと寄って挨拶をしていこう」ふたりは早足で宿営地にむかった。宿営地に近づくと、ジョンダラーは大声で呼びかけた。「ガリアダル、おまえに会えるとはうれしい驚きだな」

ひとりの男が顔をめぐらせて笑みをたたえた。「ジョンダラー！　エイラ！」男はいいながら両手を前に伸ばして、ふたりに近づいてきた。

ガリアダルと呼ばれた男は両手でジョンダラーの両手を握りしめた。「母なる大地の女神の名において、あなたを歓迎します」

ガリアダルはあと少しでジョンダラーとならぶほどの身長の男で、わずかに年かさ、ジョンダラーが色白だという意味では色黒だといえた。ジョンダラーは淡い黄色の髪、ガリアダルは褐色でわずかに明るい色あいの筋のはいった髪で、頭頂部が少し薄くなっている。青い瞳はジョンダラーほど鮮やかではなかったが、浅黒い肌との対照がいやがうえにも人目を引く魅力になっていた。この人の肌はラネクほどは茶色くないわ――エイラはそう思っていた。むしろ、いっぱい日ざしを浴びている人のようだけど、冬になっても色が淡くなることはなさそう。

「女神《ドニ》の名において、あなたをわれらの〈夏のつどい〉に歓迎するよ、ガリアダル。それに、ほかの〈旅の洞〉のみんな、よく来てくれたね」ジョンダラーは答えた。「きみたちが来ていたとは知らなかった。いつこっちに着いた？」

「昼前には着いていたんだが、宿営地をしつらえる前にまず〈二の洞〉といっしょに食事をとったんだ。洞長《ほらおさ》のつれあいが、おれの遠縁のいとこでね。あの女が双子を産んだのは、まったく知らなかった」

「おや、おまえはベラドラの縁者なのか？　キメランとおれは同い年仲間だよ。大人の男になる儀式もいっしょにした仲だ」ジョンダラーは説明した。「あのときおれはいちばん背の高い男でね。場ちがいな気分だったんだが、キメランが来てくれたおかげでそんな気分も感じなくなった。あいつに会えて、うれしかったよ」

「おまえの気持ちはわかる。だいたい、おれよりも背が高いんだし」ガリアダルは注意をエイラにむけた。「あなたにもご挨拶を」いいながら、エイラがさしのべた両手をとる。

「森羅万象の母なる女神の名において、みなさんを歓迎します」エイラは答えた。

「そして、この愛らしくてちっちゃい子はだれかな？」ガリアダルは赤ん坊に微笑みかけながらいった。

「ジョネイラよ」エイラは答えた。

「ジョン＝エイラか！　きみの娘さんで、ジョンダラーの目をもった子にぴったりの名前だな」ガリアダルはいった。「できたら今夜はここに来てくれ。きみにきかせたい、とっておきの物語がある」

「わたしに？」エイラは驚いて答えた。

「そうとも。動物の特別な扱い方を心得ている女にまつわる物語だよ。これまでまわってきた土地のどこでも、みんなに気にいってもらえた」ガリアダルは満面をほころばせていった。

「動物の気持ちがわかる人を知ってるの？　その女の人に会ってみたいわ」エイラはいった。

「きみなら、その人をもう知ってるはずさ」

「でも、いまの話みたいな人となったら、わたし以外には知らないわ」エイラはいい……相手の話が理解できると顔を赤らめた。

「もちろんだとも！　あんなにいい話をむざむざ捨てておくに忍びなかったのでね。ただし、主人公にはきみの名前をつかっていないし、ほかにも変えた部分はある。多くの人から、それはきみの話なのかときかれたけど、答えは伏せてきた。そのほうがみんなの興味をかきたてられるしね。人がたくさんあつまったら、その物語を語るつもりだよ。ぜひききにきてくれ」

「そうさせてもらうとも」ジョンダラーはいった。エイラを観察していたジョンダラーには、その表情から自分の実体験をもとに語り部が話をつくりあげて、すべての〈洞〉の人々に語りきかせるということを、エイラがあまりうれしく思っていないことがわかった。たいていの人は注目を浴びることをうれしく思うが、エイラもおなじだとは思えなかった。エイラはすでに、自分が望む以上の注目をあつめてしまっている。かといって、ガリアダルを責められるものでもない。この男は物語の語り部であり、エイラの物語は一級品だ。

「おまえも物語に登場するぞ。省けなかったからね」語り部のガリアダルは片目をつぶりながらいった。「物語のなかでおまえは、五年間の長旅に出て、その女を連れて帰ってくる男になってる」

この言葉を耳にして、ジョンダラーは内心で思わず顔をしかめた。自分にまつわる話をきかされたことは前にもあったが、広まってほしい話ばかりではなかった。しかし、ここは文句を控え、騒ぎたてないのがいちばんだ――そんなことをしても、話の材料を増やすだけになる。語り部は、広く知られた人の話を語りきかせることを愛し、また人々はそういった話をききたがる。その場合、本当の名前をそのままつかうこともあれば、話そのものに尾鰭《おひれ》をつけたい場合には架空の名前をつくりあげる。話をきいた人たちは、だれの話なのだろうかと臆測をめぐらせるわけだ。ジョンダラーも少年時代にはそういった話をよくきいたものだし、愛してもいたが、ゼランドニー族の〈古《いにしえ》の伝え〉や歴史のほうがずっと好きだった。〈九の洞〉の洞長をつとめていたころのマルソナにまつわる話もたくさん耳にした。マルソナとダラナーのすばらしき愛の物語はあまりにも多く語られたため、いまでは伝説に近くなっていた。

エイラとジョンダラーはしばらくガリアダルと世間話をしてから、また〈三の洞〉の宿営地にむかって歩きはじめたが、途中で何人もの知人と会って話をした。夜が深まって、あたりがすっかり暗くなった。エイラはつと足をとめて空を見あげた。いまは新月——星々の光をかすませるほど輝く月が見あたらないため、畏怖を感じるほどおびただしい星々が空を埋めつくしていた。

「空がとっても……いっぱいで……ああ、うまい言葉が見つからないわ」エイラは自分自身にもどかしさを感じながらいった。「とってもきれいだけれど、それだけじゃない。こういう空を見ていると自分がちっぽけに感じられる……でも、ある意味ではすがすがしい気分にもなれる。空はわたしたちよりもずっとずっと大きい……いいえ、どんなものよりも、ずっと大きいのよ」

「今夜みたいに星々が輝いていると、すばらしいながめだな」ジョンダラーはいった。

輝く星々は月ほどの明るい光を投げかけてはいなかったが、ふたりの足もとをかろうじて照らすには充分な明るさだった。しかし、光をもたらしているのは無数の星々だけではなかった。どの宿営地でも大きな焚火をいくつも燃やし、宿営地同士をつなぐ道に沿って松明《たいまつ》や手燭が配されていた。

〈三の洞〉の宿営地にふたりがたどりつくと、プロレヴァとその妹のレヴェラ、姉妹の母親であるヴェリマが待っていた。一同はそれぞれに挨拶をかわしあった。

「月がほんの何回かめぐっただけなのに、ジョネイラがこんなに大きくなるなんて信じられない」レヴェラはいった。「それに、とっても美人ね。目はジョンダラーそのもの。でも顔だちはあなたに似てるわ」

エイラは赤ん坊への褒め言葉に顔をほころばせたが、自分への言葉は受け流した。「わたしには、この子はわたしではなくマルソナに似てるように思えるの。わたしは美人じゃないし」

「きみは自分がどんなふうに見えるかを知らないんだよ」ジョンダラーはエイラにいった。「きみは磨かれた鏡も見ないし、静かな水面さえのぞきこまないじゃないか。きみは美しいよ」

エイラは話題を変えた。「ずいぶんお腹が目だってきたわね、レヴェラ。体調はどう?」

「朝、気持ちわるくなるのを乗り越えたら、それからはずっといい気分よ」レヴェラはいった。「元気と力があふれてるみたい。でも、このごろはちょっとしたことで疲れやすくもなった。いまは遅くに寝て、明るいときに昼寝をしてる。あと、長いこと立ってると腰が痛くなることがあって」

「それでいいんだっていいたいところでしょう?」ヴェリマはそうエイラにいってから、娘に微笑みをむけた。「いまの時期は、そんな体調になるのが自然なことなの」

「いま、子どもたちの世話をするための場所をつくってるの。お母さんたちがそれぞれのつれあいと〈女神のまつり〉でのびのび楽しめるようにね」プロレヴァがいった。「あなたもお望みなら、ジョネイラを置いていってもいいわ。向こうでは歌や踊りの会があるだろうし、わたしが引きあげてくるときには、もうお酒に酔っぱらってる人がいたわ」

「〈旅の語り部〉の連中が来ていることは知ってたかい?」ジョンダラーがたずねた。

「来る予定だという話はきいていたけれど、こっちに到着したとはきいてないわ」プロレヴァがいった。

「ガリアダルと話をしたよ。ぜひ物語をききにきてくれと誘われた。エイラにきいてほしい物語だそうだ」ジョンダラーはいった。「どうやら、申しわけ程度にごまかしたエイラ自身の身の上話のようだね。それでも行っておくべきだと思うんだ。きいておけば、あしたになって人々がなんの話をしているのかがわかるから」

「あなたは行くの?」エイラは、眠っている自分の赤ん坊を横たえようとしているプロレヴァにたずねた。

「大人数の宴会で、何日も前から準備に追われてたのよ」プロレヴァはいった。「いまは宴会に行くよりも、ここに残って、ほんの何人かの女たちと子どもたちの面倒を見ていたい気分ね。そのほうが、ゆっくり体を休められそう。〈女神のまつり〉は前に体験しているし」

「だったら、わたしもここに残って、子どもたちの面倒を見ていようかな……」エイラはいった。

「だめ。あなたは行くべきよ。あなたにはまだ〈女神のまつり〉が目新しいはずだし、ゼランドニになるための修練中なら、なおさら〈まつり〉に通じておく必要があるもの。さあ、あなたの赤ちゃんを預けてちょうだい。もう何日もジョネイラを抱っこさせてもらってないわ」プロレヴァはいった。

「その前にお乳を飲ませたいわ」エイラはいった。「どうせ、いまちょっと胸が張っているから」

「レヴェラ、あなたも行くべきよ。なんといっても、語り部たちが来ているのだもの。お母さんも行くべきね」プロレヴァはヴェリマにもそういった。

「語り部たちは、この先もずっとここにとどまってるわ。また日を改めて見にいけるだろうし、わたしももう〈女神のまつり〉はそれなりに体験ずみよ。あなたはずっと忙しかったし、わたしたちにはほかの人を訪ねる暇もろくになかった。わたしは、あなたとここに残っていたいわ」ヴェリマはいった。「でも、あなたは行きなさい、レヴェラ」

「どうしようかな。ジョンデカムはもう向こうに到着しているし、会いにいくと約束もしたけど、きょうはもう疲れちゃった。だからちょっとだけ足を運んで、語り部の話をきいてこようかなと思ってるの」レヴェラはいった。

「ジョハランもあっちにいるわ。だいたい、いつもあの場にいるのよ——何人かの若い男に目を光らせておくためだけにね。少しは自分でも楽しむ時間をとればいいのに。語り部たちが来てることをジョハランにも教えてあげて、ジョンダラー。ジョハランはいつも語り部を楽しんでるから」

「ああ、会えたら必ず話すよ」ジョンダラーはいった。

プロレヴァがここに残るといっているのは、つれあいのジョハランに〈女神のまつり〉を楽しむ自由を与えようという気持ちからだろうか——ジョンダラーはそう思った。つれあい以外の相手と媾合《まぐわ》ってもかまわないことは、だれもが知っていた。しかし——ジョンダラーも知っていたが——自分以外の相手と媾合っているつれあいの姿を見たくない人もいる。ジョンダラー自身もそうだった。ほかの男とどこかに消えていくエイラを目にしたら、さぞやつらい思いをさせられそうだ。すでに何人もの男がエイラに興味を示していた——たとえば〈二十六の洞〉のゼランドニがそうだったし、語り部のガリアダルでさえそんな目をしていた。こういった嫉妬が眉をひそめられる対象だとわかっていてもなお、ジョンダラーは気持ちを抑えられなかった。あとはただ、いざその場で嫉妬をうまく隠せることを祈るだけだった。

広大な〈つどい〉の場にもどると、レヴェラはすかさずジョンデカムの姿を見つけ、足早に前に進んでいった。しかしエイラはしばしへりの部分に足をとめて、場のようすをただながめていた。この地でひらかれる〈夏のつどい〉に出席することになる人々のほぼ全員が、すでに到着していた。これほど多くの人々が一カ所にあつまっている光景に、いまでもエイラは多少落ち着かない気持ちにさせられた——とりわけ、最初にそんな光景を前にしたときにその傾向が強かった。そのあたりの事情を理解しているジョンダラーは、エイラとともに待っていた。

最初にひと目見たときには、形のさだまらない大群衆が、荒れ狂う大河のように大きな渦巻をつくりながら、この広大な空間を埋めつくしているかに思えた。しかしさらに目を凝らしていくうちに、人々がいくつかの大きな集団を——もっぱら大きな焚火のまわりか近い場所に——つくっていることがわかってきた。外縁部に近い〈旅の語り部〉の宿営地のそばでは、大げさな身ぶりをしながら話をしている三、四人の人々のまわりにたくさんの人々があつまっていた。その三、四人の人々は、あつまった人々にもその姿がよく見えるよう、群衆より一段高くなった、材木と固い生皮の台のような構造物の上に立っていた。この舞台に近いところにいる人々は、地面にしゃがみこむなり、舞台近くに引き寄せてきた丸太や岩に腰かけるなりしていた。〈つどい〉の場をはさんでほぼ反対側では、人々が横笛や太鼓やほかの打楽器の奏でる楽《がく》の音《ね》にあわせて、歌ったり踊ったりしていた。その両方に心を引かれたエイラは、まずどちらに行こうかと考えていた。

そのふたつとは別の場所では、あつまった人々が種々の駒やおもちゃをつかって賭け遊びに興じていた。そのすぐ近くでは、人々は飲み物のお代わりをもらっていた。そこでララマーがつくり笑いを浮かべてバーマを人々にわけあたえていることに、エイラは気がついた。

「ああやって人気とりをしてるんだよ」まるでエイラの考えを読みとったかのように、ジョンダラーがいった。エイラ本人は、ララマーの姿に自分が嫌悪の表情を浮かべたことにも気づいていなかった。

エイラはさらに、ララマーを囲んでバーマのお代わりをもらおうとしている人々のなかにトレメダがいることにも気がついた。しかしララマーは、トレメダにはバーマをわけようとしなかった。やがてトレメダは近くにいるほかの集団にむかって歩いていった。その人たちは、残った料理を漁《あさ》っていた——あちこちで残った食べ物があつめられ、食べたい人が自由に食べられるようになっていたのだ。

宿営地のどこを見ても、人々が輪をつくって立ち話をしながら声をあげて笑ったり、これといった理由もなく、ある場所から別の場所へとふらふら歩いたりしていた。最初のうちエイラは、人だかりのへりの部分、あまり光が届かないあたりで、ひそやかな活動が進められていることに気がつかなかった。ついで、燃えるような赤毛の若い女の姿が目にとまった——フォラーラの友人のガレヤだった。ガレヤは〈三の洞〉の若い男といっしょに、食べ物のある一画に背をむけて遠ざかっていった。男がライオン狩りにも参加していたことをエイラは思い出した。あのときふたりは相棒となって、それぞれの身の安全に目をくばりあうことを選んだのだった。

エイラが見ていると、若い男女は〈つどい〉の場の暗くなった周縁部まで歩いていき、足をとめて抱きあっていた。つかのまエイラは気まずさをおぼえた。ふたりが肉体的に親密になりはじめる場面をのぞき見するつもりは毛頭なかったのだ。ついでエイラは、活動の中心から離れた場所のそこかしこにほかの人たちがいて、ふたりだけの世界に深く没頭しているらしいことに気がついた。エイラは頬が赤らむのを感じた。

ジョンダラーはひとり微笑んでいた。エイラがどこに視線をむけているかがわかったからだ。ゼランドニー族は一般に、そうした行為にじろじろと視線をむけたりしない傾向にある。その種の行為は、人に気まずい思いをさせるものではなかった。肉体的に親密になる行為はありふれており、あっさり無視するだけだった。僻遠《へきえん》の地にまで旅をしたジョンダラーは、人々の習慣がその地その地で異なる場合があることをよく知っていたが、それはエイラもおなじだった。また、エイラがからみあう男女の姿を見たことがあることも知っていた——狭いところに寄りあつまって暮らしていれば、避けられないことだ。それにエイラは、昨年の〈夏のつどい〉でも同様の行為の現場を目にしていたはずである。いまエイラがなぜ居ごこちのわるい思いをしているのか、ジョンダラーにはわからなかった。たずねてみようと思ったが、ちょうどレヴェラとジョンデカムが引き返してくる姿が目にとまり、質問は先延ばしにすることにした。

エイラの狼狽《ろうばい》の原因は、氏族とともに暮らしていた幼少時にまでさかのぼるものだった。あの時代に、〝たとえ目に見えるものであっても、見てはならないものがある〟ということを深く刷りこまれたのだ。ブルンの一族が暮らす洞穴内でそれぞれの炉辺のまわりに配されていた石は、いってみれば目に見えない壁だった。人はその境界石よりも内側を見ることができず、ほかの男の炉辺という内輪の空間をのぞくようなことはない。人々はみな目をそらすなり、なにもない宙に視線をむけて遠くを見ているような目つきになるなり、とにかく石の囲いよりも内側をのぞいていると思われるのを避けた。それにくわえて氏族の人々は一般的に、たとえうっかりでも他人をまじまじと見つめないように気をくばっていた。じっと見つめることは氏族の身ぶり言語のひとつで、特別な意味があった。たとえば族長がきつい目でだれかをにらめば、それは懲罰を意味した。

自分がなにを見ているのかに気づくなりエイラはすばやく別の方向に視線をそらし、そこでレヴェラとジョンデカムが近づいてくるのを目にして、奇妙なことながら安堵をおぼえた。エイラは頰を触れあわせ、ふたりに心のこもった挨拶をした——まるでふたりと久しぶりに再会したかのように。

「わたしたち、これから語り部を見にいくのよ」レヴェラがいった。

「わたしは物語をきこうか、音楽をきこうか迷っていたところ」エイラは答えた。「あなたたちが語り部のところに行くのなら、わたしもごいっしょさせてもらおうかな」

「ああ、おれも行くよ」ジョンダラーがいった。

語り部たちのいる場所に一同がたどりついたときは、ちょうど演《だ》し物のあいだの中休みらしかった。ひとつの物語がおわり、次の物語はまだはじまっていない。人々があたりを歩きまわっていた——立ち去る者もあれば、この場にやってくる者も、またすわる場所を変えている者もいる。エイラはあたりを見わたして、場の雰囲気をつかもうとした。いまは無人だが、低い舞台は三、四人が一度に立って動きまわれるだけの広さがあった。舞台の正面ではなく左右両側に、ほぼ長方形の火壕《ひぼり》があった――ぬくもりのためというよりも光を求めてのことだった。その火壕にはさまれた部分とその外側には、数本の丸太が大ざっぱに列をつくってならべてあった。かなり大きい岩もいくつか置いてあり、そのどれにも楽にすわれるよう座布団が敷いてあった。丸太より前はなにもない空地で、人々が地面にすわれるようになっていた。ほとんどの人々が草を編んだ茣蓙《ござ》や皮の敷物のたぐいを持参してきていた。

舞台に近いところの丸太にすわっていた数人の人々が立ちあがって、引きあげていった。レヴェラはきっぱりした足どりでその丸太を目指していき、木の幹を覆っている柔らかな座布団の上に腰かけた。すかさずジョンデカムが隣にすわって、自分たちの両側を、途中で知りあいと会って挨拶をかわしているために遅れている友人たちの席だと宣言した。一同が挨拶をしていると、語り部のガリアダルが近づいてきた。

「来てくれたんだね」ガリアダルはいいながら身をかがめて、エイラの頬に頬をすり寄せてきた。ジョンダラーには、ガリアダルが肌を触れあわせている時間が長すぎるように思えた。エイラは首すじにガリアダルの熱い吐息を感じ、さらに心地よい男の体臭を嗅ぎとっていた――エイラがいちばんよく知っている香りとは異なる香りだった。それだけではなく、ジョンダラーのあごの線に、笑みとは裏腹な緊張が浮かんでいることもエイラは見てとっていた。

一同のまわりに何人もの人々があつまってきた。エイラが見たところ、だれもが語り部の関心を引きたがっているようだった。ガリアダルについてまわりたがる人々の数が多いことには、すでに気づいていた――それも若い女たちが多かった。なかには、ある種の期待の目でエイラを見ている者もいた。なにかを待っているような目。好きになれない目つきだった。

「レヴェラとジョンデカムが、前のほうにおれたちの席を確保してくれてるぞ」ジョンダラーはいった。

「だからあっちに行って、席についていたほうがいい」

エイラはジョンダラーに微笑みかけ、ふたりはいっしょに友人のもとへとむかった。しかしふたりが到着したときには、せっかくレヴェラとジョンデカムが確保してくれていた場所に、何人かの人々がすわってしまった。四人は肩を押しつけあうようにしてすわり、話がはじまるのを待った。

「なんでこんなに時間がかかるんだ」ジョンデカムがわずかに痺《しび》れを切らせていった。

ジョンダラーは、さらに人々がこの場にやってきていることに目をとめた。「語り部の連中は、どれだけの人が来るかを見さだめたいんだろうな。ほら、わかるだろう？　語り部はいったん話をはじめたあとで、多くの人々に動きまわられるのをきらうからね。物語の流れが乱されるからさ。まあ、二、三人が静かにはいってくるくらいなら連中も気にしないが、そもそもたいていの人は、話の途中ではいっていくのはいやがるよ。みんな、できれば話を最初からききたいと思ってる。話をやっている最中なら、その話がおわるのを待っている人も大勢いると思うよ。そういった人にとっては、話をきいていた人たちがその場を離れはじめたら、今度は自分たちが行く番だとわかるわけさ」

ガリアダルをはじめとする数名が舞台にあがった。彼らは人々に気づいてもらうのを待っていた。全員がおしゃべりをやめて場が静まると、背が高く褐色の髪のガリアダルが話しはじめた。

「はるか遠く、日輪の出ずる地に……」

「どんな話でも、この文句からはじまるんだ」ジョンダラーはエイラにささやきかけた——この話が正しくはじまったことがうれしいかのように。

「……ひとりの女とそのつれあい、そして三人の子が住んでいました。いちばん年上はキマカルという男の子」語り部が、女の長男についてロにすると、舞台にあがっていた若い男が前に進みでて軽く会釈し、いま話に出たのが自分であることを示した。「ふたりめはカレラという名の女の子」語り部がふたりめの子どもを話題にすると、若い女がその場で体をくるりと回転させ、しめくくりにお辞儀をした。「いちばん年下だったのがウラフォンという名の男の子」三人めの子どもが話に出ると、別の若い男が自分を指さし、誇らしげににっこりと笑った。

観衆がわずかにざわめき、末っ子の名前が話に出ると、そこかしこから含み笑いの声があがった。ウラフォンという名前と、四本足の狩人にエイラがさずけたウルフという名前が似かよっていることに気づいたからだ。

語り部ガリアダルは怒鳴り立てているわけではないが、それでも声が観衆すべてにまでよく届いていることにエイラは気づかされた。力強く、明瞭で、しかも表現力ゆたかに話すことのできる特別な伎倆《ぎりょう》をそなえた男だった。エイラが連想したのは〈二十六の洞〉のゼランドニとその侍者ともども洞穴を訪ねたおり、洞穴にはいっていく前に三人のそれぞれが入口前で出したさまざまな声だった。ついで、ガリアダルならば――もし本人が望みさえすれば――ゼランドニアの一員にもなれたはずだ、という思いが頭をかすめた。

「三人の子どもたちはつれあいをとってもおかしくない年齢でしたが、まだだれもつれあいをとってはいませんでした。彼らの〈洞〉はとても小さく、年格好の似ている者はあらかた近しい縁者だったからです。母親は心配になりはじめました――三人がつれあいをとるには遠くまで行かなくてはならず、それゆえ二度と子どもたちの顔を見られなくなるのではないか、と。そんな母親は、川沿いに北へとむかった先にある洞穴にひとりで住んでいるという老ゼランドニの話をききつけました。この老ゼランドニはなんでも望みを叶えてくれるが、そのためにはおいそれとは応じられない見かえりを要求してくる……そんなふうに囁《ささや》きかわす人もおりました。母親はそのゼランドニをさがしにいくと決めました」

語り部ガリアダルは話をつづけた。

「ある日住まいに帰ってきた母親は、三人の子どもたちに川べりへ行って蒲の根をとってくるようにいいました。そこへ行った三人は、おなじ年ごろの若者三人と会いました——キマカルと同い年ほどの娘、カレラと同い年ほどの少年、そしてウラフォンと同い年ほどの少女です」

いちばん年上の少女の話が出ると同時に、舞台上にあがっているうちの最初の若い男がなまめかしく微笑んでみせた。若い女は、勇ましい男っぽい姿勢をとった。最後の若い男は、はにかんでいる若い娘の物真似を披露した。聴衆が笑い声をあげた。エイラとジョンダラーはともに顔をほころばせながら、おたがいに顔を見あわせた。

「この三人の新顔たちは、南の地からやってきたばかりの異郷の者たちでした。その場の全員が適切なふるまいだと教えられていたとおりに挨拶をかわし、それぞれの重要な名前や絆を述べ立てて自己紹介をすませました。

『わたしたちは食べ物をさがしにここへ来たの』最年長の旅人がいいました」

ガリアダルは科白の部分では声の調子を変え、若い女として話していた。

「『ここには蒲がたくさんあるわ。だからわけてあげられる』カレラは答えました」

ガリアダルはここでも声の調子を変え、それにあわせて舞台上の若い女が口を動かしていた。ガリアダルは話をつづけた。

「それから六人は、川べりの柔らかい泥から蒲の根を引き抜きはじめました。キマカルは、異郷の地からやってきた最年長の娘を手伝い、カレラはまんなかの少年にどこを掘ればよいかを教えました。そしてウラフォンはいちばん年下の内気な少女のために、蒲の根を何本か抜いてやりました。しかし、美しい少女は蒲を受けとろうとはしません。ウラフォンには兄と姉がそれぞれ愉快な新しい友だちと過ごすひとときを楽しみ、どんどん親しくなっていく姿が見えていました」

いまや笑い声はかなり大きくなっていた。あからさまな当てこすりがおかしかったのは無論のこと、舞台で最年長の兄を演じていた若い男と若い女が大げさなしぐさで抱きあい、いちばん年下の弟がうらやましげに見つめていたせいもある。ガリアダルは物語の登場人物が話すときには、それぞれに応じて声の調子を変えながら物語を述べ立て、一方舞台の上の三人は話にあわせて中身を実演していたが、芝居が大げさになることも珍しくなかった。

「『これはとっても質のいい蒲だよ。なんで食べないのさ?』ウラフォンは、魅力的な異郷の女の子にたずねました。『わたし、蒲を食べられないの』女の子は答えました。『わたしが食べられるのはお肉だけ』」

この若い娘の話し言葉を口にするとき、ガリアダルはとても高い声を出した。

「ウラフォンは途方にくれました。『だったらぼくが狩りで肉を手にいれてこられるかも』とはいいましたが、狩りがあまり上手ではないことは自分でもわかっていました。いつもは狩りにただ同行するだけなのです。気がまえこそあれ、ちょっと怠け者、これまで狩りに本腰を入れたためしがありません。ウラフォンは〈洞〉の母親の住まいへ帰りました。

『キマカルは南から来た女と、カレラは南から来た男とそれぞれ蒲をわかちあってたよ』ウラフォンはそう母親に話しました。『ふたりはつれあいを見つけた。でも、ぼくがつれあいに望んだ女は蒲を食べられない。食べられるのは肉だけ。なのに、ぼくは狩りが下手なんだ。その娘のための食べ物をどうやって見つければいい?』」ガリアダルは物語っていった。

エイラは〝蒲をわかちあう〟という言葉に、自分にはわからない第二の意味があるのだろうかと思った。自分には理解できない冗談のように。語り部が、蒲をいっしょに食べる話からいきなりつれあいをとる話をつづけたからだ。

「『ここから北に行った川近くの洞穴に、老ゼランドニがひとりで暮らしてる』母親はいいました。『あの人なら、おまえの助けになってくれるかも。でも、頼みごとには気をつけて。頼みごとがそっくりそのまま叶えられるかもしれないから』」

母親の言葉を発するときも、ガリアダルはまた声の調子を変えていた。

「ウラフォンは老ゼランドニをさがしに出発しました。何日も川に沿って北上し、道中で見かけた洞穴を残らず確かめながら。やがてもうあきらめかけたそのときに、崖のずっと高いところにある小さな洞穴が目にとまり、最後にそこを調べてみようと思いました。そしてウラフォンは、洞穴の前にひとりの老女がすわっているのを見つけました。老女は眠っているかに見えました。ウラフォンは老女を起こさぬように忍び足で近づきましたが、好奇心は抑えがたく、その姿をまじまじと観察しました」

ガリアダルはつづけた。

「身にまとっているのは特徴のない品、普通の人々がまとうのと変わりなく、ただどちらかといえば決まった形もなく、あちこち擦り切れておりました。けれどもその老ゼランドニは、さまざまな素材でつくられた多くの首飾りをつけていたのです——数珠玉や貝殻もあり、穴をあけた動物の牙や鉤爪もいくつかありました。マンモスの牙や骨や枝角や木から彫りあげた動物もありました。石もあれば琥珀《こはく》もありました。そして動物の浮き彫りがほどこされた円盤《メダル》の首飾りもありました。首飾りにはじつにたくさんの品がついていたので、ウラフォンには全部を見てとることは無理でした。しかしなにより目を引かれたのは、老ゼランドニの顔の刺青《いれずみ》です。きわめて精緻《せいち》かつ派手、四角や螺旋《らせん》や渦巻や飾り線に埋めつくされて、顔の肌が見えないほどでした。この老女が高位のゼランドニであることは一見して明らか、ウラフォンにはこの人が少し怖く思えました。自分のちっぽけな願いごとでこの人をわずらわせてよいものかどうか、ウラフォンにはわかりませんでした」

舞台の上の女はいっしかすわっていた。着替えてはいなかったが、服を体に巻きつけたその姿は、まさしくガリアダルが描写したとおり、形のさだまらない服を身につけた年老いた女そのままに見えた。

「ウラフォンは帰ろうと思いました。しかし、体の向きを変えたそのとき、声がきこえました。『わたしになんの用かね、若き少年よ?』老ゼランドニはいいました」

ガリアダルはここでもっと年をとった女の声を出した——といっても、かぼそく震える声ではなく、力強く成熟した者の声を。

「ウラフォンは小さな悲鳴をあげて、ふりかえりました。それから正式な自己紹介をすませ、こう話しました。『母から、あなたがぼくの力になってくれるかもしれないとききました』

『どんな悩みをかかえている?』

『ひとりの女と会いました。南から来た女です。その女と蒲をわかちあおうとしたのですが、女は自分は蒲を食べられない、食べられるのは肉だけだといいました。ぼくはその女を愛しています。だから、女のために狩りをしたい。でも、ぼくは狩りが下手です。ぼくが腕のいい狩人になるために力を貸してくれますか?』

『その女が自分のために狩りをしてほしいと、おまえに望んでいるのは確かかな?』老ゼランドニはたずねました。『おまえの蒲が欲しくないというのなら、おまえのもたらす肉も欲しくないというかもしれぬ。おまえは女にたずねたか?』

『蒲をさしだすと、女は自分は食べられないのだといい、食べたくないとはいいませんでした。だったらぼくが代わりに狩りをしてくるというと、女は〝いやだ〟とはいいませんでした』ウラフォンはいいました」

ガリアダルが若い男ウラフォンの言葉につかう声には希望の響きがこめられていた。舞台上の若い男は、その声の調子を表情で真似ていた。

「『おまえも知っておろう――腕のいい狩人になるために必要なのは練習、練習、また練習、それのみだ』老ゼランドニはそう告げました。

『はい、わかっています。ぼくはもっと練習するべきでした』」

舞台の上の若い男は、いかにも悔いているかのようにうなだれた。

「『しかし、おまえは練習を怠ったのであろう? そして若い女に興味をもったいまになって、いきなり腕の立つ狩人になりたがっている。ちがうか?』」

ガリアダルがつくりだす老ゼランドニの声が、叱責の調子を帯びた。

「『はい、そのとおりです』」舞台の若い男は、ここでますます恥じいった顔になった。「『でも、ぼくはあの女を愛しているんです』

『なにを手に入れるにせよ、そのためにはほぼ決まって汗水垂らさなくてはならぬ。練習で汗水を垂らすことを望まぬのなら、狩りの腕を身につけるには、ほかの方法で埋めあわせをせねばならん。練習に汗水垂らすか、さもなくばなにかを差しだすかだ。おまえはなにを差しだす？』

『なんでも差しだします！』」

観衆がはっと息を飲んだ。これがいってはならない言葉だとわかっていたからだ。

「『いまからでも遅くはない、時間をとって練習にはげみ、狩りの腕を身につけることもできるぞ』老ゼランドニはいいました。

『でもあの女は、ぼくが狩りの腕を身につけるまで待ってくれないかもしれません！　ぼくはあの人を愛してる。ぼくはただ、あの人に愛してほしくて、あの人に肉をあげたいだけです。ああ、生まれたときから狩りの才能がそなわっていればよかったのに』」

突然、観衆も一段高くなった舞台の上の面々も、自分たちのただなかで騒ぎが発生したことに気づかされた。

11

　ウルフは人だかりのあいだをすり抜けていた——おりおりに体が人の足にかすっていたが、その人が足に触れたものの姿をちらりと見るよりも早く、ウルフはその場を去っていた。たいていの人々はすでにウルフのことを知っていたが、それでも姿に気づいた人が驚きの小さな悲鳴や恐怖の金切り声をあげる程度には驚かれる存在だった。それればかりか、エイラさえ驚いていた——なんの前ぶれもなくウルフが姿をあらわして、すぐ前にすわり、顔を見あげてきていたからだ。ダネラは驚いていたが、それはウルフがいきなりあらわれたからで、ウルフを恐れていたからではなかった。

「ウルフ！　おまえは一日じゅう留守にしてたわ。どこに行ったのかと心配になりかけていたところよ。このあたり一帯を探険してたんでしょう？」エイラはいいながら首のまわりの剛毛をがしがしと掻き立て、耳のうしろを掻いてやった。ウルフはぐっと首を伸ばしてエイラののどとあごを舐めてから、膝に頭を載せた。エイラが体をさすったり撫でたりして迎えてくれているのが、たまらなくうれしいようすだった。エイラがその手をとめると、ウルフはそのすぐ前にしゃがんで体を丸め、そろえた前足に頭を載せた。くつろいではいたが、目は油断なくまわりを見ている。

ガリアダルをはじめとする舞台上の面々は、ウルフを見つめていた。やがてガリアダルはにっこりと微笑み、「われらの珍しき客は、この物語のまことにふさわしいところで登場したようだ」というと、ふたたび登場人物になりきって話をつづけた。

「『それがおまえの望みなのか？ 生まれついての狩人になりたいのか？』老ゼランドニはたずねました。『はい！ そうです。ぼくは生まれついての狩人になりたい！』ウラフォンは答えました。『ならばわが洞穴に来るがよい』老ゼランドニはいいました」

もはや話の雰囲気は笑いをいざなうものではなくなっていた――不気味な気配が立ちこめていた。

「洞穴に足を踏みいれるなり、ウラフォンは猛烈な眠気に襲われました。そして積まれている狼の毛皮にすわりこむなり、たちまち寝入ってしまったのです。やがて目を覚ましたときには、ずいぶん長く寝てしまったように思えましたが、どれだけ寝ていたかを知るすべはありませんでした。洞穴にはだれもいませんでしたし、そもそも人が住んでいたことを示すしるしもありません。ウラフォンは急いで洞穴の外に走りでていきました」

舞台の上の若い男が、両手と両足をともにつかって想像上の洞穴から走りでてきた。

「日ざしは輝き、ウラフォンはのどの渇きを覚えました。川を目指していくあいだに、ウラフォンは奇妙なことに気づきました。たとえば、周囲の見え方がこれまでと変わっていたのです――そう、自分の目がもっと地面に近づいたかのようでした。川のへりにたどりつくと、今度は川の冷たい水が、足になにも履いていないかのように感じとれました。そこで下に目をむけると、そこには自分の足が見あたりません

——見えたのは前足、それも狼の前足だったのです。

最初のうち、ウラフォンは困惑するばかりでした。ついで、なにがあったのかが理解できました。老ゼランドニは、ウラフォンの願いごとをそっくりそのまま実現させたのです。ウラフォンは生まれついての狩人になりたいと願い、願いを叶えてもらいました。そう、狼になったのです。腕のいい狩人になりたいといったとき、ウラフォンが願ったのはこんなことではありませんでした。しかし、時すでにおそし……。

あまりの悲しみにウラフォンは泣きたくなりましたが、そもそも涙をもっていません。ウラフォンは川べりでじっと待っていました。あたりが静まりかえっていたこともあり、やがてウラフォンはこれまでとはちがう感覚で森を意識するようになりました。以前ならきこえなかった音がきこえ、以前なら存在することも知らなかったにおいが感じられたのです。いろいろなもののにおいを嗅ぎわけることもできました。なかでも動物のにおいを。大きな白兎のにおいに心を集中させると、自分が空腹であることに気づきました。しかし、いまでは空腹をなだめるのにどうすればいいかはわかります。ウラフォンはゆっくりと忍びやかに白兎に近づいていきました。白兎はすこぶる俊敏、しかも一瞬で向きを変えることができましたが、狼にはその動きが予測できたので、首尾よくつかまえることができました」

話のこの部分を耳にして、エイラはひとり微笑んだ。大多数の人々は、狼をはじめとする肉食獣が生まれながらにして獲物を狩って殺すすべを心得ていると思いこんでいる。それが事実とはちがうことを、エイラは知っていた。かつて、だれにも知られないように練習を重ねて投石器をつかいこなせるようになると、エイラは次の段階に進み、この道具を実地につかって狩りをしたいと思うようになった。しかし、氏族の女が狩りをすることは禁じられていた。当時、多くの肉食動物が——なかでも貂《てん》やオコジョや鼬《いたち》のたぐい、小さめの山猫や狐などの小型の肉食獣、獰猛《どうもう》なクズリ、毛がふさふさした大山猫、狼、ハイエナなどの中型の狩人たち――ブルンの一族のもとから肉を盗んでいた。エイラは、こうした肉泥棒――自分が属する一族に害をなす動物たち――だけをねらい撃ちにして、食用の肉をあつめる狩りは男にまかせることで、氏族の禁忌にそむく自分を正当化した。その結果、狩人としての腕をさらに磨くことができただけでなく、みずからが選んだ獲物について、きわめて多くの知識を得ることもできた。エイラはまず最初の数年間を彼らの観察に費やしたのち、最初の狩りに成功した。そこでわかったのは、肉食動物には狩りへの適性こそ自然にそなわっているものの、どの動物でも大なり小なり年長のものから狩りを教えられていることだった。狼は生まれながらに狩りの方法を知っているわけではない――若い狼は群れから狩りを教わるのだ。

エイラはふたたびガリアダルの語る話に引きこまれていった。

「のどを流れ落ちていく温かな血はまさしく甘露のごとき美味であり、ウラフォンはたちまち白兎をたいらげてしまいました。それから川へ引き返し、また水を飲んで、毛についた血を洗い流しました。そのあとあたりをくんくんと嗅ぎ回り、安全な場所をさがしました。満足できる場所が見つかったので、ウラフォンは体を丸め、尻尾で顔を隠して眠りにつきました。次に目が覚めると、あたりはすでに暗くなっていましたが、目は暗いところも前よりよく見えるようになっていました。ウラフォンは気怠《けだる》げに伸びをし、片方のうしろ足をもちあげて藪《やぶ》に小便をしてから、また狩りに出ていきました」

舞台にいる若い男は狼のしぐさを上手に真似ていた。男が片足をもちあげると、観衆はどっと笑った。

「ウラフォンは、老ゼランドニが去ったあとの洞穴でしばらく暮らし、ひとり気ままな狩りを楽しんでいましたが、やがて寂しさを感じはじめました。少年は狼になりましたが、少年のままでもあったのです。

ウラフォンは住まいに帰って、母親とあの南から来た魅力的な若い女に会うことを考えはじめました。そして、狼ならではの身軽な走り方で母親の住む〈洞〉を目指しました。その途中、母鹿からはぐれた一頭の若い鹿が見つかりました。ウラフォンは南から来た娘が肉を好んで食べることを思い出し、その若い鹿を狩って娘への土産にしようと決めました。

ウラフォンが〈洞〉に近づいていくと、姿を目にした人々が恐怖に震えました。人々はなぜ狼が自分たちの住まいへ鹿を引きずってくるのかと首をひねりもしました。ウラフォンは魅力的な娘の姿を見つけました。しかし、隣に立っている背の高い金髪のととのった顔だちの男には気づきませんでした。その男は、槍をこれまでよりもずっと遠くまで、しかもすばやく飛ばすことを可能にした新しい武器を携えておりました。しかし、男が槍を投げる準備をしているそのとき、ウラフォンは女のもとに肉を引きずっていって、女の足もとにどさりと肉を落としたのです。ついでウラフォンは女の前にすわって、顔を見あげました。女に愛していると伝えたかった。しかし、いまのウラフォンはもう人の言葉を話せません。愛をあらわすには行動で、目の光であらわすしかないのです。そして、だれの目にも明らかでした――ここにいるのが、女を愛している狼だということは」

観衆の全員がエイラとその足もとにすわる狼に顔をむけてきた。そのほとんどが笑みをのぞかせていた。ちらほらと笑い声があがり、やがて膝を叩いて賞賛を示す者があらわれた。本来ガリアダルはここで話をおわらせるつもりではなかったが、観衆の反応から、ここで打ち切るのがいいと判断した。

エイラはこれほど多くの人の注目を一身に浴びたことでいたたまれなくなり、ジョンダラーに目をむけた。ジョンダラーもまた笑顔をのぞかせ、膝を叩いていた。

「すばらしい話だったな」ジョンダラーはいった。

「でも、本当にあったことがひとつもなかったわ」エイラはいった。

「いや、少しは本当の話も含まれていたさ」ジョンダラーはウルフを見おろしながらいった。いまウルフは立ちあがって警戒し、エイラの前で防禦《ぼうぎょ》の姿勢をとっていた。「女を愛する狼がいるのは本当のことだ」

エイラは手を伸ばして、ウルフを撫でた。「ええ、そのとおりだと思うわ」

「語り部の話のほとんどが本当の話ではない。でも、話のなかに多少の真実が含まれていることは珍しくないし、人々の〝答えを知りたい〟という気持ちを満足させる場合もある。きみも、いまのがいい話だったことは認めるしかないよ。きみはウルフをとても幼い子狼のときに見つけた——きょうだいもなく、群れも母親もいないまま、ねぐらにとり残されていたウルフをね。でもそういったことを知らない人がいたら、ガリアダルの話はそんな人たちの知りたい気持ちを満足させるんだよ——たとえその人たちが、この話は事実ではないかもしれないとわかっていてもね」

エイラはジョンダラーを見つめてうなずいた——ついでふたりは、ともに舞台上のガリアダルとほかの面々に顔をめぐらせて微笑んだ。語り部ガリアダルは凝った動作のお辞儀でふたりに応じた。

観衆たちが立ちあがって、また動きはじめた。語り部たちは舞台からおりてきて、次の話を披露する語り部たちに場所を譲ると、エイラとウルフを囲む人々の輪にくわわってきた。

「この狼が姿をあらわしたときには、わが目を疑ったよ。ここぞというときに、ひょっこりあらわれたからね」狼になった少年を演じた若い男がいった。「あらかじめ計画していたって、あれほど巧《うま》くはいかなかっただろうな。まさか、これからも毎晩、その狼を連れてここに来てくれる……なんてことはないだろうか?」

「それはあまり名案とはいえないな、ザナカン」ガリアダルはいった。「今夜おれたちが演じた話は、きっとだれもが話題にしてくれる。もしこれがいつものことになったら、今夜の特別な雰囲気がなくなってしまうね。そもそも、エイラにはほかにも用事があるはずだぞ。子をもつ母親で、そのうえ大ゼランドニの侍者なんだから」

若い男はわずかに頬を赤らめて恥ずかしそうな顔になった。「いわれてみればそのとおりだね。ごめん」

「いいのよ、謝らなくても」エイラはいった。「ガリアダルのいうとおりね。わたしにはいろいろ仕事があるし、ウルフだって、あなたが来てほしいときにいつも来るわけじゃない。でも、みなさんが演じたように話を人にきかせるすべを学ぶのは楽しそうね。もしみなさんがおいやでなかったら、いつかみなさんが練習しているときにお邪魔したいわ」

ザナカンをはじめとする語り部たちは、エイラの言葉の特異な訛《なま》りをいやでも意識していた。なんといってもここにいるのは、声の調子や種類を変えることの効果を知りつくしているうえ、ゼランドニー族の領分一帯をたいていの人よりもずっと多く旅してまわっている人々なのだ。

「とてもすてきな声をしてるね！」ザナカンはいった。

「あなたのような訛りはきいたことがないわ」若い女がいった。

「さぞや遠くの地からやってきたにちがいないね」もうひとりの若い男がいい添えた。

他人から訛りのことを指摘されると、エイラは決まっていたたまれない気分になった。しかしここにいる三人の若者はかなり昂奮して心から喜んでいるようだったので、エイラも微笑むほかはなかった。

「そうとも。エイラはとても遠い地からやってきたんだ。きみらが想像できるよりもずっと遠い土地からね」ジョンダラーがいった。

「わたしたちがここにいるあいだなら、いつでも来たいときに来てもらえたらうれしいわ。それに、あなたさえよければ、その話し方を教えてもらいたいのだけれど」若い女はそういうと、許しを求める顔でガリアダルを見あげた。

ガリアダルはエイラに目をむけた。「ガラーラは、うちの宿営地がいつでも客を歓迎するわけではないことを知ってるんだよ。しかし、きみが来てくれるのなら、おれたちはいつでも歓迎するとも」

「とてもとても遠い土地からやってきた人を主人公にした、すばらしい新作がつくれそうだね——それも、日輪の出ずる地よりもさらに遠い土地から来た人のね」ザナカンがあいかわらず昂奮冷めやらぬ口調でいった。

「無理ではないと思うが、実話に負けないほどの話になるとは思えないな、ザナカン」ガリアダルはそういうと、エイラとジョンダラーにむかってつづけた。「どうもうちの炉辺の子ども連中は、新しい話の材料となると気負い立ってしまってね。しかもきみたちは、その手の材料をどっさりこいつらに与えたんだ」

「ザナカンとガラーラがおまえの炉辺の子だとは知らなかったな」ジョンダラーはガリアダルにいった。

「カレシャルもだよ」ガリアダルはいった。「あいつがいちばん年長だ。これはやはり、正式な紹介をしあうべきかもしれないな」

物語の登場人物を演じた三人の若者たちは、自分たちの話のお手本になった当人と会えたことが心からうれしそうだった。わけても彼らがうれしい顔を見せたのは、ジョンダラーがエイラの数々の名前と絆を述べ立てたときだった。

「みなさんにゼランドニー族のエイラをご紹介します」ジョンダラーはそうはじめた。エイラがどこから来たかを述べる段にさしかかると、ジョンダラーは紹介の文句をわずかに変えてみた。「以前は、はるか東の地、すなわち〝日輪の出ずる地〟に住む〝マンモスを狩る者たち〟ことマムトイ族《むら》ライオン簇のエイラだった者。そこでエイラは〈マンモスの炉辺〉の娘として迎え入れられた。〈マンモスの炉辺〉とは、われらがゼランドニアとおなじもの。そしてまたエイラは洞穴《ケーブ》ライオンの霊に選ばれし者。ケーブ・ライオンはエイラのトーテムにして、エイラの体にしるしを残した。そしてまた洞穴熊《ケーブ・ベア》の霊に守られし者であり、ウィニーとレーサー、新たに生まれた子馬グレイという三頭の馬の友人にして、ウルフと呼ぶ四本足の狩人に愛されている者だ」

ジョンダラーがつれあいになると同時にエイラにもたらした名前と絆の数々については、若者たちにも理解できていた。しかしジョンダラーの口から、〈マンモスの炉辺〉やケーブ・ライオンやケーブ・ベアの話が出ると——エイラが連れてきた生きている動物のことはいうまでもなく——ザナカンは大きく目を見ひらいた。驚いたときのザナカンの癖だった。

「新しい物語には、いまの話も組みこめるぞ！」ザナカンはいった。「動物たちの話だよ。もちろん、まったくおなじじゃない。でも、炉辺に動物の名前をつけるとか。〈洞〉の名前でもいいかも。それから、エイラがいっしょに旅をした動物たちのこともだ」

「いっただろう、おれたちがつくりあげた話よりも、エイラが本当に体験した話のほうがいいかもしれないと」ガリアダルがいった。

エイラはザナカンに笑顔をむけながらいった。「ウルフと知りあいになりたくない？　あなたたちみんなで」

三人の若者全員が驚いた顔になった。ザナカンはまた目を大きく見ひらいている。「狼とどうやって知りあいになるんだい？　狼には名前や絆がないんじゃないのか？」

「そのとおりのものはないわ」エイラはいった。「でもわたしたちが名前や絆を述べるのは、おたがいにもっとよく知りあうためでしょう？　狼はにおいを通じて人間についてもっと多くのことを学び、自分たちが暮らす世界についても多くを学んでいるの。あなたが手のにおいを嗅がせてやれば、この子はあなたのことを覚えるわ」

「どうなんだろう……いいことなのかな、わるいことなのかな……」カレシャルがいった。

「わたしがあいだに立って紹介すれば、ウルフはあなたを友人として覚えるのよ」エイラはいった。

「だったら、紹介してもらうべきかも」ガラーラがいった。「だって狼に覚えてもらうのなら、友人以外として覚えてもらいたくないもの」

　手を伸ばしてザナカンの手をとってウルフの鼻に近づけていったエイラは、わずかな抵抗の気配を手から感じとった――とっさに手を引こうとしかけていたのだ。しかし、ひとたびなにも忌《い》まわしいことが起こらないとわかると、ザナカンの生来の好奇心と関心が頭をもたげてきた。「こいつの鼻はひんやりしてて湿ってるんだ」

「それはウルフが健康だというしるしよ。狼の鼻はどんな手ざわりがすると思ってた？」エイラはいった。「それから毛は？　どんな手ざわりだと思う？」いいながらザナカンの手をとってウルフの頭を撫でさせ、さらに首まわりや背中の毛の手ざわりを味わわせた。そのあと残るふたりの若者にもおなじことを体験させた。そのようすを、まわりを囲んだ多くの人々が見つめていた。

「こいつの毛はすべすべで、一本一本は硬い……それに体があったかいよ」ザナカンはいった。

「それはこの子が生きているからよ。生きている動物の大多数は体が温かいの。鳥はとっても温かいわ。魚は冷たい。蛇は冷たいときも温かいときもある」エイラはいった。

「どうしてそんなに動物のことをくわしく知ってるの?」ガラーラがたずねた。

「エイラは狩人でね。これまでにほとんどすべての動物を狩ってきた経験があるんだよ」ジョンダラーはいった。「石でハイエナを倒すことも、素手で魚をつかまえることもできる。口笛を吹いて鳥を呼び寄せることもできるけれど、たいていは逃がしてやってる。つい今年の春も、ライオン狩りを率いて、少なくとも二頭を投槍器《とうそうき》で仕留めたんだぞ」

「わたしが率いたわけじゃないわ」エイラは顔をしかめていった。「率いたのはジョハランよ」

「ジョハランにきいてみるといい」ジョンダラーはいった。「あいつは、狩りを率いたのはエイラだと話してる。だいたいライオンのことを知っていて、どう追えばいいかを知っていたのはきみだしね」

「てっきりエイラはゼランドニだと思っていたよ――狩人ではなく」カレシャルがいった。

「いや、まだゼランドニになったわけではないぞ」ガリアダルがいった。「エイラは修練中の侍者だ。しかし、すでに非常にすぐれた薬師《くすし》だという話をきいているがね」

「どうしてエイラはそんなにたくさん、いろんなことを知ってるんだろう?」カレシャルが疑念のにじむ声でたずねた。

「そうなるしかない身の上だったんだよ」ジョンダラーがいった。「エイラは五歳のときに家族をみんな亡くしてね。見知らぬ人たちに迎えられ、彼らの流儀を学ばなくてはならなかった。そのあと数年もひとりで暮らしたのち、おれと会ったんだ――いや、おれがエイラに見つけてもらったというべきかな。そのときおれはライオンに襲われていたんだ。エイラはおれを助け、傷を手当てしてくれた。そんな幼い時分にすべてをうしなうと、人はまわりに適応して、すばやく学ぶほかはない――そうしなくては生き残れないんだ。エイラが生き残ったのは、ひとえにエイラには多くのことを学んで身につける力があったからだよ」

エイラはウルフに注意をむけていた。顔を伏せたまま、ウルフの体を撫で、耳のうしろをさすってやり、話がきこえないふりをしていたのだ。これまで自分がしてきたことを他人がさも偉業のように話すのをきくと、決まって恥ずかしくてたまらなくなる。自分で自分を偉い人間だと考えているように感じられて、落ち着かない気分になるのだ。自分が偉いとは思っていなかったし、まわりとちがうからといって仲間はずれにされるのはいやだった。自分はただの女で母親、愛する男と自分とおなじ仲間を見つけた者。その人たちの大多数からは、仲間として受け入れてもらえた。かつてエイラは氏族のよき女になろうとしていた。そしていまは、ゼランドニー族のよき女になることだけが望みだった。

レヴェラがエイラとウルフのもとに近づいてきていった。「そろそろ、次の話がはじまるみたいよ。次の話もきいていくの？」

「わたしは遠慮するわ」エイラは答えた。「ジョンダラーは残りたいというかもしれない。きいてみるわ。でもわたしは、また機会を改めて話をききにこようと思ってる。あなたは残るの？」

「それよりは、なにか食べ物が残っているかどうか見にいこうと思う。ちょっとお腹がすいてきてしまって。でも疲れてもいる。だから、早めに宿営地に引きあげるかもしれないわ」レヴェラはいった。

「わたしもいっしょに行って食べ物をつまむことにする。そのあと、あなたのお姉さんからジョネイラを引きとりにいくつもり」エイラは数歩歩いて、ジョンダラーがほかの何人かの人々と立ち話をしているところに近づき、会話の切れ目を待ってたずねた。「あなたはここに残って、次の話をきいていく？」

「きみはどうしたい？」

「わたしもレヴェラも少し疲れてるの。だからいっしょに、おいしい食べ物が残っていないかどうかを見にいこうと思ってるわ」エイラは答えた。

「それはいいな。もっと話をききたかったら、また別の機会に足を運べばいい。ジョンデカムは来るのかい?」ジョンダラーはいった。

「ああ、行くとも」近づいてくるジョンデカムの声が一同にきこえた。「きみたちが行くところならどこへでも」

四人は語り部の宿営地を離れて、残った食べ物がまとめてあるところに足を運んだ。料理はどれも冷めていたが、バイソンと鹿の肉の薄切りは冷めていても滋味ゆたかだった。こってりした煮汁に浸ったなにかの球根――煮汁の表面に冷えて凝固した獣脂が薄い膜をつくり、風味を添えていた。獣脂は上質だった――行動範囲の広い野生動物には獣脂はきわめて少ないが、生存には必要な品だった。また四人は、なにも載っていない骨の皿のうしろに、編み細工の鉢が隠れているのを見つけた。鉢には青く丸い漿果《しょうか》がいくつか残っていた――ハックルベリーや熊苔桃《くまこけもも》や酸塊《すぐり》などの数種類の漿果が混ざっていて、四人はありがたく分けあって食べた。さらにエイラは、ウルフのために二本の骨さえ見つけることができた。

エイラはそのうちの一本をウルフに与えた。ウルフは骨をくわえたまま落ち着ける場所をさがしてすわりこむと、自分の群れに属する人間たちが食事をしている近くでがりがりと骨をかじりはじめた。エイラは見栄えをよくするために皿に配されていた大きな木の葉で肉が多めに残っているほうの骨を包み、あとで宿営地までもって帰ることにした。包んだ骨を、体の片側にかける小さな雑嚢《ざつのう》に入れる――身のまわりの品を入れてもち歩いていたが、ジョネイラが好んで嚙んでいる硬い生皮の切れ端や、帽子や小さな上がけ、ジョネイラの体にあてるムフロンの毛などの吸水性のある柔らかなものなど、もっぱら赤ん坊用の品がはいっている。それ以外にも腰に結びつけた小袋には火熾し道具一式や自分用の皿と食事用の小刀をおさめている。四人は近くに座布団の敷いてある丸太を見つけた——明らかに腰かけとしてここへ運ばれたようだ。

「母さんの葡萄酒《ワイン》はまだ残っているかな?」ジョンダラーがいった。

「見にいこう」ジョンデカムがいった。

あいにくマルソナのワインはもう一滴も残っていなかったが、ララマーが彼らに目をとめ、口をあけたばかりのバーマの袋を携えて足早に近づいてきた。ララマーはジョンダラーとジョンデカムの杯にバーマを注いだが、エイラとレヴェラはともにあまり飲みたくない、男たちの杯から味見をさせてもらう程度でいいといって断わった。エイラはこの男と、あまりぐずぐず世間話をしていたくはなかった。数分後、四人は食べ物の近くにある座布団つきの丸太まで引き返した。食べおえたのちは、〈三の洞〉の宿営地にあるプロレヴァの寓舎《すまい》にまでぶらぶらと歩いて帰った。

「お帰りなさい。早かったのね」おたがいに頬をすり寄せる挨拶をひととおりすませると、プロレヴァがいった。「ジョハランを見かけなかった?」

「いいえ」レヴェラは答えた。「みんなで語り部の話をひとつきいて、そのあとちょっと食べただけだから。語り部の話はね、ある意味ではエイラの話だったわ」

「いや、本当のところをいうとウルフの話だったよ。女を愛する狼に変身した若者の話だったんだ」ジョンダラーがいった。「話の最中でウルフが会場にやってきてエイラを見つけてね。これにはガリアダルも、あいつの炉辺の三人の子どもたちも大喜びだった。三人の子どもたちは、ガリアダルの話の手伝いをしているんだよ」

「ジョネイラはまだ眠ってるわ。熱くておいしいお茶を飲みたくない?」プロレヴァはたずねた。

「せっかくだけど遠慮するわ。これから宿営地にもどるから」エイラは答えた。

「あなたはいっしょにもどらないでしょう?」ヴェリマがレヴェラにいった。「これまでは忙しくて訪問の時間もろくにとれなかった。あなたが身ごもった話とか、いまのあなたの体調のこととか、もっと話をきかせてほしいわ」

「どうせなら、今夜はここに泊まっていったら?」プロレヴァがいった。「あなたたち四人全員が寝られるだけの場所はあるし。それにジャラダル、目を覚ましたときにウルフがいたら大喜びすると思うわ」

レヴェラとジョンデカムは、すぐさまこの提案に乗った。〈二の洞〉の宿営地はここからも近いし、レヴェラにとっては母親と姉の近くでしばし過ごすのが魅力的に思えたからだ。ジョンデカムに否やはなかった。

エイラとジョンダラーは顔を見あわせた。

「わたしはやっぱり馬たちのようすを確かめないと」エイラはいった。「きょうは早めに向こうを出てきたし、宿営地に残っている人はひとりもいないと思うの。わたしはただ馬たちの無事を確かめたいだけ——とくにグレイの無事をね。なにかあればウィニーとレーサーが守るとは思うけど、グレイは四本足の狩人にとって格好の標的になりかねないわ。だから、とにかくあっちに引き返して安心したいの」

「わかるわ。グレイはあなたにとって、わが子のようなものだもの」プロレヴァがいった。

エイラはうなずき、同意の笑みを見せた。「わたしの赤ちゃんはどこにいるの?」

「あっちでセソーナと寝てるわ。起こしてしまうのがかわいそう——ねえ、本当に泊まっていかない?」

「そうしたいのは山々だけど、馬を友だちにしたときに厄介なのは、自分が馬たちに責任があると感じられてならないことなんだ——それも、四本足の狩人を完全には締めだせないような囲いに馬たちを入れてきたとなったら、なおさらだね」ジョンダラーがいった。「エイラのいうとおりさ。おれたちは馬のようすを確かめなくては」

エイラはジョネイラを外出用のおくるみに包みこみ、腰のあたりに抱きあげた。ジョネイラはちょっとだけ目を覚ましたが、母エイラのぬくもりに寄りそって体を落ち着けると、また眠りこんだ。

「この子を見ていてもらって本当にありがとう」エイラはプロレヴァにいった。「語り部の話は興味深かったし、おかげで中断されずに見たりきいたりできたわ」

「どういたしまして。ジョネイラとセソーナは女の子同士でうちとけていたし、おたがいに相手を喜ばせあってた。いずれは本当の親友同士になりそうね」プロレヴァはいった。

「遊んでいるふたりを見ているのも楽しかったわ」ヴェリマがいった。「親しいいとこ同士で時間を過ごせるのなら、それに越したことはないわね」

エイラが合図を送ると、ウルフは骨を口にくわえた。それから一同は夏の寓舎をあとにした。ジョンダラーは、地面に立っている松明《たいまつ》の一本を選んで手にとると——寓舎の外の道を照らすため、数多くの松明が地面に立ててあった——燃える部分がどの程度残っていて、宿営地へ帰るまで炎がもちそうかどうかを確かめた。

エイラたちは、そこかしこで炎がぬくもりのある光を放っている中央の宿営地をあとにして、深みのある柔らかな夜の闇へと足を踏みいれた。周囲一面の闇は一分の隙もなくふたりをすっぽりと包みこんでしまったかのようで、松明の炎さえおおい隠してしまいそうに思えた。

「すごく暗いわ。今夜は月が出ていないし」エイラはいった。

「でも雲が出てるな」ジョンダラーがいった。「雲が星明かりを隠してしまってる。あまり星が見えないじゃないか」

「いつの間に雲が出たのかしら。宿営地にいたときには気がつかなかったわ」

「あれだけあった火にまぎれていたからだし、火の光が目を満たしていたからさ」ふたりはしばし黙ったまま肩をならべて歩いた。ジョンダラーがおもむろにいい添えた。「おれの目がきみに満たされてしまうこともあるよ。それに、まわりにあんなにたくさんの人がいなければいいのにとも思うし」

エイラは微笑みを浮かべて、ジョンダラーに顔をむけた。「わたしたちふたりと、ウィニーとレーサーとウルフだけでここまで旅をしていたあいだには、わたしはしじゅう人恋しい気持ちになってたわ。そしていまはまわりに仲間がたくさんいる。それがうれしい。でも、ふたりだけだったあのころをたまに思い出すの……どんなことでも、やりたくなればすぐできたあのころのことを。いつもではなかったにしても、たいていはそうだったでしょう?」

「おれもおなじことを考えるよ」ジョンダラーはいった。「思い出すのは……きみの姿がおれの男のしるしを膨らませたら、その場ですぐに足をとめて歓びをわかちあえたころのことさ。あのころは、なにかの準備をするための打ちあわせとかでジョハランといっしょにだれかに会いに行く必要もなかったし、母さんの用足しをする必要もなかった。ちょっと休んでくつろぎ、おれがしたいことをきみとすることもできないほど、まわりにたくさんの人がいるようなこともなかった」

「わたしもおなじ気持ちよ」エイラはいった。「思い出すの……あなたを見ていて、体の内側にあなただけが与えてくれるあの感覚が生じてきて……わたしが正しい合図を出しさえすれば、わたしよりもわたしのことをよく知っているあなたが、またあの感覚を与えてくれるとわかったころのことを。あのころのままなら、赤ちゃんの世話のことを考えなくてもよかった。いくつもの仕事を同時に進める必要もなかっただろうし、プロレヴァと宴の段どりを考えたり、病気の人や怪我の人の手当てをするゼランドニを手伝う必要も、新しい癒しのすべを学んだり、聖なる五つの色や数をかぞえる言葉の使い方を覚えたりする必要もなかったはず。そういったことすべてを愛してる。でも、たまにあなたが無性に恋しくなるのよ。あなたとふたりきりになれればいいのにって」

「ジョネイラがそばにいるのは気にならない。きみがジョネイラといっしょにいるところを見るのは好きだ。そういうときのほうが男のしるしが膨らむこともあるけれど、ジョネイラが満ちたりるまでなら待てるさ。厄介なのは、しじゅうだれかがやってきて邪魔されたり、おれやきみがほかの場所に行かなくてはならなくなったりすることだよ」ジョンダラーは足をとめて、エイラにやさしく口づけをした。ついでふたりはまた、黙ったまま歩きはじめた。

歩く距離はそれほどでもなかったが、〈九の洞〉の宿営地に近づいたところで、ふたりは火が消えている炉にあやうくつまずきそうになった。それまで存在に気づかなかったのだ。どこにも火は見あたらなかった——消えかかった燠火《おきび》もなければ、内側からの光でぼうっと光っている天幕も、羽目板の隙間から細い筋になってのぞいている火明かりも見つからない。火の名残のにおいこそ嗅ぎとれたが、いまこの宿営地が無人で、かなり前からだれもいなかったことは明らかだった。この地域一帯でもっとも多くの人をかかえる〈洞〉の人たちは、ひとり残らず宿営地から立ち去ったままなのだ。

「ここにはだれもいないわ」エイラは驚いていった。「みんな出ていったままね。狩りに出たり、どこかを訪ねたりしている人はいるかもしれないけど、それ以外の人は全員が中央の宿営地に行ったみたい」

「ここがおれたちの寓舎だ——というか、おれにはそう思えるな」ジョンダラーはいった。「まず、なかで炉に火を熾《おこ》して部屋を温め、そのあと馬のようすを確かめにいこう」

ふたりは、寓舎の外に積んであった薪やオーロックスの糞を練って乾燥させた燃料をもちこみ、寝所近くにつくった小さな炉に火を熾した。ふたりといっしょに寓舎にはいったウルフは、壁の近くに掘った小さな穴——ウルフ以外はめったにつかわないところ——に骨をしまいこんだ。エイラはいちばん大きな炉の近くにある水袋を点検した。

「水も少し足してきたほうがいいみたい」エイラはいった。「もう袋にあまり残っていないわ。さあ、馬を見にいきましょう。そのあとでジョネイラに乳をやらないと。そろそろこの子がむずかりだしてるの」

「おれは新しい松明を調達したほうがいいな。これはじきに燃えつきそうだ」ジョンダラーはいった。「あしたは少し時間をとって、松明の備えをつくっておくか」

ジョンダラーは古い松明で新しい松明に火をつけると、用ずみになったほうを炉にくべた。ふたりが寓舎の外に出ると、ウルフがついてきた。馬を入れた囲い地の柵に近づくと、ウルフがのどの奥から低いうなり声をあげはじめた。

「なにかあったみたい」エイラは急ぎながらいった。

ジョンダラーは松明を高くかかげて、火明かりがなるべく広い範囲を照らすようにした。囲い地の中央あたりに、なにかの塊のような奇妙な物体があるのが目にとまった。近づいていくにつれ、ウルフのうなり声が大きくなった。さらに近づいていくと、斑点のある淡い灰色の毛皮が見えた——かなり毛足が長く、長い尾がついている。おびただしい血も見えた。

「豹《ひょう》ね——見たところ若い雪豹みたい。踏みつけられて殺されてる。雪豹がこんなところでなにをしてたのかしら？　高い山地が好きな動物なのに」エイラはそういうと、ジョンダラーともども馬たちが雨をしのげるようにつくった小屋に急いだが、三頭の姿はなかった。

「ウィィィンニィィー」エイラは馬の名を呼んだ。「ウィィィィンニィィー！」と馬のいなきめいた発音で。ジョンダラーの耳には、馬そのものにしかきこえなかった。

これこそ、もともとエイラがあの雌馬につけた名前だった。たいていの人が雌馬を指していう〝ウィニー〟という名前は、エイラが人間の口でも発音できるように簡略化したものだ。エイラはふたたび馬のいななきを出し、つづけて特別な呼びかけの口笛を高々と吹き鳴らした。ようやく、かなり遠いところから返事のいななきがきこえてきた。

「ウルフ、ウィニーをさがしなさい」エイラは命じた。ウルフはすぐさま声の方角に走りだし、エイラとジョンダラーはそのあとを追った。ふたりは、馬が蹴り倒した柵の隙間を通り抜けて囲い地の外に出た。これでエイラにも、馬たちがどうやって外に出たのかがわかった。

三頭の馬は、〈九の洞〉の人々が宿営地のためにつかっている用地の奥を流れる小川の近くにいた。ウルフは前足を立てた姿勢ですわって馬たちを警備していたが、馬たちにあまり近づいていないことにエイラは気がついた。どうやら馬たちはかなり怯《おび》えたらしく、ウルフはいくら自分が馬たちと親しいとはいえ肉食獣であり、いまばかりは彼らに近づかないほうが無難だと判断したらしい。エイラは急いでウィニーのほうにむかったが、ウィニーが真剣に自分を見つめていることに気がつくと足どりをゆるめた。ウィニーは口をきつく引き結び、耳も鼻も目もエイラにむけて意識を集中させ、おりおりに小さく頭を左右にふっていた。

「おまえはまだ怖いのね？」エイラは自分と馬たちのあいだだけの特別な言葉で、ウィニーにやさしく語りかけはじめた。「それも無理はないと思うわ、ウィニー」ここでもエイラはこの名前を馬のいななきのように発音したが、先ほどよりはずっと静かな声だった。「ごめんなさい、わたしがあなたたちを置き去りにしたばっかりに、あなたたちだけで雪豹と戦う羽目にさせてしまって。それにあなたたちが助けを求める悲鳴をあげたときには、だれもその声をきいてあげられなくて、ごめんなさい」

エイラは馬に語りかけながらゆっくりと歩を進め、やがて両腕を差し伸べて馬のがっしりした首に抱きついた。ウィニーは緊張をといてエイラの肩に頭をあずけ、体を寄せてきた。一方エイラは谷で過ごした最初のころからの習慣どおり、自分の体を馬にもたせかける、お馴染みの心なごむ体勢をとった。

ジョンダラーはエイラのあとをついて歩きながら、口笛でレーサーを呼んだ。レーサーもまだ怯えがおさまらない状態だった。ジョンダラーは松明を地面に突き立てて若い雄馬に近づき、馬がいちばん気にっている箇所を撫でたり掻いたりしてやった。親しい人間の友だちの手に触れられたことで、馬たちの気持ちは落ち着いてきた。ほどなくしてグレイもやってきて、母ウィニーの乳をしばらく飲んでからエイラに近づき、情愛に満ちた手で触ってもらったり掻いてもらったりすることをねだった。ジョンダラーもエイラといっしょに、この小さな子馬の体を撫でてやった。しかしウルフが近づいてきたのは、この三頭とふたり――いや、目を覚まして外出用おくるみのなかで身じろぎしはじめていたジョネイラを入れれば三人――がひとつところに寄りあつまってからだった。

ウィニーとレーサーはウルフのことを、生後わずか四週間の子狼のころから知っており、育てるのを手伝ってもきたが、ウルフの体から立ち昇る体臭の底流には肉食獣のにおいがあり、ウルフの野生のいとこたちはおりおりに馬を獲物として狩りもしていた。ウルフは自分の姿を目にした馬たちの不安を――おそらくは馬の恐怖の体臭から――察しとり、彼らが落ち着きをとりもどすのを待ってから近づいてきたのだ。ウルフは人間と馬からなる群れ――幼いころに刷りこまれた群れ、知っている唯一の群れ――に迎えいれられた。

つづいてジョネイラが自分の番だと思い立ち、空腹を訴える泣き声をあげはじめた。エイラはジョネイラを外出用のおくるみからとりだすと、娘を抱いた腕をまっすぐ前に伸ばして地面に小用を足させた。それがすむとジョネイラをグレイにまたがらせて片手で体を支え、反対の手で外出用のおくるみをととのえ、片方の乳房を露出させた。ほどなく赤ん坊はまたおくるみに包みこまれて母エイラにぴたりと身を寄せ、幸せそうに乳を飲みはじめた。

引き返すときには、一行は囲い地を迂回する経路をたどった。馬たちが二度とあそこに足を踏みいれないことがわかっていたからだ。エイラはあとで時間を見つけて雪豹の死体を始末しようと思っていた。囲い地についてはどうしようか、心が決められなかった。とりあえずいまは、三頭を囲い地へもどしたくはなかった。木の支柱や羽目板については、欲しがる人がいれば――たとえ薪にするためでも――喜んで譲りわたしたい気分だった。寓舎に帰りつくと、エイラとジョンダラーは三頭の馬を夏のこの宿営地の裏、あまりつかわれていないあたりに連れていった。まだ多少の草が残っていた。

「こいつらに端綱《はづな》をつけて、地面に立てた杭につないでおいたほうがいいかな?」ジョンダラーがいった。「そうすればこいつらを近くに引きとめておけるし」

「でも自由に動きまわれなくしてしまうと、あんなに怖い思いをしたあとだけに、ウィニーとレーサーが不安になりそう。さしあたっていまは、馬たちもわたしたちの近くにいたがっているみたいだし。もし、また怖い目にでもあわないかぎりは――そんなことがあっても、わたしたちには馬たちの声がきこえるわ。せめて今夜だけはウルフを残して番をさせ、馬たちを守っておこうと思うの」エイラはウルフに近づき、身をかがめた。「おまえはここに残って、ウルフ。ここを動かず、ウィニーとレーサーとグレイの番をすること。いい、ここに残って、馬たちを守って」

ウルフが理解したかどうかはさだかではなかったが、前足を立ててすわり、馬たちに目をむけたその動きから、たぶん理解したのだろうと察せられた。エイラはウルフのためにしまっておいた骨をとりだして与えた。

先ほど寓舎で熾した小さな火はとうに消えていたので、ふたりは新たに火を熾し、もっと長もちするように燃料を運び入れた。そんな仕事をしているころ、エイラは先ほど乳をやったせいで、ジョネイラが水分以外のものも排泄したことに気がついた。エイラはすばやく、柔らかくて吸水性のある蒲《がま》の繊維の小さな山を崩して広げ、赤ん坊の裸の尻をそこに載せた。

「ジョンダラー、この子をきれいにしてあげたいの。大きな水袋にまだ水が残っていたはずだから、あの袋をもってきてちょうだい。そのあとその水袋と、わたしたちの小さな水袋に新しく水を入れてきてもらうと助かるわ」

「いまのジョネイラは、ちっちゃくてくさい赤ちゃんだな」ジョンダラーは、美しさそのものとしか見えない小さな女の子に情愛のこもった笑顔をむけていった。

ジョンダラーは柳の枝をきつく編み、上部近くには赭土《あかつち》で赤く色をつけた紐を編みこんである鉢を見つけだしてきた。いろいろな汚れものを洗うときによく利用される鉢だった。上部に赤い色をつけてあるのは、だれかがうっかり飲み水を入れたり料理につかったりしないようにするための目印だった。ジョンダラーはこの鉢とほとんど空になっている水袋をともに炉辺に運んで、鉢に水を入れてから、自分たち用の水袋——アイベックスの胃袋を利用した品で、おなじアイベックスの皮がジョネイラの外出用おくるみになった——を大きな水袋ともども出入口まで運んだ。ついで近くにあった火の消えた松明を手にして炉に引き返して火をつけ、途中でふたつの水袋を手にとって外に出た。

動物の胃は徹底的に洗浄して、底の部分の穴を縫いあわせるか、なにかで縛るかすれば、ほとんど水洩れのしない便利な水袋になる。ジョンダラーが水袋に水を満たして帰ってきたときには、汚れた水鉢は夜用の籠《かご》ともども出入口近くに置かれ、エイラはジョネイラがうまく寝ついてくれないかと思いながら、ふたたび乳をやっている最中だった。

「いまならついでだから、おれがその鉢と夜用の籠の中身を外に行って、あけてきたほうがよさそうだ」ジョンダラーはいいながら、燃えている松明の持ち手側を地面に突きこんだ。

「ええ、そうしたければ――でも急いで」エイラは気怠げな、しかし悪戯《いたずら》っぽい光ののぞく笑顔でジョンダラーを見つめた。「ジョネイラがもうすぐ寝そうだから」

ジョンダラーはたちまち腰のあたりがぎゅっと引き締まる感覚をおぼえ、笑みを返した。それから大きくて重い水袋をいちばん大きな炉のそばの所定の場所――建物を支えている強い柱の一本に刺してある鉤《かぎ》――にかけ、さらにふたつめの水袋を自分たちの寝所の近くに運んだ。

「のどは渇いてないか?」ジョンダラーはそうたずね、赤ん坊に乳を飲ませているエイラを見つめた。

「少しでいいから水が飲みたいわ。お茶を淹れようかと思ってたけど、それはあとでもいいみたい」

ジョンダラーは椀に水を入れてエイラに手わたすと、ふたたび出入口に引き返した。まず鉢の中身を夜用の籠にあけてから松明を手にとり、夜用の籠と鉢の両方を手にしてまた外に出る。それから松明を地面に立てて、悪臭をはなっている大きな夜用の籠の中身を、人々がまたいで用を足すのに使っている壕《ほり》のひとつに捨てた。こうした汚物を捨てるのは、だれもやりたがらない仕事だ。ジョンダラーはふたたび松明を手にとると、籠と鉢を手にして小川の下流側を――もっと上流側の人々が水を採取すると決めたところから離れた場所を――目指した。鉢と籠の両方に水を通してすすぐ。それから、なにかの動物の肩胛骨《けんこうこつ》の片側を薄くしてさらに鋭く加工した円匙《シャベル》をつかって、籠の半分よりも少ない量の土を入れた——シャベルはこの目的で置いてあった。それがすむと、ジョンダラーは小川の水ぎわのきれいな砂をつかって手を洗った。すべてすませたジョンダラーは松明の光を頼りに、籠と鉢を手にとって、自分たちの寓舎へ引き返した。

ジョンダラーは夜用の籠を決まった場所に置き、その横に鉢を置くと、火のついた松明を出入口近くにある専用の支え具に差した。

「用事はぜんぶすんだよ」ジョンダラーはいい、エイラに笑みを見せながら近づいていった。エイラはまだ赤ん坊を抱いていた。ジョンダラーは草を編んでつくった草鞋《サンダル》——夏のあいだの一般的な履き物——を蹴るようにして脱ぐと、エイラの横に寝そべって片肘をついた。

「次はだれかさんの番みたいね」エイラはいった。

「川の水が冷たかった」

「じゃ、あなたの手も冷たくなってるのね」いいながらエイラはジョンダラーの手に手を伸ばすと、「わたしが温めてあげなくちゃ」と、かすかなほのめかしをこめた声でいい添えた。

ジョンダラーはぎらぎらと輝く目でエイラを見つめた。欲望にくわえて、寓舎のなかに薄暗い光しかないこともあって、瞳孔が大きく広がっていた。

12

ジョンダラーはジョネイラを見ているのが大好きだった。ジョネイラがなにをしているときでも――乳を飲んでいようと、自分の足で遊んでいようと、なにかを口に入れていようと――関係なかった。そればかりか、寝姿をただ見ているのさえ大好きだった。そしていまジョンダラーは、必死に眠気と戦っているジョネイラをながめていた。ジョネイラの口が母エイラの乳首から離れかける……そのたびにあわてて口をつけて数回ほど乳を吸い、そのあいだはもちこたえているが、やがてまた口を離してしまう。そのくりかえしだった。やがてジョネイラは、母の腕に抱かれて静かに眠りこんだ。乳首の先に乳がにじんで滴をつくり、ぽとんと垂れ落ちていくさまに、ジョンダラーは目を奪われた。

「その子は眠ったみたいだね」ジョンダラーは静かな声でいった。

「ええ、わたしもそう思う」エイラはそういうと、数日前に洗ってきれいにしたムフロンの毛で赤ん坊をくるんでから、いつもどおり全身を包みこむ夜着を着せてやった。それから立ちあがり、ジョネイラを近くの小さな寝袋まで運ぶ。いつもは寝るときにもジョネイラを自分の寝袋に連れていって添い寝をする。しかし、今夜は寝袋をジョンダラーとふたりでつかいたかった。

エイラはもとの場所に引き返すと、待っている男に見つめられながら、そのかたわらにまた身を滑りこませた。エイラもまっすぐジョンダラーを見つめていた——といっても、いまもまだ多少意識せずには目をむけられなかった。ジョンダラーが教えてくれたことだ。話しているときに相手の目をまっすぐ見ない行為は、自分の一族や自分とおなじ——エイラとおなじ——種類の人々からすると、悪辣とまではいえないにしても、礼を失したこととみなされる、と。

ジョンダラーを見つめていると、自分が愛しているこの男をほかの人はどう見ているのだろうかという思いがきざしてきた。ほかの人には、ジョンダラーの顔や見た目がどう感じられるのだろう？　それにジョンダラーのなにが、ひとことも話さないうちから人を惹きつける理由なのか？　ジョンダラーは長身、髪はエイラ自身の髪よりも淡い黄色、力強くきわめて壮健、長身に見あう均衡のとれた体格のもちぬしだ。寓舎《すまい》の薄暗い明かりでは色まではよく見えなかったが、いつも決まって人々の注目をあつめるジョンダラーの目が、氷河の奥深いところにある水と氷がそなえる摩訶不思議な青とおなじ色であることをエイラは知っていた。そのどちらも見たことがあるからだ。ジョンダラーは知的で、本人がつくるフリント工具類とおなじく、さまざまな品物をこしらえる腕に長《た》けていたが、それだけにとどまらずたいていの人々を——とりわけ女を——引き寄せるなにかが、魅力やカリスマがあった。大ゼランドニでさえ、もしジョンダラーが願ったならば女神ですら拒むことはできないだろうと語ったと伝えられている。

ジョンダラー本人は自分にそんなものがそなわっていることもまともに知らなかったが——自身が意識していないがゆえの魅力だ——自分がどんなときでも人々に歓迎されるということを当たり前だと受けと

める傾向はあった。ジョンダラーが自分の魅力を意図して利用することは断じてなかったが、自分が他人に影響をおよぼすことや、そこから利益を得ていることは知っていた。あの長旅ですら、ジョンダラーをこの考えから解きはなちはしなかったし、自分ならどこでも受け入れられ、認められ、好意を寄せられるに決まっているという思いこみを変えるにはいたらなかった。ジョンダラーはこれまでただの一度も自身の行動を釈明する必要に迫られたことも、どうすればまわりに適応できるかと模索したためしもなかったし、不適切だったり他人には受け入れがたかったりする行動をとった場合でも、他人に許しを乞う方法を学んだことはなかった。

もしジョンダラーが悔いているようすを見せ、申しわけなさそうにふるまえば——その場合、感情は決まって本物だった——人々はそれを受け入れがちだった。まだ若かったころ、いまはマドロマンと名乗っているラドロマンに手ひどい暴力をふるって永久歯の前歯を折ってしまったときですら、ジョンダラーは謝罪の言葉を見つける必要にも迫られなければ、直接ラドロマンに謝罪する必要にも迫られなかった。母親はたっぷりとラドロマンに償い、そのあとジョンダラーは〈洞《ほら》〉を追われて数年のあいだ炉辺の主《あるじ》であるダラナーのもとで暮らしはしたが、本人は謝罪のためになにかをするように迫られることはなかった。非道なふるまいをして、そのために仲間の少年に怪我を負わせながら、許しを乞う必要もなければ、すまなかったのひとことをいう必要もなかったのだ。

大多数の人々は、ジョンダラーを驚くほど顔立ちのととのった男らしい男だと考えているが、エイラの受けとめ方はわずかに異なっていた。エイラを育ててくれた人々、すなわち氏族の男たちは、もっと粗けずりな容貌だった——大きな丸い眼窩《がんか》、どっしりとした鼻、そして前に突きだした眉弓《びきゅう》。最初にジョンダラーを目にしたとき——エイラのライオンに攻撃されたあとで意識をうしなっていたばかりか瀕死の状態だった——エイラの意識下の記憶が呼び覚まされてきた。もう長いあいだ会っていなかった人々の記憶、エイラ自身と似かよった人々の記憶だった。エイラにとってジョンダラーの風貌は、少女時代をともに過ごしていた男たちのように力強くは感じられなかったが、顔の要素それぞれの形は完璧、その配置もまた完璧だったので、この男もまた信じられないほど美しいのだろうと思った——健康な若い馬やライオンなど、見た目の美しい動物のように。ジョンダラーは〝美しい〟というのは普通男にはつかわない言葉だと教えてくれたし、エイラ自身もしじゅう口にしているわけではなかったが、それでもこの男を美しいと思っていた。

ジョンダラーは隣に寝そべったまま、じっとエイラを見つめていたが、おもむろに顔を近づけて口づけをした。最初は柔らかな唇の感触を味わい、やがて上下の唇のあいだでゆっくりと舌を動かす。エイラはすなおに唇をひらいた。ジョンダラーはまたしても、腰が締めつけられるような感覚をおぼえた。

「エイラ、きみはとても美しく、おれはたぐい稀な幸せ者だ」ジョンダラーはいった。

「わたしもとっても幸せ」エイラはいった。「あなたも美しいわ」

ジョンダラーは微笑んだ。エイラもこれがそぐわない用法だと知っていたし、ほかの機会にはつねに〝美しい〟の語を正しく用いていた。いま、ふたりきりの場でエイラがこの言葉を口にしても、ジョンダラーは微笑んだだけだった。エイラはチュニックのいちばん上の紐を縛りなおしてはいなかったが、先ほど出していた乳房は隠れてしまっていた。ジョンダラーはチュニックに手を差し入れて、先ほどエイラがジョネイラに吸わせていた乳房を引きだすと、乳首のまわりに舌を滑らせて吸いつき、乳を味わった。

「あなたに吸われると、体の奥にちがう感覚が芽ばえるの」エイラは静かにいった。「ジョネイラに乳を吸わせるのも好きだけれど、あれとは感じ方がちがう。あなたに吸われると、ほかのところも触ってほしくなるわ」

「そしてきみといると、おれはそういういろいろなところを触りたくなるんだ」

ジョンダラーはすべての紐をほどいてエイラのチュニックの前を大きくくつろげ、左右の乳房をともにあらわにした。ふたたびジョンダラーが乳首に吸いつくと、反対の乳首から乳がしたたりはじめた。ジョンダラーは指で乳をすくい、ぺろりと舐めた。

「きみの乳の味が好きになってきたよ」ジョンダラーはいった。「でも、ジョネイラのものを横どりしたくはないな」

「あの子がおなかをすかせるころには、またお乳が溜まっているはずよ」

ジョンダラーは乳首から口を離してエイラの首すじを舐めあげ、ふたたび唇を重ねると、先ほどよりも熱っぽく貪りはじめた。自分でも抑えられるかどうか心もとないほどの欲望が感じられた。ジョンダラーは愛撫をやめてエイラの首すじに顔を埋め、落ち着きをとりもどそうとした。エイラはジョンダラーのチュニックをひっぱり、頭を通して脱がせようとしはじめた。

「しばらくぶりだね」ジョンダラーはいいながら体を起こして、膝立ちになった。「どれほど準備がととのっているか、自分でも信じられないくらいだ」

「ほんとに?」エイラはからかうような笑顔でいった。

「見せてあげるよ」ジョンダラーはいった。

それから両手をつかってチュニックを頭から脱ぎ去ると立ちあがり、腰で締めている引き紐をほどいて、丈の短いズボンをおろして脱ぐ。その下に着ているのは男の器官を覆って守る袋状の下着で、細い皮紐を腰にまわして縛るようになっていた。通常、この紐と袋からなる下着はシャモアや兎などの柔らかい皮でつくられ、夏場しか身につけない。あまりにも暑くなったり、あるいは男がとりわけ激しい仕事をするときなどには、この下着だけの姿になっても自分の大事な部分が守られていると感じることができる。いまジョンダラーの下着は、おさめられた男のしるしのせいで大きく突きあげられていた。ジョンダラーがこの下着も引きさげると、怒張した男のしるしが解き放たれた。

エイラがジョンダラーを見あげた。エイラはゆっくりと笑みをのぞかせることで反応した。かつてはジョンダラーの男のしるしの大きさが、女たちを怯《おび》えさせていた——ジョンダラーがいかに細心に、思いやりをこめて自分の道具をつかうかを知る前は。エイラとの最初のときには、ジョンダラーはエイラが不安になるのではないかと心配したが、そののちふたりはおたがいの体が絶妙の相性をそなえていることを知らされた。ジョンダラーがおのれの幸運を本当に信じられなくなることさえあった。いつ欲しくなろうとも、エイラはいつもジョンダラーのための準備をととのえていた。むやみに恥ずかしがったり、興味のないふりをしたりしたことは一度もなかった。いつであっても、ジョンダラーが求めている気持ちにも負けないほどエイラもジョンダラーを求めているかのようだった。エイラの笑みに、ジョンダラーは心底からの幸せとうれしさに顔をほころばせて応じた。そしてエイラの笑みがそれに応じて、神々しさをたたえた顕現の笑顔へと変化し、その笑顔がジョンダラーの目に見えているエイラを——そして大多数の男の目にとっても——至高の美をそなえた女に変えていた。

小さな炉の炎はかなり弱まっていたが、完全には消えていなかった。とはいえ投げかける光もぬくもりも、たいしたことはなかった。そんなことは問題ではなかった。ジョンダラーはエイラのかたわらに身を横たえ、服を脱がせはじめた。最初は丈の長いチュニック。いったん手を休めてふたたび乳首を吸ってから、膝丈のレギンスを留めている腰まわりの皮紐の結び目をほどく。腰紐をさらにゆるめると、レギンスを引きさげながら、エイラの腹に舌を滑らせ、へそに舌先を埋めた。さらにレギンスを引きおろすと恥毛があらわれた。肉の裂け目がはじまっている箇所が見えてくると、ジョンダラーはそこに舌を埋めて、慣れ親しんだエイラの味を心ゆくまで堪能しながら、小さな肉の珠をさぐった。ジョンダラーの舌先がそこをさぐりあてたとたん、エイラは小さく引き攣《つ》ったような歓喜の声をあげた。

ジョンダラーはレギンスをエイラの足から抜き去ると、ふたたびその上に覆いかぶさって唇を重ね、乳を味わい、だんだん顔を下に移動させていって、あらためて女の精髄を味わった。ついでエイラの両足を広げて麗しい花弁をひらき、つづいて膨張している小さな肉芽を見つけだす。エイラをどう刺戟すればいいかは心得ていた。ジョンダラーは肉芽に吸いついて舌でもてあそびながら、指をエイラのなかに滑りこませ、やはりエイラの感覚を掻き立てることができるほかの箇所を刺戟していった。

炎の衝撃が体を駆けあがってくるたびに、エイラは大きな声をあげた。ジョンダラーはたちまち女の潤いが奔流のようにあふれてきたのを感じて、エイラを玩味《がんみ》した。みずからを解放してしまいたい衝動があまりにも強くこみあげ、あとわずかで踏みとどまれなくなりそうだった。ジョンダラーは体を起こすと、はちきれんばかりになった男の器官でエイラの入口をさぐりあてて、押しこめていった——エイラに痛い思いをさせるのではないかという不安を感じないですむことや、エイラがすべてを受け入れてくれること、自身が隙間なくおさまることに感謝しながら。

エイラがふたたび大きな声をあげ、そのあともジョンダラーが引いては奥まで突き入れるたびに声をあげた。やがてジョンダラーはその境地に達した。まわりに他人がいるところではめったにあげない、腹の底からしぼりだすような大きなうめき声をあげながら、ジョンダラーは目もくらまんばかりに強烈な頂点をきわめ、エイラの奥に奔流を注ぎこんだ。エイラはジョンダラーの叫びをきき、自分の体が男の動きに

あわせて動いていることを意識しつつ、しかし自分が出している声はいっさい耳にはいらない状態のま
ま、ジョンダラーと歩調をあわせるように快感の大波が押し寄せてきては全身を洗っていくのを感じてい
た。ジョンダラーが体を押しつけてくるのにあわせ、エイラは弓なりに体を反らして自身を相手に押しつ
けていた。ふたりはそのあともひととき痙攣《けいれん》に震える体で抱きしめあい、さらに深くつながりあって溶け
あおうとするかのように腰を押しつけあい、それからふたり同時に体を落として、あえぎながら荒い息を
ととのえようとした。ジョンダラーはしばし体を重ねたままでいたが——それがエイラの好みだったから
だ——やがて自分の体が重すぎるにちがいないと思えてくると、寝がえりの要領でエイラから降りた。

「早すぎてすまなかった」

「そんなことない。わたしもあなたに負けないくらい準備ができていたもの……いいえ、あなた以上だったかも」

ふたりはしばしならんだまま横たわっていた。やがてエイラはいった。

「小川で手早く水浴びをしてきたいわ」

「いつもの冷たい川での水浴びをか。水がどれだけ冷たいかわかっているのかい？　そうだ、ここまでの旅の途中、ロサドゥナイ族のところに立ち寄ったときのことを覚えてるかい？　地面から湯が湧きだしていて、あの一族がすばらしい湯浴《ゆあ》み所をつくっていたっけ」

「あれはすばらしかったわ。でも冷たい水にはいると、さっぱりして爽快な気分になれる。冷たい川で水浴びをするのはきらいではないの」

「おかげでおれも慣れたよ。よし、わかった。もどってきたときに暖かいように火を熾《おこ》してから水浴びをしにいこう——ただし、さっと手早く浴びるだけだぞ」

ここから北にさほど遠くないところでは氷河が大地を覆いつくしている時代、北極と赤道のほぼ中間の緯度にあたるこの地域では、たとえ夏の盛りでも夜は冷えこんだ。ふたりは、体を拭くためのシャモアの皮――旅の道中でシャラムドイ族の友人からもらった品――を手にとって体に巻きつけ、走って小川にむかった。いつもの水汲みの場所より下流だが、汚物の籠《かご》を洗う場所までは下らないところを目指す。

「水が冷たいな！」ふたりで川に走りこむと、ジョンダラーが文句をいった。

「ええ、冷たいわ」エイラはそういうと、水が首に届いて両肩が水に没するまで身をかがめた。まず顔に冷たい水をかけてから、水中で全身を手で撫でていく。それから走って川からあがり、水気を拭きとるシャモアの皮を手にとって体に巻きつけると、寓舎に走って引き返した。ジョンダラーもすぐあとにつづいた。ふたりは焚火に体を近づけて手早く体の水気を拭き去り、濡れた皮を柱の鉤《かぎ》にかけた。それがすむとふたりはいっしょに寝袋にはいって肌を寄せ、たがいに温めあった。

ようやく人心地がついてくると、ジョンダラーはエイラの耳にささやきかけた。「ゆっくりと進めたら、きみはまた準備がととのった状態になれそうかい？」

「なれると思う……あなたがなれるのなら」

ジョンダラーはエイラの唇に唇を重ねて、舌先で口をひらくようにうながした。エイラもおなじようにして口づけに応えた。今回、ジョンダラーは焦ってことを進めたくなかった。じっくりと時間をかけてエイラを味わい、その全身を探索して快感を与えられる場所をさがしたかったし、エイラにもおなじことをしてほしかった。エイラの腕に手を滑らせ、ぬくもりをとりもどしかけた冷たい肌に触れる。つづいて乳房を愛撫しはじめると、収縮して硬くなった乳首が手のひらに感じられた。ジョンダラーは親指と人さし指で乳首をつまみ、寝袋にもぐりこんで乳首を口に含んだ。

外から物音がきこえてきた。ふたりはともに頭を寝袋から出して耳をそばだてた。人の話し声だ。しだいに近づいてくる。ついで寓舎の出入口の帷幕《とばり》がはねのけられて、人々がはいってきた。ふたりは身じろぎもせず横たわって耳をすませていた。もし全員がまっすぐ寝所に行ってくれれば、ふたりは新しい探索をつづけられる。ジョンダラーもエイラも、ほかの人が目を覚ましたまま近くにすわっていたり話をしたりしていると、心からくつろいで歓びをわかちあえない性質《たち》だった。気にもかけない人もいないではない。そもそも、それほど珍しいことではないのだ——ジョンダラーはそう思い、自分が若いころにはどんなことをしていたかを思い出そうとした。

ふたりだけで一年かけて故郷へ帰る旅をつづけるあいだ、自分たちが周囲に人のいない状態に慣れてしまったことは知っていた。しかしジョンダラーはその前から——それこそゾレナに教えを授けてもらっているころから——他者にわずらわされない状態を大事にする男だった。とりわけ、ドニの女と教えをうける生徒というだけの関係ではなくなって実質的な恋人同士になり、ジョンダラーがゾレナをつれあいに望むようになると、なおさらふたりきりになりたい気持ちがつのった。そんなことを思っていたとき、当のゾレナ——いまは大ゼランドニ——の声と母マルソナの声、それにウィロマーの声がきこえてきた。大ゼランドニはふたりといっしょに、〈九の洞〉の宿営地にやってきたのだ。

「いまお茶を淹れるのにお湯を沸かしてくるわ」マルソナがいった。「火はジョンダラーの炉からもらえばいいし」

「母さんはおれたちが起きてるのを知ってるぞ」ジョンダラーはエイラの耳もとでささやいた。「これは起きるしかなさそうだな」

「ええ、わたしも同感」

「そっちに火をもっていくよ、母さん」ジョンダラーはいいながら、寝袋の上がけ部分をはねのけ、袋と紐の下着に手を伸ばした。

「あら、ふたりを起こしちゃった?」マルソナはいった。

「いいや」ジョンダラーはいった。「眠ってたわけじゃないから」

ついでジョンダラーは起きあがると、細長い火口《ほくち》を見つけて炉の炎にさしむけて火を燃えうつらせ、それを寓舎のいちばん大きな炉へと運んでいった。

「あなたたちも、いっしょにお茶を飲んだらどう?」マルソナはいった。

「そうさせてもらおうかな」ジョンダラーは答えた。自分たちが若いふたりの邪魔をしたことをこの三人がはっきり意識していることは、ジョンダラーにもわかっていた。

「どのみち、あなたたちふたりと話をしたいと思っていたのよ」大ゼランドニがいった。

「いったんあっちに引き返して、もっと暖かな服を着てくるよ」ジョンダラーは答えた。

ジョンダラーが自分たちの狭い寝所に引き返したときには、エイラはすでに服を身につけていた。ジョンダラーも手早く服を着て、ふたりはそれぞれ専用の茶椀をもって中央の炉辺にむかった。

「だれかが水袋の補給をやってくれていたな」ウィロマーがいった。「おまえのおかげで、おれの手間が省けたようだぞ、ジョンダラー」

「空になってるのに気づいたのはエイラだよ」

「そういえば、この寓舎の裏のあたりでウルフと三頭の馬を見かけたぞ」ウィロマーがエイラにいった。

「きょうは一日、この宿営地にだれもいなかったじゃないか」ジョンダラーはいった。「そのあいだ、雪《ゆき》豹《ひょう》がグレイを狙ってやってきたんだよ。ウィニーとレーサーが応戦して雪豹を踏みつけて殺したけど、そのあと馬たちは柵を壊して外に出たんだ」

「それでウルフがこの草原の奥のほう、崖と小川のあるあたりに馬たちがいるのを見つけてくれました」エイラはいった。「馬たちはさぞや怖い思いをしたようです。最初のうちは、ウルフやわたしたちのことも怖がっていましたから」

「そんなことがあったものだから、馬たちはあの囲い地のそばに近づこうとしない。それで、こっちに連れてきたんだ」ジョンダラーがいった。

「いまはウルフが馬たちを守っていますけど、三頭を置いておける場所を見つけなくてはなりません」エイラはいった。「あした、どこか場所を見つけて雪豹の死体を始末して、柵につかった丸太や板を配ってくるつもりです。いい薪になりそうですし」

「あの柵には、いい板もつかってあったぞ。ただの薪にするのはもったいないな」ウィロマーがいった。

「でしたら全部さしあげます。わたしはもう二度と見たくありません」エイラは身を震わせながらそうウィロマーにいった。

「そうだよ、あの材木をどうするかは、あんたが決めればいい、ウィロマー。たしかに、質のいい材木も混じっているからね」ジョンダラーは口でいいながら、さしものエイラも雪豹には馬たち以上に怖い思いをさせられたのだろうと考えていた。怖い思いをしたばかりか怒りも掻き立てられたようだ。死体を始末するために、囲い地全体を焼きはらってもおかしくない。

「どうして雪豹だとわかった？　あいつらは、普通このあたりをうろつかないぞ」ウィロマーはいった。

「夏に出てきたことは一度もない……おれが覚えている範囲ではな」

「囲い地に近づいたら雪豹の死体だけがあって、馬たちが見あたらなかったんだ」ジョンダラーはいった。「黒い斑点があって、灰色がかった白のふわふわした尻尾にエイラが目をとめて、雪豹の尾だと見ぬいたよ」

「まちがいないな」ウィロマーはいった。「しかし雪豹は高地や山岳を好む動物で、ふだんは馬ではなく、アイベックスやシャモアやムフロンを追いかけてるぞ」

「エイラは、まだ若い雪豹で、たぶん雄じゃないかと話してた」ジョンダラーはいった。

「ひょっとすると、山に住んでいて餌になる動物が、今年は早めに低いところまで降りてきたのかもしれないわ」マルソナがいった。「そのとおりなら、短い夏になるということよ」

「ジョハランにも伝えたほうがいいだろうな。近いうちに大々的な狩りをして、早めにたっぷりと肉を手に入れておく計画を立てるのが賢明かもしれん。夏が短ければ、長く寒さの厳しい冬になるぞ」ウィロマーがいった。

「だとすると、寒い季節になる前に熟しているものを採れるだけ採っておいたほうがいいわね」マルソナはいった。「必要なら熟していなくたっていい。ずいぶん昔の冬だけれど、本当に小さな果物まであつめたり、凍りかけた地面から根を掘ったりしなくちゃいけないことがあったのを思い出したわ」

「あの年ならおれも覚えてる」ウィロマーがいった。「ジョコナンが洞長《ほらおさ》になるよりも前だったたな」

「ええ、そうよ。わたしたちはまだ、つれあいになってはいなかったけれど、たがいに興味をもちあっていたわ」マルソナはいった。「わたしの記憶が確かなら、あのころは難儀な年がいくたびかあったものね」

大ゼランドニは、そういったことをひとつも覚えていなかった。当時はまだとても幼い子どもだったのだろう。「そういうとき、人々はなにをしたの?」大ゼランドニはたずねた。

「最初はたしか、夏があっという間におわることをだれも信じなかったみたいだね」ウィロマーはいった。「それから、だれもが大あわてで冬越えのための食べ物あつめにとりかかった。それでよかったよ。長くて寒い冬になったんだから」

「だったら、人々に警告しておかなくては」母なる大地の女神に仕える者の最高位にある大ゼランドニはいった。

「どうして短い夏になるときっぱり断言できる？　雪豹が一頭出てきただけなのに」ジョンダラーはいった。

エイラもおなじことを考えていたが、ただ黙って話をきいていた。

「断言できる人はいないわ」マルソナがいった。「でも、干し肉や漿果《しょうか》を例年よりもたくさん蓄え、根や木の実を例年より早めにたくさんあつめておけば、あまり厳しい冬にならなくても、困ることはひとつもない。いずれは食べつくすもの。でも、もし充分な蓄えができなければ、人々が飢えることになるし……もっと悲しいことにもなりかねないわ」

「あなたと話がしたいといったでしょう、エイラ」大ゼランドニが話しはじめた。「あなたの〈ドニエの旅〉をいつからはじめたらいいか、わたしなりにずっと考えていたの。ただ早めに出発したらいいのか、それとも夏のおわりまで……いっそ、〈二の縁結びの儀〉のあとでもいいのか、心を決めかねていたのよ。でもいままでは、できるだけ早く出発するべきだと思うようになった。出発と同時に、今年の夏が短くなるかもしれないと人々に警告もできるし」大ゼランドニはつづけた。「〈十四の洞〉のゼランドニに頼めば、喜んで〈最後の縁結びの儀〉をつかさどってくれるでしょうね。どのみち、つれあいになる者たちはそれほど多くはならないはずよ。今年の夏に出会って心を決めた者たちだけなのだから。本当につれあいになりたいのかどうか、まだ心を決めかねている者がふた組いるのは知っている。それぞれの〈洞〉がなかなか承認しない者もふたりいるわ。どう、数日のうちに出発できるよう準備できる？」

「ええ、できます」エイラはいった。「それに旅に出るのなら、馬たちを置いておく新しい場所をさがす必要もありません」


「このたくさんの人を見てよ」ダネラは、ゼランドニアの大きな寓舎のまわりに大小の集団をつくってあつまっている人々を見わたしながらいった。ダネラはつれあいであり、〈日の見台〉の洞長でもあるステヴァダル、ジョハランとプロレヴァの三人とともに歩いていた。

　四人は、大きな寓舎のまわりにあつまっている人々をながめた。人々はだれが外に出てくるのかを確かめようとしていた。とはいえ、見るべきものがそう多いわけではなかった。大ゼランドニのために特別につくられた腰かけつきの引き棒が、すでにジョンダラーのつれあいである異郷の女の黄色がかった褐色の雌馬にとりつけられ、〈十九の洞〉の若き狩人であり、片腕が変形しているラニダーが、端綱《はづな》から伸びている綱を手にしていた。端綱は馬の頭部をとりまく綱でつくられた装具である。ラニダーはもう一本、若い黒鹿毛《くろかげ》の雄馬につけられた綱も手にしていた。こちらの馬にも同様の引き棒がとりつけられ、そこに荷が積まれていた。灰色の子馬がラニダーのすぐ近くに立ち、群衆から自分を守ってほしそうな顔でラニダーを見つめていた。ウルフはその面々の横に前足を立ててすわり、寓舎の出入口をじっと見つめていた。

「彼らが〈つどい〉に到着したとき、おまえはまだ体が本調子ではなくて、ここにいなかったからね」ステヴァダルがつれあいのダネラにいった。「あの人たちはいつもこんなに注目されるのかい、ジョハラン？」

「荷物を積みこむときにはいつもこんな感じだよ」ジョハランが答えた。

「馬たちが中央の宿営地の周囲を歩いたり、エイラのすぐ横にウルフが控えたりしているのを目にするのも驚きよ——ただ、動物が少数の人たちと仲よくしているようすは、そのうち見なれてしまうの。でもあの人たちが馬にあの手の引っぱる仕掛けをとりつけ、荷物を積みこんで馬に働くように命じると、馬がすすんで従うのを目のあたりにする瞬間は……ああ、そのときこそが本当の驚きになると思うわ」プロレヴァはいった。

夏の寓舎から人々が出てくると、昂奮のどよめきがあがった。四人は旅立つ者に別れの挨拶をするために急いで前に進んだ。ジョンダラーとエイラが出てくると、ウルフがすっくと立ちあがったが、その場を動くことはなかった。ふたりのあとからはマルソナとウィロマーとフォラーラ、および数人のゼランドニアの者たちが出てきて、最後に大ゼランドニが出てきた。ジョハランはすでに大規模な狩りの計画を立てていた。ステヴァダルは、今年の夏が短くなりそうだというジョハランたちの警告を全面的には信じていなかったが、いっしょに狩りに出たい気持ちは人なみ以上だった。

「またここにもどってくるんでしょう、エイラ?」ダネラは頬をすりあわせたのち、そうたずねた。「時間がなくて、まだあなたのことをよく知らないもの」

「わからないの。大ゼランドニのお心しだいのようだから」

ダネラはさらにジョネイラとも頬を触れあわせた。赤ん坊は完全に目を覚まし、いまは外出用のおくるみに包まれて母エイラの腰にしがみついていた。幼いながらも、周囲に立ちこめる昂奮の気配を感じているようだった。「この赤ちゃんのことも、もっと知っておきたかったわ。とってもかわいくて、見ているだけで心が晴ればれとしてくるもの」

一同は馬たちが待っている場所まで歩いていき、引き縄を手にとった。

「ありがとう、ラニダー」エイラは礼を口にした。「あなたが馬の世話をしてくれて本当にありがたかった。特にこの数日間はね。三頭ともあなたを信頼しているし、あなたがそばにいるとくつろいだ気分になれるのね」

「ぼくも楽しかったよ」ラニダーはいった。「ぼくは馬たちが好きだし、あなたたちにはすごくお世話になったしね。去年、あなたたちから馬の世話を頼まれたり、投槍器《とうそうき》のつかい方を教えてもらって最初の投槍器をもらったりしなければ、狩りのやり方を学ぶこともなかっただろうしね。そうだよ、いまもまだ母さんについて漿果を摘み歩いていたはずさ。それがいまでは友だちもできたし、ラノーガがもっと大きくなったときに差しだせる地位だって少しは得られたんだもの」

「じゃ、いまもラノーガとつれあいになりたい気持ちに変わりはないの?」エイラはたずねた。

「うん、ふたりで計画を立ててる」ラニダーはいい、まだほかにもいいたいことがあるかのように、つかのま足をとめた。しばらくしてラニダーはいった。「ラノーガときょうだいたちのために寓舎をつくってくれたことで、あなたとジョンダラーにお礼をいわせてほしい。あれでずいぶん変わったよ。何度か——ううん、夜はだいたいいつもだけど——あの寓舎に泊まって、下の子たちの面倒を見るラノーガの手伝いをしたんだ。ラノーガの母さんは二回、いや、三回帰ってきたかな。トレメダはいつでもぼくに用事をいいつけるんだ。でも、あしたの朝まではなにも頼まれてない。だいたいトレメダは、夜になるとまともに歩けないんだよ。ララマーでさえ、一回は寓舎に泊まっていった。でも、ぼくがいたことに気づいたとは思えないな。翌朝は目が覚めるなり、すぐ出かけていったけど」

「ボローガンはどう? 夜は寓舎に帰ってきて、小さい子どもたちの世話を手伝ってる?」

「たまにね。あいつはいまバーマのつくり方を教わってて、ララマーがバーマづくりをしているときはいつもいっしょにいるんだ。投槍器の練習もしてる。ぼくが手本を見せたんだ。去年は狩りになんか興味もなかったのに、ぼくがどんな技を身につけたのかを見たせいだろうね、今年は自分にも投槍器がつかえるってことを見せたがってる」

「よかった。それをきいて安心したわ。みんなの話やあなた自身の話をきかせてくれてありがとう」エイラはいった。「旅をおえたあと、もしこっちにもどってこないとしたら、来年あなたとまた会えるのを楽しみにするわ」それからエイラはラニダーと頬を触れあわせて、少年を抱きしめた。

エイラは群衆の興味がウィニーの引き棒にむけられているのを察していた。ゼランドニー族〈九の洞〉のゼランドニであり、女神に仕える者の最高位にある大ゼランドニは、その巨体を引き棒にむかって進めていた。エイラには大ゼランドニの内心の不安がそこそこ察せられたが、本人は不安を少しもうかがわせず、こんなことはなんでもないという顔で自信たっぷりに歩いていた。引き棒のそばではジョンダラーが笑顔で待ち、手伝いのために手を差し伸べていた。エイラはウィニーの頭の横に立って、新たな重さがくわわったときに雌馬が動かないよう体に手を置いていた。下の踏み段に足をかけた大ゼランドニは、みずからの体の重みで引き棒がたわむのを感じた。しかし、木材の自然なたわみ以上のものではなかった。体の均衡をたもち、さらに心の平安を得るためにジョンダラーの手を握ったまま、大ゼランドニはさらに踏み段をあがっていき、体の向きを変えて腰かけにすわった。座面と背もたれにはだれかがつくった柔らかな布団があてがわれ、ひとたび腰を落ち着けると大ゼランドニの気分がよくなってきた。馬が歩きはじめたときにつかまれる肘かけがあることに気がつくと、さらに気分が明るくなってきた。

大ゼランドニが腰かけに落ち着くと、ジョンダラーはエイラのもとへ行き、両手を組みあわせてエイラのための足がかりをつくった。ウィニーの横に立ったジョンダラーは、ジョネイラを抱っこしたエイラが馬にまたがるのを手伝った。赤ん坊を抱いていると、いつものように跳びあがって馬にまたがるのはむずかしい。ついでジョンダラーはグレイの小さな端綱に結びつけられている長い縄をウィニーの引き棒にくくりつけてから、横に控えていたレーサーのもとにむかい、やすやすと背にまたがった。

エイラがまず出発して、〈夏のつどい〉の中央の宿営地から外に出ていく道を進みはじめた。いまウィニーは背中に人間を乗せ、引き棒に積まれた重い荷物を牽《ひ》くという厄介な仕事を押しつけられているが、それでも自分の子馬に前を歩かせることは決してなかった。ウィニーは先導役の雌馬だ。群れにおいては、先導役の雌がつねに先頭を歩く。

レーサーとジョンダラーは、そのあとにつづいた。エイラは隣に追いついてきたウルフを見おろして微笑んだ。

大ゼランドニはいうにおよばず、エイラと赤ん坊のようすを視界におさめて、不都合が起こらないよう確実を期すことができるからだ。大ゼランドニはうしろをむいて腰かけているため、ジョンダラーが笑みを見せることもできたし、さらに距離を縮めれば会話をかわすことも、それが無理ならせめて言葉をかけることくらいはできる。最後尾についたことでジョンダラーは安心できた。

大ゼランドニはしだいに遠ざかっていく宿営地の人々にむけて落ち着いた顔で手をふり、彼らが遠く離れていって姿がぼやけてしまうまで、ずっと見つづけていた。大ゼランドニもまた、うしろにジョンダラーがいることで安心していた。馬に牽かれて移動することには、いまもまだ若干の不安を感じていたし、出発してから数キロも進むと、自分がいた場所が遠ざかっていくさまや左右を行きすぎていく景色をただ見ていることも、格別おもしろいと思えなくなった。腰かけはがたがた揺れたし、進み方が荒っぽいと揺れは激しくなった。それでもひっくるめて考えるなら、旅の移動手段としてわるいものではない――それが大ゼランドニの出した結論だった。

自分たちが宿営地に来るときにつかった道を引き返していくうちに、エイラは北から流れている小川につきあたって――前夜話しあった訪ねるべき地の近くだ――そこでいったん馬をとめた。ジョンダラーは足が長いこともあって、さしたる苦労もなく若い雄馬から降りると、エイラを助けるために前に歩いていった。しかしエイラは早くも足を大きくふりあげて、ウィニーの体から滑り降りていた。

馬は引き締まった体格の動物だ。ポニーではなくても、自然の状態にある野生馬は決して背も高くはない。しかしながら馬は逞《たくま》しく頑健な体をもち、きわめて力強く、まっすぐ直立する短いたてがみをもつ首はかなり太い。硬質の蹄《ひづめ》はおよそどんな地面でも――鋭い石があろうと固くなった土だろうと、さらには柔らかい砂地でも――保護を必要としないで走ることができた。エイラとジョンダラーは大ゼランドニのところまで引き返して、手を差しだした。大ゼランドニはその手をとって体の均衡をたもちつつ、引き棒の上から地面に降り立った。

「こんなふうに移動するのもわるくはないわ」大ゼランドニはいった。「たまにちょっと揺れるけれど、揺れは座布団がやわらげてくれるし、肘かけをつかめば体も支えていられる。でも、こうやって立ちあがって歩くのもいい気分ね」大ゼランドニは周囲を見まわしてうなずいた。「ここからしばらくは北へむかうわ。距離はそれほどでもないけれど、この先はかなり険しい山道よ」

これまでウルフはひと足早く先に行き、鼻を頼りにこの地域を探険していたが、一行が足をとめたので引き返してきた。ふたりが引き棒の上にもどる大ゼランドニに手を貸しているところに、ウルフが視界に躍りこんできた。ふたりがそれぞれの馬にまたがると、一同は出発した。まず小川をわたり、そのあとは川に沿って左の川岸を上流方向に北上していく。エイラはそこかしこの木々に切り傷があることに気がついた――以前にこの道をたどった者がつくった道しるべだ。道案内のために木の幹につけられたしるしをさらに綿密に観察すると、古くなって黒くなり、見えにくくなった傷の上に新たな傷を入れただけのものだとわかった。植物が成長したせいで部分的に隠れてしまっている道しるべもあったし、ずっと古くからあると思えるものもあった。

エイラは馬をゆっくり歩かせていた。ひとつには馬を疲れさせないためだった。大ゼランドニはジョンダラーと話をしている。ジョンダラーは歩きたい気分のようで、レーサーから降り、この黒鹿毛の馬を引き縄で引きながら道しるべのある道を歩いていた。道はかなり急勾配の上り坂で、高いところにあがっていくにつれて周囲の風景も変わりはじめた。落葉樹が見あたらなくなり、ところどころに針葉樹が点在している灌木の茂みになっていた。ウルフはしじゅう森に姿を消しては、ちがう場所から忽然《こつぜん》とあらわれることをくりかえしていた。

そうやって八キロほども進むと、一行は大川《おおかわ》と西ノ川にはさまれた地域の丘陵地帯の高いところにある大きな洞穴の入口にたどりついた。一行がこの場に到着したときには、午後も遅くなっていた。

「坂道を歩いて登るのにくらべたらずいぶん楽だったわ」今回、大ゼランドニはジョンダラーの助けを待たずに、ひとりで腰かけから立ちあがり、引き棒から地面に降りてきた。

「いつこの洞穴にはいっていくつもりだい?」ジョンダラーは入口に近づいて、なかをのぞきこみながらたずねた。

「あしたまでは、なかに行くつもりはないわ」大ゼランドニは答えた。「奥まではかなりの長距離なの。奥まで行って引き返すだけでも丸一日はかかるわ」

「いちばん奥まで行くつもりかい?」

「ええ、もちろん。いちばん奥まで行くわ」

「ということは、最低でも二日はここで過ごすことになるのだから、宿営地をつくるべきだろうな」ジョンダラーはいった。

「まだ日が高いわ。宿営地をつくったら、このあたりにどんな草木が生えているのかを見てまわろうと思うの」エイラはいった。「夕食にぴったりの材料が見つかるかもしれないし」

「きみなら見つけるだろうな」ジョンダラーはいった。

「あなたもいっしょに来る？　みんなで行ってもいいわ」

「いや。というのも、あの岩壁にフリントの鉱脈が突きだしているのが見えたんだ。あの洞穴のなかにも、フリントがいくらかあるのもわかってる」ジョンダラーはいった。「だから松明《たいまつ》をもって洞穴に行って、調べてみようと思ってるんだ」

「あなたはどうしますか、大ゼランドニ？」エイラはたずねた。

「わたしは遠慮するわ。この洞穴について瞑想したいし、松明や手燭を調べて、洞穴にはいっていくのにどのくらいの数が必要なのかを考えたいの。ほかにどんな品をもっていけばいいのかも考えないと」最高位の大ゼランドニはいった。

「かなり大きな洞穴みたいね」エイラはいいながら一歩足を踏みいれて闇をのぞき、天井を見あげた。

ジョンダラーもそのあとにつづいた。「ほら、入口からすぐのところの壁から、小さなフリントが突きでているぞ。もっと深いところに行けば、まだまだたくさんあるにちがいないな」その声からも、ジョンダラーが昂奮していることはありありとわかった。「だけどあまり大量となると、運びだすのもひと苦労だな」

「ここはずっと奥までこの高さがつづいているのですか？」エイラは大ゼランドニにたずねた。

「ええ。おおむねこの高さのままよ——ただし、いちばん奥は別。ここはただの洞穴ではない。むしろ大洞窟というべきね――ものすごく広い部屋や通路が数かぎりなくあるの。そればかりか、地面の下にも洞穴が広がっている。でも、今回はそこまで探険する必要はないわ。冬場はここに洞穴熊《ケーブ・ベア》がはいってくる。彼らが転げまわる泥場があるし、壁には爪でひっかいた痕が残ってるわ」大ゼランドニはいった。

「馬がはいっていけるだけの広さがありますか？」エイラはたずねた。「それも引き棒をつけたまま。もしそれが可能なら、ジョンダラーがあつめたフリントを運びだすことができるかなと思って」

「ええ、大丈夫だと思うわ」

「奥へ進むときには、引き返すときに迷わないよう、壁に刻み目の目印をつけておく必要がありそうだな」ジョンダラーがいった。

「引き返すときには、ウルフが助けてくれるはずよ」エイラはいった。

「ウルフもわたしたちに同行するの？」大ゼランドニがたずねた。

「わたしがあの子に頼めば……ですが」エイラは答えた。

このあたりが以前にも宿営地として利用されていたのは一見して明らかだった。洞穴の入口のすぐ手前一帯の地面は平らにならされて、灰や炭のまわりには炎で黒く焦げた石があるところを見ると、以前にもいくつかの炉がつくられていたようだ。三人はそのひとつを再利用することにした。ほかの炉の跡から石をもってきて囲いを追加し、肉に突き刺して火で焙《あぶ》るための焼串を緑色の木の枝からつくり、枝わかれした木の枝を立てて石で固定した。ジョンダラーとエイラは馬から引き棒や端綱をはずして、近くの野原へ連れていった。馬たちに自由に草を食《は》ませておけるし、口笛で呼びもどすこともできる。

ついで三人は、普通よりも大型の旅行用天幕を立てた。出発前にふたつの天幕をひとつにあわせ、三人全員が窮屈な思いをせずに休めるようつくりなおしてきたのだ。乾燥した携行食にくわえ、出発前の食事の残り物を持参していたが、さらにソラバンとラシェマーが狩った赤鹿の肉ももってきていた。またジョンダラーとエイラは引き棒につかっていた丸太をたがいに寄りかかるように立てて組みあわせて高さのある三脚をつくり、頂点から生皮にくるんだ食糧を吊るして、動物たちに盗まれないようにした。天幕内に置いたままにするのは、食べ物をあさってくれと肉食獣を誘うようなものだ。

三人は焚火のための燃料をあつめた。あつめたのはもっぱら倒木や灌木の枯れ枝だったが、それ以外にも針葉樹の幹の下のほうにある——まだ青い葉をつけている枝ではなく——枯れて乾燥している細枝や小枝、枯れ草、それに草を食べる動物たちの糞の乾燥したものなどもあつめた。エイラは焚火を熾したのち、あとのために灰をかぶせて埋《うず》み火《び》にした。三人は残り物で昼食をすませた。ジョネイラも、乳を飲んだあとに骨の端をしゃぶった。食後、三人はそれぞれの仕事にとりかかった。大ゼランドニはレーサーの引き棒に積まれていた荷物を調べて松明や手燭をさがし、手燭の燃料にする獣脂の袋や、苔や乾燥した茸《きのこ》をはじめとする灯心の材料をおさめた袋の中身を確かめていった。ジョンダラーはフリント細工用の工具の袋を手にして焚火から松明に火をつけ、大きな洞穴にはいっていった。

エイラは雑嚢《ざつのう》を肩にかけた。これはマムトイ族が外出時につかう鞄で、片方の肩にかけてもち運ぶ。ゼランドニー族の背負子《しょいこ》より柔らかいつくりだが、収納力に不足はなかった。この雑嚢にくわえて、投槍器と槍をおさめた槍筒も体の右側で運ぶことにした。ジョネイラは外出用おくるみに包んで背中の高い位置にあてがい、おくるみの端を体の反対側にまわしてきつく縛った。とはいえ、ジョネイラが左の腰に落ち着けるように位置を変えることも簡単だった。体の前の左側には、まず腰に巻いている頑丈な皮帯に掘り棒を差しいれ、帯の右側には小刀をおさめた鞘《さや》を吊るす。ほかにも腰帯にはいくつかの小袋が吊ってあった。投石器は頭に巻きつけたが、これにつかう石はやはり腰帯にくくりつけた小袋にしまってあった。それ以外の実用品のたぐいをおさめた袋もあった——食事用の皿、火熾し道具一式、小さな石槌《いしづち》、腱《けん》を撚《よ》ったものから、大きめの牙の針の穴に通すようなもっと丈夫な紐まで各種の糸をそろえた縫い物道具一式。さらに太い紐を巻いたものもいくつかあり、ほかにもこまごまとした品々があった。最後に身につけたのは薬袋《やくたい》だった。

薬袋は皮帯にくくりつけた。川獺《かわうそ》の皮でつくったこの袋を、エイラはどこに行くにもほぼ肌身離さずもち歩いていた。きわめて珍しい品だった。大ゼランドニですら見たことのないような品だったが、霊の力が宿る品であることをひと目で見ぬいていた。薬袋は、エイラの氏族での母親だったイーザが初めてつくってくれた品とおなじく、一匹の川獺の皮をまるまるつかってつくられていた。動物を解体する場合の常道は腹部を切り裂くことだが、この川獺の場合には頸部が切られていた。といっても完全に切り落としているわけではない。脳を抜かれた頭部がうなじの側の皮でつながったままになっていた。内臓と背骨は首の開口部から注意深くとりだされたが、足と尾はそのまま残された。首まわりには赤く染められた二本の紐がそれぞれ反対向きに通してあり、開口部を巾着の要領できつく締められるようになっており、乾燥したためにいくぶん収縮した川獺の頭が、袋の口を覆う蓋の役目を果たしていた。

エイラは槍筒の中身を確かめた。四本の短い槍と投槍器がおさまっていた。それから採集した品を入れるための籠をとりあげ、ウルフについてこいと合図を送ってから、来た道を引き返して歩きはじめた。洞穴に近づいていくあいだに、エイラはすでに道ぞいに生えている植物の大多数を目にとめて価値を見さだめ、利用法の見当をつけていた。これは少女のころに学んで身につけた習慣で、いまでは第二の天性になっていた。大地の恵みで暮らす人々にとっては必要不可欠な習慣でもあった。日々の食糧あつめでなにを狩れるか、なにをあつめられ、なにが見つかるかによって生死が左右されるのである。エイラはいつも目にとまったものすべてを栄養の観点から分類すると同時に、薬としての側面でもあわせて分類していた。イーザは薬師《くすし》であり、自分の知識を実の娘のウバだけでなく、養女のエイラにも伝えようと心に決めていた。しかしウバには、母イーザから生まれながらに受けつがれていた氏族記憶があったため、一、二回教わるだけで、イーザが教えたことや実演したことをすべて覚えて理解することができた。

エイラには氏族記憶がなかったので、イーザによるエイラの訓練ははるかに多難だった。イーザはエイラに棒暗記をさせるほかはなかった――この異人の少女になにかを覚えさせるためには、たえず反復させるしかなかったのだ。しかし、そのエイラがイーザを驚かせるようになった。ひとたび知識を身につけたエイラは、学んだ薬草の新しい利用法を考えだすことができたからだ。たとえば、ある薬草が手にはいらない場合でも、エイラはその代用となる植物を思いつくか、そうでなければいくつかの薬草を組みあわせることで、同等の性質や薬効をもつような薬のつくり方を考えだせたのである。さらにエイラは診断にもすぐれていた――だれかが漠然とした不調を訴えてやってきた場合でも、どこが病気なのかをいいあてることができた。イーザには説明できなかったが、この体験はイーザに氏族と異人の考え方のちがいを意識させた。

ブルンの一族の大多数の者は、自分たちとともに暮らしている異人の少女をあまり賢くないと思いこんでいた。というのも、エイラは氏族の者のようにすばやくなにかを覚えることができなかったからだ。しかしイーザは、エイラが知力で劣るのではなく、ある意味では考え方そのものが異質であることを見ぬいていた。エイラもまた同様の理解に達していた。異人と呼ばれる人々が氏族の人々を指して、あいつらには知性がまったくないという意見を口にしたときには、エイラはいつも氏族の知力が劣るということはまったくない、知力の種類がちがっているだけだという説明をこころみた。

道を引き返していったエイラは、はっきりと見覚えのある場所で足をとめた――自分たちがたどってきた森を抜ける道が小さな丘を越え、丈の低い草と灌木が生い茂っている野原に出たところだ。最前ここを通ったときに気がついたのだが、いままた近づいていくにつれ、エイラの鼻が熟した苺のおいしそうな香りをとらえた。エイラはおくるみの結び目をほどいて地面に広げ、ジョネイラをまんなかに寝かせた。ついで小さな苺をひとつ摘み、軽くつぶして甘い果汁をあふれさせてからジョネイラの口にそっと押しこめた。ジョネイラが驚きと好奇の顔になるのを見て、エイラの顔がほころんだ。エイラは自分でも何個か苺を食べ、ジョネイラにもうひとつ与えてから周囲を見まわし、苺を宿営地にもって帰るのに利用できそうなものをさがしはじめた。

エイラは近くの樺《かば》の木立ちに目をとめると、自分が木立ちまで調べにいっているあいだジョネイラを見ているようにとウルフに命じた。木立ちに近づくと、うれしいことに薄い樹皮が剝がれかけている箇所がいくつか見つかった。エイラは樹皮を幅広に数枚引き剝《は》がすと、最初の場所へ引き返した。ついで腰帯の鞘から新しい小刀を抜きだす。ジョンダラーがこしらえてくれたフリントの刀身を、ソラバンが黄ばみかけた古いマンモスの牙からつくった美しい柄にさしこんだ品だ。牙の柄にはマーシェヴァルが馬の絵を彫ってくれた。エイラは樺の樹皮を左右対称の形に切りわけてから、さらに折り曲げることで蓋つきの小さな容器をふたつつくれるように刻み目を入れていった。苺はとても小さく、三人がそれなりの量を食べるのに充分な数を摘むにはかなりの時間がかかる。しかし野生の苺の芳醇な味わいは、その手間に見あう価値があった。飲み物用の椀や鉢を入れている小袋には、それ以外にもたとえば各種の紐を輪にしたものが常備してある。さまざまな紐が用意してあれば、どんな場合にも重宝する。エイラは数本の紐をもちいて樺の樹皮の容器を縛り、採集品用の籠に入れた。

ジョネイラは寝入っていた。エイラは柔らかな鹿皮でつくった外出用おくるみの端を折り曲げて、赤ん坊にかけてやった。おくるみのその部分のへりがすり切れかかっていた。ジョネイラの隣に寝そべっているウルフは、目を半分閉じていた。エイラが目をむけると、ウルフは尾で地面を叩いて応じたが、群れにいちばん最近やってきた若年者のそばを離れなかった。エイラは立ちあがると採集品用の籠を手にとり、草に覆われた野原を横切って、そのへりにある木立ちを目指しはじめた。

灌木が生垣のようになっている場所で最初に目についたのは、細長い葉が星形をつくるように茎から伸びている八重葎《やえむぐら》だった。茎を覆っている微細な鉤状の突起の助けを借りて、ほかの植物のあいだを縦横無尽に繁茂していた。エイラは長く伸びた茎を根から引き抜いて、軽くすりあわせた。突起があるせいで、たやすくくっつきあうからだ。このままの状態でも濾《こ》し器《き》として利用できるし、それにかぎっても有用な植物だが、ほかにも栄養面と薬効面の双方に役立つ性質をもってもいた。若い葉は春が旬の青菜として食べられる。また煎《い》った種子からは味わいのある黒っぽい飲料ができた。またこの薬草を粉々に砕いて獣脂に混ぜた軟膏は、乳汁が鬱積して腫れてしまった乳房に塗ると効果がある。

日当たりのいい乾燥した草地に引き寄せられたエイラは、すばらしい芳香を嗅ぎつけ、好んでこういった場所に生育する植物をさがしはじめた。すぐに柳薄荷《やなぎはっか》が見つかった。これはイーザが最初に教えてくれた植物のひとつであり、そのときのことはいまもよく覚えていた。柳薄荷は三十センチを若干上まわるほどにまで成長する低木で、小さく細長い暗緑色の常緑性の葉が、枝わかれして伸びた茎のまわりに密集して生えている。上部の葉腋《ようえき》に穂状花序《すいじょうかじょ》をなして咲く鮮やかな青い花が、ちょうど芽を出しかけたところで、まわりを数匹の蜜蜂が羽音をたてて飛んでいた。蜂の巣はどこにあるのだろうか？　エイラは思った。というのも、柳薄荷の香りがそなわった蜂蜜はことのほか美味だからだ。

数本の茎を刈りながら、エイラは花をお茶にしようと思った。この花で淹れたお茶はただおいしいだけではなく、咳やのどの痛みにとりわけ効能があり、胸の深いところの状態をととのえてくれる。すりつぶした葉は切り傷や火傷の治療にすぐれているし、打ち身を軽減させる効き目もある。葉の茶を飲んだり、この葉を浮かべた湯に手足をひたすことはリューマチのすぐれた治療になる。そんなことを考えていると、唐突にクレブのことが連想されてきた。悲しい思い出だったが、それでもエイラの顔はほころんだ。また氏族会で出会ったほかの薬師の女からは、体液が多く滞留しすぎることで引き起こされる足のむくみにも柳薄荷をもちいているという話をきかされた。エイラがちらりと見やると、あいかわらずジョネイラは眠っており、ウルフは隣で体を横たえていた。エイラは体の向きを変えて、さらに木立ち深くに足を踏みいれていった。

数本の唐檜《とうひ》の近くにある日陰になった土手で、エイラは群生している車葉草《くるまばそう》を見つけた。茎から放射状に葉が伸びている二十五センチほどの高さの草だ。八重葎に似ているが、茎はずっと弱い。エイラは地面に膝をつき、慎重な手つきで葉と四つの花弁をもつ小さな白い花を咲かせているこの草を摘んだ。この草には独特の芳香があって、おいしいお茶になる。さらにエイラは、葉を乾燥させると香りが強くなることも知っていた。葉はそのままでも傷の手当てにつかえるし、煎じれば腹痛をはじめとする種々の体の内側の不調に効能を発揮した。また、ときには不愉快にもなるほかの薬の臭気をごまかすためにも利用できる。しかしエイラが好きなのは、天然の香水ともいうべきこの葉を住まいのなかに散らしたり、枕に詰めたりするつかい方だった。

そこからほど遠くないところに、やはり森のなかの薄暗い土手を好む馴染み深い植物が見つかった。こちらは六十センチ近くにまで伸びる大根草《だいこんそう》だ。わずかに枝わかれしている細い針金めいた茎に沿って、鋸《きょ》歯《し》状の葉――どことなく幅の広い羽根を思わせ、微細な毛羽に覆われている――がまばらに生えている。葉は茎のどのあたりに生えているかによって、大きさも形状もさまざまに異なる。下のほうの枝では葉は長い葉柄に生え、小葉の間隔は不規則であり、葉柄の先端には大きくて丸みを帯びた葉が生える。中間部分で対になって生える葉はそれよりも小さく、形も大きさもばらばらだ。ずっと上のほうでは葉は細長い三裂だが、下に行くと丸みを帯びる。いくぶん金鳳花《きんぽうげ》に似た花はまばゆい黄色の五つの花弁をもち、花弁のあいだには緑の萼片《がくへん》があった。大きさに似あわない小さな花に思える。果実は花とともに生えでてきて、花よりも目立ち、熟すと暗赤色のいがいがのそれぞれの先端に、剛毛のある小さな粒ができる。

しかしエイラは、この植物を地面から上にはやしている根茎を掘りだした。欲しかったのは根茎から伸びる小さな蔓《つる》めいた小根だった――丁字《クローブ》に似た風味と香りがあるからだ。これが多くの病気に効能をもつことをエイラは知っていた。下痢をはじめとする胃腸の不調、のどの痛み、発熱、風邪による鼻づまりや鼻水ばかりか、口臭にまで効く。しかしエイラは、心地よく適度にぴりりとした丁字風の薬味として料理につかうのを好んでいた。

ついで離れたところにある植物に目がとまった。最初は菫《すみれ》の群生かと思ったが、近づいてよく見ると馬《ば》蹄草《ていそう》だとわかった。花の形がちがう。葉は茎から放射状に三枚、または四枚生え、花は葉腋から生える。葉は隠元豆《いんげんまめ》のような形で、へりは丸みを帯びた鋸歯状。四角い茎から左右交互に葉柄が伸び、葉には左右両側に葉脈が伸びて網の目のように広がっている。馬蹄草は香りが強いことを知っているエイラは、においを嗅いで見立てどおりであることを確かめた。以前は馬蹄草に甘草《かんぞう》を加えて濃厚な滲出液をつくって咳の治療薬としたことがある。またイーザは、目の炎症に処方していた。マムトイ族の〈夏のつどい〉で出会ったあるマムートからは、馬蹄草を耳鳴りや外傷につかうことをすすめられた。

湿った地面の先は、沼地と小さなせせらぎになっていた。そこでエイラは蒲《がま》がまとまって生えているのを目にしてうれしい気持ちになった。百八十センチ以上になることもあるこの葦《あし》に似た丈の高い植物は、またもっとも有用な植物のひとつだった。春になると根茎から伸びでてくる新しい根の芽はたやすく引き抜くことができて、柔らかな芯があらわになる。若い根はそのままでも、軽く火を通しても食べられた。夏は高く伸びた茎から緑の花梗《かこう》が出る季節だ。茹《ゆ》でたのちに茎から噛みちぎって食べると大変美味だった。やがて季節が過ぎると茶色い蒲になる。それぞれの蒲から長く伸びた花粉の穂が熟せば、秋の収穫ではタンパク質の豊富な黄色い花粉が得られた。そのあと蒲の穂は破裂して柔毛の塊が出てくる。これは枕や座布団に詰めたり、おむつにつかったり、火を熾すときの火口としてつかったりした。夏はまた、来年に蒲になる白くて柔らかい若芽が地中の根茎から出てくる季節でもある。これほど大量の群生なら、若い根を数本とっていったところで、来年の収穫にはなんの影響もあるまい。

繊維質の多い根茎は年間を通して採取できる――かりに冬場でも、地面が凍ったり雪に覆われたりしていなければ掘れた。浅く幅の広い樹皮の容器に水をいれ、そのなかで砕いてすりつぶすことで澱粉質を含む粉が採れた――軽い繊維の部分は浮かび、重い粉末は下に沈むからだ。あるいは根茎をそのまま乾燥させて叩くことで繊維質部分をとりのぞいて、乾燥した粉を得ることもできた。細長い葉は編んですわるときの筵《むしろ》にしたり、封筒状の袋や防水性のある壁材にすることもできた。そういった建材で一時的な小屋をつくることもあった。籠や料理用の袋をつくって根や茎や葉、果物などをいれれば、沸騰している湯に沈めて茹でるのも、湯から引きあげるのも容易だった。さらに充分な時間をかけて茹でれば、葉そのものも食べることができた。また前年の蒲の枯れて乾燥した茎は、火を熾すのに適した台の上に立てて両手ではさんで往復回転させることで、火熾し錐《ぎり》になった。

エイラは採集品用の籠を乾いた地面に置くと、赤鹿の枝角からつくった掘り棒を腰帯から抜きだして沼地にわけいっていった。棒と手をつかって泥を十センチばかり掘りかえし、数本の蒲の長い根茎を引き抜く。蒲のほかの部分もいっしょについてきた――根茎とつながっている大きな若芽や、長さ十五センチほどで直径が二センチ半もある、いずれは花が咲いて種子を宿すが、いまはまだ緑色の蒲の穂の部分だ。いずれも夕食の材料にするつもりだった。エイラは数本の蒲の茎を紐でまとめて縛って、扱いやすい束にすると、ひらけた野原へ引き返しはじめた。

その途中、梣《とねりこ》の木の横を通りかかると、この木がシャラムドイ族の故郷の近くにふんだんに生えていたことが思い出されてきた。とはいえ木ノ谷にもわずかながら生えている。エイラは梣の果実をシャラムドイ族の流儀にならって料理してみようかと思ったが、そのためにはこの翼果《よくか》を、まだ若くて固いうちに――といってもあまり筋っぽくないころに――摘まなくてはならず、すでにその季節を過ぎてしまっていた。とはいえ、この木には多くの薬効がある。

野原にもどるなり、エイラはぎくりとした。ウルフがジョネイラのそばに立って丈の高い草をにらみつけながら、脅しつけるような低いうなり声をあげていたからだ。なにがあったのだろうか？

13

エイラはなにごとかと急いだ。狼と赤ん坊のところにたどりつく。ジョネイラは目を覚ましていたが、ウルフが感じているらしい危険の徴候には、まったく気づいていないようすだ。仰向けの姿勢からいつしか寝がえりを打ったらしく、腹ばいで地面に手を突いて顔をもちあげ、あたりをきょろきょろと見まわしていた。

ウルフが見つめているらしきものの姿はエイラには見えなかったが、なにかが動く音や鼻をくんくんいわせている音はきこえた。エイラは採集品用の籠《かご》と蒲《がま》の束を下におろすと、赤ん坊を抱きあげ、外出用おくるみに包んで背負った。ついで特製の袋の紐をゆるめて石をふたつばかりとりだすと同時に、投石器を頭からはずす。くさむらにいるものの姿は見えない。狙いをつける相手がいなければ、槍を投げても意味はない。しかし音のあたりに勢いよく石を投げれば、相手を怖がらせて追い払えるかもしれなかった。

エイラはまず一個めの石を投げ、あいだを置かずに二発めをはなった。二発めの石が〝どすっ〟という音とともになにかに命中、同時にかん高い声があがった。なにかがくさむらを動く音。ウルフは低く訴えるような鼻声を出して、いますぐ駆けだしたい気持ちに身を乗りだしていた。

「行きなさい、ウルフ」エイラはそう声で命じると同時に、手ぶりでもおなじ命令をくだした。

ウルフが猛然と駆けだすと同時に、エイラは手早く投石器を頭に巻きなおし、槍筒から投槍器《とうそうき》をとりだして、ウルフのあとを追いかけながら槍を抜きだした。

エイラが追いつくと、ウルフは一頭の動物とにらみあっていた——大きさは子熊ほどだが、もっと獰猛《どうもう》な動物だった。毛は褐色だが、わき腹からもじゃもじゃした尾の上側にまで色の薄くなった筋が走っているのは、まぎれもなくクズリの特徴だった。鼬《いたち》の仲間のうちいちばん大きいこの動物とは前にも戦った経験がある。自分たちが倒した獲物を横どりしようと近づいてきた、もっと体の大きな四本足の狩人を追い払っているクズリを見たこともあった。クズリは残酷で兇暴、恐れ知らずの肉食獣であり、自分たちよりもずっと大きな動物を狩って殺すことも珍しくはなかった。しかも、体からは想像もできないほど大量に食べる——〝大食らい〟という綽名《あだな》の由来はそのあたりだろう。しかしクズリが飢えからではなく、ただ楽しみでほかの動物を殺しているとしか思えない場合もあった。自分たちが殺した獲物の死体をその場に残していくのだ。

ウルフはエイラとジョネイラを守ろうという気概にあふれていたが、どんな戦いであれ相手がクズリとなれば重傷を負わされてもおかしくないし、それ以上に悲惨な結果になるかもしれない。狼が群れで立ちむかうのならともかく、一頭だけでは負けるのは確実だ。しかし、ウルフは一匹狼ではなかった——エイラはウルフの群れの一員だ。

エイラは冷静に間あいをはかりながら槍を投槍器にあてがうと、一瞬もためらわずにクズリめがけて槍をはなった。しかしジョネイラが泣き声をあげ、クズリに警告する結果になった。土壇場でエイラのすばやい動作を目にとめたクズリは、すかさず走って逃げようとした。そのままだったら、クズリはエイラの槍の届く範囲から完全に外に出られたはずだった。しかしクズリは狼の動向を見る必要があり、そちらに気をとられた。その結果、槍がわずかに狙いをそれる程度しか移動できなかった。クズリは傷ついて血を流していたが、槍の穂先はうしろ足を貫通しただけで、ただちに命とりになるわけではなかった。エイラがつかうフリント製の槍の穂先は先細りになった短い棒の先端にとりつけてあり、この短い棒がもっと長い柄の先端に差しこまれていた。穂先のついた短い棒は——こういった場合の通例どおり——長い柄から離れていた。

クズリは穂先を体に突き立てたまま、森の下生えに走りこんで身を隠そうとした。エイラは傷ついた動物を捨てておけなかった。いずれあの傷が原因で命を落とすはずだが、とにかく自分の手できっぱりと片をつけたい。それにクズリは痛みに苦しんでいるかもしれず、どんな相手でも無益な苦しみを与えたくはなかった。そもそもクズリは、ふだんでさえ手に負えないけだものだ——痛みで半狂乱になっているとなったら、ここからそれほど遠くないエイラたちの宿営地にどんな害をおよぼすか、わかったものではない。それにくわえて、槍の穂先を回収して、まだつかえるかどうかを確かめたくもあった。毛皮も欲しかった。エイラは別の槍を抜きだすと、あとで拾うときのことを考えて、最初の槍の長い部分が落ちている場所を目にとめた。

「あいつを見つけて、ウルフ！」エイラは声には出さずにそう命じると、自分もあとからついていった。

先に立って走っていったウルフは、においを頼りにたちまちクズリを見つけだした。前方のそれほど離れていないところで、ウルフが褐色の毛に覆われたクズリに威嚇のうなり声をむけていた。クズリは低木の茂みのなかから、ウルフにうなりかえしていた。

エイラはすばやくクズリの位置を見さだめて計算し、力いっぱい二本めの槍を投じた。槍は深々と突き刺さって、クズリの頸部を完全に貫通した。たちまち鮮血が噴きだして、動脈が切断されたことを示した。クズリのうなり声がぴたりととまり、その体が地面に倒れた。

エイラは二本めの槍を引き抜くと、まず尾をつかんでクズリを引きずって運ぶことを考えた。しかし、それでは毛が倒れている向きに逆らって引きずることになる。それなら毛なみにあわせて草地を引きずって運んだほうが楽だ。ついでエイラは針金のように細いが強い茎をもっている大根草《だいこんそう》に気づき、何本かを根ごと引き抜いた。この茎をクズリの首とあごに巻きつけると、エイラは途中で最初に投じた槍の柄を拾いあげて、ひらけた草地へ引き返した。

採集品用の籠を置いた場所にもどるころには、エイラは震えていた。死んだクズリを二、三メートル離れた場所に置き、外出用おくるみの結び目をゆるめて、ジョネイラを体の前へ移動させる。それから、はらはらと頬に涙を流してわが子を抱きしめるうちに、ようやく恐怖と怒りを自分から追いだすことができた。あのクズリがジョネイラを狙っていたことに疑いはなかった。

ウルフが警護役としてとどまってはいたし、ジョネイラを守るためならウルフが命を賭しても応戦したにちがいないこともわかっていた。しかし、あの大型で兇悪な鼬の仲間なら若く健康な狼にも傷を負わせたかもしれないし、そうなれば赤ん坊を攻撃したはずだ。狼に歯向かう動物はいないも同然だし、ウルフほど大型の狼ならなおさらだ。大型の猫科動物ならまず引きさがるか、なにもしないで通りすぎていくところだし、エイラが念頭に置いていたのもそういった動物たちのことだった。寝ているジョネイラを起こすに忍びなく、自分が草を少しあつめてくるあいだ、ここに置いておこうと思ったのも、そういった動物たちのことしか考えていなかったからだ。

たしかにウルフはジョネイラのために見張りをしていた。ジョネイラの姿がエイラから見えなくなったのも、しょせんはほんのわずかな時間、沼地に足を踏みいれて蒲をとっていたあいだだけだ。しかし、クズリが来るかもしれないとは考えもしなかった。エイラは頭をふった。いつでもどこでも、周囲には二種類以上の捕食動物がいるものだ。

エイラはしばしジョネイラに乳を飲ませがてら――わが子のためばかりか、自分の心を鎮めるためでもあった――ウルフを反対の手で撫でて褒めてやり、言葉で話しかけた。

「これからすぐ、あのクズリの皮を剝《は》がさなくちゃいけないわね。どうせなら食べられる獣を狩れればよかったけど。おまえなら食べられるでしょう。でも、わたしは毛皮が欲しいの。クズリが役に立つのはその点だけ。クズリは残酷で兇暴だし、罠にかけた餌を盗んでいく。干し肉をつくっていると、人がそばにいても肉を盗んでいくのよ。住まいに侵入してきたら壊せるものは全部壊すし、あとにひどい悪臭が残る。でもあいつらの毛皮は、冬の頭巾のへりを縁どるのに最上の材料なの。息をしても、それが氷になって貼りつくようなことがない。こいつの毛皮でジョネイラの頭巾をつくれるし、わたしと、ひょっとしたらジョンダラーのぶんも新調できそう。でも、おまえには頭巾はいらないわね、ウルフ。おまえの毛にも、氷が貼りつくことがあまりないでしょう？　だいたい、おまえが顔のまわりにクズリの毛を巻いたら、さぞやおかしなことになりそうだし」

エイラはブルンの一族の女たちが、狩りの獲物を切りわけるとなると、いつもクズリに悩まされていたことを思い出した。クズリはいつも女たちのただなかに駆けこんできては、乾燥させるために低いところに張った綱にかけた切りわけたばかりの肉をかすめとっていった。たとえ女たちが石を投げても、長く追い払ったままにはできなかった。最後には男たちが追いかけなくてはならなかった。それまでこっそり練習して使用法を体得した投石器を、今度は狩りにも利用するために自分で自分を訓練しようと思いたつにあたって、その決意を正当化するためにつかった理由のひとつが、このクズリの一件だった。

エイラはジョネイラをまた柔らかな鹿皮の外出用おくるみに寝かせたが、今回は腹ばいの姿勢にさせた。ジョネイラは腕を突っぱって顔をもちあげ、あたりを見まわすのが好きそうだったからだ。そのあと死んだクズリをもう少し遠くまで引きずっていって、仰向けにした。まず、突き刺さったままの槍の穂先を切りだす。うしろ足に刺さったほうは、まだ充分つかえる状態だった——血を洗い流すだけでいい——が、力を入れすぎて投げたせいで頸部を貫通した二本めの槍の穂先は、先端が欠けてしまっていた。自分で打ち欠《か》きなおして鋭くすれば、穂先としては役に立たずとも、小刀代わりにできるだろう。でも、ジョンダラーに頼めばもっと上手にやってくれそう——エイラは思った。

エイラは最近ジョンダラーからもらった新しい小刀を手に、クズリにむきあった。まず肛門から切りはじめ、雄の生殖器を切り落とし、腹を頭にむかって手早く切り裂いたが、腹部にある臭腺のすぐ手前で刃をとめた。クズリが縄ばりを主張する方法のひとつが、小さな倒木や灌木にまたがって、この臭腺から出る強烈な悪臭を放つ分泌物をこすりつけるというものだ。縄ばりを主張するのに尿や糞をもちいることもあるが、臭腺の分泌物は毛皮をだめにしてしまいかねない。悪臭をすっかり抜くのはまず不可能だし、ひとたび臭腺の分泌物に汚染された毛皮となれば、顔の近くにまとうのは耐えがたい苦痛だ。その悪臭はスカンクのはなつ悪臭に匹敵するのである。

うっかり腹膜を切って刃が腸に達してしまうのを避けるために、エイラは慎重に毛皮を切りひらいていき、ようやく臭腺をかわすことができた。ついでエイラは腹部に手を差し入れてやはり慎重に体内をさぐって臭腺を下からとらえると、小刀で切り落とした。最初は臭腺をあっさり木立ちの方角に投げ捨てようと思ったが、ウルフがにおいを嗅ぎつけて追いかけようとするかもしれないと思いあたった。ウルフの体にこんなひどい悪臭がつくのは願い下げだった。そこでエイラは臭腺を——注意ぶかく皮膚の部分のへりをつまんで——手にもち、先ほどクズリを殺した木立ちに引き返した。一本の木が、エイラの頭よりわずか上で枝わかれしていた。エイラは臭腺をその片方の枝の上に置いた。引き返したエイラはクズリの腹からのどまでを一気に切り裂き、切開作業をおわらせた。

つづいてエイラは作業を開始させた肛門に手をもどして、皮膚と肉を同時に切りはじめた。刃先が骨盤に達すると、骨盤左右のあいだで隆起している部分を手でさぐって、ざっくりと筋肉を骨まで切断した。ついで足を力ずくで押し広げ、ふたたび勘所を指でさぐりあてると、さらなる圧力をくわえて骨盤を割り、腹膜をわずかに切って内圧を逃がした。あとは切開をおわらせて開口部をつくれば、腸をはじめとする内臓を除去することが可能になる。慎重な手ぎわを要する作業を首尾よくすませると、エイラは腸を傷つけないように細心の注意を払いながら肉を切り裂いて、胸骨をあらわにした。

胸骨を切りひらくのはこれまで以上にむずかしく、また手もとの石づくりの小刀だけでは不足だった。石槌《いしづち》が必要だ。鉢や椀をおさめた袋に小型の石槌があるのはわかっていたが、それでもエイラはまずあたりを見まわして、つかえそうな物をさがしてみた。本来ならクズリの解体作業にとりかかる前に丸石のひとつも拾っておくのだったが、あのときはいささか動顛《どうてん》していて、すっかり忘れていたのだ。いまは手に血がついている——このまま袋に手を突っこんで、袋の内側をクズリの血で汚したくはなかった。地面から突きだしている石が目にとまった。掘り棒をつかって石を掘りだそうと思ったが、見た目よりはずっと大きな石の一部だとわかった。結局エイラは草で手を拭いて、袋から石槌をとりだした。

しかし、石以外にも必要なものがあった。新しいフリントの小刀の背に石槌を叩きつけたりしたら、刃が欠けてしまうに決まっている。衝撃をやわらげるものが必要だ。そこでエイラは、ジョネイラのおくるみの隅がくたびれていたことを思い出した。エイラは立ちあがって引き返した。ジョネイラは足を蹴るように動かして、なんとかウルフのところまで這い寄ろうとしていた。エイラはジョネイラに笑みを見せ、ぼろぼろになった隅の部分から皮を小刀で切り取った。仕事の場にもどると、エイラは胸骨に沿って小刀を置き、刀身の背に折りたたんだ柔らかい皮をかけてから石槌をつかんで、小刀の背に打ちつけた。小刀の刃は骨に食いこみこそしたが、胸骨を割るにはいたらなかった。ふたたび石槌を打ちつけ、さらに三度めに打ちつけたとき、ついに骨が割れる感触が伝わってきた。こうして胸骨を割ると、エイラはふたたび肉を切り裂いていき、気管をあらわにした。

エイラは肋骨《ろっこつ》を左右に押し広げ、胸部と腹部を隔てる横隔膜を小刀で切っていき、体の内壁から切り離した。それから、ぬるぬるする気管をしっかりつかみ、小刀で背骨から切り離しながら引きだしはじめた。つながりあった内臓が、もろともに地面に落ちてきた。エイラはクズリの体を裏返して、残っている体液を外に流した。狩りの現場での解体作業はこれでおわりだった。

体の大小にかかわらず、どんな動物でもこの処理手順はおなじだった。これが食肉目的で狩った動物であれば、次は皮を剝がして冷たい水で洗うことで——冬であれば雪の上にさらすことで——できるだけ早く冷やす工程に移る。

バイソンやオーロックス、各種の鹿、マンモスや犀《さい》などの草食獣の大多数の場合、肝臓や心臓や腎臓といった内臓も食用になるし、美味でもある。それ以外にもつかえる部位がある。脳は、そのほとんどが皮鞣《なめ》しに利用された。腸はきれいに処理されたのち、精製された獣脂を詰めたり、切りわけた肉を——ときには血を混ぜて——詰めたりすることに利用された。丹念に洗った胃や膀胱《ぼうこう》は水袋に重宝されたし、水以外の液体のすぐれた容器にもなった。胃や膀胱は、調理のための便利な道具になった。煮炊きは地面に掘った穴に新しい皮を広げて、ざっくりと穴に押しこめ、そこに水を入れたのちに熱した石を入れて沸騰させることでもおこなわれた。ただし、胃や皮といった動物由来の素材を煮炊きにもちいると、それ自体にも火が通るため、若干収縮する。それゆえ、こういった道具にはあまりたくさんの液体をいれないほうが賢明だった。

なかには食べる人もいるのは知っていたが、エイラは肉食獣の肉を食べなかった。エイラを育てた氏族の人々は肉を食べる動物の肉を好まなかったし、エイラも何度かためしに食べてみたが、どうしても口にあわなかった。どうしようもなく空腹になれば食べる気にもなるだろうとは思ったが、それには本当に飢える必要がありそうだ。多くの人の好物である馬の肉も、最近では好んで食べられなくなっていた。自分の馬たちに親近感をいだいているせいだろう。

そろそろ荷物をすべてまとめて、宿営地に引き返す頃合いだった。エイラは槍を投槍器ともども特製の槍筒におさめ、クズリの死体から回収した槍の穂先を空っぽになったクズリの腹におさめた。外出用おくるみでジョネイラを背負い、採集品用の籠を手にすると、蒲の長い茎の束は片方のわきにたばさんだ。ついでクズリの首に巻いたままの大根草の茎を握ると、エイラは死体を引きずって歩きはじめた。内臓は落ちた場所にそのまま放置した。どうせ女神の創ったなんらかの生き物があらわれて食べていくだろう。

エイラが宿営地に引き返していくと、ジョンダラーと大ゼランドニがしばしば驚きにまじまじとエイラを見つめてきた。

「ずいぶん忙しかったみたいね」大ゼランドニはいった。

「きみが狩りをしにいったとは知らなかったな」ジョンダラーはいいながらエイラに近づき、荷物を運ぶのを手伝った。「それもクズリとはね」

「そのつもりはなかったの」エイラはいい、一部始終を物語った。

「草木をとりにいくだけなのに、あなたがどうして狩りの武器をもっていくのかが不思議だったの」大ゼランドニはいった。「でも、いまは合点がいったわ」

「ふつう女が出かけるときには何人かで連れだっていくの。みんなでおしゃべりをしたり、笑ったり、歌ったりして、それはもうにぎやかになるわ。そのほうが楽しいからだけど、動物たちを怖がらせて遠ざけることにもなるの」エイラはジョンダラーにいった。

「そんなふうに考えたことはなかったな」ジョンダラーはいった。「いわれてみればそのとおりだ。女が何人も連れだっていれば、たいていの動物は近づいてこないだろうな」

「わたしたちはいつも若い娘たちにいっているのよ――だれかを訪問するときであれ、漿果《しょうか》を摘んだり薪をあつめたりするときであれ、とにかく住まいを離れるときにはいつも、かならずだれかと連れだっていきなさい、とね」大ゼランドニはいった。「でも、おしゃべりをしたり笑ったりして、にぎやかにしなさいと、いちいちいう必要はないわ。女たちが連れだっていれば、いつだってそうなるに決まっているし、それも身の安全を守る方法なのよ」

「氏族の人々はあまりおしゃべりをしませんでしたし、笑いませんが、歩きながら掘り棒や石を打ちあわせて拍子をとります」エイラはいった。「拍子にあわせて大きな声をあげたり、ほかの品で音をあわせることもあります。歌ではありませんが、そうすることで音楽に似たものがつくられます」

ジョンダラーと大ゼランドニは、ともに言葉に窮して顔を見あわせた。エイラがこのたぐいの言葉を口にするたびに、ふたりはエイラが氏族と過ごしていた子ども時代の暮らしが自分たちの——あるいは自分たちの知りあいの——子ども時代とどれほどかけ離れていたかについて、洞察を得ることができた。同時にエイラの話はふたりに、氏族の人々がいかに自分たちと似ているか——あるいは自分たちと異なっているか——についての洞察をも与えてくれた。

「クズリの毛皮が欲しかったのよ、ジョンダラー。これで、あなたが冬にかぶる頭巾の顔まわりの裏地を新しくできるわ。それにわたしとジョネイラのもね。でも、とりあえずはすぐにも皮を剝がさないと。そのあいだジョネイラを見ていてもらえる?」エイラはたずねた。

「もっといい方法がある。おれがきみを手伝い、ふたりでいっしょにジョネイラのようすを見ていよう」ジョンダラーはいった。

「だったら、ふたりでクズリの皮を剝げばいい。わたしがジョネイラを見てるわ。赤ちゃんの面倒を見た経験がないではないのよ。ウルフもわたしを手伝ってくれるし」大ゼランドニはいいながら、大型の狼というふだんなら危険な動物を見ながら、こういい添えた。「手伝ってくれるわね、ウルフ?」

エイラは宿営地まわりから多少離れた空地まで、クズリの死体を引きずっていった。というのも通りかかった屍肉《しにく》あさりの動物に、自分たちの生活空間まで足を踏みいれてほしくなかったからだ。ついでエイラは死体の空っぽになった腹部から、回収した槍の穂先をとりだした。

「手入れが必要なのは片方だけね」エイラはふたつの穂先をジョンダラーに手わたしながらいった。「最初の槍はうしろ足をつらぬいたの。クズリはわたしが投げるところを目にして、すばやく動いてしまって。そのあとウルフが追いかけて、灌木の茂みに追いこんでくれたの。それで二本めの槍を投げたのだけれど、必要以上に力をこめすぎてしまって。穂先の先端が欠けたのはそんな理由。でも、クズリがジョネイラを狙っていたとわかって、腹が立ってしょうがなかったの」

「そうだろうね。おれだって頭に血が昇ったかもな。どうもおれの毎日は、きみとくらべると生彩に欠けるような気がしてならないよ」ジョンダラーはいいながら、クズリの皮を剝ぎはじめた。最初に左のうしろ足部分の毛皮を切っていき、最前エイラが切りひらいた腹部まで刃物を動かしていく。

「きょうは、あの洞穴でフリントを見つけた?」エイラは左の前足の毛皮を、おなじ要領で切りながらたずねた。

「ずいぶんいっぱいあったよ。最上の質とはいえないけど、まずまずつかえる程度かな――特に練習用にはうってつけだ」ジョンダラーはいった。「マタガンを覚えてるかい? 去年、犀にやられて足に大怪我を負った男の子だよ。きみが足を治してあげたじゃないか」

「ええ、覚えてる。今年はまだ話をする機会がないけど、姿は見かけたわ。足を引きずってはいたけど、元気そうに歩いてた」話しながらエイラは右前足の毛皮を切る作業をし、ジョンダラーはそのあいだ右のうしろ足の毛皮を切っていた。

「じつはマタガンとも、母親とそのつれあいや、おなじ〈洞《ほら》〉の何人かとも話をしたんだけどね。ジョハランと〈九の洞〉が賛成してくれれば――といっても反対する理由は見あたらないが――今年の夏のおわりから、マタガンに〈九の洞〉に来て、いっしょに住んでもらおうと思ってる。フリントの打ち欠き方を教えてやって、あいつにその方面での才能や適性があるかどうかを見てみたいんだ」ジョンダラーはそういってから、ひょいと顔をあげた。「足はとっておくかい?」

「鉤爪はたしかに鋭いけど、つかい道が思いつかないわ」エイラは答えた。

「なにかと交換するのにつかえるぞ。首飾りのいい飾り物になりそうだし、チュニックに縫いつけてもいい。それをいうなら牙もだ。この立派な尻尾はどうする?」

「毛皮とともども手もとに置いておきたいわ」エイラはいった。「でも、鉤爪と牙は交換の品につかうかもしれないし……鉤爪なら穴掘り具につかえるかもしれないわね」

ふたりは四本の足を切り落とし、関節をはずして腱《けん》を切り、つづいて背骨の右側の毛皮を——それぞれのナイフより、もっぱら手をつかって——引き剝がしはじめた。うしろ足の肉が多い部分では、ふたりは握り拳をつくって体と皮のあいだにある膜を破っていった。それがすむと、ふたりはクズリを百八十度回転させて、左側にとりかかった。

ふたりは話をしながら、死体から皮を引き剝がす作業をつづけた。手で引っぱったり裂いたりしたのは、毛皮にできるかぎり傷をつけたくなかったからだ。

「マタガンはどこに住むの? 〈九の洞〉に縁者がいた?」エイラはたずねた。

「いや、縁者はいないよ。だから、まだどこに住むのかは決まっていないんだ」

「故郷が恋しくなるでしょうね。ことに最初のうちは。わたしたちのところには、あいている場所がたくさんあるわ。だから、いっしょに住んでもいいんじゃない?」

「おれもそう考えていて、きみにかまわないかどうかをきくつもりだったんだ。住まいを多少模様替えして、マタガンひとりの寝所をつくってやらないとな。しかし、あいつにとってはいちばんいいかもしれない。おれはあいつといっしょに仕事ができるし、仕事ぶりを見たり、どの程度の関心を示すかを見さだめたりできる。あの仕事が好きでないのなら無理に仕事をさせても意味はない。でも、弟子をとるのはやぶさかではなくてね」ジョンダラーはいった。「足がわるいのなら、フリント細工を習い覚えておくのはいいことだ」

毛皮を背骨や肩の骨から剥がすには、さらに小刀をつかう必要があった。皮がぴんと張りつめて、しかも肉と皮のあいだの膜がはっきりとは存在していないからだ。そのあと、ふたりには頭部を切り離すという仕事が待っていた。ジョンダラーがクズリの体を引っぱって押さえ、エイラが頭と首のつながっている箇所をさぐって頭部を軽くひねり、肉を骨まで切った。それから頭部をねじってあっさり骨を折り、膜と腱を切断すると頭部が離れ、毛皮は自由になった。

ジョンダラーは極上の毛皮をもちあげ、このぶ厚く美しい毛皮をエイラともども愛でた。ジョンダラーの助けもあって、クズリの皮剝ぎという作業は短時間でおわった。エイラは、狩りの獲物の皮剝ぎをジョンダラーに初めて手伝ってもらったときのことを思い出した。エイラが馬を見つけた谷にふたりきりで住んでいたときで、ジョンダラーはライオンに負わされた怪我がまだ治りきってはいなかった。ジョンダラーが進んで手伝ってくれたことだけでなく、皮剝ぎの方法を知っていることもエイラには驚きだった。というのも、氏族の男たちはこういった仕事をしないからだ——彼らには氏族記憶がないからである。いまでもエイラは、氏族のあいだでは女の仕事とされていたような仕事でも、ジョンダラーが手伝えるという事実をうっかり忘れてしまうことがあった。これまで自分ひとりの力で、めったに助力を乞うこともないままこの仕事をこなすことに慣れてはいたが、きょうジョンダラーが手伝ってくれたことには、かつての日々と同様に感謝をいだいていた。

「肉はウルフにやろうと思うの」エイラは、クズリのなれのはてを見おろしながらいった。

「きみがどうするつもりなのかな、と思っていたところだよ」ジョンダラーは答えた。

「これから頭を内側にしまって毛皮を裏返しに畳んだら、夕食をつくるわ。そのあと今夜のうちにも、毛皮を掻器《そうき》で処理する作業にかかれるかも」エイラはいった。

「今夜とりかかる必要があるのかい?」ジョンダラーはいった。

「皮を柔らかくするのに脳が必要だし、すぐにもつかいはじめないと、脳はたちまち腐ってしまうのよ。せっかくこんなにきれいな毛皮だし、台なしにしたくはないわ。今年の冬がマルソナのいうとおり、寒さの厳しい冬になるのならなおさらよ」

そのあとふたりで引き返しかけたとき、エイラはそれまで水を汲むのにつかっていた小川沿いの養分の豊富な湿った土に、粗い鋸歯《きょし》のあるハート形の葉をそなえた高さ一メートル弱の草が生えているのに目をとめた。

「宿営地に引き返す前に、あの棘《とげ》のある刺草《いらくさ》を少し摘んでいきたいわ」エイラはいった。「今夜のおいしい料理になってくれるから」

「棘が刺さるぞ」ジョンダラーはいった。

「火を通せば棘が刺さらなくなるし、なによりおいしいもの」エイラはいった。

「知ってるよ。しかし、最初に刺草を料理して食べようと思った人は、どこからそんなことを思いついたんだろう? そもそも、どうして食べようという気を起こしたんだ?」

「わたしたちだったら思いつくかどうかはわからない。でも、刺草を摘むのにつかえるものをさがさないと。棘が指に刺さらないように、手を覆える大きな葉が欲しいわ」あたりを見まわしたエイラは、薊《あざみ》に似たよく目立つ紫の頭状花をつけた、背が高くて茎が固い植物に目をとめた。茎のまわりに、綿毛に覆われたハート形の大きな葉が生えている。「牛蒡《ごぼう》があったわ。あの葉っぱは質のいい鹿皮みたいな手ざわりだから、役に立ってくれそうね」

「この苺のなんとおいしいこと」大ゼランドニはいった。「すばらしい食事をしめくくる最高のひと品ね。ありがとう、エイラ」

「たいしたことはしてません。焙《あぶ》り肉は、もともとわたしたちが出発する前にソラバンとラシェマーがくれた赤鹿のうしろ足が材料です。わたしはただ石の竈《かまど》をつくって肉を焙り、あとは蒲と青菜を料理しただけです」

大ゼランドニは、エイラが動物の肩の骨を加工した道具で地面に穴を掘るさまを見ていた。骨は片方の端をこてとしてつかえるよう、鋭く尖らせる加工がほどこされていた。掘りだした土をどかすときには、こてで少しずつすくって古い皮の上に積んでいき、皮の両端を縛りあわせて皮ごと引きずっていった。そのあと、肉そのものよりもわずかに大きいだけの場所を残して地面の穴の内側に石を敷きつめ、火を熾《おこ》して石を熱していく。さらにエイラは薬袋《やくたい》から小袋をとりだし、その中身を肉にふりかけた——植物のなかには薬効と食べ物の風味づけの双方の役割を果たせるものもある。エイラはそのあと、丁字《クローブ》のような味をもつ、大根草の根茎から伸びた若根と柳薄荷《やなぎはっか》、さらに車葉草《くるまばそう》もそこに添えていた。

エイラは赤鹿の焙り肉を牛蒡の葉で包んでから、穴の底で燃えている炭に土をかぶせた——肉を焦がさないためだった。ついで、葉でくるんだ肉をこの小さな竈に入れる。その上に濡れた草や葉をかぶせ、さらに土をかぶせて空気の通り道をふさいだ。最後に、やはり火で熱した大きな平たい石を載せ、あとは焙り肉が余熱と自身の蒸気とでじっくり調理されていくにまかせる。

「ただ火を通しただけの肉とはちがっていたわ」大ゼランドニは食いさがった。「とっても柔らかかったし、風味はわたしには馴染みのないものだったけど、おいしかったことに変わりはない。あんな料理の方法はどこで習ってきたの？」

「イーザに教わりました。イーザはブルンの一族の薬師《くすし》でしたが、草木の薬以外のつかい方もよく知っていました――どのような味になるかを知っていたのです」エイラは答えた。

「おれも、最初にエイラの料理を口にしたときには、まったくおなじことを思ったよ」ジョンダラーはいった。「馴染みのない味なんだが、とにかくうまいんだ。いまでは、こっちのほうに慣れてしまったくらいだよ」

「あの蒲の葉でつくった小さな料理用の袋もいい考えね。刺草の葉やまだ緑色の蒲の穂や新芽をじかに沸きたったお湯に入れるのではなく、先にあの袋に入れてからお湯に入れていたでしょう？　あのほうが、あとからとりだすのが簡単だもの。鍋の底をかきまわしてさがす必要がなくなるわ」大ゼランドニはいった。「あのやり方を、煎剤や薬湯づくりに応用しようと思うの」ジョンダラーが言葉の意味をはかりかねたらしく、眉根を寄せたのを見て、大ゼランドニは説明をそえた。「薬草をお湯にひたして成分を滲《し》みださせたお茶をつくるときの話よ」

「マムトイ族の〈夏のつどい〉で教わりました」エイラはいった。「ひとりの女があのやり方で料理をしはじめると、ほかの多くの女たちもおなじやり方で料理しはじめたのです」

「熱した平たい石に獣脂をちょっと落として、蒲の粉のお菓子を焼いたでしょう？　あれも気にいったわ。わたしは気づいたけれど、あなたはあのお菓子にもなにかを入れていたわね。あのときつかっていた小袋の中身は？」最高位の大ゼランドニはたずねた。

「蒲公英《ふきたんぽぽ》の葉の灰です」エイラは答えた。「あの葉には塩味があります。最初に乾かしてから燃やすと、さらにその味が強くなります。手にはいれば、海の塩をつかいたいところです。マムトイ族は交易で塩を手に入れていました。ロサドゥナイ族は塩でできた山の近くに住んでいました――彼らは塩を掘りだすのです。出発前にロサドゥナイ族の人がそういった塩を少しわけてくれたので、こちらに来たときには少し残っていましたが、もうつかいきってしまいました。そこで、ネジーがやっていたように蒲公英の葉の灰をつかってみました。葉だけなら前にもつかったことがありますが、灰をつかったのは初めてです」

「あなたは旅からたくさんのことを学んできたし、いまでは数多くの才能を身につけているのね。これまでは気づかなかったけれど、あなたは料理にもすぐれた才能をもっているのよ」

この大ゼランドニの言葉に、エイラはどう返事をすればいいかもわからなかった。そもそも料理を才能のひとつと考えたことはなかった。人が当たり前にすること、それだけのことだ。いまでもまだ面とむかって褒められるといたたまれなくなるし、先々この気分がなくなるとも思えなかった。そこで褒め言葉には答えずに、エイラはこんな話をした。

「大きくて平たい石はなかなか見つかりません。あの石は手もとにとっておこうと思います。レーサーが引《ひ》き棒を牽いてますから、あそこに積みこめば自分で運ぶ必要もありませんし」エイラはいった。「お茶を飲みたい人は？」

「なんのお茶をつくってくれるのかな？」ジョンダラーはたずねた。

「最初は刺草と蒲を茹《ゆ》でたお湯をつかって、そこに柳薄荷を少し足してみようと思ってるの」エイラは答えた。「車葉草を足してもいいかもしれないし」

「それはおもしろそうね」大ゼランドニがいった。

「お湯はまだ冷めきってませんから、温めなおすのもそんなに手間ではないはずです」エイラはいいながら、料理用の石をふたたび焚火のなかに入れていった。

それからエイラは後片づけにとりかかった。オーロックスの脂はきれいに洗った腸に詰めてもち運んでいる。きょうの料理でも少しつかった。エイラはまず腸の端をねじって閉め、そのあと肉や獣脂のたぐいをおさめてある固い生皮の容器にしまった。動物の脂は沸騰した湯に入れて精製することでなめらかな白い獣脂になる。料理にも夜になって暗くなったときの明かりの燃料にも、今回の旅のように洞穴を探険するときの明かりにも利用された。つづいて夕食のあまり物を大きな葉で包んで紐で縛り、肉の容器とともに引き棒でつくった高い三脚の頂点に吊るした。

獣脂はまた、浅い石づくりの手燭の燃料にも利用された。灯心には苔や乾燥した猪口茸《いぐちたけ》といった多様な吸水性のある素材なら、どんなものでも利用できた。洞穴内の完全な闇のなかでは、こうした手燭が信じられないほど明るい光を投げかけた。あすの朝になって最寄りの洞穴にはいるときには、こうした手燭を活用することになる。

「これから自分たちの食器を川で洗ってきます。よければ、あなたの食器も洗ってきましょうか?」エイラは大ゼランドニにそうたずねながら、茹で汁に熱した石を入れ、汁が〝しゅうぅ〟という音とともに沸騰するのを目で確かめてから、摘んできたばかりの柳薄荷をそのまま入れた。

「お願い。助かるわ」

食器を洗ってもどってくると、エイラの茶椀にはお茶がそそがれていた。ジョンダラーはジョネイラを抱きかかえ、おかしな音や変な顔をつくって赤ん坊を笑わせていた。

「この子はおなかがすいてるみたいだ」ジョンダラーはいった。

「いつものことよ」エイラはそういうと笑顔で赤ん坊をうけとり、すぐ近くに熱いお茶の椀が用意してある焚火のそばに腰を落ち着けた。

赤ん坊がむずかりはじめるまで、ジョンダラーと大ゼランドニは、ジョンダラーの母親のことを話していたらしい。ジョネイラが満ちたりた思いで静かになると、ふたりはその会話を再開した。

「最初にゼランドニになったときに、マルソナのことをあまりよくは知らなかったのよ。といってもマルソナ本人の話や、ダラナーを熱愛した話はいつも耳にはいっていたわ」大ゼランドニはいった。「その前に、わたしが前のゼランドニの侍者になったときには、そのゼランドニが〈九の洞〉で絶大な指導力を発揮していたことで有名なマルソナとほかの人との関係について、わたしが事情を理解できるように話してくれたものよ。

最初の男だったジョコナンは強大な洞長《ほらおさ》で、マルソナはジョコナンからすこぶる多くを学んだ。でも、最初のうちは――少なくともわたしがきかされた話では――ジョコナンを崇拝し、尊敬こそしていたけれど、愛情のほうはそれに追いつくほどではなかったらしいの。わたしはマルソナがジョコナンに畏敬に近い感情をいだいているように感じていたけれど、ゼランドニはそんなふうには表現しなかった。ゼランドニは、マルソナがジョコナンを喜ばせるのに一生懸命だと話したのよ。ジョコナンは年かさで、マルソナはその若く美しいつれあいだった。でもジョコナンは一度にふたりの女を――いいえ、それ以上でも――世話することができた男。それまではつれあいをとる道を選ばなかったので、ひとたび女を世話すると決めると、家族をもつのを長く待ちたくなかった。つれあいをふたり以上とることで、ジョコナンは自分の炉辺に子どもたちがもたらされるという確証をさらに強めることができたというわけね。

でもマルソナはすぐにジョハランを身ごもった。マルソナが息子を産むと、ジョコナンはもうそれほど急がなくなったわ。それにジョハランが生まれてまもなく、ジョコナンは病気になったの。最初ははた目にはわからなかったし、本人も秘密にしてた。それからほどなくして、ジョコナンはあなたの母マルソナがただ美しいばかりか、頭が切れる人物だと気づいたのよ。マルソナもジョコナンを助ける過程で、おのれの力に気づいてきた。病気でジョコナンの体がだんだんと弱っていくと、マルソナはひとつ、またひとつと洞長としての責務を自分で引きうけ、しかも巧みにこなしたものだから、〈洞〉の人たちはマルソナが洞長としてとどまることを望んだの」

「ジョコナンはどういう男だったんだい?」ジョンダラーはたずねた。「さっきは強大な男だったと話していたね。おれが思うにジョハランも強大な洞長だよ。いつも決まって大半の人を納得させ、自分の思いどおりに人々を動かしてるじゃないか」

エイラは夢中になって話にききいっていた。前々からマルソナには興味があった。しかしマルソナは、あまり自分の話をする女性ではなかった。

「ジョハランはすぐれた洞長だけれど、ジョコナンとおなじような意味では強大な洞長とはいえないわ。ジョハランはジョコナンより、むしろマルソナに似てる。ジョコナンは、相手が自然にひれ伏すような雰囲気になることがあったの。堂々としてあたりを払うような威厳があったの。人々からすれば、あえて異をとなえるよりも、その意に従うほうが楽だった。なかには、異をとなえることを怖がっている人もいたと思う。でも、わたしの知るかぎりジョコナンが他人を脅しつけたことはないわ。それに、ジョコナンは女神に選ばれし者だと口癖のように話していた人もいた。人々は——ことに若い男たちは——ジョコナンのそばにいることを好んだし、若い女たちはジョコナンの気を引こうと躍起になった。当時はジョコナンを誘惑したい一心で、若い女のほぼ全員が房飾りのある服を身につけたそうよ。それを思えば、ジョコナンがもっと年をとるまでつれあいをとらなかったのもうなずけるわ」大ゼランドニはいった。

「あの房飾りは、本当に女が男を誘惑する助けになっていると思いますか?」エイラはたずねた。

「それは相手の男によるのではないかしら」大ゼランドニは答えた。「女が房飾りのついた服を着るのは、恥毛をほのめかし、すすんで恥毛をさらけだす気があることを示すためだと考える向きもある。たやすく昂奮する男や、ある特定の女に関心をもっている男なら、房飾りで昂奮をかきたてられて女を追いかけまわし、やがては女が男を狙いどおりに射とめるかもしれない。でもジョコナンのような男は自分の心をよく知ってるし、男の気を引くには房飾りを身につける必要があると感じているような女には、最初から興味がなかったのではないかしら。あまりにもあからさまだから。マルソナは一度も房飾りを身につけなかったけれど、男から寄せられる関心に不足したことはなかったわ。ジョコナンがマルソナをつれあいに欲しいと心に決め、さらに遠くの〈洞〉の若い女を自分の〈洞〉に受け入れて、ゼランドニになる修練を積ませたいといいだしたときには、みんながこぞって賛成した。ふたりの女が姉妹も同然だったからよ。ひとりの男がふたりのつれあいをとることに反対したのは、当時のゼランドニだった。そこでジョコナンは、若い女が必要な技を習得しおえたら、その故郷の人々のもとに帰すと約束したの」

エイラは大ゼランドニが巧みな語り部であることを知っていたし、気がつけば話にすっかり釣りこまれていた。もちろん語り口の妙もあったが、語られている物語そのものに引かれたのがいちばん大きな理由だった。

「ジョコナンは強大な洞長だった。〈九の洞〉がこれほど大きく成長したのは、ジョコナンの指導力があってこそよ。〈九の洞〉は以前から、大半の〈洞〉よりも多くの人を擁する大きさだった。でも、それだけ多くの人に対する責任をみずから引きうけようとする洞長は、そうそういないわ」大ゼランドニはいった。「そんなジョコナンが死ぬと、マルソナはすっかり悲しみに打ちひしがれた。ひところはジョコナンを追って、自分も来世に行くことを考えていたのではないかしら。でもマルソナには子どもがいたし、ジョコナンの死で〈洞〉という共同社会には大きな穴ができてしまった。その穴を埋めなくてはならなかったの。

やがて、本当なら洞長が差し伸べるような助力を必要とした人たちが、マルソナを頼ってくるようになった。不和の仲裁、ほかの〈洞〉を訪ねる旅の計画づくり、〈夏のつどい〉の場への旅、狩りの計画づくりや、〈洞〉全体で収穫をわかちあうためには――それもいますぐわかちあうだけではなく、つぎの冬のあいだもわかちあうためには――どの狩りにどのくらいの狩人が必要かとか、そういった問題でね。ジョコナンが病気になってから、人々はマルソナに相談することに慣れていたし、マルソナのほうも問題をさばくのに慣れていたこともあった。そんなふうに人々から必要とされ、子どもがいたからこそ、マルソナも来世に行くことを思いとどまったのかもしれない。それからしばらくすると、マルソナは衆目の一致する洞長になったし、やがては悲しみも癒えてきた。でもわたしの前のゼランドニには、自分はこの先つれあいをとる気はないと話していたの。そんなときよ、ダラナーが〈九の洞〉に足を踏みいれたのは」

「ダラナーこそ、マルソナが生涯をかけて愛している男だとだれもが話しているね」ジョンダラーがいった。

「ダラナーこそ、マルソナが生涯かけて愛している男よ。ダラナーのためなら、マルソナが洞長の地位を捨ててもおかしくはなかった。でも、そうはしなかった。自分が人々から必要とされていることを感じていたからよ。それにね、ダラナーのマルソナへの愛は、マルソナのダラナーへの愛にも決して負けないほどだったけれど、しばらくするとダラナーは自分だけのものを必要とするようになってきたの。ダラナーは、マルソナの陰にすわっていることだけで満足できる男ではなかった。そこがあなたとはちがうところよ、ジョンダラー。ダラナーは、石を加工する技だけでは充分ではなかったのね」

「でもダラナーは、おれが出会ったなかでもいちばんすぐれた技をそなえた男のひとりだったぞ。その仕事はだれもが知っているし、全員が口をそろえてダラナーこそ最高の腕のもちぬしだと認めてもいる。おれが出会ったなかでダラナーと肩をならべられるのは、マムトイ族ライオン簇《むら》のワイメズだけだな。おれはずっと、あのふたりが顔をあわせる日が来るのを祈ってるよ」ジョンダラーはいった。

「ある意味では、ふたりはあなたを通じて出会っているのかもしれないわね」大柄な大ゼランドニはいった。「ジョンダラー、あなたが気づいていなければいっておくけど、あなたはもうすぐゼランドニー族全体のなかでもいちばん高名なフリント細工師になるわ。ダラナーはすぐれた工具師だし、その点に疑いの余地はない。でもいまではランザドニー族よ。そもそも、あの男のいちばんすぐれた技は人の上に立つこと。だからいまあの男は幸せなの。自分の〈洞〉を立ちあげ、自分の人々をあつめた。ある意味でダラナーはこの先もずっとゼランドニー族の一員でしょうけど、そのダラナーのランザドニー族はいずれひとりだちをするわ。

そして、あなたはダラナーの炉辺の息子であると同時に、ダラナーの心の息子よ。ダラナーはあなたを誇りに思っている。同時にジェリカの娘のジョプラヤのことも愛している。ダラナーは、あなたたちふたりを誇りに思っているの。ダラナーはこの先も心の隠された部分でずっとマルソナを愛しつづけるかもしれない。でも、ジェリカのことを愛しく思ってもいる。おそらくダラナーはジェリカが異郷風の顔だちで、あんなに小柄でありながら気性が激しいところを愛しているのだと思う。ジェリカに惹かれた理由のひとつはそこね。ダラナーは大男だから、隣にならんだジェリカは半分の小ささに見えるし、とてもか弱く見える。でもジェリカは、ダラナーにとってはつれあい以上の存在よ。ジェリカには洞長になろうという気がまったくない。その役目をダラナーに喜んでまかせている――でも、ジェリカだって洞長になれないことはないのよ。侮れないほどの意志の強さと人格のもちぬしだもの」

「本当にあなたのいうとおりだよ、大ゼランドニ！」ジョンダラーは笑い声をあげながらいった。この男独特のぬくもりに満ちた大きく快活な笑い声だった。ジョンダラーが自分からこんなに熱い感情をあらわにしたことは驚き以外のなにものでもなかった——まったくの予想外だったからだ。ジョンダラーは生まじめな男だ。気やすく笑みをのぞかせても、声をあげて笑うことはめったにない。そんなジョンダラーが声をあげて笑うと、のびやかであふれんばかりの感情のほとばしりが、周囲には驚きとともに受けとめられた。

「ダラナーはマルソナとの結び目を切ったあと、ほかの相手を見つけたわ」大ゼランドニはいった。「でも、マルソナが代わりの男を見つけて、ダラナーを愛したようにほかの男を愛すると予想した者はほとんどいなかったし、じっさいそうはならなかったわ。でも、マルソナはウィロマーを見つけた。ウィロマーを愛するマルソナの気持ちは、ダラナーへの愛に決してひけをとるものではないけれど、種類がちがうの——ダラナーへのマルソナの愛が、ジョコナンへの愛とは種類がちがっていたようにね。ウィロマーにも人の上に立つ資質がある——マルソナが愛する男たちに共通点があるとすればそこね。でもウィロマーは交易頭《こうえきがしら》としていろいろな土地に旅をしては、知りあいをつくり、それまで知らなかった珍しい土地を目にすることで、その資質を満足させているの。ウィロマーはだれよりも——あなたよりも——多くの土地を目にして、多くを学び、多くの人と会ってきた男よ、ジョンダラー。ウィロマーは旅を愛している。でも、それ以上に愛しているのは故郷に帰ってきて、自分の冒険の話を人々に語りきかせ、自分が会ってきた人々にまつわる知識をわかちあうことなの。ウィロマーはゼランドニー族の土地の全域はおろか、その先にまで交易網をつくりあげて、役に立つ知らせや胸の躍る話や珍しい品物をもち帰ってくる。洞長としてのマルソナにはそれが大きな助けになったし、いまはジョハランの助けになっているのね。わたしはだれよりもウィロマーを尊敬してる。それにいうまでもなく、マルソナのたったひとりの娘はウィロマーの炉辺に生まれたのよ。マルソナは昔からずっと女の子を欲しがっていたの。その女の子、つまりあなたの妹のフォラーラはとても愛らしい娘さんね」

エイラにはその気持ちがわかった。自分自身も女の子がたまらなく欲しかったからだ。エイラは胸に強くこみあげる愛情とともに、すやすやと眠るわが子をちらりと見おろした。

「そうだね、フォラーラは美しいし、頭も切れるし、恐れ知らずでもある」ジョンダラーはいった。「おれたちが帰ってきて、だれもが馬をはじめとする動物たちを怖がっていたときだって、フォラーラはためらいもしなかった。坂道を駆けおりて、おれたちを出迎えてくれたんだ。あのときのことを、おれは一生忘れないね」

「ええ、マルソナはフォラーラのことも誇りに思ってる。でも、それ以上の意味があるのよ。女の子が生まれると、その女の子がいずれ自分の孫を産んでくれるとわかることね。もちろんマルソナも息子の炉辺に生まれた子どもを愛しているでしょうけど、娘が子をなせば、まちがいなく愛するようになるわ。それに、もちろんあなたの弟のソノーランもウィロマーの炉辺に生まれた子ね。マルソナは決してえこ贔屓をする人ではないけれど、マルソナの顔をほころばせるのはソノーランだったわ。でも、それをいうならだれもがソノーランの前では自然と笑顔になったものよ。ソノーランには、ウィロマーもかなわないくらい、人の心をとらえて離さないところがあった。思いやりがあって隠しだてをせず、本心から開放的な性格でね。この性格にはだれも抵抗できなかった。そのうえソノーランは、ウィロマーとおなじように旅を愛していたわ。あなただって、もしソノーランがいなければ長旅に出ようとは思わなかったのではなくて、ジョンダラー？」

「そのとおり。ソノーランが旅立ちを決意するときまで、おれは長旅に出ようとは考えもしていなかったな。遠くといっても、せいぜいランザドニー族のもとを訪ねるくらいでね」

「でも、どうしてソノーランと旅に出ようと思いたったの?」大ゼランドニはたずねた。

「うまく説明できそうもないな」ジョンダラーはいった。「ソノーランといるといつも楽しかったし、いっしょなら楽に旅ができるだろうとも思ったよ。あいつの話をきいていると、旅が血わき肉躍る体験にも思えたしね。でも、あそこまで遠い旅になるとは思ってもいなかった。そんな旅になった理由のひとつは、ソノーランがときに無鉄砲になる男で、そんなソノーランのために目を光らせるのがおれの義務だと感じていたことだね。やつはおれの弟で、たぶんおれは知りあいのだれよりもソノーランを愛していたと思う。自分がいずれは故郷へ帰ることもわかっていた。それが実現するとしたら……そして、おれが付き添ってさえいれば、そのうちソノーランもいっしょに故郷へ帰ることになるだろうと……そんなふうに感じていたんだ。よくわからない……なにかに引っぱられたんだな」

ジョンダラーはそういうと、エイラをちらりと見やった。エイラは、大ゼランドニ以上に真剣な面もちでジョンダラーの話にききいっていた。

この人は知らない……でも、わたしのトーテムと、たぶん女神がこの人を引き寄せたのだ、とエイラは思った。わたしのもとへやってきて、わたしを見つけるのがこの人のさだめだったのだ、と。

「マローナのことは?　マローナを思うあなたの気持ちも、旅に出るあなたを引きとめるには足りなかったようね。あなたが旅に出る決意を固めた裏には、マローナがらみの理由があったの?」大ゼランドニはたずねた。大ゼランドニにとっては、ジョンダラーが故郷に帰って以来、なぜあれだけの長旅に出たのかをじっくり突きつめて話しあえる初めての機会であり、この機会をぞんぶんに利用するつもりだった。

「もしソノーランが旅に出るという決意をしなかったら、あなたはどうしていたと思う?」

「あのまま〈夏のつどい〉に出て、マローナとつれあいになっていただろうね」ジョンダラーは答えた。「だれもがそれを期待していたし、おれもマローナほど気になっている女はいなかったんだ……あのときはね」そういって顔をあげ、エイラに笑みをむける。「でも正直にいえば、旅に出ようと決意したときにはマローナのことを考えてはいなかった。むしろ、母さんのことが心配だった。どうやら母さんはソノーランが二度と帰ってこないかもしれないと察していたようだったし、そのうえおれまでも帰らないかもしれないという心配を母さんにかけたくなかった。おれ自身はかならず帰郷すると心に決めていたが、先のことはわからないしね。長旅ではなにがあっても不思議じゃないし、じっさいいろんなことがあった。でもウィロマーがどこかに行ったきりにならないのはわかっていたし、母さんにはフォラーラとジョハランがいた」

「どうしてあなたは、マルソナがソノーランは帰ってこないと思っていることを察したの?」大ゼランドニはたずねた。

「おれたちがダラナーのもとを訪ねるために出発したとき、母さんがおれたちにかけた言葉がきっかけだよ。といっても気づいたのはソノーランだった。母さんはソノーランに〝いい旅を〟とはいったが、おれにいった言葉、〝おまえの帰りを待っている〟という言葉はかけなかった。それに、おれたちが最初に母さんとウィロマーにむかって、ソノーランの話をきかせたときのことを覚えてるかい? あのときウィロマーがいったんだ――母さんはソノーランが帰ってくるとは思っていなかったし、おれが危惧していたように、おれもいっしょに旅に出たとわかった時点で、おれもまた帰らないのではないかと恐れていた、とね。そして母さんは、ふたりの息子をうしなうのではないかと恐れていたと話していたよ」

あのときわたしたちが、ソリーとマルケノからシャラムドイ族の地にとどまってほしいと頼まれたとき、ジョンダラーがその頼みをききいれられなかった裏には、そんな理由があったんだ――エイラは思った。シャラムドイ族の人たちはわたしたちを歓迎してくれたし、訪問のあいだにわたしはあの人たちのことが本当に好きになって、できればあの地にとどまりたかった。しかし、ジョンダラーにはそれが無理だった。それがわかったいま、こうしてはるばる遠くから帰りつけたことがうれしい。マルソナも、そしてゼランドニも、わたしを娘同様に、友人同様にもてなしてくれた。フォラーラやプロレヴァやジョハランをはじめ、大好きになった人たちが大勢いる。そして全員ではないけれど、ほとんどの人が親切にしてくれているのだもの。

「マルソナの予想は的中したわ」大ゼランドニはいった。「ソノーランは数多くの才に恵まれていて、みんなから愛されていた。ソノーランは女神のお気にいりだと口にする人もたくさんいた。わたしは、人がその言葉を口にするのが好きではないけれど、ソノーランの場合には予言のような言葉だったわね。女神に気にいられるというのは、反面で女神がお気にいりたちと長いこと離れ離れになっていることに耐えられず、その人たちがまだ若いうちに、早々と自分の手もとに連れもどしたくなりがちだということでもある。あなたは長いあいだ留守にしていた。だからわたしも、あなたが少しばかり女神に気にいられすぎていたのだろうか、と考えたくらいよ」

「おれ自身、五年もかかる旅をするとは思ってなかったし」ジョンダラーはいった。

「あなたとソノーランが旅立ってから二年もすると、たいていの人たちはふたりがもう帰ってこないものと思いはじめたわ。たまにだれかが、あなたとソノーランが旅に出たという話を口にしてはいたけれど、そんな人たちもあなたたちのことを忘れかけていた。だからあなたが帰ってきたとき、人々がどれだけ驚いたか、あなたには想像もつかないほどよ。人々が驚いたのは、あなたが異郷の女を連れてきたことや、馬たちと狼もいっしょだったことだけではないの」大ゼランドニはいい、物憂げに微笑んだ。「そもそも、あなたが帰ってきたこと自体にみんなが驚いたのよ」

14

「とりあえず、馬たちを洞穴のなかに連れていってみるべきだとは思いませんか？」翌朝、エイラはそうたずねた。

「洞穴のほとんどの部分は天井が高いけど、それでも洞穴にはちがいないわ」大ゼランドニがいった。「つまりひとたび入口から奥にはいったら、わたしたちがもちこむ手燭や松明《たいまつ》以外には明かりがなくて、地面がでこぼこだということ。足もとには気をつけないと。何カ所かで、一層下の洞穴に通じる穴があいているからよ。いまはなにもいないに決まっているけれど、冬場は熊が洞穴をつかうわ。熊が転げまわる泥場があるし、爪でひっかいた痕も残ってるの」

「洞穴熊《ケーブ・ベア》でしょうか？」エイラはたずねた。

「ひっかいた痕の大きさからいって、ケーブ・ベアがいたのはまずまちがいないようね。もっと小さなひっかき痕もあるけれど、それが体の小さな羆《ひぐま》の爪痕なのか、ケーブ・ベアの子どもなのかはわからない」

大ゼランドニは説明した。「重要な地点までは、長時間ずっと歩いていかなくてはならないし、帰りもおなじように長い道のりよ。わたしたちが……いえ、少なくともわたしでは、往復だけで丸一日はかかるわ。もう何年もここには来ていなかったし、率直にいうと、ここに来るのはこれが最後になると思うの」

「まずウィニーを洞穴に連れていって、どんなようすを見せるのかを確かめましょうか？」エイラはいった。「グレイも連れていくべきですね。二頭ともに端綱《はづな》をとりつけようと思います」

「じゃ、おれはレーサーを連れていこう」ジョンダラーはいった。「二頭だけでまず洞穴にはいらせて反応を見てから、引き棒をとりつけるかどうかを決めればいい」

ふたりが馬たちに端綱をとりつけ、それから巨大な洞穴の入口にむかって歩かせていくようすを、大ゼランドニは見まもっていた。ウルフがそのあとをついていく。大ゼランドニには、馬たちを洞穴の奥まで連れていくつもりはなかった。この聖地がどのように広がっているのか、大ゼランドニも全容を正確には把握していないとはいえ、おおまかなところは知っていた。

ここは全長十五キロ以上にもなる地下通路の迷宮である。通路がつながっている箇所もあれば、四方八方に通路が伸びているところもある。洞穴は三層になっており、大ゼランドニがふたりに見せたいものは、入口から十一キロと少し進んだところにあった。歩けば長い距離だが、大ゼランドニは引き棒をつかうことに複雑な感情をいだいていた。前よりも足が遅くなったとはいえ、歩いて往復するのはいまでも無理ではなさそうだったし、たしかに体は楽だが、聖地にうしろ向きではいっていくのは本心では気が進まなかった。

洞穴から外に出てきたジョンダラーとエイラは、ともに頭を横にふりながら馬たちをなだめていた。

「すみません」エイラがいった。「おそらく熊のにおいのせいだと思いますが、ウィニーもレーサーも洞穴にはいるととても怖がってしまいました。熊が転がる泥場には近づこうとしませんし、暗くなればなるほどますます怖がって浮き足立ってしまって。ウルフならついてくるのはまちがいありませんが、馬たちは洞穴のなかが好きではないようです」

「わたしならちゃんと歩けるわ——時間はずっとかかるけど」大ゼランドニは安堵をおぼえながら答えた。「食べ物と水、それに暖かな衣類をもっていく必要があるわ。洞穴のなかは冷えるから。それから手燭と松明もたくさん必要ね。すわることも考えれば、あなたが蒲《がま》の葉でつくったあの厚い筵《むしろ》ももっていきましょう。洞穴の地面には岩が転がっていたり、地面から岩が生えているようなところもあるけれど、どうせ湿っていてぬかるみになっているでしょうから」

携行品の大半は、ジョンダラーが自分の頑丈な背負子《しょいこ》に詰めこんだが、大ゼランドニも——ジョンダラーのものほど大きくはなかったが——おなじように木の枠に硬い生皮を張った背負子をもっていた。枠につかわれているほっそりとした丸い枝は、成長の速い樹木の若い枝——たとえば、ひとつの季節のあいだにまっすぐ成長するポプラの名で知られる柳の一種——からつくられていた。ジョンダラーも大ゼランドニも、さらに腰帯にいくつもの道具や袋を吊りさげていた。エイラは自分の雑嚢《ざつのう》を肩にかけ、残りの道具類にくわえて、もちろんジョネイラも運んだ。

宿営地の最後の点検をすませ、自分たちが洞穴の奥深くにいる日中、馬たちが快適に過ごせるようエイラとジョンダラーが手だてをつくしたのち、いよいよ出発だった。焚火で松明の最初の一本に火をつけ、焚火は埋み火《うずみび》にする。ついでエイラはウルフに自分たちのそばを離れるなと合図を送り、三人は〈マンモスの洞穴〉に足を踏みいれていった。

入口はかなり大きかったが、洞穴のじっさいの規模を考えれば小さかった。それでも旅程の最初の部分にかなりの自然光をもたらしてくれたので、松明は一本で充分だった。広大な地下空間にさらに足を進めていくにつれ、見えるものは熊が利用したとおぼしき大きな洞穴の内壁だけになってきた。断言こそできなかったが、エイラにはいくら大きな洞穴とはいえ、ひと冬のあいだ、ひとつの洞穴をつかうのは一頭の熊にかぎられているように思えた。地面が円形にくぼんだ箇所がたくさんあることからも——熊たちがかなり昔からこの洞穴を利用していることを示唆している——壁に残っている熊の爪痕からも、熊がここをどう利用しているかに疑問の余地はなかった。ウルフはエイラのそばを離れずにぴたりと横を歩いて、おりおりにエイラの足に体をすりつけてきた。これには安心させられた。

洞穴のかなり深くまで進み、外部からの光がいっさい見てとれなくなって、行き先を照らすのは自分たちがもちこんできた光源だけになってくると、エイラは洞穴内部の寒気を感じはじめた。エイラは自分用にとりはずし可能な頭巾つきの暖かい長袖のチュニックを、ジョネイラのためには頭巾つきの丈の長いパーカを持参していた。エイラは足をとめて、ジョネイラの外出用おくるみをほどいた。しかし母親のぬくもりから引き離されるなり、赤ん坊も寒さに気がついてむずかりはじめた。エイラは手ばやくジョネイラにパーカを着せ、自分もチュニックを着た。ふたたび母親の体に引き寄せられて、そのぬくもりを感じると、ジョネイラは落ち着いた。ほかのふたりも、それぞれに暖かい服を身につけた。

ふたたび歩きはじめると、大ゼランドニが歌いはじめた。エイラとジョンダラーはともに驚いて大ゼランドニをまじまじと見つめた。最初のうちは静かなハミングだったが、やがて——言葉をつかわずとも——歌声はしだいに大きくなって音階と音程もめまぐるしく変化し、歌というよりは発声練習のようにきこえた。朗々として豊かな歌声は巨大な洞穴を満たすかに思えるほどであり、連れのふたりは美しい声だと感じていた。

洞穴を八百メートルほど進み、広い空間を三人横にならんで――中央の大ゼランドニをエイラとジョンダラーが左右からはさんで――歩いていたそのとき、大ゼランドニの歌声が変化したかに思えた。反響効果がそなわってきたかのようだった。いきなりウルフが三人を驚かせた。狼ならではの不気味な遠吠えで歌に参加してきたのだ。ジョンダラーの背すじを震えが駆けおりていき、エイラはジョネイラが身をよじらせて背中を這いあがろうとしている感触をおぼえた。ついで大ゼランドニが歌をつづけたまま、ひとことも発さずに両腕を左右に伸ばして、同行者の足をとめさせた。ふたりが見ると、大ゼランドニが左の石壁を見つめていることがわかった。ふたりはともに顔をめぐらせて左の壁に目をむけた。ここが無限につづくように思える、恐ろしいほど巨大で空虚な洞穴などではないことを示す最初の手がかりが見えてきたのはこの瞬間だった。

最初エイラには、岩壁から丸く突きでているフリントの赤っぽい鉱床しか見えなかった。どこの壁にも見られるありふれた光景だ。ついで壁の高いところに、自然の造形とは思えない黒っぽい模様のようなものが見えた。つぎの瞬間、目が見ているものの意味をエイラの頭が理解した。岩に黒い線で描かれていたのはマンモスの輪郭だった。さらに真剣に観察すると、まるでこの洞穴から出ていこうとしているかのように左をむいている三頭のマンモスが描かれていることがわかった。最後のマンモスのうしろには、やはり黒でバイソンの背の輪郭が描かれていた。このバイソンと多少重なるように、特徴的な頭部と背中をもつマンモスがもう一頭、右向きで描かれていた。そこからわずかに離れた壁の少し上のあたりには、別のバイソンの顔――特徴的なあごひげの形と片目、二本の角――と盛りあがった背中が描いてあった。合計で六頭の動物……というか、それだけの数の動物がいると人に思わせるに足る絵が、ここの壁に描かれていた。エイラは不意に寒気に襲われて身を震わせた。

「この洞穴の前では何度も野営したが、こんな絵があるとは知らなかった。だれが描いたんだ?」ジョンダラーがたずねた。

「わたしも知らないわ」大ゼランドニが答えた。「だれも確かなことは知らない――遠《とお》つ祖《おや》、ご先祖よ。〈古《いにしえ》の伝え〉にも話が出てこない。大昔には、このあたりにもいまよりずっとたくさんのマンモスがいたし、毛犀《さい》もいたらしいの。古い骨や年月とともに黄ばんだ角がたくさん見つかってるわ。でも、いまではそういった動物を見ることはめったにない。そういった動物が見つかれば、大きな事件になる。ほら、去年あの少年たちが仕留めようとした犀のように」

「マムトイ族の土地には、かなり多くのマンモスがいるようでした」エイラはいった。

「たしかに。おれたちもマムトイ族といっしょに大がかりな狩りに出かけたな」ジョンダラーはいい、考えをめぐらせている口調でさらにつづけた。「しかし、向こうは気候がちがう。空気がもっと乾燥して寒さが厳しい。それに雪がこっちよりも少ないな。マムトイ族といっしょにマンモス狩りをしたときには、ひらけた野原で立ち枯れた草のまわりの雪を、風が舞いちらせていただけだった。こっちでは、マンモスが北に急ぐのを見たら激しい雪嵐が近づいてきたとわかる。北に行けば行くほど寒さもそれだけ厳しくなるが、ある程度まで遠くに行くと、今度は空気が乾燥してくるんだ。マンモスは大雪のなかではうまく進めなくなる。洞穴《ケーブ》ライオンはそれを知っていて、あいつらを追いかける。〝マンモスが北に行ったら追いかけてはいけない〟というじゃないか。雪に追いつかれなくても、ライオンに追いつかれてしまうからだよ」

三人で足をとめたあと、大ゼランドニは自分の背負子から新しい松明をとりだし、ジョンダラーが手にした松明で火をつけていた。ジョンダラーの松明はまだ消えてはいなかったが、すでに燻《くすぶ》りはじめて煙をたくさん出すようになっていた。大ゼランドニが火をつけおわると、ジョンダラーは自分の松明の先端を岩に叩きつけ、燠《おき》の部分をへし折った——その瞬間、燠がひときわ明るく輝いた。エイラは、背中の赤ん坊がいまもまだ落ち着かなげに身をよじっているのを感じていた。これまでジョネイラは眠っていた——あたりが闇に包まれ、母エイラの歩みにあわせて体を揺すられて眠りに誘われていたのだろう。でも、目を覚ましかけているのかもしれない、とエイラは思った。ふたたび三人が歩きはじめると、赤ん坊は落ち着いた。

「氏族の男たちはマンモス狩りをしていました」エイラはいった。「わたしも狩りに同行した経験があります。といっても狩りをするためではなく——氏族の女は狩りをしません——肉を乾燥させて、もち帰るのを手伝うためです」ついで、いま思いついたかのようにいい添える。「氏族の人たちなら、このような洞穴に足を踏みいれることはないと思います」

「どうしてそう思うの？」大ゼランドニは、ふたりともども洞穴のさらに奥に進みながらたずねた。

「洞穴のなかでは話ができないからです。いえ、むしろおたがいの意思を充分に通じあえないからといったほうがいいかもしれません。松明をもっていても、ここは暗すぎます」エイラはいった。「そもそも片手が松明でふさがっていては、両手で話しあうのは困難ですから」

この発言にも大ゼランドニは、エイラがある種の言葉を口にするときの奇妙な発音を意識させられた——この傾向はエイラが氏族について話すときや、氏族とゼランドニー族の差異について話すときにひときわ強まった。

「しかし氏族の人も耳で音をきくことはできるし、言葉ももっている。前にあなたからいくつか言葉を教わったわ」

「ええ。多少の言葉はあります」エイラはいい、氏族にとって話し言葉はあくまでも二次的なものだと説明をつづけた。氏族もいろいろな物に名前をつけているが、主要な言語はあくまでも手の動きと体のしぐさだ。手ぶりだけではない。身体言語のほうが重要とさえいえる。手ぶりのさいの手の位置、意思を伝えようとしている人物の姿勢、物腰や態度。手ぶりを見せている人物と手ぶりで話しかけられている人物双方の年齢と性別。さらには、往々にしてそれとわからないほど微妙な暗示や表現、足や手や眉のわずかな動きなど、すべてが手ぶり言語の要素だ。相手の顔しか見ていなければ、あるいは相手の言葉をきいているだけでは、とうていすべてを理解することはできない。

氏族の子どもたちはごく幼いうちから、言葉を耳にすることだけではなく、この言語を知覚するすべを学ばなくてはならない。その結果、氏族は目立つ動きをほとんど見せず、言葉に頼ることはさらに少ないまま、きわめて複雑かつ意味の広い考えを伝えあうことができるようになる——しかし双方が遠く離れていたり、暗闇のなかにいたのでは無理だ。これは大きな短所だった。おたがいに相手が見えることが前提条件なのだ。エイラはふたりに、かつてある氏族の老人が視力をうしない、他人との意思疎通ができなくなったため、ついにはすべてをあきらめて死んでしまった、という逸話を語った——老人には、他人の話がまったく見えなくなったのだ。むろん氏族もときには暗闇で話したり、距離をはさんで大声を出したりする必要に迫られる。彼らが多少の言葉をつくったり、多少の音声をもちいたりする理由はそこにあるが、声に出す言葉の使用はきわめて限定されていた。

「わたしたちが身ぶりを利用する機会が限定されているのとおなじですね」エイラはいった。「わたしたちのような人々……氏族が〝異人〟と呼ぶ人々も、話をしたり意思を通じあったりするときには姿勢や顔の表情や身ぶりをつかいますが、決して多くはありません」

「それはどういう意味？」大ゼランドニはたずねた。

「わたしたちは氏族の人々のように意識して手ぶり言語をつかいませんし、表現力の点でも氏族にはかないません。もしわたしが、こんなふうに人を招きよせる動作をすれば――」説明しながらエイラはその手の動きを実演した。「たいていの人には〝来い〟という意味だとわかります。手の動きを速めたり激しくしたりすれば、急を要することが相手に伝わります。しかし遠く離れていた場合には、なぜ急を要するのか――怪我人が出たから急を要するのか、あるいは夕食が冷めそうだから急を要するのか――が相手に伝わりません。おたがいに顔をあわせて言葉があらわすものを形で目にしたり、顔の表情を見たりすれば、もっと多くのことが伝わります。しかし、たとえ闇のなかでも、あるいは霧のなかや遠く離れている場合でも、わたしたちならほぼ理解をそこなわずに意思を通じあえます。かなり遠い距離をはさんで大声で叫んでいるような場合でも、複雑な考えをほぼ完璧に相手に伝えられます。ほとんどどんな環境にあっても、話をして理解しあえるというのは、大きな利点です」

「そんなふうに考えたことはなかったな」ジョンダラーはいった。「ライダグがみんなと意思を通じあえるように、きみがマムトイ族ライオン簇《むら》の人たちに氏族の手ぶり言葉で〝話す〟ことを教えたときには、みんなが――とりわけ子どもたちが――手ぶり言葉で遊んだし、合図を送りあって楽しんでいたな。でも、〈夏のつどい〉に行ったときにはもっと真剣に利用されるようになった。まわりにほかの簇の人たちがいるところで、ライオン簇の人たちだけにこっそり話したいことがある場合にね。とりわけ記憶に残っているのは、簇長《むらおさ》のタルートが簇人《むらびと》たちに〝いまはなにもいうな、その話を知られたくない者たちがそばにいるからだ〟と伝えていたことだ。話の中身は忘れてしまったがね」

「つまり、こういう理解で正しいかしら？　人はなにかを言葉で話すことができるけれど、同時に手ぶり言葉で別の話をすることもできれば、まわりの人に知られずに、もっとはっきり意味を伝えることができる、と」最高位の大ゼランドニはいった。すでに足をとめていたし、ひたいに刻まれた精神集中のしるしの皺は、大ゼランドニが重要だと感じた問題について考えをめぐらせていることを示していた。

「ええ、そうです」エイラはいった。

「その手ぶり言葉を習って身につけるのはむずかしいこと？」

「意味の微妙な陰影までも含めて、完全に習得しようとすれば簡単ではありません」エイラはいった。「しかしライオン簇の人たちには、子どもたちが最初に教わる簡略版の手ぶり言語を教えました」

「でも、意思を通じあうには充分だったな」ジョンダラーはいった。「会話はできる……まあ、複雑にこみいった考えのこまかなところまで伝えるのは、やっぱり無理かもしれないけど」

「あなたからゼランドニアの面々に、簡略版の手ぶり言葉を教えてもらうべきかもしれないわ」大ゼランドニはいった。「手ぶり言語がとても役に立つ場面がいくつも思いつくの。情報を伝えるとか、主張を明確にするとか、そういう場面で」

「氏族の人と出会って、なにかを伝えたいときにもね」ジョンダラーはいった。「小さな氷河を横断する前に、ガバンとヨーガというふたりの氏族と会ったときには役に立ったよ」

「そう、そういった場面でもね」大ゼランドニはいった。「来年の〈夏のつどい〉にあわせて、何回か教室をひらくように手だてをととのえてもいいかも。もちろん、これから寒い季節になったら、あなたが〈九の洞《ほら》〉の面々に教えてもいいわね」ふたたび間を置いてつづける。「でも、あなたのいうとおり、暗いなかではつかえない言葉だわ。ということは、氏族が洞穴にはいっていくことはないの？」

「はいっていきます。ただし、それほど奥まで足を進めることはありません。またはいっていくときには、ふんだんな明かりで照らします。彼らが、洞穴にこれほど深くまで足を踏みいれることはないと思います」エイラはいった。「ただしひとりの場合、あるいは特別な場合は別ですね。モグールたちなら、もっと深い洞穴にもはいることがあります」話しながらエイラは、氏族会での出来事を――明かりを追って洞穴にはいっていき、そこで何人ものモグール、すなわち聖なる男たちを目にしたときのことを――思い出していた。

三人はそれぞれ自分の思いにとらわれたまま、ふたたび歩きはじめた。しばらくすると、大ゼランドニがまた歌いはじめた。なおも歩くと――といっても入口から最初の壁画までの距離よりは短かった――大ゼランドニの声がさらに深い響きを帯び、洞穴の壁から響きわたってくるかのようにきこえはじめ、ウルフがまたしても遠吠えをはじめた。大ゼランドニが足をとめ、今回は洞穴の右の壁にむきなおった。エイラとジョンダラーは、ここでもマンモスを目にすることになった。今回は二頭。しかしここにあったのは色を塗られた絵ではなく、壁に彫り刻まれた線刻画だった。さらにバイソンが一頭。そのほかに柔らかくなった粘土かそれに類したものに指で刻んだかのような奇妙なしるしもいくつか見つかった。

「わたしには前からこの子がゼランドニだとわかっていたの」大ゼランドニはいった。

「だれのことだい?」ジョンダラーはたずねたが、すでに答えを知っている気がした。

「決まってるでしょう、ウルフよ。わたしたちが霊界に近いところにやってくると、こんなふうにウルフが〝歌う〟のはなぜだと思っていたの?」

「ここは霊界に近い場所なのかい?」ジョンダラーはあたりを見まわしながらたずねた。わずかな不安が胸にきざした。

「ええ、わたしたちはいま〈女神が統《す》べる聖なる隠世《かくりよ》〉のすぐ近くにいるの」ゼランドニー族の精神世界の導師である大ゼランドニはいった。

「あなたが〈ドニの声〉と呼ばれる理由はそこにあるんだね？　歌うことで、こういった場所を見つけることができるから？」ジョンダラーはたずねた。

「それも理由のひとつ。わたしが女神の代弁者をつとめる場合もあることも理由のひとつよ。わたしが〈始源の女先祖、始源の女神の代弁者〉になっているときや、〈恵みを授ける女神の遣《つか》い〉になっているときのようにね。ゼランドニには――とりわけ最高位の大ゼランドニには――多くの名がある。女神に仕える身になるときにゼランドニが自分の名前を捨てるのは、それが理由よ」

エイラは一語も洩らすまいとして話にききいっていた。本音では、自分の名前を捨てたくはない。本当の家族のものでいまの自分に残されているのはこの名前、母親から与えられた名前だけだ。とはいえ、〝エイラ〟というのが本当の名前ではないと感じてもいた。氏族の者にも発音できる範囲で精いっぱい近い名前にすぎない。それでも、いまのエイラにはこれしかない。

「ゼランドニアの者はだれでも、そうやって歌うことでこの手の特別な場所をさがしあてることができるのかい？」ジョンダラーはたずねた。

「全員が歌うとはかぎらないけれど、ゼランドニアの者ならだれもが〈声〉――つまり、聖地を見つける自分なりの方法を身につけているわ」

「あの小さな洞穴を調べたとき、特別な声を出すようにいわれたのも、それが理由なのですね」エイラはたずねた。「そういう目的があったとは、あのときは知りませんでした」

「きみはどんな声を出したんだ？」ジョンダラーがたずね、にっこりと微笑んだ。「歌ではなかったのは確かだね」ついで大ゼランドニにむきなおって、こう説明する。「エイラは歌えないんだ」

「ベビーの真似をして吠えたの」エイラは答えた。「すてきな谺《こだま》が返ってきたわ。ジョノコルは、あの小さな洞穴の奥に本当にライオンがいるようにきこえたと話していたし」

「ここなら、どんなふうに響くと思う？」ジョンダラーがたずねた。

「わからないわ。大きな声に響くでしょうね」エイラはいった。「ここで出すにはふさわしい声には思えないの」

「では、どんな声ならふさわしいのかしら？」大ゼランドニがエイラにたずねた。「いずれゼランドニになったら、あなたもなんらかの声を出せるようにならないといけないのよ」

エイラはちょっと黙って考えをめぐらせた。「いろいろな種類の鳥の声を出すことならできます。それに口笛を吹くこともできるかもしれません」

「そうだよ、エイラは鳥そっくりな口笛を吹けるんだ。それもいろいろな種類の鳥そっくりにね」ジョンダラーがいった。「あんまり口笛が巧《うま》いものだから、鳥が近づいてきてエイラの手から餌を食べるほどね」

「よかったら、いまここで試してみない？」大ゼランドニはいった。

エイラはちょっと考えてから、まず牧場鳥《まきばどり》の鳴き声を出し、つづいて急上昇していくときの雲雀《ひばり》の完璧な真似を披露した。いつもよりも響きが豊かな気がしたが、洞穴の別の場所か外であらためて試してみないことには、はっきりとはわからなかった。そのあとしばらくすると、大ゼランドニの歌声がふたたび変化した。といっても、以前よりはかすかな変化だった。大ゼランドニが右をさし示すしぐさをした。ふたりが見ると、そこに新たな通路に通じている開口部が見つかった。

「この先にマンモスが一頭描いてあるわ。でもそこまではかなり長い道のりだし、いまは訪問している時間はなさそうね」さらに大ゼランドニはそっけない口調で、「こっちにはなにもないわ」といい添えながら、そのほぼ真正面、左の壁にある別の通路の入口をさし示した。そのあと歌をつづけながら、右にある通路入口の前を通りすぎる。「ここを行った先に、女神に近づける天井がある。でもそこまでは長い道のりだし、とりあえずはいったん外に出て、ここを再訪するかどうかを決めるまで、訪問を延期してもいいわ」さらに先に進むと、大ゼランドニがふたりに警告した。「この先は気をつけてね。通路の方向が変わるの。いきなり右に曲がっているし、曲がるところに深い穴があって、この洞穴の地下部分につながってる。おまけに水たまりも多いの。この先は、わたしのあとをついてきてもらうのがよさそう」

「だったら、おれも新しい松明に火をつけよう」ジョンダラーはそういうと足をとめ、背負子から松明を一本抜きだして、手にしている松明で火をつけた。あたりの地面には早くも小さな水たまりがあちこちにあり、粘土がぬかるんでいる箇所もあった。ジョンダラーは燃えつきそうになっている松明の火を揉み消すと、背中の背負子の物入れに押しこめた。聖地の地面にみだりにごみを捨ててはならないという教えは、子どものころから叩きこまれていた。

大ゼランドニは手にしていた松明から燃えつきた灰を落とすため、地面から生えているような石筍《せきじゅん》に先端部をこすりつけた。たちまち、松明の発する光が明るくなった。その光でウルフの姿が見え、エイラの顔がほころんだ。ウルフが足に体をすり寄せてきたので、耳のうしろを掻いてやった。エイラと狼の心をともになごませるしぐさだった。ジョネイラがまたしても身をよじっていた。エイラが足をとめるたびに、赤ん坊はそれを察している。もうすぐ乳を飲ませなくてはならなくなるが、これからいま以上に危険な場所にさしかかるとあっては、その部分を通りすぎるまで乳を飲ませるのを先延ばしにしておきたい。大ゼランドニがまた歩きはじめた。エイラがそのあとにつづき、しんがりはジョンダラーだった。

「足もとに気をつけて」大ゼランドニはいい、光の届く範囲を広げるために松明を高くかかげた。光のおかげで右の岩壁が見えたが、ふいに松明の炎が見えなくなった。しかし火明かりが曲がり角の岩の輪郭を浮かびあがらせていた。地面はかなりでこぼこして岩が多く、滑りやすい粘土で覆われていた。エイラの履き物に水が滲《し》みてきたが、柔らかな皮の靴底が地面をしっかりととらえていた。裏側から光があたっている岩のへりに手を伸ばしてその先をのぞきこむと、大ゼランドニが角の先に立っていて、通路が右に折れたまままさらに先へと通じていることがエイラにもわかった。

北だ……いまは北に進んでいるように思える、とエイラは内心でひとりごちた。洞穴に足を踏みいれたときからずっと、エイラは自分たちが移動している方向に注意を払ってきた。これまでの通路には、何回か微妙に向きが変わっているところこそあれ、一行はもっぱら西へむかっていた。大きく方向が変わったのは、ここが最初だった。エイラは前方に目をむけた。大ゼランドニがかかげた松明の光より先は、なにも見えない――そこにあるのはただ地下深くでしかお目にかかることのできない、ぽっかりと口をあけたような濃密な闇ばかりだ。この地中の巨大な洞穴をさらに進んだ先には、いったいなにがあるのだろうか？

通路の向きを変えている岩壁の陰から、まずジョンダラーの松明があらわれ、つづいて本人が姿を見せた。大ゼランドニは三人にくわえてウルフがそろうまで待ってから、口をひらいた。「少し先に地面が平らになっている場所があるわ。すわるのに手ごろな岩がいくつかある。そこで休憩をとってなにか食べて、小さな水袋に水を補給するのがいいと思うの」

「そうですね」エイラはいった。「さっきからジョネイラが目を覚まして、もぞもぞ動いているので、乳を飲ませなくてはなりませんし。本当ならもっと早く目を覚ますところですが、まわりが暗いうえにわたしが歩いていたので静かに寝てたみたいです」

大ゼランドニがふたたびハミングをはじめた。やがて三人は、その歌声の洞穴からの反響が変化する場所に達した。大ゼランドニの歌声がこれまで以上に澄んだものになってくるなか、三人は左側にある横へと伸びている小さな通路に近づいた。大ゼランドニは通路の入口前で足をとめて、こういった。

「ここがその場所よ」

雑嚢と投槍器《とうそうき》という荷物をおろすことができて、エイラはほっとした。三人はそれぞれすわりやすい岩を見つけた。エイラは蒲の葉を編んでつくった、岩に敷くための筵を三枚とりだした。エイラが乳房をあてがうと、ジョネイラは待ちかねていたように吸いついてきた。大ゼランドニは自分の背負子から三つの手燭をとりだした。ひとつは飾りのついた砂岩製のもので、前にも大ゼランドニがつかっているのを見たことがある。残るふたつは石灰岩でできていた。岩はどれも小さな碗の形になるように削られて磨かれ、へりの部分とおなじ高さに、まっすぐの把手が伸びていた。ついで大ゼランドニは灯心の材料が丁寧におさめてある包みをとりだし、乾燥した猪口茸《いぐちたけ》を六本とりだした。

「エイラ、あなたがもっていた獣脂の筒はいまどこにあるの?」大ゼランドニがたずねた。

「ジョンダラーの背負子にはいっている、肉をおさめた生皮の箱のなかです」エイラは答えた。

ジョンダラーが肉の箱をとりだし、おなじく背負って運んでいた大きな水袋ともどもエイラのもとに運んできた。ジョンダラーが生皮製の肉の箱をあけると、エイラは腎臓近くの固い脂身を精製して多少粘度を高めた、きれいな白い獣脂を詰めた腸を指さした。ジョンダラーは容器を大ゼランドニに手わたした。

ジョンダラーが、自分の運んできた大きな水袋から、三人それぞれが持参してきた小さな水袋に水を小分けにしているあいだ、大ゼランドニは三つある石の手燭それぞれの鉢に獣脂を入れて、松明の炎をつかって溶かしはじめた。ついで大ゼランドニは手燭それぞれの溶けた獣脂に、乾燥した茸《きのこ》を二本ずつ——吸水性のある灯心の半分以上が溶けた獣脂につかり、反対側の先端がそれぞれ少しだけへりから突きだすように――入れていく。火をつけた直後こそ多少〝ぱちぱち〟という音がしたが、火の熱が脂を灯心に吸いあげはじめると、新しく三つの光源がもたらされた。洞穴のこれ以上はない完璧な闇のなかでは、すこぶる明るく感じられた。

ついでジョンダラーが、朝食のときにこの洞穴探険用に用意した食事を残るふたりにわたした。三人は焙《あぶ》った赤鹿の肉をそれぞれの食事用の鉢に入れ、さらに別の水袋に詰めてきていた茹《ゆ》でた野菜の冷たいスープを椀に入れた。細長く切った野生の人参や澱粉質の多い小さな丸い根菜、棘《とげ》を落とした薊《あざみ》の茎、ホップの若芽、野生の玉葱などがどれも煮こまれて柔らかくなり、あまり嚙まないでも食べられた。三人はスープともども、野菜類も口に流しこんだ。

エイラはウルフのためにも肉の切り身を用意していた。その肉をウルフに与えてから腰を落ち着けて昼食をとり、そのあいだにジョネイラへの授乳をおわらせた。ここまで歩いてくるあいだに、ウルフがほんの少し周囲を探険したことはあっても、決して遠くまで離れていかないことにエイラは気づいていた。狼は闇のなかでも驚くほど目がきくし、この洞穴の暗闇の奥まったところで、松明のほんのわずかな光を反射してきらめくウルフの目が見えたことも何度かあった。ウルフがそばにいると、身の安全が感じられた。万一、予期しない事態で火明かりをうしなっても、ウルフなら鼻だけを頼りにどんな洞穴からも自分たちを外へ案内してくれることには確信があった。エイラも知っていたが、ウルフの嗅覚はすこぶる鋭敏なので、ここまでの経路を逆にたどっていくことは造作もないはずだ。

三人とも黙ったまま食事を進めるあいだ、気がつくとエイラは五官を総動員してまわりの環境をさぐっていた。手燭の光は、自分たちのまわりのかぎられた部分しか照らしていない。洞穴のここ以外の場所は黒々とした奥深い闇に――すべてを包みこむ闇、たとえ夜がもっとも深まったときでさえ外界では決して見ることのできない闇に――満たされていた。しかし、手燭のそれぞれにふたつある小さな炎の光より先にはなにも見えなくとも、耳をすませば、洞穴の静かなつぶやきがききとれた。

これまでのところ、地面や岩壁がかなり乾いているところもあった。また地面や壁がゆらめく水の薄膜に覆われて濡れ光っている場所もあった。雨や雪や雪溶け水などが長い時間をかけて、想像もできないほどの忍耐で大地と石灰岩に滲みとおり、その途上で溶け出した炭酸カルシウムを次第にあつめ、さらにそれが一滴また一滴と落ちることで、天井にある石の氷柱《つらら》や、その下の丸い切り株状の石をつくりあげていく。エイラには、水滴の落ちる小さくかすかな音がききとれた。近くからの音も、遠くからの音もあった。はかり知れないほどの長さの時間をかけて、鍾乳石《しょうにゅうせき》と石筍はひとつにつながって柱となり、壁となり、ひだのある幕となって洞穴の内側をかたちづくったのだ。

小さな生き物が動きまわる音や鳴いている声もきこえたし、ほとんど感知できないほどだったが、空気が動いているのもわかった――音を立てずに吹きぬけるわずかな風は、エイラが真剣に神経を集中させてようやく感じとれるほどだった。この静かな場所にはいりこんだ命ある四人と一頭の息づかいという雑音に、容易に埋もれてしまいそうな風だった。エイラは空気のにおいを嗅ぐために口をあけて一部をとりこんでみた――剝《む》きだしの大地と圧縮されて石灰岩へと形を変えた太古の昔の貝殻が発する、かすかな腐敗臭が感じとれた。

食事をおえると、大ゼランドニがいった。「ここの小さな通路に、あなたたちに見せたいものがあるの。荷物はここに残して帰るときに拾えばいいけれど、手燭はもっていく必要があるわ」

三人はそれぞれ身を隠せる場所に行って、出発前に用を足した。エイラはジョネイラをかかえた腕を伸ばして娘にも用を足させると、もってきた柔らかく新しい苔で体をきれいに拭いてやった。それから外出用おくるみでジョネイラを腰に抱きかかえ、石灰岩の手燭のひとつを手にとると、大ゼランドニのあとから左にむかって分岐して伸びている通路に足を踏みいれた。大ゼランドニはまた歌いはじめていた。エイラもジョンダラーも、いまでは歌声が反響するさまに慣れていた——これこそ、自分たちが聖地に、すなわち〈異界〉により近い場所にいると告げるものだった。

やがて大ゼランドニは足をとめて、右手の壁を見あげた。その視線を追ったふたりの目に、むかいあっている二頭のマンモスの絵が飛びこんできた。エイラにはこれがことのほかすばらしい絵に思えると同時に、この洞穴のあちこちの場所に描かれたマンモスの配置が異なっていることには、なにか意味があるのだろうかとも思った。大昔につくられたものであり、いまとなってはだれが描いたのかもわからない。それればかりか、描いた画家がどの〈洞〉の者か、どの一族の者かも不明だし、問うてもわからずじまいにおわるに決まっている。しかし、エイラは質問したい気持ちをこらえきれなかった。

「ここのマンモスがむかいあっている理由をご存じですか、大ゼランドニ?」

「二頭が戦っているところだと考えている人もいるわ」大ゼランドニは答えた。「あなたはどう考える?」

「わたしにはそうは思えません」エイラは答えた。

「それはどうして?」大ゼランドニはたずねた。

「どちらも攻撃的でも怒ったようすでもありません。二頭は会っているだけのように思えます」

「あなたはどう思うの、ジョンダラー?」大ゼランドニはたずねた。

「おれにも、二頭が戦っていたり、これから戦おうとしたりしているようには見えないな」ジョンダラーはいった。「たまたま出会っただけなのかもしれないね」

「たまたま出会った二頭を描いたものだといったら、この絵を描いた人の機嫌をそこねるかしら?」大ゼランドニはたずねた。

「いや、そんなことはないだろうね」ジョンダラーは答えた。

「もしかすると、マンモスはどちらも人々の集団の代表者をあらわしているのかもしれません――なにか大事なことを決めるため、ふたりの代表者がこうして顔をあわせたところなのかも」エイラはいった。

「あるいはふたりがなにかを決め、この絵はそれを記念するためのものだったとも考えられます」

「わたしが耳にしたなかでは、もっとも興味深い意見のひとつね」大ゼランドニはいった。

「でも、いくら考えても確かなところはわからない……そうだね?」ジョンダラーはいった。

「ええ、わかる日は来ないでしょうね」最高位の大ゼランドニはいった。「でも、人々がどのように推理するかによって、推理をした当人がどういう人なのかが明らかになることも珍しくはないわ」

三人は口をつぐんだまま待っていた。ついでエイラはマンモスのあいだの石壁にふれてみたくなって右手をさしのべ、手のひらを石にぴたりとあてがって目を閉じ、手をそのまま動かさずにいた。岩の固さや、石灰岩のひんやりとした、やや湿ったような感触が伝わってきた。それから、なにか別のものの感触も伝わってきたかのように感じた――なにか強烈なもの……濃縮されたもの……熱。石を温めている自身の体温を感じただけかもしれない。エイラは手を岩壁から離して手のひらを見おろし、赤ん坊の位置をわずかにずらした。

そのあと三人は広い通路に引き返し、明かりとりのためには松明ではなく手燭をかざしながら北に進んだ。大ゼランドニは声をつかいつづけていた――あるときはハミング、あるときはすばらしい質の声を朗々と張りあげていたが、やがてふたりに見せたいと思っているものがある箇所にさしかかると口をつぐんだ。ここでエイラがことのほか魅了されたのは長い毛が垂れ下がっているマンモスを描いた線画だったが、この線画には上から横切るようにしるし――おそらくは熊の爪痕――が刻まれていた。犀の絵も魅力的に思えた。この大きな洞穴のなかで、歌声がひときわいい響きを帯びる場所に来ると、大ゼランドニはふたたび足をとめた。

「この先はどの方向に進むかをわたしたちが選べるわ」大ゼランドニはいった。「わたしはここをまっすぐに進んでいき、そこからまたここに引き返したら、しばらく左の通路を進むのがいいと思う。そのあとここに引き返して、来た道を逆にたどっていき、洞穴から外に出る。でも、ここでただ左の道に進むだけにしてから引き返してもいいわ」

「大ゼランドニがお決めになるのがいちばんだと思います」エイラはいった。

「エイラのいうとおりだ。あなたのほうが距離についてもよく知っているし、自分の疲れ具合もわかっているはずだからね」ジョンダラーはいった。

「たしかに少し疲れ気味だけれど、わたしがここに来ることはもう二度とないかもしれないの」大ゼランドニは答えた。「それにあしたになれば、休むこともできる――宿営地で休んでもいいし、あなたたちがつくってくれた腰かけにすわって、馬に牽《ひ》いてもらってもいい。ここをまっすぐ進めば、次の場所に行きつけるわ――〈女神の聖なる隠世〉に一段と近づける場所に」

「わたしはこの洞穴全体が、〈女神の隠世〉に近いところだと考えています」エイラはいいながら、先ほど石にふれた手にちくちくと痺《しび》れに似た感覚が走るのを感じた。

「もちろん、そのとおりよ。だからこそ、特別な場所を見つけることがよりむずかしくなるのね」大ゼランドニはいった。

「この洞穴は大地のなかにあるけど、おれにはこの洞穴にいるだけでも〈異界〉に行けそうな気がするよ」ジョンダラーはいった。

「この洞穴がもっとずっと広くて、きょう一日かけても見きれないものをまだたくさん秘めているというのは本当の話よ。それに、ここよりも下の層にある洞穴には足を踏みいれるつもりはないの」大ゼランドニはいった。

「ここで迷った人はいるのかな?」ジョンダラーはいった。「ここでは、あっけなく道に迷ってしまうに決まっているからね」

「それは知らない。わたしたちが来るときには、かならずこの洞穴にくわしくて道を知っている人を同行させるように心がけているわ」大ゼランドニはいった。「そのたぐいの話が出たからいっておくけれど、ここはいつもわたしたちが手燭の脂を注ぎたす場所だったと思うの」

ジョンダラーがふたたび獣脂をとりだすと、大ゼランドニはそれぞれの手燭の鉢に脂を足し、灯心の具合も調べた。ついですべての灯心を引きだして少し高い位置に調整することで、これまでよりも炎が明るくなるようにした。出発に先立って、大ゼランドニはこういった。「反響するような声を出せれば——谺のような音をつくれる声を出せれば——進むべき方向を知る助けになるわ。そのために横笛をつかう人もいる。だから、あなたが口笛で鳥の声をつくれば役に立つと思うのよ、エイラ。どう、やってみない?」

エイラはいささか気恥ずかしさを感じたし、どの鳥の声にすればいいかもわからなかった。考えた末にエイラは雲雀に決め、頭のなかに雲雀の姿を思い描いた。黒っぽい翼、白いふちどりのある長い尾、胸には太い筋が走って、頭には小さな冠。雲雀は両足をそろえて跳ねるのではなく歩く……そして地面の上に周囲からうまく隠すようにして草で巣をつくる。くさむらから追いたてられると、雲雀はちょっと水っぽさを感じさせる〝ちゅるるる〟という声をあげるが、早朝に空高く舞いあがっていくときには、もっと音を長く伸ばして歌う。エイラが出したのも、そんなときの雲雀の声だった。

洞穴の奥深くの絶対的な闇のなかでは、エイラが雲雀の歌を完璧に模したその声が不気味なほど場ちがいに響いた。奇怪なほど場にそぐわない、物の怪《もののけ》だつような声に、ジョンダラーの体がぞくりと震えた。大ゼランドニは隠そうとしていたが、それでもその体は予想もしていなかった震えに襲われていた。ウルフもおなじように感じたが、そのことを隠そうともしなかった。驚いたウルフがあげた狼の歌の遠吠えが、巨大な閉鎖空間に殷々《いんいん》と響きわたり、ジョネイラの目を覚まさせた。赤ん坊は泣きはじめたが、エイラはすぐにこれが恐怖や不安の泣き声ではなく、むしろウルフの声に伴奏をつけているかのような大きな叫び声だと気がついた。

「ウルフがゼランドニアの一員であることはわかっていたわ」大ゼランドニはいい、自分も朗々とした生彩ゆたかな声で参加しはじめた。

ジョンダラーはあっけにとられて立ちすくんでいた。声が消えていくと、ジョンダラーは——いささかためらいがちに——笑い声をあげた。しかしすぐに大ゼランドニも笑いだしたことで、ジョンダラーの口からエイラが愛してやまない心からの快活な笑い声が引きだされ、エイラもいっしょに笑い声をあげた。

「この洞穴がいまみたいにたくさんの音をきかされたのは、本当に久しぶりのことだと思うわ」最高位の大ゼランドニがいった。「女神もさぞやお喜びになったことでしょう」

ふたたび歩きはじめてからも、エイラは鳥の声の真似の達人ぶりを披露していたが、ほどなくして音の響きが変わったような気がした。エイラは足をとめて壁に目をむけた。最初は右。つぎに左の石壁に目をむけると、三頭の犀の行列が目に飛びこんできた。犀はどれも黒で輪郭が描かれているだけだったが、絵には重量感がそなわり、胴体の形も正確に描かれていたために驚くほど真に迫った絵になっていた。岩壁に彫り刻まれていた動物たちの線刻画とおなじだった。これまで見てきた動物たちのなかには——いちばんの好例がマンモスの絵だ——頭と特徴ある背中の形が線で描いてあるだけのものもあった。牙をあらわす二本の弧が添えられているものもあり、目が添えてあったり、ふさふさとした長い毛がほのめかされたりした、驚くほど写実的な絵もあった。しかし牙やそれ以外の特徴が描き添えられていなくても、動物の全体像は輪郭線だけで充分表現されていた。

絵を見ているうちにエイラは、自分の口笛や大ゼランドニの歌の音の質が洞穴の特定の箇所で本当に変化したのだろうか、遠い先祖のだれかもまた、おなじく音質の変化をそういった場所でききとり、マンモスや犀を描くことでしるしをつけたのだろうか、という疑問を感じはじめた。洞穴そのものが、しるしをつけるべき場所を人間に告げたと想像するだけで胸が躍った。あるいは女神その人が洞穴を介して、目をむけるべき場所、しるしをつけるべき場所をその子らに教えたのか？　そこから、自分たちを〈女神の隠世〉に近い場所へみちびいたのは、本当に自分たちが出した声だったのだろうかという疑問も浮かんできた。そのとおりに思えた——しかし頭のごく小さな片隅ではその点を保留にして、ただ疑問に思うにとどめておいた。

ふたたび進みはじめたあとも、エイラは鳥の口笛をつづけた。しばらく進んだあとで、確信はないものの、エイラはなぜか足をとめなければならないように感じた。最初はなにも見えなかったが、さらに数歩進んだところで、広大な洞穴の左側に目をむけた。そこに見えたのは、驚嘆すべきといっても過言ではないほどのマンモスの線刻画だった。全身が長い冬の毛皮で覆われたときのマンモスにちがいない。ひたいや目のまわり、顔、そして牙のあたりも毛で覆われているさまが彫り刻まれていた。

「年老いた賢者のように見えます」エイラはいった。

「このマンモスは〈老いたるもの〉と呼ばれてるわ」大ゼランドニはいった。「あるいは……〈老いたる賢きもの〉とも」

「これを見ていると、多くの子どもとその子どもばかりか、たぶんその子どもたちまでをも自分の炉辺にもっている、年をとった男を連想するな」ジョンダラーはいった。

大ゼランドニがふたたび歌いはじめて、反対側の壁へと引き返していった。そちらの壁にもマンモスが――もっと多くのマンモスが――黒で描きこまれていた。

「数をかぞえる言葉をつかって、ここに何頭のマンモスがいるかをわたしに教えてもらえる？」大ゼランドニはジョンダラーとエイラの双方にいった。

ふたりは石壁に近づいて、もっとよく見えるようにそれぞれの手燭をかかげ、見えてきたマンモスのそれぞれに数の言葉を当てはめていく遊びをしはじめた。

「左をむいているのが何頭かいて、右をむいているのも何頭かいるな」ジョンダラーがいった。「まんなかに、むかいあっている二頭が描いてあるぞ」

「わたしには、前に見た二頭の長《おさ》たちが、今度はそれぞれの群れの面々を引き連れて、ふたたび顔をあわせている場面に思えます」エイラはいった。「わたしは十一頭をかぞえました」

「おれも十一までかぞえた」ジョンダラーはいった。

「ほとんどの人がその数までかぞえるわ」大ゼランドニはいった。「この通路をさらに進めば、まだいくつかの場所で動物を見ることができる。でもかなり遠くだし、今回はそこまで訪問しなくてもいいでしょう。いったん引き返して、もうひとつの通路を進んでみましょう。ふたりとも驚くはずよ」

一行は通路が二本に分岐している箇所にまで引き返し、大ゼランドニの先導でもうひとつの通路にはいっていった。進みながら大ゼランドニは低い声でハミングするか、歌を歌っていた。一行はここでも動物の絵の前を通りすぎた――大半はマンモスだったが、バイソンが一頭、さらにはライオンも一頭いたようにエイラには思えた。さらにここでも、指でつけたようなしるしが見られた。くっきりとした形状のものもあれば、もっと無秩序につけられているようなものもある。大ゼランドニが突然、声の調子を強めて足どりをゆるめた。ついで大ゼランドニは、馴染み深い〈女神の歌〉の詩を歌いはじめた。

暗き闇から、時の混沌から、
つむじ風が生を与えしは偉大なる女神。
目覚めし女神は悟った、命には大いなる値打ちのあることを。
闇の虚無に母なる大地の女神は深く嘆き悲しんだ。
　女神は孤独。女神はひとりぼっち。

生まれたときの塵芥《ちりあくた》から女神はもうひとりを創った。
青白く輝く友、仲間、弟を。
ふたりはともに育ち、愛すること、気づかうことを学んだ。
女神の準備がととのうと、ふたりはつれそうことにした。
　女神のまわりをまわるよ恋人。青白く輝く恋人が。

大ゼランドニの豊かで朗々たる大きな声は、広大な洞穴の空間のすべてと深みをも満たすかのように響いていた。エイラは感激のあまり体が震えるのを感じただけではなく、のどがぎゅっと締まってきて、涙がこみあげてくるのを感じていた。

なにもない暗い虚無、果てない不毛の大地、
どちらもが誕生を待ち望んだ。
命は女神の血を飲んで、女神の骨を吸いこんだ。
命は女神の肌を割り、女神の石を砕き割った。
　女神は与えたもうた。またしても生けるものが生まれた。

女神のほとばしる産みの水が川を、海を満たしゆく。
水は地を覆い、その水を得て木々が育った。
かけがえないその一滴一滴から、さらに草が生まれて葉が育つ。
みずみずしい新緑の草木が大地をすっかり一新させた。
　女神の水はとうとうと流れた。新たな緑がどんどん育った。

苦難に満ちた出産が、炎と諍《いさか》いをも産んだ。
女神は苦しみあえぎ、新たな命を産もうとした。
女神の血が乾いて固まり、赭土《あかつち》に変じた。

けれども苦難の甲斐あって、輝くような子が生まれた。
　女神の大いなる喜びよ。まばゆく輝く男の子。

頂《いただき》より炎を噴きあげて、山々が大きく盛りあがった。
女神は山のような乳房からあふれる乳を息子に与えた。
息子が強く強く吸ったので、火花が高く高く飛んでいき、
女神の熱い乳は大空に道筋をつくった。
　息子の命がはじまった。女神は息子に乳を飲ませた。

息子は笑い、息子は遊び、すくすく育って大きくなって輝いた。
息子が闇に火をともし、これに女神は大喜び。
女神の愛は惜しみなく、息子はますます輝き強くなる。
けれどもすぐに成長し、子どもでいるのもわずかな間《ま》。
　息子はまもなく一人前。息子の心は息子のもの。

深い洞穴は、最高位の大ゼランドニに歌いかえしているかのようだった。岩の丸い形や鋭い角度がわずかながら反響を遅らせて音色を変化させるため、彼らの耳に返ってくる歌声は、奇妙にも美しく調和した音の遁走曲《フーガ》になっていた。
大ゼランドニが全身をつかって歌いあげるその声が空間を満たしていたが、そこにはエイラにとって心

なごむなにかも潜んでいた。単語や音を残らずきいていたわけではない――ある特定の歌詞には、意味についてさらに深い考えを誘われてしまうからだ。しかし、たとえ道に迷っても、この声だけはどこからでもきこえてきそうな気がした。ふと目を落とすと、ジョネイラも真剣にききいっているかのようだった。ジョンダラーとウルフも、エイラに負けず劣らず歌声に陶然となっているようだ。歌がつづき、いつしか一語あまさず歌詞をきかなくても物語を感じられる境地へと誘われるうちに、大ゼランドニはいよいよ歌詞のうちでもエイラがもっとも愛している部分を歌いはじめた。

母なる女神は胸の痛みをかかえて暮らした、
このまま息子ととこしえに離れ離れになったゆえ。
手の届かなくなった息子を思って女神の胸が痛んだ。
そこで女神はまたしても、命の力をみずからの裡《うち》に呼び覚ました。
　女神は決してくじけない。息子をうしなってしまっても。

この部分をきくと、エイラは決まって涙を誘われた。息子をうしなうのがどんなことかがわかり、母なる女神と自分がひとつになったような気持ちにさせられるのだ。女神とおなじく、エイラにも息子がひとりいる――まだ生きてはいるものの、息子とは永遠に離れ離れになってしまった。エイラはジョネイラを抱きよせた。新しく娘に恵まれたことは心底からありがたく思っていたが、最初の子どもを忘れることは決してないだろう。

雷のごとき音が轟《とどろ》きわたり、女神の石がひび割れ砕けた。
その奥深く、大きく口をひらいた大きな洞穴から、
またも女神は産み落とした、その裡にある広い広い部屋の奥から。
そうして女神の子宮から産み落とされたは大地の子ら。
　悲しみに暮れる女神から、さらに子らが生まれでた。

子らの姿はみなちがい、大きな子も小さな子もいれば、
地を歩むものも空を飛ぶものも、水のなかを泳ぐものも地を這うものもいた。
姿《すがた》形《かたち》は異なれど、欠けたるものなし、すべての霊よ。
霊ひとつひとつをお手本に、おなじ姿の子ら増えた。
　それが女神の思し召し。緑の大地を埋めつくす。

こうしてすべての鳥と魚とけものが生まれた。
もう女神のもとを去り、女神を悲しませることはない。
命はどれも生まれた場所の近くで暮らし、
母なる女神の果てなき大地をわかちあう。
　みな女神のそばにとどまった。命は女神から離れられない。

エイラとジョンダラーはともにこの巨大な洞穴を見まわしてから、目をあわせた。ここは確かに聖地だ

った。これほど規模の大きな洞穴に来たのは、ふたりとも初めてだった。そしてふいにふたりは、聖なる始源の物語の意味を理解した。ほかにもそういった場所があるかもしれないが、ここは女神が命を産み落とした場所のひとつにちがいない。ふたりはいま、大地の子宮にいるような心もちにさせられていた。

命はどれも女神の子ら、みな女神の胸を誇りで満たす。
しかし命を産み落とし、女神の裡なる命の力は尽きた。
残っていたのは、命ひとつをつくる力だけ。
創造主がだれなのか、記憶にとどめておける子を。
　崇《あが》める気持ちをもてる子を、学んで守れる力をもった子を。

最初の女は一人前の姿で生まれた、生きていた。
女には生きのびるための賜物が与えられた。
命、それこそ最初の賜物だ。女神と変わらず女もまた、
目覚めしときに悟った、命には大いなる値打ちがあると。
　最初の女が決められた。増える仲間の最初のひとり。

つぎに与えられしは理解の賜物、学びの力、
知りたいと願う気持ち、認識の賜物だ。
最初の女に与えられしは裡なる知識。

生きぬくために役立つ知恵、仲間に伝えていくべき知恵。
　最初の女は知ることになる、学ぶ方法を、育つ方法を。

命の力をつかいはたしかけ、女神は精根尽きはてた。
のちのちまで命の霊をつなげること、それが女神の思し召し。
女神は子らのすべてに新たな命をつくる力を与えたし、
女も祝福を与えられ、命を産み落とせるようになっていた。
　けれど女は孤独、けれど女はひとりぼっち。

女神は自分の寂しさを思い出した。
友の愛を思い出し、空をめぐる友の愛撫を思い出す。
残れる火花はひとつきり、それで女神は産みはじめた。
女と人生をわかちあうため、女神は最初の男を創りだす。
　女神はまたも与えたもうた。またも命がひとつ生まれた。

　大ゼランドニとエイラはともにジョンダラーに目をむけて、顔をほころばせた。ふたりは似た思いをいだいていた。どちらもジョンダラーがいまの歌詞の好例だと感じ、ジョンダラーが〝最初の男〟であってもおかしくなかったと思い、女神が女と人生をわかちあうために男を創ってくれたことに感謝していたのだ。ふたりの顔つきから、女たちがなにを考えているのかの見当がついて、ジョンダラーはいささか気恥ずかしさを感じた――しかし、なぜそう感じるのかはわからなかった。

女神は産んだ、男と女を。
ふたりの住まいに、女神は大地を与えたもうた。
水と地を、みずから創ったものすべてを。
心してつかうこと、それを彼らの義務として。
　これぞ彼らのつかう故郷。しかしつかい方を誤ることなかれ。

大地の子らに女神は与えた、
生きのびるための賜物を。それから女神は考えた、
子らに歓びの賜物を与え、ともにわかちあわせよう。
つれあうことの喜びで彼らが女神を嘉《よみ》せるように。
　この賜物はみずからの手でつかむもの、女神を嘉しかえしたときに。

女神はみずから創った男女に満足し、
つれあいとなったら愛しあい、気づかいあえとふたりに教えた。
そして女神はふたりにひとつになりたい気持ちを起こさせた。
歓びの賜物、それは女神がつかわせしもの。
　女神がすべてをおえる前、その子らもまた愛した。

大地の子らは祝福をうけた。これで女神は安らげる。

〈女神の歌〉をきくといつも思うことだが、いまもエイラは締めくくりの部分が二行になっているのはなぜだろうか、と疑問を感じた。なにかが欠けているように思えてならないが、やはり大ゼランドニのいうとおり、ここで完結していることを明確に示すためにすぎないのだろう。大ゼランドニの歌がおわりに近づくころ、ウルフは狼同士が意思を通じあうときの流儀で応じる必要を感じたらしい。大ゼランドニの歌がつづいているあいだに、ウルフは狼の歌を歌いはじめた。まず、かん高い声で二、三回鳴いてから、のどの奥から全力で張りあげる、大きく轟きわたるような不気味な遠吠えをあげる。遠吠えが二度、三度とつづく。その声が洞穴内で反響して谺が返ってくると、はるか彼方に——おそらくは別の世界に——いる何頭もの狼が、遠吠えの返事をしているかに思えた。ついで、ジョネイラが泣きわめくような声をあげはじめた。いまではエイラにも、これはジョネイラが狼の歌に応じてあげている声だとわかっていた。

そして大ゼランドニは内心でこう考えていた——エイラが望もうと望むまいと、エイラの娘はゼランドニアの一員になる運命のもとに生まれたようだ、と。

15

洞穴をさらに進むあいだ、大ゼランドニはずっと手燭を高くかかげていた。ここで初めて、一行の目に天井が見えてきた。一行は、通路の終端に近づくにつれて天井がかなり低くなっている場所にはいっていった。ジョンダラーの頭がかすりそうなほどの低さだった。表面は――すべてではないにしても――ほぼ平坦で、全体に淡い色あいだったが、それだけではなかった。一面、黒い輪郭線で描かれた動物の絵で埋めつくされていたのだ。

もちろんマンモスも描かれていた――長い毛や牙までそろっている完全な姿のマンモスもあれば、特徴のある背中が見えているだけのマンモスもいた。また馬も何頭か描かれていた――うち一頭はかなり大きく、与えられた空間を占拠していた。バイソンや野生の山羊、羚羊《れいよう》のたぐいがたくさん。犀《さい》も二頭描かれていた。配置やそれぞれの大きさにはなんの秩序もなかった。向きもばらばらで、ほとんどが重なりあって描かれていたため、順番に関係なく天井から落ちてきそうに思えた。

エイラとジョンダラーはそのすべてを目におさめ、意味を汲みとろうとしながら歩きまわっていた。エイラは手を伸ばし、絵が描きこまれた天井に指先をそっと走らせた。石の均質なざらつきに、指先がぴりぴりとした。エイラは顔をあげ、氏族の女がすばやい一瞥《いちべつ》で光景のすべてを目におさめるときの流儀で、天井のすべてを見てとろうとした。それから目を閉じてざらついた天井に手を動かしていくと、石の天井が消え失せて、ただなにもない空間をさぐっているだけのような気分になってきた。脳裡にひとつの光景が浮かびあがってきた――なにもない空間に、はるか彼方から、霊の世界から、本物の動物たちが立ちあらわれ、石の天井を抜けて大地へと落ちてくる光景だった。大きく描かれたり、完全に描かれたりしている動物は、エイラが足を踏みいれた世界にたどりつく寸前であり、小さく描かれたり、簡潔に特徴だけが描かれたにすぎない動物たちは、まだこちらへの途上にある。

しばらくしてエイラは目をひらいたが、上を見あげると眩暈《めまい》に襲われた。エイラは手燭をおろして、洞穴の湿った地面に目を落とした。

「圧倒されるな」ジョンダラーはいった。

「ええ、そのとおりね」大ゼランドニはいった。

「こんなものがここにあるとは知らなかったよ」ジョンダラーはいった。「だれもここの話をしていなかったしね」

「来るのはゼランドニアに属する者たちだけだと思うわ。子どもたちがこの絵をさがしにやってきて、洞穴のなかで道に迷ってしまうのではないかという懸念もわずかながらあるし」大ゼランドニはいった。「子どもたちがどんなに洞穴探険が好きかは知っているでしょう? あなたも気がついたはずだけど、この洞穴ではあっけなく道に迷ってしまう。でも、ここにやってきた子どもたちもいるみたい。入口近くの右壁にあって、わたしたちが前を素通りしてきた通路を進むと、子どもたちがつけた手形があるの。それに、少なくともひとりの小さな子どもを抱きあげて、天井に指でしるしを残させた人もいたみたい」

「で、この先もまだ進むのかい？」ジョンダラーはたずねた。

「いいえ。あとは引き返すだけよ」大ゼランドニはいった。「まずここで少し休憩をとりましょう。それから、まだここにいるあいだに手燭に脂を足しておいたほうがいいわね。この先も長い道のりだから」

ジョンダラーと大ゼランドニが手燭に脂を足しているあいだ、エイラはジョネイラに少しだけ乳を飲ませた。そのあと最後にもう一度絵を見てから、一同はきびすを返し、これまで来た道をたどって引き返しはじめた。エイラは途中で目にした石壁の絵や動物たちの線刻画をふたたび見ようとしたが、大ゼランドニはずっと歌っていたわけではなかったし、エイラ自身も口笛で鳥の真似をしてはいなかったので、いくつか見のがしたものがあるのは確実だった。一同はこれまで歩いてきた広い通路が入口からの通路につながっている分岐点にたどりつき、さらに南へむかった。かなりの長距離を歩いたと感じられたのちに、ようやく一行は食事のために休憩した箇所にたどりつき、さらにむかいあう二頭のマンモスの絵がある場所にたどりついた。

「ここでいったん休んで軽く食べていく？　それとも、通路が真横に曲がっていたところを先に越えたほうがいい？」大ゼランドニがたずねた。

「あの曲がり角をまず通りぬけておきたいな」ジョンダラーはいった。「でもあなたが疲れているのなら、ここで休憩をとってもいい。きみはどう思う、エイラ？」

「わたしは休んでも、このまま先に進んでもかまいません。大ゼランドニのお好きになさってください」エイラはいった。

「わたしは疲れてきたけれど、できたらあの落ちこみ穴のある曲がり角を通りすぎてから休憩にしたいわ」大ゼランドニはいった。「一回休んでしまうと、足がまた歩くのに慣れるまで時間がかかって、進むのが難儀になってしまうのよ。だから、歩きにくい場所は先に通りすぎておきたいわ」

エイラは帰り道ではウルフが一行のそばを離れないことや、わずかに息を切らせていることに気づいていた。さしものウルフも疲れを感じているのだろう。ジョネイラはさらに落ち着きをなくしていた。もう必要な睡眠はとったのに、それでもあたりが暗いことにとまどっているのかもしれない。エイラはジョネイラを背中から腰のところに移し、胸もとに抱き寄せてしばらく乳を飲ませてから、また腰のところにもどした。雑嚢《ざつのう》が肩に重く感じられてきて、反対の肩にかつぎかえたかったが、そのためにはほかの荷物のすべてを反対側に移さなくてはならない。歩きながらでは、簡単にできることではないだろう。

一行は慎重な足どりで曲がり角のところを進んでいった——エイラが濡れた粘土でちょっと滑りかけ、つづいて大ゼランドニも足を滑らせてからは、なおのこと慎重になった。この歩きにくい曲がり角を通過したあと、一行はさしたる苦労もないまま分岐点にたどりついた。来たときには右に枝わかれしていたわき道が、いまは左へのわき道になっている。大ゼランドニが足をとめた。

「ふたりとも覚えていると思うけど、この通路の先に興味をかきたてるような聖地があると話したでしょう?」大ゼランドニはいった。「見たければ、ふたりで行って見てくるといいわ。わたしはここで待って、足を休めているから。エイラなら、あの鳥の口笛でその場所を見つけられるはずよ」

「いまは見たいと思いません」エイラはいった。「これまでにもたくさんの絵を見てきて、このうえなにかを新しく目にしても、それを正しく評価できないように思うのです。あなたはもうこちらに足を運ぶことはないかもしれないとお話しでしたが、もし何度もここにいらしているのなら、わたしがふたたび足を運ぶこともありそうです。なにより、ここは〈九の洞《ほら》〉からも近いことですし。できたらこれほど疲れていないときに新鮮な目で見たいと思います」

「賢明な判断ね」大ゼランドニはエイラにいった。「そこも天井に絵が描かれているけれど、マンモスたちが赤い色で描かれているとだけ話しておくわ。たしかに新鮮な目で見たほうがいいでしょうね。でも、それよりいまはなにかを食べたほうがいいとも思うし、わたしは用を足したいの」

ジョンダラーは安堵の吐息をついて背負子《しょいこ》を降ろすと、ひとり薄暗い隅にむかった。一日じゅう自分の小さな水袋から水をちびちび飲んでいたせいで、やはり用をすませたくてたまらなかったのだ。女たちが行きたいといえば、もうひとつの通路にはいっていったってよかったんだ——自分の小便が岩にあたる音をききながら、ジョンダラーは思った。しかしいまではこの驚異的な洞穴の光景にも倦《う》んできていたし、歩くのにもうんざりして、ひたすら外に出たい一心だった。ここでなにかを食べようと食べまいと、それさえどちらでもかまわない気分だった。

ジョンダラーがもどると、冷たいスープのはいった小さな椀と多少の肉が残っている骨が用意されていた。ウルフは小さく盛られた細切れ肉を食べていた。

「わたしたちは歩きながら肉を噛みちぎればいいと思うの」エイラはいった。「でも、骨はウルフのためにとっておいてね。あとで焚火のそばで休みながら、がりがりと噛みたがるに決まってるから」

「わたしたち全員が焚火のそばにいたい気分ね」大ゼランドニがいった。「手燭は獣脂が切れたらしまっておき、ここから出口までは松明《たいまつ》をつかうのがいいと思うわ」

大ゼランドニは三人それぞれに新しい松明を用意していた。

ジョンダラーがまず最初に松明に火をつけた。ついで三人は最初に目にしたマンモスの絵の反対側、左側の岩壁にあいている通路入口の前を通りすぎた。

「ここの通路にはいっていけば、天井や壁に、子どもたちが指でつけたしるしをはじめ、おもしろいものが目にできるわ――あの通路をずっと奥まで進んだところや、途中から枝わかれしているわき道でね」大ゼランドニが説明した。「いろいろな意見が出されてはいるけれど、あれにどんな意味があるかはだれも知らないわ。赤で描かれているものも多いの。でも、それを見るにはここからずいぶん歩かなくてはならないわ」

それからほどなくして、エイラと大ゼランドニはともに松明に火をともした。先に進み、通路がふた手にわかれているところで右手の道に進んだとき、エイラは前方にかすかな光が見えたような気がした。通路がさらに右へとむかっていくと、確かに光が見えてきた。といっても、明るい光ではなかった。そしてようやく一行が洞穴の外へ出たときには、太陽はすでに沈みかけていた。三人は丸一日かけて、この巨大な洞穴のなかを歩きまわっていたのだ。

ジョンダラーは炉に薪を積みあげて、自分の松明で火をつけた。エイラは炉に近い地面に雑嚢をおろしてから、口笛で馬によびかけた。遠くからいななきがきこえると、エイラはその方向に歩きはじめた。

「赤ちゃんをわたしに預けていきなさい」大ゼランドニがいった。「きょうは一日じゅう、ずっと抱っこしていたでしょう？　どちらも休むことが必要だわ」

エイラはおくるみを草の上に広げ、ジョネイラを寝かせた。ジョネイラは好き勝手に足を蹴りだせるようになったことだけでも満足しているようすだった。エイラはふたたび口笛を吹き、馬の返事がきこえるほうへと走っていった。ちょっと長いあいだ馬たちと離れていると、彼らの身がいつも決まって案じられてくるのだった。

翌朝は三人ともゆっくりと朝寝坊をした。だれも、自分たちの旅の先をことさらに急ごうという気持ちではなかったが、午前中もなかばを過ぎると三人とも落ち着かなくなり、出発したい気分になってきた。ジョンダラーは大ゼランドニと、〈五の洞〉まで行くための最善の経路について話しあった。

「〈五の洞〉はここからは東にある。歩いて二日、ゆっくり時間をとれば三日の旅だ。だから、とにかく東を目指して進んでいけば、いずれは着くはずだな」ジョンダラーはいった。

「そのとおり。ただ、わたしたちは少し北にいるように思うの。だから、ただ東に進めば、北ノ川と大川《おおかわ》のふたつをわたらなくてはならないわ」大ゼランドニはそういうと、一本の棒を手にとって地面のなにもない場所に線を描きはじめた。「ここから東に行くにあたって若干南よりの道をとれば、日暮れ前には〈二十九の洞〉の〈夏の宿〉にたどりつけて、今夜はそこであの人たちと過ごせる。北ノ川は、〈二十九の洞〉の〈南の顔〉近くで大川とひとつになる。〈夏の宿〉と〈南の顔〉のあいだにある合流点で大川をわたれば、渡河の手間が一回ですむわ。そのあたりでは大川はかなりの幅があるけれど、浅瀬だし。そのあとは去年とおなじように、〈二十九の洞〉の〈姿見巖《すがたみいわ》〉へと進んで〈五の洞〉を目指せばいいわ」

ジョンダラーは地面に描かれた線を見つめた。まだ線を見おろしているあいだに、大ゼランドニがさらにこんな意見を述べた。

「ここから〈夏の宿〉までの道筋では木々に充分な道しるべがつけられているし、その先は地面が道になっているわ」

ジョンダラーは、エイラとふたりでどうやって長旅をしてきたかを考えていた自分に気がついた。川をわたるにあたっては自分たちは馬の背に乗り、荷物を積んだ椀舟を引き棒の端に繋いで浮かべたので、最大の川以外であればどの川も心配することなく横断してこられた。しかしウィニーが牽《ひ》く引き棒に大ゼランドニがすわったままでは水に浮くとは思えないし、レーサーの引き棒もあれだけ荷物が載っていてはやはり浮くまい。そもそも、木に道しるべがある道のほうが、ずっと簡単にたどれる。

「あなたのいうとおりだね、大ゼランドニ」ジョンダラーはいった。「多少まわり道になるかもしれないが、いま話してくれた経路のほうが旅も楽だし、おなじくらいか、うまくしたら〈五の洞〉に早めに着けるかもしれない」

道しるべは、大ゼランドニの記憶ほどは目立ってたどりやすいものではなくなっていた。このところ、この道をたどる人々があまりいなかったように見うけられた。しかし一行は道をたどりながら道しるべに手をいれ、次におなじ道をたどる旅人にも見つけやすくした。一行が〈夏の宿〉という名前でも知られている〈二十九の洞〉の〈西の領〉にたどりついたのは、そろそろ日も暮れようというときだった。〈二十九の洞〉には〈三つ巖《みいわ》〉という別名もあるが、これはひとつの〈洞〉が三つの場所にわかれているという意味だ。

〈二十九の洞〉は、ことのほか関心をかきたてるような複雑な社会構造をたもっていた。かつて彼らはそれぞれが独立した〈洞〉だった。三つの〈洞〉のどれもが、おなじ肥沃な草原を見わたせる三カ所の別個の岩屋に住んでいた。そのひとつの〈姿見巖〉は北に面していた。本来であれば北向きというのは大きな不利の要素だったが、この岩屋にはそれを補って余りある利点があった。まず岩屋が巨大な崖にあったこと。幅は八百メートル、高さは八十メートル近くあった。岩屋は五層あって、周囲一帯の光景を一望のもとに見わたせ、そこを通っていく動物たちの姿もよく観察できる利点があった。そもそも、そこから見える景色自体、たいていの人が思わず畏《おそ》れかしこまるほど壮大なものだった。

〈南の顔〉という名前がついている〈洞〉は、まさにその名前のとおり、南に面した二層の岩屋だった。夏にも冬にもいちばん日当たりがいいという利点があり、ひらけた草原を見わたせるだけの高さにあった。最後の〈洞〉は〈夏の宿〉。草原の西の端にあり、もっともよく知られた利点は近くで榛《はしばみ》の実がふんだんに採れることだ。晩夏ともなれば、ほかの〈洞〉から大勢の人々がこの木の実を摘むために訪れる。ここはまた、小さな聖なる洞穴にもっとも近いところに位置してもいる。この地域に住む人々は聖なる洞穴をあっさりと〈森ヶ窪《くぼ》〉と呼んでいた。

この三つの〈洞〉は狩りと採集にあたっておなじ地域を利用していたため、対抗心が膨れあがり、やがては諍《いさか》いにまで発展した。この地域が三つの〈洞〉の人口を支えられなかったわけではない——土地そのものが豊饒だったばかりか、多くの動物たちが移動にもちいる経路でもあったからだ。ただし、別個の〈洞〉からやってきたふたつ、またはそれ以上の採集や狩りのための集団が、おなじときに、おなじものを得ようとして鉢あわせをすることは珍しくなかった。たがいに連絡をとりあっていない狩りの二集団が、おなじ渡り中の小規模な群れを狙ったりすれば、狩りの計画に干渉しあって動物たちを追い払ってしまう結果になり、どちらの集団も獲物一頭得られなくなる。三つの集団がばらばらに狩りに出たりすれば、結果はさらに悲惨になった。

この諍いには近隣のゼランドニー族の〈洞〉のすべてが、なんらかのかたちで引きこまれた。こうした隣人たちすべてが要請し、さらに困難をきわめた交渉がなされたのち、ようやく三つの〈洞〉が統合し、三カ所に岩屋がわかれているひとつの〈洞〉になった。それ以降は一致協力して、自分たちの豊かな草原からの収穫をわかちあうようになった。ときおりささいな不和こそあるものの、他に類のないこの取決めはおおむね機能していた。

まだ〈夏のつどい〉の期間中であるため、〈二十九の洞〉の〈西の領〉に残っている人は多くはなかった。大半は高齢者か病気の者、旅のできない者で、くわえて彼らを世話するために残っている人々がいた。またきわめて稀とはいえ、中断できない作業を進めていたり、夏にしかできない仕事を進めていたりして残っている者もいなくはなかった。そういった事情で〈西の領〉にとどまっていた人々は、エイラ一行を熱烈に歓迎してくれた。夏がはじまったばかりのいまの時期の訪問客はきわめて珍しかったばかりか、〈夏のつどい〉の場から来た客人なら新しい知らせを運んでくるに決まっているからだ。くわえて、客人そのものが行く先々で新しい話を生みだしている者たちだ——長旅から帰還したジョンダラー、ジョンダラーが連れてきた異郷の女とその赤ん坊、狼と馬たち、そして母なる大地の女神に仕える者の最高位にある大ゼランドニ。とりわけ客人たちを歓迎したのは、病人や体の弱っている者たちだった。客人たちがその種の人々——薬師《くすし》だったからだ。少なくともそのうちひとりは、一族中でももっともすぐれた薬師だと目されている人物だった。

〈九の洞〉はかねてから、この〈三つ巌〉のうちの〈夏の宿〉の人々と、とりわけ良好な関係を築いてきていた。ジョンダラーは子どものころに、このあたりに豊富に生えている木の実の収穫のために呼ばれたことをいまでも覚えていた。収穫の手伝いに招かれた者は木の実をわけてもらえるし、だれでも招かれるわけではなかったが、〈夏の宿〉では〈三つ巌〉のほかのふたつの〈洞〉と〈九の洞〉からだれかしらをかならず招いていた。

淡い金髪に透きとおるような白い肌の若い女が、岩棚の下にある住まいから出てきたかと思うと、客人たちを見て驚きに目を見ひらいた。

「ここでなにをなさってるんですか？」女はとっさにいい、すぐに自分を抑えた。「すみません。知らぬこととはいえ、とんだご無礼をいたしました。ただ、ここでお見かけするとは思ってもいなかったので。そもそも、お客さまが見えるとは予想もしていませんでした」

エイラの目には、女が悲しげでやつれているように見えた。両目の下に黒い隈《くま》があった。

大ゼランドニは、この女が〈二十九の洞〉の〈西の領〉のゼランドニに仕える侍者であることを知っていた。「謝らなくてもいいのよ。わたしたちの姿にあなたが驚いたことはわかっているわ。いまわたしはエイラの〈ドニエの旅〉の案内をしているの。あなたを紹介させてちょうだい」大ゼランドニは正式な紹介の略式版を述べ立ててから、こういい添えた。「ところで、どうして侍者だけがここに残っているの？かなり重い病気の人がいるのかしら？」

「ここには来世に近づいている者たちもいますが、彼らとくらべても重病だというわけではありません。ただ、その者はわたしの母なのです」侍者はいい、大ゼランドニは事情を了解したしるしにうなずいた。

「よければ、わたしたちがお母さまを診てあげましょうか？」最高位の大ゼランドニはいった。

「診てくだされればありがたいとは思いますが、お願いするのも心苦しく思います。わたしが仕えるゼランドニがここにいたときには、そのお力の甲斐もあったようですし、ゼランドニはわたしにいくつかの指示を残していきました。しかし、いまでは母の病気はどんどん重くなる一方のようです。前よりも具合がわるくなっていますし、わたしでは力になってやれません」若い侍者はいった。

エイラは前年の〈夏のつどい〉でひらかれたゼランドニたちのつどいを思い出した。〈三つ巌〉のそれぞれにゼランドニがいるため、三人ともがゼランドニアの会合に出て決定事項に関与する権限をそれぞれがもった場合、〈二十九の洞〉はほかの〈洞〉よりも大きな影響力をもってしまう。そのため全体を代表する者として、四人めのゼランドニが選出された。しかし四人めのゼランドニは、代表というよりも三人のゼランドニの仲介役や、それぞれの〈洞〉の洞長《ほらおさ》たちの意見の調整役をつとめるようになった。これは多大な時間と、高度な人あしらいの技を必要とする仕事だった。ほかの三人のゼランドニは〝同輩〟と呼ばれていた。

エイラの記憶では、〈夏の宿〉のゼランドニは最高位の大ゼランドニに迫るほど太ってはいるが、背は高くはなくてむしろかなりの短軀《たんく》、人柄のあたたかそうな母親を思わせる中年の女性だった。正式な称号は、〈二十九の洞〉の〈西の領〉に属する副ゼランドニというものだったが、実際の身分は完全なゼランドニであり、その身分にふさわしい充分な尊敬と地位を得ていた。

若い侍者は自分以外の者が母親を診てくれるとわかって――それもこれほどの名声と知識のもちぬしが診てくれるとわかって――安堵しているようだったが、ジョンダラーが引き棒から荷物を降ろしはじめているのを目にして、さらにエイラの背中で赤ん坊がむずかりはじめたことを見てとると、こう口にした。

「その前にまず落ち着かれたらどうでしょうか」

三人は〈洞〉に残っていた人々の全員に挨拶をすませ、寝袋を地面に敷き、馬たちをひらけた野原のみずみずしい草が生えているところに連れていった。それからウルフを〈洞〉の人々に引きあわせた――いや、むしろ人々をウルフに慣れさせたというべきだろうか。そういった用事をすませると、大ゼランドニとエイラはふたたび若い侍者のもとに近づいていった。

「お母さまはなんの病気にかかっているの?」大ゼランドニはたずねた。

「はっきりとはわかりません。胃の痛みや腹痛を訴えています。最近では食欲もありません」若い侍者はいった。「みるみる痩せ衰えていますし、いまではもう寝床から出ようとしません。とても心配です」

「その気持ちはよくわかるわ」大ゼランドニはいい、エイラにたずねた。「あなたもいっしょに診にいきたい？」

「ええ。でもその前に、ジョネイラの世話をジョンダラーに頼んできてもいいでしょうか？　いましがた乳をやったばかりですから、預けても心配はありません」

エイラはジョネイラをジョンダラーに預けにいった。ジョンダラーは、病気でもなければ体調を崩してもいないかに見える年かさの男と話をしていた。きっとさっきの若い侍者とおなじで、だれかのために残っているのだろう、とエイラは思った。ジョンダラーは喜んでジョネイラの面倒を見ているといい、笑顔で赤ん坊に手をさしのべた。ジョネイラは笑みを返した――ジョンダラーといっしょにいるのが好きな子なのだ。

エイラはふたりの女が待っている場所へ引き返し、ふたりにつづいて一軒の住まいにはいっていった。〈九の洞〉内の住まいと似たりよったりのつくりだが、これまでエイラがはいったことのある大半の住まいよりもずっと小さかった。どうやら、いま室内の寝所に横たわっている女性ひとりが暮らすための住まいのようだ。寝床と大差のない大きさで、寝床まわりのわずかな空間のほかは小さな庫《くら》と炊《かし》きの場があるだけだ。大ゼランドニがはいっただけでも満員になって、残る若い女ふたりが立ち入る余裕は残されていないかに思えた。

「母さん。母さん！」侍者がいった。「母さんに会いたいというお客さまよ」

寝所の女がうめき声をあげながら目をひらき……大ゼランドニの巨体を見てとるなり、その目を大きく見ひらいた。

「シェヴォーラ？」女はしゃがれた声でいった。

「わたしはここよ、母さん」侍者は答えた。

「どうして大ゼランドニがいらっしゃるの？　おまえが人をやって呼んだのかい？」

「ちがうわ、母さん。たまたまこちらに立ち寄って、母さんを診てくださるとおっしゃったの。エイラもここに来てるわ」シェヴォーラはいった。

「エイラ？　ジョンダラーが連れてきた異郷の女、動物を連れている女かい？」

「そうよ。動物たちもいっしょに連れてきてる。あとで母さんの気分がよくなって外に出られるようになったら、自分の目で見られるわ」

「お母さまのお名前はなんというの？」大ゼランドニは〈二十九の洞〉の〈西の領〉の侍者にたずねた。

「〈夏の宿〉こと、〈二十九の洞〉の〈西の領〉のヴァショーナです。生まれは〈姿見巖〉、〈三つ巖〉がひとつになる前です」シェヴォーラはそう説明してから、わずかな気はずかしさをおぼえた。正式な紹介の場ではないので、ここまでくわしく説明する必要がなかったことに気がついたのだ。

「エイラがあなたを診てもかまわないかしら、ヴァショーナ？」大ゼランドニはたずねた。「エイラはすぐれた技をもつ薬師よ。わたしたちでも、あなたを助けられないかもしれない。でも、助けようという努力をさせてちょうだい」

「ええ」ヴァショーナは小さな声でいった。そこにはわずかなためらいの響きがあったかに思えた。「わたしはかまいません」

大ゼランドニから、この女性を診るようにいわれたことにエイラはわずかな驚きを感じていた。ついで、住まいの内部があまりにも狭いため、大柄な大ゼランドニでは寝所の横に膝をつくこともままならないかもしれないと思いあたった。エイラはひざまずくと、ヴァショーナに目をむけてたずねた。「いま、痛みを感じていますか？」

ヴァショーナもその娘のシェヴォーラも、即座にエイラの耳慣れない話しぶりや異郷を思わせる言葉の訛《なま》りに気づかされた。

「ええ」

「どこが痛むのかを教えてもらえます？」

「うまくいえないわ。体のなかとしか」

「体の上のほう？　それとも下のほうですか？」

「ぜんぶよ」

「体に触れてもいいでしょうか？」

ヴァショーナは娘のシェヴォーラに目をむけた。シェヴォーラは大ゼランドニの顔をのぞきこんだ。

「エイラには、お母さんの具合を診る必要があるの」大ゼランドニはいった。

ヴァショーナは承諾のしるしにうなずいた。エイラは上がけを引きさげてヴァショーナの服の前をくつろげ、腹部をあらわにした。エイラはすぐに腹部が膨らんでいることに気がついた。エイラはヴァショーナの腹を押しはじめた——最初は上腹部からはじめて、しだいに膨らんだ部分の頂点へと手を移動させていく。

ヴァショーナは痛みに顔をしかめてこそいたが、叫び声をあげることはなかった。ついでエイラはヴァショーナのひたいに触れ、耳のうしろを指先でさぐり、顔を顔に近づけて呼気を嗅いだ。ついで両膝をそろえてすわり、考えをめぐらせながらヴァショーナを見つめた。

「胸の奥が焼けるように痛みますか？　とくに、なにかを食べたあととか？」エイラはたずねた。

「ええ」ヴァショーナは物問いたげな目つきになりながら答えた。

「口から息を吐くとき、のどのあたりで大きな音がしませんか？　赤ちゃんにげっぷをさせたときのような音が」

「ええ。でも、げっぷをする人は大勢いるわ」ヴァショーナは答えた。

「そのとおりです。ただ、そのときに血を吐くことは？」エイラはたずねた。

ヴァショーナは眉を寄せた。「ええ、たまに」

「排泄物に血や黒っぽくてべとつく物が混じっていたことはありますか？」

「あるわ」ヴァショーナは囁《ささや》き同然の小さな声で答えた。「最近はそういうことが増えてるの。でも、なぜわかったの？」

「いま、あなたを診たからよ」大ゼランドニが口をはさんだ。

「痛みにはどのような対応を？」エイラはたずねた。

「だれもが痛み止めにやっていること。柳の皮のお茶を飲んだわ」ヴァショーナは答えた。

「それから薄荷《はっか》のお茶もたくさん飲んでいるのでは？」エイラはいった。

ヴァショーナも、その娘で侍者でもあるシェヴォーラも、驚きのまなざしをエイラにむけた。

「ええ、母が大好きなお茶です」シェヴォーラは答えた。

「甘草《かんぞう》かアニスのお茶のほうがいいですね」エイラはいった。「柳の樹皮のお茶はしばらく控えてください。だれもが飲んでいるから害にはならないだろうと考える人もいますが、多く飲みすぎると害になります。たしかに薬ですが、万能の薬ではありませんし、あまり頻繁に飲みすぎてもいけません」

「母を助けてもらえますか？」シェヴォーラがたずねた。

「助けられると思うわ。なにが原因かはわかったと思うの。重い病気だけれど、助けられる部分もある。

でも、これだけはいっておかなくては」エイラはつづけた。「見立て以上に重い病気、完全に治すのはもっとむずかしい病気であってもおかしくはない。でも、少なくともお母さまが感じている痛みをいくぶんやわらげてあげることはできるわ」

エイラは大ゼランドニと目をあわせた。大ゼランドニは心得た表情を顔にのぞかせながら、それとわからぬほど小さくうなずいた。

「それで、あなたはどのような療法がいいと思っているの？」大ゼランドニはエイラにたずねた。

エイラはしばし考えこむ顔を見せてから答えた。「アニスか甘草の根で、おなかの具合を落ち着けます。どちらも乾燥したものが、わたしの薬袋《やくたい》にあります。それに、乾燥した菖蒲もあったと思います――甘みが強すぎて苦く感じられるほどですが、差しこみのように急な腹痛を抑える効き目があります。それから、このあたりに豊富に生えている蒲公英《たんぽぽ》は、お母さまの血を清めて体の内側の働きを活発にしてくれます。ついこのあいだ摘んだ八重葎《やえむぐら》は、体に残った老廃物を一掃する働きがありますし、これもあつめたばかりの車葉草《くるまばそう》の滲出液なら胃にもよく、お母さまの気分を爽快にしてくれますし、なにより美味です。このあいだの夕食の味つけにつかった大根草《だいこんそう》の幼根が、このあたりでも見つかるかもしれません。胃腸の不調にことのほか効能がありますから。しかし、わたしがいちばん欲しいのは草の王《くさおう》です――いちばんお母さまの助けになります。お母さまの病気として考えられるのはふたつありますが、とくに重いほうの病気だった場合には適切な療法になります」

若い侍者のシェヴォーラは畏敬のまなざしをエイラにむけていた。大ゼランドニは、シェヴォーラがこ〈夏の宿〉のゼランドニの一の侍者ではないことを知っていた。ゼランドニアの者になってまだ日が浅く、学ぶべきことも多々残されている身だ。その大ゼランドニも、エイラの知識の深さにはいまもまだ驚きを禁じえなかった。大ゼランドニは若い侍者にむきなおった。

「あなたなら、エイラがお母さまのための薬を用意するのに手を貸してくれそうね。わたしたちがここを出発したあとでも、どんなふうに薬をつくればいいのかを学ぶための手だてになるはずよ」

「かしこまりました。喜んで手伝います」シェヴォーラはそういうと、情愛のこもった目で母親を見おろした。「そのお薬を飲めば気分もずっとよくなると思うわ、母さん」


エイラは焚火が火の粉を夜空にむかって舞いあげているさまを見つめていた。火の粉は、はるか頭上の天空でちらちらまたたく仲間のもとにたどりつこうとしているかのようだった。暗い夜だった――月はまだ細く、しかもすでに没していた。目もくらむような満天の星をぼやけさせる雲はひとつも出ていない。あふれんばかりの星々は、光のかせに撚《よ》りあわされているように見えた。

ジョネイラはエイラの腕のなかですやすやと眠っていた。授乳はしばらく前にすませていたが、いまはこうして焚火のそばで娘を抱いていることが心地よかった。ジョンダラーはエイラの隣、少しだけうしろにさがったところにすわっていた。エイラはジョンダラーの胸に身を寄せ、ジョンダラーの腕はエイラの体にかかっている。

きょうは忙しい一日で、エイラは疲れていた。〈夏のつどい〉には行かずにこの〈洞〉に残っていたのはわずか九人。そのうち六人は病気が重いか体調を崩すかしていて、徒歩での長距離の旅が無理な人たちであり、大ゼランドニとふたりで六人全員を診たのだった。残る三人は、その六人の看病や世話のために残っていた。旅が無理な者たちのなかにも、料理や食べ物あつめといった雑用をこなせる者もいた。昼間ジョンダラーと話をしていた年かさの男は、手伝いのためにしばらく残っているといい、狩りに出かけて鹿を仕留めてきていた。そこで〈洞〉の人々は客人のために鹿肉の夕食をこしらえた。

朝になるとエイラは大ゼランドニにわきへ引いていかれ、例の若い侍者に話をしてエイラを聖なる洞穴へ案内させる手はずをととのえた、という話をきかされた。

「洞穴そのものはそれほど広くないけれど、とにかく道が容易には進めないの。途中で何カ所かは這って進む必要があるかもしれないから、狭い洞穴を通り抜けられる服を着て、膝を守る手だてを講じたほうがいいわね。わたしも若いころに一度行ったことがある。でも、いまでは無理でしょうね。あなたたちふたりなら問題なく通れると思う。でも、時間はかかるでしょうね。ふたりとも若くて体力もあるから、とんでもなく長い時間がかかることはまずないと思うけれど、難所は難所だから、赤ちゃんはここに残していったほうがいいと思うわ」大ゼランドニはいったん言葉を切って、こうつづけた。「あなたさえよければ、わたしがジョネイラの面倒を見ていてもいいわよ」

エイラは大ゼランドニの声に、わずかながら気の進まない響きをききとったような気がした。赤ん坊の世話は退屈な仕事だし、そもそも大ゼランドニにはほかに予定があるのかもしれない。

「それならジョンダラーに、ジョネイラを見ていてもらえるか頼んでみます」エイラはいった。「あの人、ジョネイラといっしょにいる時間が好きですから」


ふたりの若い女は肩をならべて出発した。道案内は若い侍者がつとめた。

「あなたのことは正式な称号で呼んだほうがいい？　それとも簡略版か名前で呼ぶほうがいいかしら？」まだそれほど歩かないうちに、エイラはたずねた。「侍者それぞれに好みがあるから」

「あなたは人からどう呼ばれているの？」

「わたしはエイラ。自分が大ゼランドニの侍者だと知ってはいるけれど、いまでもなかなか自分をそんなふうには考えられないし、だれからも〝エイラ〟と呼ばれてて、そのほうが好きなの。本当の母さんや本当の家族から受けついだものは、この名前しかないから。いまでも、どういう人たちだったかを知らないの。それに、いざ完全なゼランドニになったときに自分がなにをしたいのかもわからない。ゼランドニになったら本当の名前は捨てる決まりなのは知っているし、いざそのときが来れば、わたしにもその覚悟ができるとは思うの。でも、いまはその覚悟がないわ」

「喜んで名前を変える侍者もいれば、変えるのをいやがる侍者もいるけれど、どちらもいずれは落ち着くみたい。わたしはシェヴォーラと呼ばれたいな。侍者と呼ばれるよりも親しみがある感じだし」

「だったら、わたしのことはエイラと呼んで」

ふたりは狭い谷を抜けている道をたどって進んでいた。谷は樹木や灌木で覆われ、左右は目を見張るような崖になっていた。その片方には人々の住む岩屋があった。ウルフがいきなり躍りでてきた。狼がいきなり視界に姿をあらわすことに慣れていないシェヴォーラは驚かされていた。エイラはウルフの頭を両手ではさみこみ、たてがみを掻き立ててやって笑い声をあげた。

「置いてけぼりにされたくなかったのね」エイラはいった。じっさいウルフにここで会えたのがうれしかった。シェヴォーラにむきなおる。「ジョネイラが生まれる前は、この子はわたしから〝動くな〟と命令されないかぎり、わたしの行く先々にくっついてきたのよ。でもいまでは、わたしとジョネイラが別々の場所に離れていると、どっちに行けばいいのか迷ってしまうのね。ふたりをいっぺんに守りたがって、いつも心を決められなくなるの。それできょうは、この子に自分で決めさせようと思って。このようすだと、ジョネイラのことはジョンダラーがしっかり守ってくれると考えて、わたしをさがしにきたみたい」

「動物を意のままにあやつれるなんて驚くほかはないわ。行かせたいところに動物を行かせて、やらせたいことを動物にやらせるなんて。たしかに、しばらくあなたを見ていれば慣れるけど、それでもやっぱり信じられない」シェヴォーラはいった。「昔からずっとあの動物たちといっしょにいるの?」

「いいえ。いちばん最初はウィニーよ。まだ子どもだったころに見つけた兎を勘定に入れなければね」エイラはいった。「兎は肉食獣の獲物になりそうになって逃げてきたみたい。でも怪我をしていて、わたしが近づいていっても逃げようともせず、そもそも走れなくなっていた。それで抱きあげたのよ。イーザは薬師だったから、わたしは兎を洞穴に連れていってイーザに治してもらおうとした。イーザはすごく驚いて、薬師は人々を助けるのが仕事で動物を助けるのは仕事でないといったけれど、それでも兎を治療してくれたわ。できるかどうかを確かめたかったのかもしれない。そんなわけでウィニーを見かけたとき、人間にも動物を助けられるという考えが頭のどこかに残っていたにちがいないわ。最初、わたしが罠のために掘った穴に落ちたのが、子育て中の雌馬だとはわからなかった。それに、その雌馬の子馬を追いかけていたハイエナを自分が殺した理由も――ハイエナがきらいだということのほかには――わからなかった。でもひとたびハイエナを殺すと、子馬を引きとることがわたしの責任になった。そこで、育ててみようと思いたったの。うまく育てられてよかったと思うわ。友だちになってくれたんですもの」

エイラが、ごく当たり前のことのように淡々と物語っていく話に、シェヴォーラは夢中になってききいっていた。「それでも、あなたは動物たちを意のままにあやつっているわ」

「わたしなら〝意のままにあやつる〟と表現するかどうかはわからない。ウィニーにとって、わたしは母親のような存在なの。幼いウィニーの面倒を見て餌をやっていくうちに、たがいに理解しあえるようになった。たとえ動物でも生まれたばかりの幼いうちに見つけて、子どものように育てれば、お母さんが子どもにふるまい方を教えるように、その動物にもふるまい方を教えることができるのよ」エイラは説明した。「レーサーとグレイは、ウィニーの息子と娘よ。あの二頭が生まれたときには、わたしもそばにいたわ」

「狼はどうだったの?」

「あるとき、オコジョのための罠を仕掛けて、そのあと友だちのディーギーと罠を確かめにいったら、わたしの罠の餌が盗まれていたの。そのあと一頭の狼が餌を食べているのが見えて、ついかっとなって、その狼を投石器で殺したのね。そのあと、狼が乳飲み子をもつ雌だとわかった。そんなこと予想もしてなかった。だって、普通だったら乳を飲ませてやらなくてはならない幼い子狼がいるような季節ではなかったから。そこでわたしは、雌狼の足跡を逆にたどってねぐらを見つけたの。この雌狼は一匹狼で、子育てを助けてくれる群れにも属していなかったし、つれあいの雄狼にもなにかあったらしい。だから、わたしの罠から餌を盗んだの。そのときもまだ生きていた子狼は一匹だけだったから、その子を連れて帰ったのよ。当時わたしたちはマムトイ族のもとで暮らしていて、ウルフはライオン簇《むら》の子どもたちといっしょに育てられた。あの子は、狼の仲間たちといっしょに暮らすのがどういうものかをまったく知らないの。だから、人間たちを自分の群れだと思ってるのね」

「人間全員を?」シェヴォーラがたずねた。

「いいえ。いまでは人がたくさんいる場所にも慣れたとはいえ、人間全員を自分の群れだと思っているわけじゃない。ウルフのいちばん親しい群れはジョンダラーとわたしで、いまではジョネイラもそこにくわわってる——狼は群れの子どもたちを愛してるのよ。でもマルソナとウィロマーとフォラーラも家族だと考えているし、ジョハランとプロレヴァや、プロレヴァの子どもたちのこともね。わたしがウルフのところへ連れていき、においを嗅がせて紹介してやれれば、その人のことを受け入れるの——友人や一時的な群れのひとりとして。それ以外の人たちのことは無視するわ——その人たちが、ウルフにとって親しく感じられる人々や、ウルフが群れだと考えている人々に害をなすようなことをしないかぎりは」エイラは熱心に知りたがっている若い女に説明した。

「その子が親しいと感じている人たちに、だれかが害をなすようなことをしたらどうなるの?」シェヴォーラはたずねた。

「ゼランドニー族の故郷に帰るまでの長旅をしている途中、ジョンダラーとわたしはひとりの邪《よこし》まな女と会ったわ。人を傷つけることに喜びを感じていた女よ。女はわたしを殺そうとしたけれど、その前にウルフがその女を殺したわ」

シェヴォーラは背すじがぞくぞくするような寒気を感じた。どちらかといえば快美な感覚だった——すぐれた語り部から怖い話をきかされたときのようだった。エイラの言葉を疑っていたわけではないが——そもそも大ゼランドニが侍者とするほどの者が、こんな話をでっちあげるとは考えられない——似たような経験がまったくなかったため、現実のこととは思えなかったのだ。しかし目の前には当の狼がいたし、狼にどんなことができるかはシェヴォーラも知っていた。

両側を崖にはさまれた道をさらに進むうちに、ふたりは右にむかう脇道にはいっていった。この道は岩壁の裂け目、すなわち崖内部へむかう入口に通じていた。かなりの急勾配の道をあがって洞穴の入口に達すると、入口の一部が大きな岩塊でふさがれていることがわかった。ただし左右両側に隙間があった。左の隙間は狭く、人がやっと通れる程度。右側の隙間はかなり広く、人々が以前にもここで過ごしていた明白な痕跡が残っていた。地面に古い座布団が落ちていた——外側の皮が裂けた部分から、詰め物の草がはみだしていた。あたりには、フリントを打ち欠《か》いて工具や日用品をつくったあとに残される、見なれた石の細片やかけらが散っていた。肉をかじりとったあとの骨が手近な壁に投げつけられたと見えて、その下の地面に落ちていた。ふたりは入口をくぐって洞穴にはいっていった。ウルフがあとをついてきた。シェヴォーラがエイラとウルフを石がいくつかある場所に案内し、自分の背負子をおろして石のひとつに立てかけた。

「この先はすぐに暗くなって、あたりが見えなくなるわ」シェヴォーラがいった。「ここで松明に火をつけておきましょう。荷物はここに置いておけばいい。でも、出発前に水を飲んでおくほうがいいわ」

シェヴォーラはそういって荷物から火熾《おこ》しの道具をさがしはじめたが、エイラはすでに火熾し道具をとりだしていた。樹皮を細く切って乾燥させて押し固めた、編み細工ではない小さな籠《かご》のような入れ物で、すぐに火がつくのでエイラが火口《ほくち》として好んで利用する柳蘭《やなぎらん》の綿毛が詰めてあった。ついで火熾し石としてつかっている黄鉄鉱――つかいこんだせいで、その部分がすり減って溝になっていた――と、ジョンダラーがその溝にあうように形をととのえてくれたフリントをとりだす。エイラはフリントを火熾し石に打ちつけ、飛びだした火花を燃えやすい綿毛に落とした。たちまち、細い蔓《つる》のような煙があがりはじめた。エイラは樹皮の籠を手にとり、小さな熾《おき》に息を吹きかけた。熾はたちまち燃えあがって小さな炎をつくった。あらためて息を吹きかけてから、小さな火の籠を石の上に置く。シェヴォーラは小さな炎をつかって、用意していた二本の松明に火をともした。二本の松明に火がつくと、エイラは細く切った樹皮を折りたたみ、強く押しつけて火を消した。こうすれば、残った樹皮を再利用できる。

「わたしたちのもとにも火熾し石がふたつあるけど、まだつかい方を教わっていないの」若い侍者のシェヴォーラはいった。「そんなにすばやく火を熾せるやり方を教えてもらえる?」

「もちろん。ただし多少の練習が必要よ」エイラはいった。「でも、とりあえずいまは、わたしにこの洞穴を案内してほしいわ」

シェヴォーラが先に立って洞穴の奥深くを目指すあいだ、エイラはこの聖地はどのような場所なのだろうかと思いをめぐらせていた。

外界に通じている入口から多少の光が射しいってはいたが、松明の明かりがなくては、ろくに足もとも見えなかったはずだ。地面はかなりでこぼこだった。天井の一部が剝《は》がれ落ちているところもあったし、壁が反対側に崩落している箇所もあった。ふたりはすこぶる慎重に進まなくてはならなかったし、大きな岩を乗り越えて進まなくてはならなかった。

シェヴォーラは左の岩壁を目指し、そこからは岩壁に貼りつくようにして進んだ。ついでシェヴォーラは、洞穴が細くなって二本の通路にわかれているように見える場所で足をとめた。右の通路は幅もあり、楽にはいっていけそうだった。左側の通路はかなり狭く、その先はさらに狭くなっていた。のぞきこんだところでは、袋小路になっているように見えた。

「この洞穴は見た目に騙されがちなの」シェヴォーラはいった。「右側の入口のほうが大きいし、いかにもどこかに通じていそうでしょう？　でも、どこにも行きつけないわ。右の入口からしばらく進むと、またふたつの通路にわかれてる。どちらも狭くなるばかりで、結局は行きどまり。こっちの左の入口をはいると、洞穴がどんどん狭く小さくなってくる。でも、そこさえなんとか通りぬければ、その先はまた広くなってるのね」シェヴォーラは松明を高くかかげ、左の岩壁に刻まれた数本のかすかな傷を示した。「この洞穴にくわしくない人にむけて、こうやって進むべき道が示してあるの——その人にこのしるしの意味がわかればだけど」

「その傷をつけたのはゼランドニアのだれかでしょうね」エイラはいった。

「たいていはね」シェヴォーラはいった。「でも子どもたちが洞穴を探険したがることもあるし、そういった子どもたちがしるしの意味を解き明かすことも珍しくないわ」少し進んだところで、シェヴォーラは足をとめた。「ここは、あなたの聖なる〈声〉を試すのにうってつけの場所よ。あなたはもう自分の〈声〉をもっているの?」

「まだ決めてないわ」エイラは答えた。「鳥の真似をして口笛を吹いてみたけど、ライオンの真似をして吠えてもみたわ。大ゼランドニは歌うし、いつもとても美しい歌声だけれど、あのマンモスの洞穴で歌ったときには信じられないほどのすばらしさだった。あなたはどうするの?」

「わたしも歌うのよ。でも、とても大ゼランドニのようには歌えないわ。いま歌ってみる」シェヴォーラはすこぶる高い声を出したかと思うと、いきなり音程を落として低い声を出した。それからだんだんと高い声を出していき、やがて最初とおなじ高さの声を出した。洞穴が音を低く抑えた谺《こだま》を返してきた。

「すばらしいわ」エイラはそういうと、種々の鳥の鳴き声をとりまぜて口笛で吹いていった。

「あなたのほうがすばらしいわ」シェヴォーラはいった。「本物の鳥そっくり。どうやってそんな技を身につけたの?」

「氏族のもとを去ったあと、ジョンダラーと出会う前、わたしはここからずっと東にある谷にたったひとりで暮らしていたの。そのころ鳥たちをふたたびおびき寄せるために最初は餌をやり、そのあと鳴き声の真似をしてみたわ。やがて口笛で真似をすると鳥たちが来るようになってきて、それでなおさら練習してみたの」

「そういえば、さっきライオンが吠えるときの声を出せるといってなかった？」

エイラは微笑んだ。「ええ、出せるわ。馬みたいにいななくことも、狼みたいに遠吠えをすることも、ハイエナみたいに笑うこともね。いろいろな動物の声を出す練習をはじめたのは、なにより楽しかったからだし、取り組み甲斐のあることだったからよ」

それにひとりで暮らしていたら、なにかせずにいられなかったからだし、仲間といえるのが鳥や動物だけだったからだ。しかしエイラは、その思いを口に出すことはなかった。こんなふうに、エイラはある話を口にせずにすませることもあった——話せば、かえって多すぎるほどの説明を求められそうだというだけの理由で。

「狩人の知りあいのなかには、動物の鳴き真似がすごく上手な人がいるわ——特に獲物をおびき寄せるときに出す声がね。たとえば、雄の赤鹿の呼び声とか、オーロックスの子どもが出す叫び声とか。でも、ライオンの吠える声の真似はきいたことがないわ」シェヴォーラはそういうと、期待のこもった表情でエイラを見つめた。

エイラは微笑んでから深々と空気を吸いこみ、洞穴の開口部にむきなおると、本物のライオンと同様に、まずは小手調べのうなり声を二、三回あげてから、成獣になったベビーがよくあげていた咆哮《ほうこう》をふりしぼった。本物のライオンの咆哮ほど大きな声ではなかったかもしれないが、ライオンの鳴き声がそなえる微妙な陰影や抑揚は残らずそなわっていたし、あまりにも真に迫っていたため、エイラの真似をきく者の大半が本物だと信じこみ、信じたがゆえに実際の声よりも大きいと思いこんでしまうという効果もあった。シェヴォーラは咆哮を耳にして一瞬青ざめたが、洞穴が谺を返してくると笑い声をあげた。

「いきなりいまの谺《こだま》だけをきかされたら、この通路に足を踏みいれようとはしないはずね。だって、この先に洞穴《ケーブ》ライオンがいるみたいな声だったもの」

ちょうどそのときウルフもエイラのライオンの咆哮に自分の声で応じようと思いたったらしく、狼の歌の遠吠えをあげた。洞穴はウルフの声の谺も返してきた。

「あの狼はゼランドニなの?」若い侍者は驚きの声でたずねた。「あの狼も聖なる声をつかっているみたいだったわ」

「ゼランドニかどうかは知らない。わたしにとってはただの狼だから。でもウルフが前におなじようなことをしたとき、大ゼランドニがあなたとおなじようなことをいってたわ」

ふたりはしだいに狭くなっている通路に足を踏みいれた。先頭はシェヴォーラ、次がエイラ、そのあとをウルフが歩く。ほどなくしてエイラは、大ゼランドニから洞穴のなかで手足をつかって這い登ってもいい服装で行けといわれたことがどれほどありがたかったか、という思いを噛みしめていた。この通路では左右の壁が狭まっていただけではなく、地面が迫《せ》りあがり、同時に天井が低くなってもいたからだ。そのため、ようやくひとりが通りぬけられるだけの狭苦しい小さな空間しか残されておらず、まっすぐ立っていることもできなくなった。地面に膝をついて通るしかないところもあった。細くなった通路を通りぬけるさいには、エイラは松明をいったん地面におろしたが、火が消える前にふたたび手にとることができた。

洞穴の通路がふたたび広がると、前へ進むのもずっと楽になった。なにより、また立って歩けるようになったことが大きい。ウルフは人間よりもずっと楽に通り抜けられたが、狭苦しい場所をあとにできたことがうれしそうな顔を見せていた。しかし、一行はそのあとも窮屈な箇所を通り抜けることを強いられた。あるところでは右の岩壁が崩落し、その先が崩れやすい土と小石の転がるがれ場になっていて、水平な地面は、かろうじて足が置けるだけの幅しかなかった。慎重に歩を進めているあいだにも、大小の石がかなり急勾配の斜面を転がり落ちていった。

また一カ所、狭苦しい通路を通り抜けたのち、一行は反対の岩壁にへばりつくようにして進んだ。シェヴォーラは足をとめて松明を高くかかげながら、右の岩壁にむきなおった。濡れ光る粘土が岩壁の一部を覆っていたが、それもまた表現の一部としてとりこまれていた。そこに、ひとつのしるしが彫りこまれていた。五本の縦線と二本の横線。後者の一本は五本の縦線すべてを横切っており、二本めは半分しか横切っていない。このしるしの隣の岩にはトナカイの絵が彫りこまれていた。

これまでかなりの壁画や線画や彫り刻まれた線刻画を目にしてきたおかげで、エイラもいまではすぐれていると思える作品と、それほどではないと思える作品を見わける鑑識眼のようなものをそなえていた。そのエイラの意見では、ここのトナカイはこれまで見てきたものほど上手ではないと思えた。もちろん、シェヴォーラや〈洞〉の人たちはおろか、ほかのだれの前でも口にするつもりはなかった。これは自分の胸にしまっておく思いだ。ついこのあいだまで、わずかでも動物を思わせる絵を洞穴の壁に描くこと自体が信じがたく思えていたのだ。そんなものは見たこともなかった。動物を思わせる形の輪郭をなぞっただけの線画でさえ、驚異と力に満ちていた。ここの線刻画は、ひと目で——とりわけその枝角の形で——トナカイだとわかった。

「だれがこれをつくったかは知ってる?」エイラはたずねた。

「〈古《いにしえ》の伝え〉にも歴史にもなにも語られていないわ——どこの洞穴のしるしのことだと解釈してもおかしくない曖昧な話があるだけ。でも、わたしたちの〈洞〉にまつわる言い伝えのなかに、これをつくったのが〈西の領〉の大昔の人、それもおそらくは〈洞〉の創設者のひとりだったことを示すような、ふたつ三つの手がかりがある」シェヴォーラはいった。「わたしとしては、これをつくったのは遠《と》つ祖《おや》のひとりだと考えたいところね」

そのあとも洞穴のさらに奥を目指したが、進みにくいことにはほとんど変わりがなかった。地面はこれまでどおり起伏が多く、岩壁のそこかしこから突きでた岩にも目を光らせている必要があったが、この細長く伸びている空間にはいってから十五メートルばかり進んだところで、シェヴォーラはふたたび足をとめた。通路の左側に小さな部屋があった。その部屋の右壁の天井に近いあたりに突きでた岩があり、そこに斜め四十五度ほどの角度で数個の線刻画があった。これはこの洞穴の主たる構成要素であり、ごく限定された狭い部分――おそらく七十五センチ×百十センチほどの場所――にほどこされた九頭の動物の絵から成っていた。ここでも、壁の粘土が素材の一部につかわれていた。

いちばん左にあるのは、粘土に彫りこまれた動物の体の一部だった。それ以外は岩に彫られている。おそらくフリントの鏨《たがね》をもちいたのだろう。エイラは、この帯状装飾が淡く透きとおった石灰分で覆われていることに気がついた。この作品が太古の制作であることを示すものだ。突きでている岩の一部は、黒い二酸化マンガンの粉末という自然の顔料で色づけがなされていた。表面は非常に壊れやすくなっていた。微小な炭酸カルシウムの部分がすでに剝がれ落ちているところや、岩の表面から剝がれかけている部分があった。

この帯状装飾の中心をなしていたのは、堂々たる姿のトナカイだった。頭を高くかかげているので、枝角がうしろに伸びている。片方の目、口の線、それに鼻孔といった細部も緻密に彫られている。わき腹には、背中の輪郭と平行に九つの盃形の穴があけてあった。うしろには、トナカイの反対側をむいている、やはり一部しか見えない動物の姿があった。たぶん鹿、あるいは馬。こちらにも胴体に沿って、一連の穴が穿《うが》たれていた。

動物の集団のいちばん右にはライオンがいた。そのあいだには馬や白岩山羊などさまざまな動物が彫られている。中央のトナカイのあごの下には、このトナカイの首を形づくっている線をうまく利用して、馬の頭部が彫りこまれていた。この集団の下のほう、それも中央のトナカイの下にも馬の絵があった。エイラが数の言葉でかぞえたところ、全体が見えているものと部分的にしか見えていないものをあわせ、全部で九頭の動物の線刻画があった。

「これ以上は進まなくてもいいわ」シェヴォーラがいった。「まっすぐ行って、行きどまりになっているだけだから。左側には、やっぱりすごく狭い通路が一本ある。でもそれを抜けていっても、おなじように袋小路になっている小さな部屋がひとつあるだけよ。あとは引き返すしかないわ」

「ここに来たときには、儀式とか式典のようなものをおこなうの？」エイラはたずねながら体の向きを変え、根気づよく待っていたウルフを撫でてやった。

「こういった絵こそ、儀式の産物よ」若い侍者はいった。「ここに来た人物……一回だけだったのかもしれないし、何回も来たのかもしれないけれど……その人は儀式としての旅をしていたのね。なんともいえないけれど、その人はゼランドニだったのかもしれないし、ゼランドニになろうとしている侍者だったのかもしれない。でもその人が、霊界や女神に手を伸ばさずにはいられなくなったのだろうと想像はつく。人々が訪ねて儀式をおこなうものとされている聖なる洞穴もあるにはあるけれど、わたしには、だれかが自分だけの旅としてこれをつくったように感じられるわ。ここに来たときには、その人物を頭のなかで思い描こうとしているの――わたしだけの、わたしなりのやり方でね」

「あなたはとてもすぐれたゼランドニになりそう」エイラはいった。「いまだって、そんなに賢明なんですもの。わたしは、この場所やこの作品をつくった人をよく知っておかなくてはならないという気分なの。この作品をつくった人については、これからもあなたの助言をきいて考えをめぐらせ、わたし自身の考えを女神《ドニ》におきかせするつもり。でも、それ以上のことをしたい気分もある。たとえば、霊界に手を伸ばすようなことも。石の壁に手を触れたことはある?」

「ないわ。でも、触りたければ触ってもいいのよ」

「松明をもっていてもらえる?」エイラはたずねた。

シェヴォーラは両手にもった松明を高くかかげて、この狭苦しい洞穴内の部屋にもっと光をもたらした。エイラは両手をまっすぐ上に伸ばし、石壁に手のひらを押しあてた——線刻画や色を塗られた絵の上は避けたが、すぐ近くに手を置く。片手は湿った粘土の、反対の手は石灰岩のざらついた感触をとらえた。ついでエイラは目を閉じた。ちりちりと刺されるようなあの感覚が先に兆したのは、粘土に置いた手のほうだった。ついで、なにかが凝縮したような強い感覚が岩壁からあふれだしてきたように感じられた。はたして現実なのか、それとも自分が想像しているだけなのか、エイラには判然としなかった。

つかのま、エイラの思いは氏族とともに暮らしていた日々や氏族会への旅に引きもどされていた。エイラは、モグールたちが飲む特別な飲み物を調合する役目を命じられた。イーザが調合法を教えてくれた。乾燥した固い根を噛んでどろどろにしたものを、特別な鉢に入れた水のなかに吐きだし、指でかきまぜるのだ。一滴たりとも飲んではいけないといわれていたが、うっかり飲んでしまい、エイラはその効果を体感した。クレブはその飲み物を味見して濃すぎると判断したらしく、ほかのモグールに飲ませるときには量を少なくしていた。

女用の特別な飲み物を飲んで女たちと踊ったあとで、ふたたび引き返したエイラは、鉢の底に乳白色の液体が残っていることを目にした。イーザからは、この飲み物をぜったいに無駄にしてはならないといわれていた。どうすればいいものか迷ったエイラは、結局残っていた飲み物を飲んだ。そのあと気がつくとエイラは、手燭と松明の明かりに導かれるようにして曲がりくねった洞穴を進み、モグールたちの特別な会合の場に行きついた。ほかのモグールはエイラがいることを知らなかったが、大モグールのクレブだけは知っていた。

あの夜、自分の頭を満たした思考や光景はついぞ理解できずじまいだが、おなじものはその後もおりおりにエイラのもとを訪れてきた。いまもそのように感じられた――そのときほど強烈ではないが、感覚は共通していた。洞穴の壁から手を離すと、不安の震えが体を走り抜けた。

来た道を引き返していくあいだは、ふたりとも黙りがちだった。途中、つかのま足をとめて、最初のトナカイと付随するしるしをふたたびながめる。エイラは、最初のときには気づかなかった数本の曲線に気がついた。ふたりはさらに歩いて、足もとの不安定ながれ場の斜面を通り――このときにはエイラの体が震えた――通路が狭くなっている箇所を抜け、やがていちばんの難所にさしかかった。ここではウルフが先頭に立った。地面に手足をついて進まなくてはならないところでは、片手で松明をもっている関係で、片手だけで進むしかなかった。エイラは自分の松明がかなり短くなっていることに気づき、ここを抜けるまで火が消えないことを祈った。

この難所を通りぬけると、エイラの目は洞穴の入口から射しこんでいる光をとらえた。乳房が張ってもいた。洞穴のなかにそれほど長い時間いたとはうっかりしていて気づかなかったが、そろそろジョネイラに乳を飲ませなくては――いますぐでなくても、じきにそうなることはわかっていた。ふたりは急いで荷物を置いた石のあるところまで引き返し、ともにそれぞれの水袋に手を伸ばした。ふたりとも、のどがからからだった。
　エイラは雑嚢の底を手でさぐって、ウルフ用にしまってある小さな鉢をとりだした。鉢にウルフのための水をそそいでから、自分は水袋からじかに飲む。水を飲みおえると、エイラはウルフの鉢を雑嚢にもどした。ふたりはそれぞれの荷物をかつぐと洞穴から出て、引き返しはじめた——〈三つ巖〉の〈夏の宿〉こと、ゼランドニー族〈二十九の洞〉の〈西の領〉と呼ばれる場所へ。

（中巻に続く）

ジーン・M・アウル　(Jean M. Auel)

1936年、シカゴ生まれ。18歳で結婚、25歳で五人の子の母となる。エレクトロニクスの会社に勤めるかたわら、ポートランド大学などで学び、40歳でMBA（経営学修士号）を取得する。この年に、先史時代の少女エイラを主人公とした物語の執筆を思い立ち、会社を退職して執筆活動に入る。当初から六部構成の予定だった「エイラ—地上の旅人」シリーズは、『ケーブ・ベアの一族』が発売されると同時にベストセラーとなり、世界各国で読み継がれている。

白石　朗　（しらいし　ろう）

1959年、東京生まれ。早稲田大学第一文学部卒業。主な訳書にスティーヴン・キング『悪霊の島』『アンダー・ザ・ドーム』（文藝春秋）、ジョン・グリシャム『アソシエイト』『自白』（新潮社）、ネルソン・デミル『獅子の血戦』（講談社）、ジョー・ヒル『ホーンズ 角』（小学館）などがある。

聖《せい》なる洞窟《どうくつ》の地《ち》 上

THE LAND OF PAINTED CAVES

エイラ―地上《ちじょう》の旅人《たびびと》14

2013年4月30日　第1刷発行

著者　ジーン・M・アウル

訳者　白石《しらいし》 朗《ろう》

発行人　清水章治

発行所　株式会社ホーム社

〒101-0051　東京都千代田区神田神保町3-29　共同ビル

電話　［文芸図書編集部］03-5211-2966

発売元　株式会社集英社

〒101-8050　東京都千代田区一ツ橋2-5-10

電話　［販売部］03-3230-6393

［読者係］03-3230-6080

印刷所　凸版印刷株式会社

日本写真印刷株式会社

製本所　凸版印刷株式会社

© ROU SHIRAISHI 2013, ISBN978-4-8342-5188-3 C0097

Earth's Children

『エイラ―地上の旅人』

ジーン・アウル／作

第1部
『ケーブ・ベアの一族　上・下』

大久保寛／訳　A5判・ハードカバー

☆地震で家族を失い、孤児となったエイラは、ケーブ・ベアを守護霊とする
ネアンデルタールの一族に拾われる。さまざまな試練にたえ、
成長してゆくが、心ならずも洞穴を離れる日がやってくる。

第2部
『野生馬の谷　上・下』

佐々田雅子／訳　A5判・ハードカバー

☆自分と同じ種族と出会うことを夢見て、北に向かってあてどのない旅は続く。
過酷な大自然のなか、生きのびるための技術を身につけ、
野生馬を友としたエイラは、ひとりの男と運命の出会いを果たす。

第3部
『マンモスハンター　上・中・下』

白石朗／訳　A5判・ハードカバー

☆男とともに、マンモスを狩る一族と出会ったエイラは、身につけた狩猟の技で
驚嘆されるが、生い立ちをめぐる差別や、一族の男たちからの思わぬ求愛に悩む。
だが、試練によって、ふたりの絆は深まってゆく。

第4部
『平原の旅　上・中・下』

金原瑞人・小林みき／訳　A5判・ハードカバー

☆故郷をめざす男との旅のなかで、独特な医術で少女を救ったする一方、
凶暴な女の一族に男が襲われる。死闘の末、危機を脱したエイラは、
難所である氷河越えを果たしたとき、身ごもっていることに気づく。

第5部
『故郷の岩屋　上・中・下』

白石朗／訳　A5判・ハードカバー

☆5年ぶりに帰りついた男は歓迎されるが、動物たちを連れたエイラの姿に
人々は当惑を隠せない。岩で造られた住居に住む人々に
本当に受け入れられるのだろうか。身重のエイラを不安が襲う。

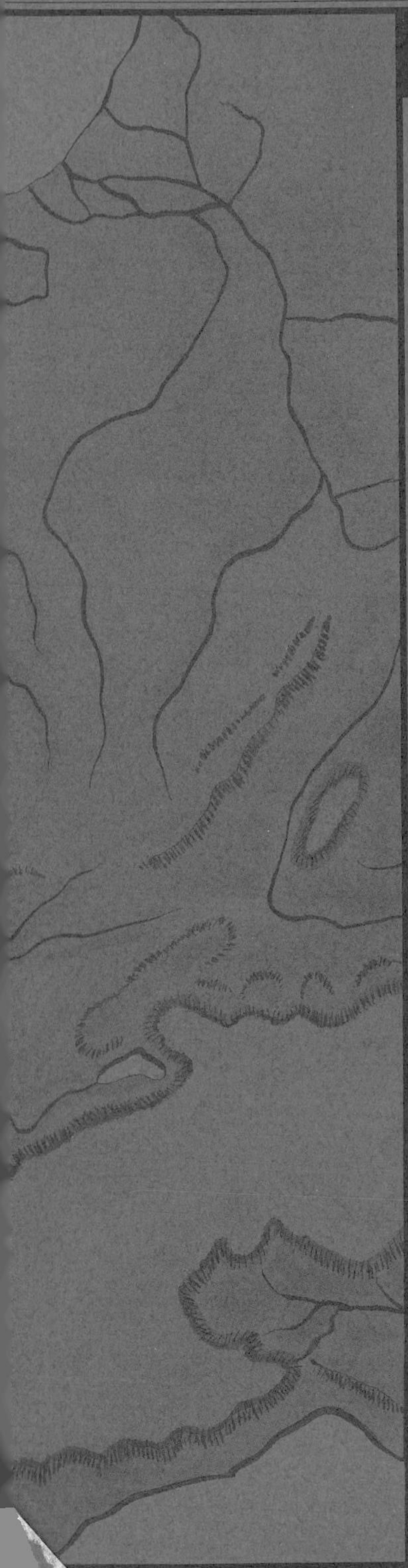

主な活動拠点

1　馬《ば》頭《とう》巖《いわ》〈七の洞《はら》〉
2　日の見台の新しい小洞〈二十六の洞〉
3　マンモスの洞穴
4　森ヶ窪〈二十九の洞〉の〈西の領〉
5　〈五の洞〉
6　女の場
7　小の谷〈十四の洞〉
8　〈九の洞〉
9　馬心房
10　白き虚《うろ》
11　南の地のゼランドニー族〈四の洞〉
12　南の地のゼランドニー族〈七の洞〉
13　女神の最古の聖地
14　泉《いずみ》ヶ巖《いわ》の深窟《ふかあな》